I0816356

El chico que siguió a su padre hasta Auschwitz

Biografías y memorias

Biografía

Jeremy Dronfield es biógrafo, escritor, novelista e historiador. Tiene una dilatada experiencia relatando historias ambientadas en la Segunda Guerra Mundial, y su trabajo y estilo ha sido definido como «casi dickensiano» (*Sunday Times*) o «elegante y sensible» (*The Times*).

Jeremy Dronfield

El chico que siguió a su padre hasta Auschwitz

Traducción de Anna Valor Blanquer

Obra editada en colaboración con Editorial Planeta – España

Título original: *The Boy Who Followed His Father into Auschwitz*
Publicado originalmente en inglés por Penguin Books Ltd, London

Adaptación de la portada: Booket / Área Editorial Grupo Planeta a partir de la idea original de Penguin Random House Group, 2018
Fotografía de la portada: © Mark Murphy / EyeEm / Getty Images

Bajo el sello editorial BOOKET M.R.
Avenida Presidente Masarik núm. 111,
Piso 2, Polanco V Sección, Miguel Hidalgo
C.P. 11560, Ciudad de México
www.planetadelibros.com.mx

Primera edición impresa en España en Colección Booket: enero de 2020
ISBN: 978-84-08-22215-6

Primera edición impresa en México en Booket: enero de 2025
ISBN: 978-607-39-2206-7

Impreso en los talleres de Impregráfica Digital, S.A. de C.V.
Av. Coyoacán 100-D, Valle Norte, Benito Juárez
Ciudad De Mexico, C.P. 03103
Impreso en México - *Printed in Mexico*

A Kurt,
y en memoria de
Gustav,
Tini,
Edith,
Herta,
Fritz.

El testigo se ha obligado a declarar.
Por los jóvenes de hoy, por los niños que nacerán mañana.
No quiere que su pasado se convierta en el futuro de ellos.

ELIE WIESEL, *Night*

ÍNDICE

PARTE III
AUSCHWITZ

PARTE IV
SUPERVIVENCIA

PREFACIO

Esta es una historia real. Todas las personas que aparecen en ella, todos los acontecimientos, los giros y las coincidencias increíbles se han obtenido de fuentes históricas. Uno desearía que no fuera real, que no hubiera ocurrido, por lo terrible y doloroso de algunos de los acontecimientos, pero pasó y está en la memoria de los que todavía viven.

Hay muchas historias del Holocausto, pero no como esta. La historia de Gustav y Fritz Kleinmann, padre e hijo, contiene elementos de todas las otras, pero es muy diferente a todas ellas. Muy pocos judíos vivieron los campos de concentración nazis desde las primeras detenciones en masa a finales de los años treinta hasta la Solución Final y la liberación. Por lo que sé, no hubo otro padre e hijo que pasaran por todo el infierno juntos, de principio a fin: la vida bajo la ocupación nazi, Buchenwald, Auschwitz, la resistencia de los presos contra las SS, las marchas de la muerte, Mauthausen, Mittelbau-Dora, Bergen-Belsen…, y volvieran a casa vivos. Desde luego, no hubo otros que lo registrasen por escrito. La suerte y el valor jugaron su papel, pero lo que mantuvo con vida a Gustav y a Fritz, en última instancia, fue el amor y la devoción que tenían el uno por el otro. «El chico es mi mayor alegría —escribió Gustav en su diario secreto en Buchenwald—. Nos damos fuerzas el uno al otro. Somos uno, inseparables.» Este vínculo pasó por una prueba definitiva un año más tarde, cuando Gustav fue trasladado a Auschwitz —una sentencia de muerte casi segura— y Fritz puso en peligro su vida para acompañarlo.

Me he entregado con toda mi alma a darle vida a esta historia. Se lee como una novela. Soy tanto un escritor como un historiador y, sin embargo, no he tenido que inventar ni embellecer nada. Hasta los fragmentos de diálogo son citas o reconstrucciones de fuentes primarias. Los cimientos son las entradas del diario que escribió Gustav Kleinmann entre octubre de 1939 y julio de 1945 en los campos de concentración, complementadas por unas memorias y por entrevistas que concedió Fritz en 1997. Ninguna de estas fuentes es fácil de leer ni emocional ni literalmente (el diario, escrito en unas circunstancias extremas, no da muchos detalles y a menudo hace alusiones crípticas a cosas que se escapan de los conocimientos del lector general —hasta los historiadores del Holocausto tendrían que consultar sus obras de referencia para interpretar algunas páginas—). La motivación de Gustav para escribirlo no fue hacer una crónica, sino mantenerse cuerdo; sus referencias eran comprensibles para él entonces. Una vez descifrado, nos proporciona una visión profunda y desgarradora de cómo era vivir el Holocausto una semana tras otra, un mes tras otro, un año tras otro. Desvela, para nuestra sorpresa, la fuerza y el espíritu optimista invencibles de Gustav, que, en su sexto año de encarcelamiento, escribió: «Cada día me recito una oración: "No desesperes. Aprieta los dientes. Los asesinos de las SS no deben vencerte"».

Las entrevistas con miembros de la familia que sobrevivieron han aportado detalles personales importantes. Toda la información —desde la vida en Viena en los años treinta hasta el funcionamiento de los campos de concentración y las personas que estaban involucradas en ellos— está respaldada por investigaciones documentales exhaustivas que incluyen testimonios de supervivientes, registros de los campos y otros documentos oficiales y que han corroborado la historia en todo momento, incluso las partes más extraordinarias e increíbles.

Jeremy Dronfield, junio de 2018

PREÁMBULO DE KURT KLEINMANN

Han pasado ya más de setenta años desde los terribles días que se describen en este libro. La historia de supervivencia, pérdida de vida y liberación de mi familia incluye a todas las personas que están ligadas a aquella época y que vivieron la encarcelación, la pérdida de familiares o que tuvieron la suerte de escapar del régimen nazi. Es representativa de todos los que sufrieron aquellos días y, por lo tanto, no debe olvidarse nunca.

Las experiencias de mi padre y de mi hermano durante seis años en cinco campos de concentración diferentes son el testimonio vivo de las realidades del Holocausto. El espíritu de supervivencia, el lazo entre padre e hijo, el valor y también la suerte que tuvieron están fuera del alcance de la comprensión de nadie que viva hoy, pero los mantuvieron con vida durante todo su tormento.

Mi madre sintió que estábamos en grave peligro tan pronto como Hitler se anexionó Austria. Ayudó y alentó a mi hermana mayor a huir a Inglaterra en 1939. Yo viví bajo el dominio nazi en Viena tres años, hasta que mi madre consiguió que pudiera marcharme a Estados Unidos en 1941. Eso no solo me salvó la vida, sino que también me llevó a la casa de una familia que me quiso y me trató como si fuera uno de ellos. Mi segunda hermana no tuvo tanta suerte. Tanto ella como mi madre acabaron detenidas y deportadas junto con miles de judíos más a un campo de exterminio cerca de Minsk. Sé, desde hace décadas, que murieron allí y hasta he visitado el lugar remoto donde sucedió, pero me emocioné profundamente —me quedé devastado— al leer en este libro cómo ocurrió exactamente.

Que mi padre y mi hermano sobrevivieron a su tormento está milagrosamente detallado en este libro. Me reuní con ellos cuando me llamaron para hacer el servicio militar en 1953 y volví a Viena quince años después de marcharme. Durante los años siguientes, mi mujer, Diane, viajó a Viena muchas veces con nuestros hijos, que conocieron a su abuelo y a su tío, y conmigo. Existía una relación familiar cercana que sobrevivió a la separación y al Holocausto y que ha durado desde entonces. No tengo ningún trauma con Viena o Austria ni siento rencor hacia ellas, sin embargo, eso no significa que pueda olvidar o perdonar completamente la historia del país. En 1966, mi padre y mi madrastra nos visitaron a mí y a mi hermana en Estados Unidos. Además de enseñarles las maravillas de nuestro país, también tuve la oportunidad de presentarles a mi familia de acogida en Massachusetts. Aquel encuentro lleno de agradecimiento y alegría unió a mis seres queridos, los responsables de mi existencia y de mi supervivencia.

El chico que siguió a su padre hasta Auschwitz es una historia sensible, vívida y a la vez emotiva sobre mi familia, respaldada por una investigación sólida. Me resulta difícil describir la gratitud que siento hacia Jeremy Dronfield por haberla recopilado y por haber escrito este libro. Está maravillosamente redactado intercalando mis recuerdos y los de mi hermana con la historia de mi padre y de mi hermano en los campos de concentración. Estoy muy agradecido de que la historia del Holocausto de mi familia se haya publicado y no vaya a olvidarse.

Kurt Kleinmann, agosto de 2018

PRÓLOGO

Austria, enero de 1945

Fritz Kleinmann se mecía con los movimientos del tren, temblando convulsivamente por los vientos gélidos que rugían por encima de las paredes del vagón de carga sin techo. Acurrucado a su lado dormitaba exhausto su padre. A su alrededor había figuras sombrías que reflejaban la luz de la luna con las rayas de sus uniformes y los huesos de la cara. Era el momento de que Fritz escapara; dentro de poco, sería demasiado tarde.

Hacía ocho días que habían dejado Auschwitz y habían emprendido ese viaje. Los primeros sesenta kilómetros los hicieron a pie. Eran miles de prisioneros que las SS conducían hacia el oeste a través de la nieve, alejándose del Ejército Rojo, que ganaba terreno. Se habían oído disparos intermitentes en la retaguardia de la columna, pues los que no podían seguir eran asesinados. Nadie miró atrás.

Después les habían hecho subir a trenes que se dirigían a otros campos, más hacia el interior del Reich. Fritz y su padre habían conseguido permanecer juntos, como siempre. Los trasladaban a Mauthausen, a Austria, donde las SS llevarían a cabo la labor de exprimir las últimas gotas de sudor de los prisioneros antes de, finalmente, exterminarlos. Había ciento cuarenta hombres amontonados en cada vagón descubierto. Al principio tenían que ir de pie, pero, a medida que pasaban los días, el frío los iba matando y cada vez había más sitio para sentarse. Los vivos amontonaron los cuerpos en un rincón del vagón y les quitaron la ropa para calentarse.

Estaban al borde de la muerte, pero estos prisioneros eran los que habían tenido suerte, los trabajadores útiles. La mayoría de sus hermanos y hermanas, mujeres e hijos habían sido asesinados o los obligaban a ir hacia el oeste a pie y morían en masa.

Cuando empezó la pesadilla, siete años antes, Fritz aún era un chico. Se había convertido en hombre en los campos nazis, había aprendido, madurado y resistido la presión de darse por vencido. Había previsto que llegaría ese día y se había preparado. Debajo de los uniformes del campo, él y su padre iban vestidos de paisano. Fritz había conseguido la ropa a través de sus amigos de la resistencia de Auschwitz.

El tren se había parado en Viena, la ciudad que había sido su hogar hacía tiempo, se había dirigido hacia el oeste y ahora estaban a solo quince kilómetros de su destino. Volvían a estar en su país y, una vez hubieran huido, podrían hacerse pasar por trabajadores del lugar.

Fritz había estado posponiendo ese momento, preocupado por su padre. Gustav tenía cincuenta y tres años y estaba exhausto; era un milagro que hubiera sobrevivido tanto tiempo. Ahora que era el momento de hacerlo, no tenía energía para intentar escapar. Ya no le quedaban fuerzas. No obstante, no podía negarle a su hijo la oportunidad de vivir. Sería desgarrador separarse después de tantos años ayudándose mutuamente a sobrevivir, pero había alentado a Fritz para que se fuera solo. Fritz le había rogado que huyera con él, pero había sido en vano.

—Que Dios te proteja —le había dicho su padre—. Yo no puedo irme, estoy demasiado débil.

Si Fritz no lo intentaba pronto, sería demasiado tarde. Se puso de pie y se quitó el uniforme que tanto aborrecía. Entonces abrazó a su padre, lo besó y, con su ayuda, escaló la pared resbaladiza del vagón.

La ráfaga de aire a treinta grados bajo cero lo golpeó con fuerza. Miró inquieto hacia las casetas de frenos de los vagones adyacentes, ocupadas por guardias de las SS armados. La luna brillaba en lo alto —faltaban dos días para la luna llena— y le otorgaba un resplandor fantasmagórico al paisaje nevado contra el que cualquier figura en movimiento sería completamente visible.[1] El tren avanzaba a la máxima velocidad con gran estruendo. Armándose de valor y esperando que todo saliera bien, Fritz se arrojó a la noche y a las ráfagas de viento helado.

PARTE I

—

VIENA

Siete años antes…

1

«CUANDO LA SANGRE JUDÍA GOTEA DEL CUCHILLO...»

אבא

Los dedos finos de Gustav Kleinmann empujaban el tejido por debajo del prensatelas de la máquina de coser; la aguja traqueteaba, ametrallando la tela con el hilo y trazando una curva larga e impecable. Al lado de la mesa de trabajo estaba el sillón para el que cosía la tela, un esqueleto de madera de haya con tensores de cincho tirantes y relleno de pelo de caballo. Cuando hubo cosido el panel de tela, Gustav lo colocó sobre el brazo del sillón y metió los clavos con el martillo pequeño —simples clavos para el interior, tachuelas con cabeza redondeada de latón para el reborde exterior, muy juntas, como una hilera de cascos de soldado—. Adentro: tac, tac, tac.

Le gustaba tener trabajo. No siempre había suficiente y la vida podía ser precaria para un hombre de mediana edad casado y con cuatro hijos. Gustav era un artesano con talento, pero no un empresario astuto, aunque siempre se las había arreglado bien. Había nacido en una aldea pequeñísima del reino histórico de Galitzia, una provincia del Imperio austrohúngaro, que hoy se divide entre Polonia y Ucrania. Había ido a Viena a los quince años para ser aprendiz de tapicero y se había instalado allí. En la primavera del año en el que cumplió los veintiuno, lo llamaron al servicio militar y luchó en la Primera Guerra Mundial. Lo hirieron dos veces, recibió una medalla al valor y, cuando terminó la guerra, volvió a Viena para retomar su humilde oficio y llegó a ser maestro artesano. Se había casado con una chica, Tini, durante la guerra y juntos habían criado a cuatro hijos felices y buenos. Y esa era la vida de Gustav: una vida modesta y de trabajo duro; y, si no era completamente feliz, por lo menos tendía a ser alegre.

Un zumbido de aviones le interrumpió los pensamientos; crecía y se apagaba como si estuvieran sobrevolando la ciudad en círculos. Movido por la curiosidad, dejó las herramientas y salió a la calle.

Im Werd era una calle concurrida, ruidosa por los golpes de los cascos de los caballos, el traqueteo de los carros y el rugido de los camiones, de ambiente cargado por el olor a humanidad, vapores y excrementos de caballo. Durante un momento de confusión, a Gustav le pareció que estaba nevando —¡en marzo!—, pero era una tormenta de papeles que caían revoloteando del cielo y se posaban en el empedrado y los puestos del Karmelitermarkt. Agarró uno.

> ¡PUEBLO DE AUSTRIA!
>
> Por primera vez en la historia de nuestra nación, el liderazgo del Estado necesita un compromiso claro con la patria [...].[1]

Propaganda para la votación del domingo. Todo el país hablaba de ello y todo el mundo los observaba. Era un acontecimiento importante para todos los hombres, mujeres y niños de Austria, pero para Gustav, como judío, era de vital importancia: el país decidiría si Austria seguía siendo independiente de la tiranía alemana.

Hacía cinco años que la Alemania nazi miraba hambrienta desde el otro lado de la frontera a sus vecinos austriacos. Adolf Hitler, austriaco de nacimiento, estaba obsesionado con la idea de hacer que su país de nacimiento pasara a formar parte del Imperio alemán. Aunque Austria tenía sus nazis autóctonos, deseosos de que tuviera lugar la unificación, la mayoría de los austriacos se oponían. El canciller Kurt Schuschnigg recibía presiones para darles puestos del Gobierno a miembros del partido nazi y Hitler amenazaba con consecuencias nefastas si no cedía a la presión: obligaría a Schuschnigg a dimitir y lo sustituiría por un títere nazi; a continuación, se produciría la unificación y Austria sería engullida por Alemania. Los 183 000 judíos del país contemplaban esta posibilidad con pavor.[2]

El mundo estaba muy pendiente de los resultados. En un intento final desesperado, Schuschnigg había anunciado un plebiscito —un referéndum— mediante el cual el pueblo de Austria decidiría por sí mismo si quería conservar la independencia. Había sido una acción valiente, puesto que el predecesor de Schuschnigg había sido asesinado durante un intento fallido de golpe de Estado nazi y, en ese momento, Hitler estaba decidido a hacer lo que fuera necesario para evitar que se llevara a cabo el referéndum. Se había fijado la fecha para el domingo 13 de marzo de 1938.

Había eslóganes nacionalistas («¡Sí a la independencia!») pegados y pintados por todas las paredes y suelos. Y ese día, estando a nada de la votación, había aviones rociando Viena con la propaganda de Schuschnigg. Gustav volvió a mirar el folleto.

> [...] ¡Por una Austria libre y alemana, independiente y social, cristiana y unida! Por la paz, el trabajo y los mismos derechos para todos los que profesen lealtad al pueblo y a la patria.
>
> [...] El mundo ha de ver nuestra voluntad de vivir. Por ello, pueblo de Austria, ¡levántate como un solo hombre y vota sí![3]

Esas palabras enardecedoras albergaban significados contradictorios para los judíos, que tenían sus propias ideas sobre el patriotismo germánico. Gustav, que estaba enormemente orgulloso del servicio que había prestado a su país durante la Primera Guerra Mundial, se consideraba austriaco en primer lugar y judío después.[4] Sin embargo, estaba excluido del ideal de cristiano alemán de Schuschnigg. También tenía reservas acerca de su Gobierno austrofascista. Gustav había militado en el Partido Socialdemócrata de Austria. Con el ascenso de los austrofascistas en 1934, el partido había sido reprimido con violencia e ilegalizado (junto con el partido nazi).

No obstante, para los judíos de Austria, en ese momento, cualquier cosa era preferible a la persecución pública que tenía lugar en Alemania. El periódico judío *Die Stimme* traía este titular en la edición del día: «¡Nosotros apoyamos a Austria! ¡Todo el mundo a las urnas!».[5] El periódico ortodoxo *Jüdische Presse* hacía el mismo llamamiento: «Los judíos de Austria no han de cumplir con ningún requisito especial para acudir a las urnas en masa. Ya saben lo que eso significa. ¡Todo el mundo debe cumplir con su deber!».[6]

Por medios secretos, Hitler había amenazado a Schuschnigg con que, si no desconvocaba el plebiscito, Alemania tomaría medidas para que no se llevara a cabo. En ese mismo momento, mientras Gustav estaba parado en la calle leyendo el folleto, las tropas alemanas se concentraban en la frontera.

אמא

Después de echarse un vistazo en el espejo, Tini Kleinmann se alisó el abrigo con unos golpecitos, agarró la bolsa de la compra y su bolso, salió del departamento y despertó los ecos de la escalera con sus taconcitos repiqueteando con brío por los peldaños. Encontró a Gustav de pie en la calle, delante de su taller, que estaba en la planta baja del edificio donde vivían. Tenía un folleto en las manos y la calle estaba llena de ellos: en los árboles, en los tejados… Por todas partes. Lo miró y se estremeció. Tini tenía un presentimiento sobre ese tema que el optimista de Gustav no compartía. Él siempre pensaba que las cosas saldrían bien; era, a la vez, su fortaleza y su debilidad.

Tini caminó con paso enérgico por los adoquines hacia el mercado. Muchos de los dueños de los puestos eran campesinos pobres que iban cada mañana a vender sus productos junto a los comerciantes vieneses. Un buen número de estos últimos eran judíos; de hecho, más de la mitad de los comercios de la ciudad pertenecían a judíos, especialmente en esa zona. Los nazis de la ciudad aprovechaban este hecho para sembrar el antisemitismo entre los trabajadores que sufrían por la depresión económica, como si los judíos no la estuvieran sufriendo también.

Gustav y Tini no eran especialmente religiosos. Iban a la sinagoga quizá un par de veces al año para los aniversarios y funerales y, como la mayoría de los judíos de Viena, sus hijos tenían nombres germánicos en lugar de hebreos, aunque seguían las costumbres judías, como todos los demás. Al herr Zeisel, el carnicero, Tini le compró ternera cortada en tajadas finas para hacer escalopa a la vienesa; le quedaban restos de pollo para la sopa de la cena del *sabbat.* En los puestos de los campesinos compró papas y ensalada; luego pan, harina, huevos, mantequilla… Fue avanzando por el bullicioso Karmelitermarkt con la bolsa pesándole cada vez más. Donde el mercado se encontraba con Leopoldsgasse, la calle principal, reparó en las mujeres de la limpieza desempleadas que pedían trabajo; estaban delante de la pensión Klabouch y del café. A las más afortunadas las recogerían las señoras adineradas de las calles colindantes. Las que traían sus propias cubetas con agua jabonosa cobrarían el sueldo completo, un chelín. Tini y Gustav a veces tenían dificultades para pagar las facturas, pero, por lo menos, no había tenido que rebajarse a eso.

Los eslóganes a favor de la independencia estaban por todas partes, pintados en el suelo con letras grandes y gruesas, como si fueran señalizaciones viales: el llamamiento al plebiscito —«¡Decimos sí!»— y la cruz potenzada austriaca. A través de las ventanas abiertas se oía el sonido de las radios con el volumen alto, era música patriótica alegre. Mientras Tini observaba, hubo un estallido de aplausos y pasó rugiendo por la calle un convoy de camiones llenos de adolescentes de las Juventudes Austriacas uniformados, ondeando pancartas de los colores nacionales, rojo y blanco, y lanzando más folletos.[7] Los transeúntes los saludaron agitando pañuelos, quitándose los sombreros y gritando: «¡Austria! ¡Austria!».

Uno diría que la independencia iba a ganar siempre que no se fijara en las caras hurañas que había entre la multitud: los simpatizantes nazis. Estaban excepcionalmente tranquilos y eran muy pocos, era extraño.

De golpe, la música alegre dejó de sonar y las radios chirriaron con un anuncio urgente: todos los reservistas solteros debían presentarse inmediatamente para el servicio. El motivo, dijo el presentador, era asegurar el orden durante el plebiscito del domingo, pero su tono era inquietante. ¿Por qué iban a necesitar más soldados para ello?

Tini dio media vuelta y volvió a casa por el mercado abarrotado. Pasara lo que pasara en el mundo, por muy cerca que estuviera el peligro, la vida seguía y ¿qué podían hacer, sino vivirla?

בן

Había folletos por toda la ciudad, en las aguas del canal del Danubio, en los parques y en las calles. Hacia el final de la tarde, cuando Fritz Kleinmann salió de la escuela de oficios de Hütteldorfer Strasse, al oeste de Viena, los vio por el suelo y colgando de los árboles. Convoyes y convoyes de camiones llenos de soldados pasaban rugiendo por la calle en dirección a la frontera con Alemania, a doscientos kilómetros de allí. Fritz y los otros chicos observaron emocionados, como hacen los niños, las hileras de cabezas cubiertas por cascos que pasaban a toda velocidad con las armas listas.

Con catorce años, Fritz ya se parecía a su padre. Tenía los mismos pómulos atractivos, la misma nariz y la misma boca de labios carnosos curvados como las alas de una gaviota, pero, mientras que el semblante de Gustav era dulce, los ojos grandes y oscuros de Fritz eran penetrantes, como los de su madre. Había dejado el instituto y, durante los últimos seis meses, se había estado formando para entrar en el gremio de su padre como tapicero.

Mientras Fritz y sus amigos volvían a casa por el centro de la ciudad, un nuevo estado de ánimo se adueñaba de las calles. A las tres de la tarde, la campaña del Gobierno para el plebiscito se había suspendido debido a la crisis que se avecinaba. No había noticias oficiales, solo rumores de combates en la frontera austro-alemana, de levantamientos nazis en las ciudades de las provincias y, lo que era más preocupante de todo, de que la policía vienesa respaldaría a los nazis austriacos si había enfrentamientos. Grupos de hombres entusiastas habían empezado a vagar por las calles; algunos gritaban *Heil Hitler!* y otros respondían desafiantes *Heil Schuschnigg!* Los nazis se hacían oír más, se crecían, y, además, la mayoría eran jóvenes, sin experiencia vital y llenos hasta arriba de ideología.[8]

Ya hacía días que, esporádicamente, se daban situaciones así y había habido ataques violentos ocasionales contra judíos;[9] pero esta vez era diferente. Cuando Fritz llegó a Stephansplatz, justo en el corazón de la ciudad, donde los nazis de Viena tenían sus sedes secretas, el espacio de delante de la catedral estaba abarrotado de gente gritando, aullando. Solo se oía *Heil Hitler!*, no había cánticos contrarios.[10] Había policías cerca observando, hablando entre ellos, pero sin hacer nada. También estaban observando, apartados, sin dejarse ver todavía, los miembros secretos de las Sturmabteilung austriacas —las SA, las tropas de asalto del partido nazi—. Eran disciplinados y tenían órdenes, su momento no había llegado todavía.

Evitando las aglomeraciones de manifestantes, Fritz cruzó el canal del Danubio hasta Leopoldstadt. Pronto llegó a casa. Sus botas repicaron por los escalones hasta llegar a la puerta 16. El hogar, la calidez, la familia.

El pequeño Kurt estaba de pie en un taburete de la cocina, mirando a su madre preparar la masa de los fideos para la sopa de pollo, la cena tradicional del *sabbat.* Era una de las pocas prácticas tradicionales que mantenía la familia. Tini no prendía velas ni recitaba ninguna oración. Kurt era diferente; con ocho años, cantaba en el coro de la sinagoga del centro y se estaba volviendo bastante devoto. Había hecho amistad con una familia ortodoxa que vivía al otro lado del rellano y era el encargado de encenderles las luces en las noches de *sabbat.*

Era el más pequeño y el más querido. Los Kleinmann eran una familia unida, pero Tini tenía una debilidad especial por Kurt. A él le encantaba ayudarla a cocinar.

Mientras la sopa hervía, él observaba, con los labios entreabiertos, cómo su madre batía la masa a base de huevos hasta que quedaba espumosa y la freía en forma de tortitas finas. Ayudar con los fideos era una de sus labores preferidas en la cocina. El mejor plato era la escalopa a la vienesa. Para prepararla, su madre golpeaba suavemente las tajadas de ternera con un ablandador de carne hasta que quedaban suaves y finas como el terciopelo. Su madre le había enseñado a rebozarlas en el plato de harina, en el de los huevos batidos con leche y, finalmente, en el de pan rallado. Entonces ella los ponía de dos en dos en la sartén con aceite mantecoso burbujeante y el rico aroma llenaba el pequeño departamento mientras las chuletas humeaban, se encogían y se doraban. Sin embargo, esa noche olía a fideos fritos y pollo.

De la habitación de al lado —que hacía las veces de dormitorio y sala de estar— llegaba el sonido de un piano. La hermana de Kurt, Edith, de dieciocho años, tocaba bien y había enseñado a Kurt una cancioncita simpática que se llamaba «Cucú» y que no se le olvidaría nunca. A su otra hermana, Herta, de quince años, le encantaba. Con ella se llevaba menos años que con Edith, que ya era una mujer. En el corazón de Kurt, Herta siempre representaría la belleza y el amor.

Tini sonrió al ver lo concentrado que estaba ayudándola a enrollar las tortitas y a cortarlas en forma de fideos que ella incorporaba a la sopa.

La familia se sentó a cenar bajo el resplandor cálido del *sabbat.* Gustav y Tini, Edith y Herta, Fritz y el pequeño Kurt. La casa era pequeña, solo tenían esa habitación y el dormitorio que compartían todos —Gustav y Fritz dormían juntos, Kurt con su madre, Edith en su propia cama y Herta en el sofá—, sin embargo, era un hogar y allí eran felices.

Fuera, una sombra se cernía sobre su mundo. Esa tarde había llegado de Alemania un ultimátum por escrito que exigía que se suspendiera el plebiscito, que el canciller Schuschnigg dimitiera y que fuera sustituido por el derechista Arthur Seyss-Inquart (un miembro secreto del partido nazi) con un consejo de ministros simpatizantes a sus órdenes. La justificación de Hitler era que el Gobierno de Schuschnigg reprimía a los alemanes austriacos de a pie *(alemanes,* para Hitler, era sinónimo de *nazis).* Por último, la Legión Austriaca, una fuerza de treinta mil nazis, debía volver a Viena para mantener el orden en las calles. El Gobierno de Austria tenía hasta las siete y media de la tarde para obedecer.[11]

Después de cenar, Kurt tuvo que ir corriendo a la sinagoga para el oficio de la noche del *sabbat.* Le pagaban un chelín cada vez que cantaba en el coro (que sustituían por una tableta de chocolate los sábados por la mañana), así que era un deber tanto económico como religioso.

Como siempre, Fritz lo acompañó. Era el hermano mayor ideal: amigo, compañero de juegos y protector. Las calles estaban concurridas esa tarde, pero el ruido descontrolado se había apagado y había dejado tras de sí una sensación de que el mal estaba al acecho. Normalmente, Fritz acompañaba a Kurt hasta la sala de billares del otro lado del canal del Danubio —«sabes llegar desde aquí, ¿no?»— y corría a jugar al billar con sus amigos. Esa tarde, sin embargo, eso no sería suficiente. Hicieron juntos todo el camino hasta el Stadttempel.

En su casa, tenían la radio encendida. Un anuncio interrumpió el programa. El plebiscito se posponía. Fue como un golpecito amenazador en el hombro. Entonces, poco después de las siete y media, detuvieron la emisión de música.

—¡Atención! En unos minutos oirán un anuncio de enorme importancia —declaró una voz.

Hubo una pausa, vacía, siseante; duró tres minutos enteros y, entonces, habló el canciller Schuschnigg. Le temblaba la voz por la emoción:

—Hombres y mujeres de Austria, este día nos ha llevado a una situación trágica y decisiva. —Todas y cada una de las personas que estaban cerca de una radio en Austria en ese momento escuchaban atentamente (muchas con miedo, algunas con entusiasmo) mientras el canciller describía el ultimátum de Alemania: Austria tenía que acatar las órdenes de Alemania o sería destruida—. Hemos cedido ante la fuerza —dijo—, porque no estamos dispuestos, ni siquiera en estas circunstancias, a derramar sangre germana. Hemos ordenado a las tropas que no ofrezcan realmente... —dudó—, que no ofrezcan resistencia. —Se le quebraba la voz. Se recompuso para pronunciar las palabras finales—. Y me despido del pueblo austriaco con unas palabras en alemán que pronuncio de todo corazón: que Dios proteja a Austria.[12]

Gustav, Tini y sus hijas se quedaron sentados, impactados, mientras empezaba a sonar el himno nacional. En el estudio, sin que el pueblo lo viese ni lo oyese, Schuschnigg se derrumbó y lloró.

בן

Las frases dulces y exaltadoras del «Aleluya», que dirigía el tenor y a las que daban cuerpo las voces del coro, llenaban el gran espacio ovalado del Stadttempel envolviendo las columnas de mármol y los ornamentos dorados de los balcones escalonados con un sonido armónico. Desde su posición en el coro, en la grada más alta detrás del arca,* Kurt podía ver muy bien la *bimá*** y a la congregación. Había mucha más gente de lo que era habitual, la sinagoga estaba llena hasta el tope; la gente, movida por la incertidumbre, buscaba consuelo en la religión. Sin haber oído las últimas noticias, el doctor Emil Lehmann, un erudito religioso, había hablado emotivamente sobre Schuschnigg, había exaltado el plebiscito y había cerrado con el grito de campaña del canciller ya destituido: «¡Decimos sí!».[13]

Después del oficio, Kurt salió en fila de las gradas, recogió su chelín y fue al encuentro de Fritz, que lo esperaba. Afuera, en la estrecha calle adoquinada, se amontonaba la

* Armario ornamentado en el que se guardan los rollos de la Torá.

** Atril usado por el rabino, orientado hacia el arca.

congregación, que salía de la sinagoga. En el exterior no había muchos indicios de que allí hubiera una sinagoga, parecía parte de una hilera de bloques de departamentos; el cuerpo principal estaba detrás de la fachada, encajonado entre esa calle y la siguiente. Aunque Leopoldstadt era entonces el barrio judío de Viena, ese pequeño enclave en el centro histórico de la ciudad, en el que los semitas habían vivido desde la Edad Media, era el corazón cultural de la vida de los judíos de Viena. Se podía ver en los edificios y en los nombres de las calles —Judengasse, Judenplatz—, y su sangre estaba en los empedrados y en las grietas de la historia, en las persecuciones y en los pogromos medievales que los habían llevado a vivir en Leopoldstadt.

Durante el día, el estrecho callejón, Seitenstettengasse, estaba aislado de muchos de los ruidos de la ciudad, pero ahora, en la oscuridad de la noche de *sabbat,* Viena cobraba vida. A poca distancia de allí, en Kärntnerstrasse, una calle larga al otro lado del enclave nazi de Stephansplatz, se reunía una multitud. Los soldados de las SA, con sus camisas pardas, ya libres de poder sacar las armas que tenían escondidas y de ponerse los brazaletes con la esvástica, marchaban. La policía marchaba con ellos. Había camiones llenos de soldados, había hombres y mujeres bailando y gritando a la luz de las antorchas.

Un rugido a pleno pulmón atravesaba la ciudad: «*Heil Hitler! Sieg Heil!* ¡Abajo los judíos! ¡Abajo los católicos! ¡Un pueblo, un Reich, un Führer, una victoria! ¡Abajo los judíos!». Voces fanáticas y brutas cantaban «Deutschland über alles» y coreaban: «¡Hoy tenemos toda Alemania, mañana tendremos el mundo!».[14] El dramaturgo Carl Zuckmayer escribió que el «inframundo había abierto sus puertas y había escupido a sus espíritus más viles, repelentes e inmundos

[...]. Lo que se estaba desatando era el alzamiento de la envidia, la malicia, la amargura y la venganza ciega y despiadada».[15] Un periodista británico que fue testigo de aquella procesión la llamó «un *aquelarre* de brujas indescriptible».[16]

Los ecos llegaron a Seitenstettengasse, donde los judíos se dispersaban fuera del Stadttempel. Fritz llevó a Kurt por Judengasse y cruzaron el río. En unos minutos habían vuelto a Leopoldstadt.

Los nazis llegaban, junto con hordas de nuevos amigos de conveniencia, y decenas de miles de ellos inundaban el centro de la ciudad y se dirigían al barrio judío. La marea entraba por los puentes a Leopoldstadt y llegaba en oleadas a Taborstrasse, Leopoldsgasse, el Karmelitermarkt e Im Werd. Cien mil hombres y mujeres gritaban cánticos y rugían triunfales y llenos de odio. «*Sieg Heil!* ¡Muerte a los judíos!». Los Kleinmann estaban sentados en su casa escuchando el tumulto del exterior, esperando a que entrara por la puerta.

Pero no pasó. Durante horas, las masas dominaron las calles, todo ruido y furia, pero sin causar muchos daños físicos. Agarraron por la calle a algunos judíos que habían tenido mala suerte y los atacaron. La gente que «parecía judía» recibió palizas. Atacaron a algunos partidarios de Schuschnigg reconocidos. Allanaron algunas casas y negocios y los saquearon, pero la tormenta de destrucción no cayó sobre Viena esa noche. Sorprendidos, algunos se preguntaron si la naturaleza gentil del pueblo vienés podía llegar a calmar incluso el comportamiento de sus nazis.

Era una esperanza vana. La razón del comedimiento era simple: las SA estaban al mando y eran un cuerpo disciplinado. Su intención era destruir a su presa metódicamente, no con una revuelta. Junto con la policía, que ahora llevaba brazaletes con la esvástica, las SA tomaron el control de los edificios públicos. Los miembros destacados del partido del Gobierno fueron apresados o escaparon. El mismo Schuschnigg fue detenido, pero aquello solo era el preludio.

La mañana siguiente, las primeras columnas del Ejército alemán habían cruzado la frontera.

Los poderes europeos —Reino Unido, Francia, Checoslovaquia— se opusieron a la invasión alemana de un territorio soberano, pero Mussolini, supuesto aliado de Austria, descartó tomar medidas militares y ni siquiera condenó a Alemania. La resistencia internacional se desmoronó incluso antes de formarse. El mundo dejó a Austria a merced de los lobos.

Y Austria les dio la bienvenida.

אבא

Gustav se despertó con el sonido de motores. Un zumbido le había entrado en el cráneo sigilosamente y había ido aumentando de volumen. Aviones. Por un momento, fue como si estuviera en la calle delante de su taller: aún era ayer, la pesadilla todavía no había ocurrido. Apenas era hora de almorzar. Toda la familia excepto Tini, cuya actividad podía oír a lo lejos en la cocina, estaba aún en la cama despertando de sus sueños.

Mientras Gustav se levantaba y se vestía, el zumbido fue creciendo. No se veía nada por las ventanas —solo tejados y una franja de cielo—, de modo que se puso los zapatos y bajó a la calle.

En la calle y por el Karmelitermarkt había pocos signos

de los terrores nocturnos, solo unos cuantos folletos de «¡Vota sí!» pisoteados y apartados hacia los rincones. Los vendedores estaban montando los puestos y abriendo las tiendas. Todo el mundo miraba hacia el cielo y el rugido de los motores sonaba más y más alto haciendo temblar las ventanas y ahogando el ruido de las calles. No se parecía en nada al día anterior, se avecinaba una tormenta. Los aviones se dejaron ver por encima de los tejados. Eran bombarderos. Había decenas volando en formación cerrada y también cazas sobrevolándolos a toda velocidad. Volaban tan bajo que hasta desde el suelo se podían distinguir las marcas alemanas y se podía ver cómo se abrían las puertas de las bodegas de bombas.[17] Una oleada de terror se extendió por el mercado.

Sin embargo, lo que cayó no fueron bombas, sino otra tormenta de papeles, que revolotearon sobre los tejados y las calles. Era un clima político que creaba verdaderos fenómenos meteorológicos. Gustav agarró uno de los folletos. Era más breve y más simple que el mensaje del día anterior. Lo encabezaban el águila nazi y una declaración:

> La Alemania nacionalsocialista saluda a su Austria nacionalsocialista y al nuevo Gobierno nacionalsocialista.
>
> ¡Juntos en un vínculo fiel e indestructible!
>
> *Heil Hitler!*[18]

El estruendo de los motores era ensordecedor. No solo los sobrevolaron los bombarderos, sino también más de un centenar de aviones de carga. Mientras que los bombarderos se ladearon y dieron la vuelta, los otros aviones se dirigieron al sureste. Nadie lo sabía todavía, pero eran aeronaves de transporte de tropas y se dirigían al aeródromo de

Aspern, a las afueras de la ciudad. Era la primera punta de lanza alemana en la capital austriaca. Gustav dejó caer el trozo de papel como si fuera tóxico y volvió dentro.

Esa mañana, el desayuno fue sombrío. De ese día en adelante, un espectro rondaría cada acción, palabra y pensamiento de todos los judíos. Todos sabían lo que había pasado en Alemania durante los últimos cinco años. Lo que no sabían era que en Austria no habría un arranque gradual. Iban a vivir cinco años de terror de golpe, en un torrente frenético.

Venía la Wehrmacht, venían las SS y la Gestapo, y los rumores decían que el mismo Führer estaba en Linz y pronto llegaría a Viena. Los nazis de la ciudad estaban como locos de emoción y triunfo. La mayoría de la población, que solo quería estabilidad y seguridad, empezó a dejarse llevar por los tiempos. Las tiendas judías de Leopoldstadt fueron saqueadas sistemáticamente por escuadrones de soldados de las SA, mientras que las casas de los judíos más ricos empezaron a ser asaltadas y desvalijadas. La envidia y el odio contra los que tenían negocios, talleres o profesiones relacionadas con la medicina o el derecho habían ido escalando durante la depresión económica y la burbuja estaba a punto de explotar violentamente.

Había un mito que decía que la naturaleza de los vieneses no era la de hacer política mediante peleas y revueltas callejeras. «El vienés de verdad —decían consternados mientras los nazis llenaban las calles de ruido y de furia— trata sus diferencias en la mesa de un café y va a votar como un ser civilizado.»[19] Pero, cuando llegara el momento, «el vienés de verdad» iría como un ser civilizado hacia el desastre. Ahora el país lo gobernaban los salvajes.

No obstante, Gustav Kleinmann, un hombre optimista

por naturaleza, creía que su familia estaría a salvo. Al fin y al cabo, eran más austriacos que judíos. No había duda de que los nazis solo perseguirían a los devotos, a los abiertamente hebreos, a los ortodoxos… ¿Verdad?

בת

Edith Kleinmann caminaba con la cabeza alta. Como su padre, se consideraba más austriaca que judía. No pensaba mucho en esas cosas, tenía dieciocho años. Durante el día, aprendía sombrerería y quería ser diseñadora de sombreros. En su tiempo libre, se divertía, salía con chicos y le encantaban la música y bailar. Edith era, sobre todas las cosas, una joven, con las motivaciones y los deseos de la juventud. Los chicos con los que salía no solían ser judíos. Esto incomodaba a su padre; ser austriaco estaba bien, pero él creía que uno debía ceñirse a su gente. Si había una contradicción en eso, Gustav no la veía.

Transcurrieron unos días desde la llegada de los alemanes. Habían entrado a la ciudad el domingo, el día del plebiscito anulado. La mayoría de los judíos se quedaron en casa, pero Fritz, el hermano de Edith, temerario como de costumbre, se aventuró a salir para verlos. Según les había contado, al principio, algunos vieneses valientes lanzaron piedras a los soldados alemanes, pero pronto fueron superados por la multitud que los vitoreaba y gritaba *Heil Hitler!* Cuando todo el Ejército alemán hizo su entrada triunfal en la capital, liderado por el mismo Adolf Hitler, las columnas parecían no tener final: flotas de limusinas, motos y coches blindados resplandecientes, miles de uniformes y cascos de color gris de campaña y botas militares dando fuertes pisadas. Las banderas escarlatas con la esvástica estaban por todas partes: las llevaban en alto los soldados, colgaban de los edificios, ondeaban en los coches. Entre bastidores, Heinrich Himmler había llegado en avión y había iniciado el proceso mediante el cual asumiría el mando de la policía.[20] El saqueo a los judíos adinerados continuó y se informaba de que había suicidios cada día.

Edith andaba con paso enérgico. Había un altercado en la esquina de Schiffamtsgasse con Leopoldsgasse, donde una multitud se había reunido cerca de la comisaría de policía.[21] Edith oía risas y vítores. Iba a cruzar la calle, pero desaceleró el paso al ver una cara conocida entre la muchedumbre: Vickerl Ecker, un viejo amigo del colegio. Sus ojos radiantes y ansiosos se encontraron con los de Edith.

—¡Allí! ¡Ella es una![22]

Las caras se volvieron hacia ella. Oyó la palabra *judía* y sintió que unas manos la tomaban por los brazos y la lanzaban hacia la multitud. Vio la camisa color pardo de Vickerl y el brazalete con la esvástica. Entonces la hicieron pasar entre la masa de cuerpos apretados y se vio dentro de un círculo de caras maliciosas y burlonas. Media docena de hombres y mujeres estaban a cuatro patas, con cepillos y cubetas, fregando el suelo. Todos eran judíos, todos iban bien vestidos. Una mujer desconcertada agarraba el sombrero y los guantes con una mano y un cepillo con la otra y arrastraba el abrigo inmaculado por los adoquines mojados.

—De rodillas.

Le pusieron un cepillo en la mano y la hicieron caer de un empujón. Vickerl señaló las cruces austriacas y los eslóganes de «¡Decimos sí!».

—Borra tu propaganda asquerosa, judía.

Los espectadores se jactaron cuando empezó a fregar.

Entre la gente, había caras que reconocía: vecinos, conocidos, empresarios bien vestidos, esposas estiradas, mujeres y hombres trabajadores... Todos formaban parte del tejido del mundo de Edith y ahora se habían transformado en una masa jactanciosa. Fregó, pero la pintura no se iba.

—Un buen trabajo para los judíos, ¿eh? —gritó alguien, y hubo más risas.

Uno de los soldados de las SA agarró la cubeta de uno de los hombres y se la echó encima. Le dejó empapado el abrigo de piel de camello. La gente lo celebró.

Alrededor de una hora después, les dieron a las víctimas un recibo por su «trabajo» y permiso para marcharse. Edith fue hacia su casa con las medias rotas, la ropa sucia, esforzándose por contenerse, desbordada por la vergüenza y la degradación.

Durante las semanas siguientes, estos «juegos de limpieza» se volvieron parte de la vida cotidiana en los barrios judíos. Los eslóganes patrióticos resultaron imposibles de quitar y, a menudo, las SA añadían ácido al agua para quemar las manos de sus víctimas y que les salieran ampollas.[23] Por suerte para Edith, no volvieron a agarrarla, pero su hermana Herta, de quince años, estuvo entre el grupo al que obligaron a fregar las cruces austriacas de la base del reloj del mercado. También obligaron a otros judíos a pintar eslóganes antisemitas en tiendas y negocios judíos con pinturas de color rojo y amarillo vivos.

La brusquedad con la que la gentil Viena se había transformado era sobrecogedora. Como si, al rasgar la tela suave y cómoda de un sofá que conocemos muy bien, descubriéramos los muelles y clavos afilados que hay debajo. Gustav se equivocaba, los Kleinmann no estaban a salvo. Nadie lo estaba.

Se vistieron todos con sus mejores ropas antes de salir de casa. Gustav llevaba el traje de los domingos; Fritz, los pantalones bombachos de colegial; Edith, Herta y Tini, sus vestidos más elegantes; el pequeño Kurt, un traje de marinero. En el estudio fotográfico de Hans Gemperle, todos miraron la lente de la cámara como si fuera su propio futuro. Edith sonrió incómoda, con una mano posada en el hombro de su madre. Kurt parecía contento —a los ocho años, entendía poco de lo que podían suponer los cambios en su mundo— y Fritz mostró la soltura relajada de un adolescente fanfarrón, mientras que Herta —que acababa de cumplir los dieciséis y ya era una mujer— estaba radiante. Cuando herr Gemperle (que no era judío y prosperaría mucho en los años siguientes) apretó el disparador, capturó la aprensión de Gustav y el estoicismo en los ojos oscuros de Tini. Ahora entendían el rumbo que había tomado el mundo, hasta el alegre Gustav lo sabía. Había sido el deseo de Tini el que los había llevado al estudio. Tenía el presentimiento de que quizá la familia no permanecería unida mucho más tiempo y quería capturar la imagen de sus hijos cuando aún podía.

El veneno de las calles ahora empezaba a emanar de las oficinas del Gobierno y de la justicia. En virtud de las Leyes de Núremberg de 1935, a los judíos austriacos se les despojó de su nacionalidad. El 4 de abril, Fritz y todos sus compañeros judíos fueron expulsados de la escuela de oficios y también perdieron las prácticas. A Edith y a Herta las despidieron del trabajo y Gustav ya no podía ejercer su oficio, le embargaron el taller y se lo cerraron, y se advirtió a la gente que no comprara nada a los judíos. A los que sorprendían haciéndolo, los obligaban a quedarse de pie con un cartel que decía: «Soy ario, pero soy un cerdo. He comprado en esta tienda judía».[24]

Cuatro semanas después del Anschluss, la anexión forzosa de Austria a Alemania, Adolf Hitler volvió a Viena. Pronunció un discurso en la estación de ferrocarriles del Noroeste —a pocos cientos de metros de Im Werd— ante un público de veinte mil miembros de las SA, las SS y las Juventudes Hitlerianas:

> He demostrado a lo largo de mi vida —bramó— que puedo hacer más que esos enanos que llevaban este país a la ruina. Dentro de cien años, mi nombre prevalecerá como el del gran hijo de este país.[25]

El público estalló en una tormenta ensordecedora de *Sieg Heils.* Lo repetían una y otra vez, y su eco se extendió por las casas judías de Leopoldstadt.

Viena estaba cubierta de esvásticas, todos los periódicos estaban llenos de fotografías ensalzando al Führer. El día siguiente, Austria celebraría el tan esperado plebiscito sobre la independencia. Evidentemente, los judíos tenían prohibido votar. La votación fue vigilada con firmeza y controlada de cerca por las SS, y el resultado, que no sorprendió a nadie, fue del 99.7 por ciento a favor del Anschluss. «El resultado ha superado todas mis expectativas», declaró Hitler.[26] Las campanas de las iglesias protestantes repicaron durante quince largos minutos y el líder de la Iglesia evangélica ordenó que se oficiaran servicios de acción de gracias. Los católicos permanecieron callados, no muy seguros todavía de si el Führer iba a tratarlos igual que a los judíos.[27]

Se prohibieron los periódicos extranjeros. Empezaron a aparecer broches con la esvástica por todos lados y caían sospechas sobre todo hombre o mujer que no llevara una.[28] En las escuelas, el saludo de *Heil Hitler* pasó a formar parte de la rutina diaria después de los rezos de la mañana. Había rituales de quema de libros y las SS tomaron el Israelitische Kultusgemeinde (IKG), el centro de asuntos culturales y religiosos judíos que se encontraba cerca del Stadttempel, y humillaron y torturaron a los rabinos y a los funcionarios que trabajaban allí.[29] Desde ese momento, el IKG se convertiría en el órgano del Gobierno a través del que se gestionaba «el problema judío» y tendría que pagar una «compensación» al Estado por ocupar sus propias instalaciones.[30] El régimen embargó propiedades de judíos por valor de 2.250 millones de marcos imperiales (sin contar casas o departamentos).[31]

Gustav y Tini tenían problemas para mantener unida a su familia. Gustav tenía algunos buenos amigos arios en el oficio del tapizado que lo empleaban en sus talleres, pero no muy a menudo. Durante el verano, el dueño de la Lechera de la Baja Austria dio trabajo a Fritz y a su madre repartiendo leche en el distrito de al lado de madrugada, de modo que los clientes no pudieran saber que quienes les llevaban la leche eran judíos. Ganaban dos peniques por cada litro que repartían, lo que suponía cobrar un marco al día —un sueldo de miseria—. La familia subsistía gracias al comedor social para judíos que había en su calle.

Era imposible escapar del nazismo. Grupos de soldados con camisas pardas de las SA y las Juventudes Hitlerianas marchaban por las calles cantando:

> *Cuando la sangre judía gotea del cuchillo,*
> *cantamos y reímos.*

Sus canciones llamaban a ahorcar judíos y a llevar a los curas al paredón. Algunos de los que cantaban eran viejos amigos de Fritz que se habían vuelto nazis con una rapidez pasmosa. Algunos hasta se habían unido a la división local de las SS, la 89 Standarte. Las SS estaban por todas partes pidiendo a los transeúntes que se identificaran, orgullosos y complacidos con sus uniformes almidonados y su poder sin límite. El nazismo lo infectaba todo. La palabra *Saujud* —«cerdo judío»— se oía por todas partes. Aparecieron carteles que decían «Solo arios» en los bancos de los parques. A Fritz y a los amigos que le quedaban les prohibieron jugar en los campos deportivos o entrar a las piscinas —un golpe duro para Fritz, al que le encantaba nadar.

A medida que avanzaba el verano, la violencia antisemita remitió, pero las sanciones oficiales no cesaron y, bajo la superficie, iba creciendo la tensión. Empezó a oírse un nombre aterrador.

—Baja la cabeza y cierra la boca —se decían unos judíos a otros— o irás a Dachau.

La gente había empezado a desaparecer. Primero, las figuras importantes —políticos y empresarios— y, después, los hombres judíos con buenas capacidades físicas fueron secuestrados con pretextos poco sólidos. A veces, se los devolvían a sus familias incinerados. Entonces, empezaron a susurrar otro nombre: Buchenwald. Los *Konzentrationslager* —«campos de concentración»—, que habían sido una característica de la Alemania nazi desde el principio, se multiplicaban.[32]

La persecución de los judíos se estaba volviendo absolutamente burocrática. Sus identidades eran un asunto al que se prestaba especial atención. En agosto, se decretó que, si no tenían nombres hebreos, tenían que adoptar un segundo nombre —*Israel* los hombres, *Sara* las mujeres—.[33] Sus documentos de identidad —los llamados *Juden-Kennkarte* o *J-Karte*— debían llevar un sello con una *J*. Una vez que le habían puesto el sello al documento, su portador era llevado a una habitación, con un fotógrafo y varios ayudantes, tanto hombres como mujeres. Después de que le hicieran una fotografía de credencial, el candidato tenía que desnudarse. Un testigo dejó constancia de ello: «A pesar de su absoluta reticencia, la gente tenía que desnudarse del todo [...] para que la retratasen de nuevo desde todos los ángulos». Les tomaban las huellas y los medían. «Obviamente, los hombres medían a las mujeres. Se medía la fuerza capilar, se tomaban muestras de sangre y todo se escribía y se listaba.»[34] Todos los judíos, sin excepción, tenían que pasar por esa degradación. Algunos echaban a correr en cuanto les ponían el sello, de modo que las SS empezaron a tomar las fotografías en primer lugar.

Cuando llegó septiembre, la situación en Viena era tranquila y empezó a retomarse una vida aparentemente normal, hasta para los judíos dentro de sus comunidades.[35] Sin embargo, los nazis no estaban en absoluto satisfechos con lo que habían hecho hasta el momento. Hacía falta espolear a la gente para que pasara a la siguiente fase de odio hacia los judíos.

En octubre, en Bélgica, tuvo lugar un incidente que auguraba lo que estaba por llegar. La ciudad portuaria de Amberes tenía un barrio judío grande y próspero. El 26 de octubre de 1938, dos reporteros del periódico de propaganda nazi *Der Angriff* llegaron a tierra firme en un barco de vapor de pasajeros y empezaron a tomar fotografías del comercio de diamantes entre judíos. Se comportaron de manera intrusiva y ofensiva, y varios judíos reaccionaron con rabia.

Intentaron echar a los periodistas y hubo un altercado en el que a uno de los alemanes lo hirieron y le quitaron la cámara.[36] En la prensa alemana, el incidente se exageró diciendo que había sido un ataque atroz hacia dos ciudadanos alemanes inocentes e indefensos. Según el periódico más importante de Viena, una banda de cincuenta matones judíos se había abalanzado sobre un grupo de turistas alemanes, los habían golpeado hasta hacerles sangrar y les habían robado sus pertenencias cuando habían quedado inconscientes. «Una gran parte de la prensa belga guarda silencio —decía el periódico ocultando la verdad—. Esa actitud es indicativa de la incompetencia de estos periódicos, que no tienen miedo de armar un escándalo cuando un solo judío tiene que hacerse responsable de sus crímenes.»[37] El periódico nazi *Völkischer Beobachter* dio un aviso alarmante de que cualquier otro acto de violencia judía contra los alemanes «podría tener consecuencias más allá de sus círculos de influencia, [unas consecuencias] que podrían ser extremadamente indeseables y desagradables».[38]

La amenaza era clara y la tensión, alta.

A principios de noviembre, los sentimientos antisemitas de todo el Reich buscaban una válvula de escape. El detonante tuvo lugar lejos de allí, en París, cuando un judío polaco llamado Herschel Grynszpan, en un arranque de ira por la expulsión de su gente de Alemania —incluyendo a su propia familia—, entró con un revólver que acababa de comprar a la embajada alemana y le disparó cinco balas a Ernst vom Rath, un funcionario al azar.

En Viena, los periódicos tildaron el asesinato de «provocación atroz».[39] Había que darles una lección a los judíos.

Vom Rath murió el miércoles 9 de noviembre. Esa noche, los nazis salieron en bloque a las calles de Berlín, Múnich, Hamburgo, Viena y muchas otras ciudades y pueblos. Los oficiales locales del partido y de la Gestapo eran los maestros de ceremonias y, siguiendo sus órdenes, llegaron las SA y las SS armadas con mazos, hachas y combustible. Los objetivos fueron las casas y negocios que todavía estaban en manos de judíos. Si se interponían, los judíos recibían palizas y eran asesinados sin más. Los soldados de las SA derruían y quemaban todo lo que podían, pero lo que más vívidamente recordaban los testigos era el destrozo de los escaparates y ventanas. Los alemanes lo llamaron Kristallnacht, «Noche de los cristales rotos», por los añicos relucientes que cubrían las calles. Los judíos lo recordarían como el Pogromo de Noviembre.

La orden general era que no debía haber saqueos, solo destrucción.[40] En medio del caos que se desató, la orden fue infringida muchas veces y se robó en las casas y en los negocios judíos con la excusa de buscar armas o «literatura ilegal».[41] Los judíos a los que denunciaban sus vecinos vieron cómo los camisas pardas invadían sus casas, rompían sus posesiones y cortaban y rasgaban su ropa y su mobiliario. Las madres escudaban a sus hijos aterrorizados y las parejas se abrazaban petrificadas y desesperanzadas mientras entraban en sus casas.

En Leopoldstadt, conducían a los judíos que sorprendían en la calle al Karmelitermarkt y les propinaban una paliza. Pasada la medianoche, prendieron fuego a las sinagogas. Los tejados que los Kleinmann veían desde su casa desprendían un resplandor naranja, iluminados por las llamas de la Polnische Schul, la sinagoga de Leopoldsgasse. Cuando llegó el cuerpo de bomberos, los soldados de las SA les impidieron apagar el fuego hasta que el magnífico edificio se hubo consumido completamente. En el centro de la ciudad, el Stadttempel, que no se podía quemar porque colindaba con otros edificios, fue destripado y no dejaron más que sus paredes. Destrozaron y violentaron sus preciosos tallados, muebles y su bonita decoración blanca y dorada. Tumbaron y rompieron el arca y la *bimá*.

Antes de que amaneciera, empezaron las detenciones. Miles de judíos —sobre todo hombres en buenas condiciones físicas— fueron secuestrados en la calle o sacados a rastras de sus casas por los soldados.

Entre los primeros a los que capturaron estaban Gustav y Fritz Kleinmann.

2

TRAIDORES DEL PUEBLO

אבא

Los llevaron a la comisaría central del distrito, un edificio imponente de ladrillo rojo y piedra labrada que estaba cerca del parque público del Prater.[1] Los días de fiesta, la familia Kleinmann había pasado muchas tardes en el Prater paseando por los kilómetros de zona verde, relajándose mientras tomaban algo en alguna terraza y los niños disfrutaban de las atracciones y las carpas de la feria. Ahora, en aquella mañana de invierno sombría, las puertas estaban cerradas y la telaraña de acero de la noria se cernía, amenazadora, sobre los tejados. Gustav y Fritz pasaron cerca de la entrada del parque sin verla, en un camión lleno de hombres judíos de Leopoldstadt.

Padre e hijo habían sido denunciados a las SA por sus vecinos, hombres que habían sido buenos amigos de Gustav, hombres con los que había charlado, a los que había sonreído, a los que conocía y en los que confiaba, que conocían a sus hijos y la historia de su vida. No obstante, sin que los coaccionaran o provocaran, lo habían lanzado a los lobos.

Una vez en la comisaría, hicieron bajar a los prisioneros y los llevaron en rebaño a un edificio de caballerizas abandonado.[2] Allí ya había cientos de hombres y mujeres. A la mayoría se los habían llevado de sus casas como a Gustav y a Fritz, y a cientos más los habían detenido por la mañana cuando hacían fila delante de las embajadas y consulados de otros países buscando escapar.[3] A otros los habían secuestrado al azar por la calle. Les lanzaban una pregunta como un rugido:

—*Jude oder Nichtjude?*[*]

Y, si la respuesta era *Jude* o si el aspecto de la víctima parecía siquiera judío, al camión. A algunos los hicieron ir a pie y las masas los insultaron y atacaron por la calle. Los nazis lo llamaban *Volksstumme,* «la voz del pueblo», y bramaba por las calles con el sonido de sirenas y, con la luz del alba, siguió y siguió; era una pesadilla de la que no despertarían.

Habían llevado a seis mil quinientos judíos —la mayoría hombres— a las comisarías de policía de toda la ciudad[4] y ninguna estaba tan llena como la que se hallaba al lado del Prater. Las celdas se habían saturado con las primeras llegadas y ahora la gente estaba tan apelotonada en el edificio de caballerizas que tenía que estar con las manos levantadas. A algunos les hicieron arrodillarse para que los nuevos pudieran pasarles por encima.

Gustav y Fritz se mantuvieron juntos entre la multitud. Las horas se consumieron mientras continuaban allí plantados o arrodillados, hambrientos, sedientos, con dolor de articulaciones, rodeados de murmullos y quejidos y rezos. Del patio llegaban burlas y sonidos de palizas. Cada pocos minutos, se llevaban a dos o tres personas para interrogarlas. Nadie volvía.

[*] «¿Judío o no judío?».

Fritz y su padre habían perdido la noción de las horas que habían tenido que aguantar cuando, finalmente, el dedo los señaló a ellos y se abrieron paso entre la masa de cuerpos hasta la puerta. Les hicieron ir a otro edificio y los llevaron delante de un jurado de oficiales. El interrogatorio estuvo plagado de insultos: «cerdo judío», «traidor del pueblo», «criminal judío». Obligaban a cada prisionero a identificarse con estas calumnias, a aceptarlas y repetirlas. Las preguntas eran las mismas para todos los hombres: «¿Cuánto dinero tienes ahorrado? ¿Eres homosexual? ¿Tienes una relación con una mujer aria? ¿Has ayudado a practicar un aborto? ¿De qué asociaciones y partidos eres miembro?».

Tras el interrogatorio y una evaluación, les asignaban categorías. A los que marcaban con *zurück* («devolver») los volvían a encerrar a la espera de más trámites. A los que marcaban con *entlassung* («soltar») les daban permiso para marcharse; eran sobre todo mujeres, personas mayores, adolescentes y extranjeros detenidos por error. La categoría que los hombres temían oír era *tauglich* («útil»), que significaba que irían a Dachau o a Buchenwald o al nuevo nombre que se empezaba a susurrar: Mauthausen, un campo que estaban construyendo en la misma Austria.[5]

Dejaron a Gustav y a Fritz a la espera de sus veredictos en una sala del entresuelo desde la que se podía ver el patio. Habían obligado a los hombres que había fuera a ponerse en filas, muy juntos, con los brazos levantados. Los soldados nazis los fustigaban y les pegaban con látigos y palos. Les hacían acostarse, levantarse, rodar por el suelo y los azotaban, les daban patadas y se reían de ellos. Llevaban los abrigos y los trajes buenos sucios de tierra y sus sombreros estaban pisoteados por el suelo. A algunos los elegían para darles palizas más severas. Los que no participaban en la «gimnasia» eran obligados a cantar: «¡Somos criminales judíos! ¡Somos cerdos judíos!».

Mientras pasaba esto, los policías, hombres que hacía mucho que estaban en el cuerpo y que conocían a la gente de Leopoldstadt, estaban presentes y ayudaban en lo que se les pedía. Aunque pocos participaban en los abusos, tampoco hubo ninguno que se opusiera. Por lo menos uno de los policías veteranos se unió a las palizas del patio.[6]

Tras una larga espera, llegaron los veredictos de Fritz y Gustav. A Fritz, que solo tenía quince años, lo habían marcado con *entlassung*. Podía marcharse. A Gustav lo marcaron con *zurück*: lo volvían a encerrar. Fritz no pudo hacer más que ver, angustiado y consternado, cómo obligaban a su padre a alejarse.

בן

Era por la tarde cuando Fritz salió de la comisaría. Volvió a casa solo, pasando al lado de la entrada del Prater, que tan familiar le era. Había hecho ese camino muchas veces, después de nadar con sus amigos en el Danubio y de pasar el día en el parque, feliz por haber comido pastelitos o rebosante de adrenalina. Ahora solo había desolación.

Las calles estaban sombrías y manchadas de sangre, con resaca de los excesos de la noche anterior. Leopoldstadt estaba asolado, el empedrado de las calles comerciales y del Karmelitermarkt estaba cubierto por un manto de cristales rotos y madera astillada.

Fritz llegó a casa, a los brazos de su madre y de sus hermanas.

—¿Dónde está papá? —preguntaron.

Él les contó lo que había pasado y que su padre había sido retenido. De nuevo, los aterradores nombres les vinieron a la cabeza: Dachau, Buchenwald. Esperaron aquella noche, pero no recibieron noticias. Indagaron tímidamente, pero no consiguieron averiguar nada.

Por todo el mundo se recibió la noticia del pogromo con aversión. Estados Unidos retiró a su embajador de Berlín en señal de protesta[7] y el presidente declaró que la noticia había «afectado profundamente al pueblo estadounidense». «Me cuesta creer que cosas como esta puedan pasar en el siglo XX»,[8] dijo. En Londres, *The Spectator,* que entonces era una revista de izquierdas, publicó: «La barbarie en Alemania es a una escala tan grande, está marcada por una inhumanidad tan diabólica y muestra signos tan inequívocos de haber sido instigada por las instituciones que sus consecuencias [...] aún no se pueden predecir».[9]

Los nazis desestimaron las acusaciones de que se habían cometido atrocidades diciendo que se trataba de noticias falsas para desviar la atención del verdadero atentado: el asesinato terrorista de un diplomático alemán por parte de un judío. Se congratulaban de haberles aplicado a los judíos un castigo merecido, que era la «expresión de una repulsa justificada entre los estratos más grandes del pueblo alemán».[10] Las condenas que llegaban del extranjero se desestimaban por ser «mugre y lodo fabricados en los centros de inmigración reconocidos de París, Londres y Nueva York y dirigidos por la prensa mundial, que se encuentra bajo la influencia judía».[11] La destrucción de las sinagogas suponía que los judíos ya no podían «conspirar contra el Estado con el pretexto de oficiar servicios religiosos».[12]

Fritz, Tini, Herta, Edith y Kurt esperaron todo el viernes y no pudieron averiguar nada sobre Gustav. Entonces, cuando caía la noche y empezaba el *sabbat,* llamaron a la puerta. Nerviosa, Tini fue a abrir. Y ahí estaba su marido, vivo.

Exhausto, famélico, deshidratado y más demacrado que nunca, Gustav entró como habiendo resucitado de la tumba y lo recibió un estallido de alegría y alivio. Les contó lo que le había sucedido. Los oficiales nazis habían tenido en consideración su servicio en la Primera Guerra Mundial, y algunos viejos amigos dentro de la policía habían dado fe de sus numerosas heridas de guerra y de sus condecoraciones. La orden general de las SS era que no había que detener a los veteranos, como tampoco a los enfermos, los ancianos y los menores.[13] Ni siquiera los nazis llegaban todavía al punto de condenar a un héroe de guerra a ir a un campo de concentración. Gustav Kleinmann era libre para marcharse.

Durante los días siguientes empezaron los traslados. Flotas de camiones policiales *Grüne Heinrich*[*] salían por turnos de las comisarías de toda la ciudad llenos de hombres judíos, algunos de los cuales también eran veteranos de guerra, pero no tenían las condecoraciones o los conocidos dentro de la policía que tenía Gustav. Todos tenían el mismo destino: la rampa de carga de la estación de ferrocarriles de Westbahnhof. Allí, hacían entrar a los rebaños de prisioneros en vagones de carga. Algunos fueron a Dachau, otros a Buchenwald. A muchos no volvieron a verlos nunca más.

אבא

Gustav se enrollaba, distraído, una tira de tela en los dedos, un retazo, un sobrante, un recorte de la que había sido su forma de ganarse la vida. En la calle resonaban los martillazos de un

[*] «Enrique el Verde», nombre familiar de los camiones policiales para el traslado de presos.

obrero que clavaba unos paneles para cubrir los cristales rotos de una tienda de dueños judíos. La tienda ya no era judía.

Miró a un lado y otro de Im Werd y hacia delante, al mercado y a Leopoldsgasse, y reconoció los negocios que habían pertenecido a sus amigos judíos y que, ahora, o bien estaban vacíos o bien estaban en manos de no judíos. Como los vecinos que los habían denunciado a él y a Fritz a las SA, muchos de los nuevos dueños habían sido amigos de la gente a la que le habían quitado la tienda. Estaba la perfumería de Ochshorn, en la esquina más alejada de la plaza del mercado, que ahora era propiedad de Willi Pöschl, un vecino del edificio de Gustav. Los carniceros, polleros y vendedores de fruta habían perdido sus puestos en el mercado. Otra amiga de Gustav, Mitzi Steindl, había participado con entusiasmo en la expulsión de los judíos de sus negocios y en su incautación. Antes de todo aquello, Mitzi era pobre y Gustav le daba a menudo trabajo como costurera para ayudarla.

Con toda una clase marcada como los enemigos del pueblo y la oportunidad de obtener beneficios inmediatos, los amigos habían traicionado a sus amigos sin dudarlo, sin escrúpulos. Muchos de ellos disfrutaban con los tormentos, las intimidaciones, los saqueos, las palizas y las deportaciones. A ojos de casi todo el mundo, los judíos no podían ser amigos. ¿Cómo podía un animal peligroso y sanguinario ser amigo de un ser humano? Era inconcebible.

Según las observaciones de un periodista inglés: «Es cierto que los judíos de Alemania no han sido formalmente condenados a muerte; simplemente se les ha hecho imposible vivir».[14] Al enfrentarse a esta imposibilidad, muchos se suicidaron, aceptando lo inevitable y quitándose el peso de aquella vida vacía de esperanza que no era vida. Muchos otros decidieron marcharse y buscarse la vida en otro lugar. Desde el Anschluss, muchos judíos austriacos habían intentado emigrar y ahora aumentaban en número y en desesperación.

משפחה

Gustav y Tini hablaron de marcharse. Tini tenía familiares y amigos que se habían ido a Estados Unidos hacía muchos años, pero dejar el Reich para encontrar un lugar mejor se había vuelto extremadamente complicado para una familia judía sin dinero o influencias. En los cinco años y medio que hacía que los nazis habían tomado el poder en Alemania, decenas de miles de judíos habían emigrado, pero todos los países del mundo se resistían cada vez más a dejar entrar ese flujo de migrantes y refugiados.

En Austria, la emigración judía —y la vida en general— pasó a estar controlada por Adolf Eichmann. Eichmann, que era austriaco de nacimiento, había sido funcionario en el brazo de inteligencia y seguridad de las SS y se había convertido en el mayor experto en cultura y asuntos judíos de la organización.[15] Su solución al «problema judío» era, principalmente, animar a los judíos a irse, a través de la Oficina Central para la Emigración Judía. Eichmann reactivó el IKG, la organización cultural y humanitaria judía de Viena, y obligó a los líderes de esta a formar parte de su aparato. El IKG recopilaba información de los judíos y coordinaba la burocracia necesaria para su partida.

A pesar de que querían que los judíos se marcharan, los nazis no podían evitar la crueldad de ponérselo lo más difícil posible. Les arrebataban su patrimonio cuando pasaban por el sistema mediante una serie de impuestos abusivos, entre los cuales había un «impuesto por escapar del Reich» del 30 por ciento de sus bienes y un «impuesto de reparaciones» del 20 por ciento (un castigo por los «abominables crímenes» de los judíos),[16] además de sobornos sustanciales y una tasa de cambio para las divisas extranjeras que era un robo. Es más, el certificado de pago de esos impuestos solo era válido durante unos meses y obtener una visa solía llevar más tiempo. A menudo, se mandaba a los futuros emigrantes de nuevo a la casilla de salida y tenían que volver a pagarlo todo. Como consecuencia, el Gobierno nazi tuvo que prestarle dinero al IKG para que pagara los boletos para el viaje y la moneda extranjera.[17] De ese modo, el propio odio de los nazis fue un palo en las ruedas de la máquina que ellos mismos habían construido para fabricarlo.

Encontrar un lugar al que emigrar era la parte más difícil. Por todo el mundo, había gente que condenaba a los nazis y criticaba a sus propios gobiernos por no hacer lo suficiente para acoger a los refugiados, pero estos activistas se veían superados por las personas que no querían inmigrantes entre ellos, robándoles el sustento y diluyendo sus sociedades. La prensa alemana se mofaba de la hipocresía de un mundo que hacía mucho ruido, indignado por la supuesta situación lamentable de los judíos, pero hacía muy poco o nada para ayudarlos. Así calificaron la situación en *The Spectator*: «Es una atrocidad, especialmente para la conciencia cristiana, que el mundo moderno, con sus inmensos recursos y riquezas, no pueda darles un hogar a estos exiliados».[18]

Las palabras de un periodista británico plasmaban muy bien en qué se había convertido la ciudad para la familia Kleinmann:

> [En] una ciudad de persecución, una ciudad de sadismo. [...] Ningún número de ejemplos de crueldad y bestiali-

> dad puede transmitir al lector que no lo ha sentido en la atmósfera de Viena el aire que tienen que respirar los judíos austriacos, [...] el terror cada vez que les llaman al timbre, el olor de la crueldad en el aire [...]. Si sienten esa atmósfera entenderán la razón por la que familias y amigos se separan para emigrar a los confines de la Tierra.[19]

Incluso después de la Kristallnacht, los gobiernos extranjeros, la prensa conservadora y la voluntad popular predominante se mantuvieron firmes en su postura de dejar pasar a los migrantes judíos a cuentagotas. Cuando los occidentales pensaban en Europa, no solo veían a los pocos cientos de miles de judíos de Alemania y Austria, sino que veían cómo, detrás de ellos, miles estaban amenazados en otros países de Europa del Este y tres millones más en Polonia. Todos esos países habían promulgado leyes antisemitas recientemente.

«Es un espectáculo vergonzoso —dijo Adolf Hitler— ver cómo todo el mundo democrático desprende compasión por el pobre y atormentado pueblo judío, pero permanece insensible e inflexible cuando se trata de ayudarlos.»[20] Hitler se mofaba de la «supuesta conciencia» de Roosevelt, mientras que en Westminster, aunque los miembros del Parlamento de todos los partidos hablaban de corazón sobre la necesidad de ayudar a los judíos, el ministro del Interior, sir Samuel Hoare, advertía de «una corriente subyacente de desconfianza y alarma sobre la afluencia extranjera» y desaconsejaba la inmigración masiva.[21] Sin embargo, los parlamentarios, exhortados por los laboristas George Woods y David Grenfell, insistieron en una acción conjunta para ayudar a los niños judíos, para salvar a «la joven generación de un gran pueblo» que siempre había hecho «contribuciones bellas y generosas» al estilo de vida de las naciones que le habían dado asilo.[22]

Mientras tanto, los judíos del Reich solo podían dejar pasar los días, hacer fila delante de los consulados de los países occidentales, y esperar y confiar en que sus solicitudes salieran adelante. Para los miles de judíos que estaban en campos de concentración, una visa de emigración era su única esperanza. En Viena, había centenares que se habían quedado sin casa y muchos eran reacios a solicitar el permiso para emigrar por miedo a que los detuvieran.[23]

Gustav no tenía dinero ni propiedades, así que no podía conseguir los fondos para pasar por aquel exprimidor burocrático. Tampoco tenía mucha confianza en su capacidad para empezar una nueva vida en un país extraño. La última palabra la tuvo Tini que, simplemente, no podía soportar la idea de marcharse. A su edad, ¿dónde podía ir sin sentirse desarraigada? Sus hijos eran otro tema. Estaba especialmente preocupada por Fritz, que tenía quince años. Los nazis se lo habían llevado una vez y podían volver a llevárselo. No tardaría mucho en perder la seguridad que le daba la edad.

En diciembre de 1938, más de mil niños judíos dejaron Viena y se fueron hacia el Reino Unido. Eran los primeros de los cinco mil previstos por el Gobierno británico que, por una vez, cumplía con sus buenas palabras.[24] Finalmente, más de diez mil se pondrían a salvo en el Reino Unido con el Kindertransport, aunque seguía siendo una parte pequeña de los que necesitaban asilo. Los británicos propusieron abrir Palestina a diez mil niños más. Tini se había enterado de esa propuesta y tenía la esperanza de poder colocar a Fritz en uno de los traslados.[25] Era lo bastante mayor para soportar irse lejos y para ganarse la vida trabajando, algo que no podía hacer Kurt, que tenía ocho años. Las negociaciones en Palestina se alargaron durante meses. Los árabes temían que los inundaran en su propia tierra, perder los derechos de los que disfrutaban al ser mayoría y sacrificar sus esperanzas de lograr un Estado palestino independiente en el futuro. Finalmente se rompieron las negociaciones.[26]

Mientras que el resto de su familia tenía dudas y preocupaciones, Edith Kleinmann estaba completamente decidida a marcharse. Además de la degradación y el abuso que había sufrido, su espíritu vivaz y extrovertido no podía soportar aquel confinamiento, que equivalía, de algún modo, a estar en cautiverio. Tenía que salir de allí costara lo que costara.

Edith tenía el ojo puesto en Estados Unidos y había conseguido los dos afidávits necesarios de los familiares de su madre que vivían allí y que estaban dispuestos a proporcionarle alojamiento y ayuda económica. Con aquello preparado, a finales de agosto de 1938, se había registrado en el consulado de Estados Unidos para empezar el proceso de solicitud.[27] El sistema estaba lleno a reventar de solicitantes, y ambas partes —el Departamento de Estado y el régimen nazi— cerraron poco a poco el grifo. Con el fin de año cada vez más cerca, Edith se enfrentaba a la posibilidad de quedarse atrapada en Viena para siempre. Después de la Kristallnacht, impaciente, decidió que Inglaterra le ofrecía un panorama mejor.

Desde principios de verano, una gran cantidad de judíos —sobre todo mujeres, que pasaban más fácilmente el proceso de evaluación— habían decidido que el Reino Unido era el mejor lugar al que intentar emigrar. Habían empezado a aparecer anuncios esperanzados en la sección de clasificados de *The Times*.[28] Los anunciantes se ofrecían como criadas, cocineras, chóferes y niñeras, hasta orfebres, doctores en derecho, profesoras de piano, mecánicos, tutoras de lengua, jardineros y contables. Muchos se ofrecían para trabajos más humildes que aquellos para los que estaban cualificados. Eran recurrentes las mismas autorrecomendaciones: «Buen maestro», «Cocinera perfecta», «Buen reparador», «Con experiencia», «Excelente carácter». Con el tiempo, los anuncios se volvieron palpablemente desesperados: «Cualquier trabajo», «Busca urgentemente», «Con niño de diez años (a un albergue de menores si hace falta)», «De inmediato»... Era el clamor de una gente que veía cómo levantaban los muros de una prisión a su alrededor y oía cómo cerraban las puertas de golpe.

Las empleadas del hogar certificadas tenían mayores probabilidades de conseguir una visa.[29] Una vecina que vivía cerca de los Kleinmann, Elka Jungmann, puso un anuncio representativo de los centenares que había:

> COCINERA, con certificado de años trabajados (judía), también criada, conoce los trabajos de la casa, busca puesto.
>
> ELKA JUNGMANN, Viena 2, Im Werd 11/19[30]

Al ser aprendiz de sombrerera, Edith no tenía habilidades para las tareas domésticas y no le entusiasmaba la idea de aprenderlas. Se vestía bien, vivía bien y se consideraba una dama. ¿Limpiar la casa? No iba con su carácter. Sin embargo, Tini se ocupó de ella, le enseñó lo que pudo y le encontró un puesto de criada en casa de una familia judía pudiente de la ciudad. Edith trabajó allí un mes y ellos le dieron un certificado que daba fe de que había trabajado seis. Con gran fortuna, Edith logró obtener un contrato de trabajo en Inglaterra. Solo le hacían falta la visa y el permiso de las autoridades nazis.

Esa era la parte difícil. El Gobierno británico solo concedía un puñado de visas cada día.[31] La fila del consulado era larga y avanzaba con una lentitud dolorosa. Los miembros de la familia hicieron turnos las veinticuatro horas del día para guardarle el sitio a Edith en la fila. Las temperaturas eran gélidas, pero siguieron haciendo turnos mientras la fila avanzaba centímetro a centímetro cada día. Las aceras de delante de los diversos consulados estaban obstruidas por los solicitantes, quienes eran dispersados por la policía periódicamente. A veces, llegaban los hombres de las SA y golpeaban a los judíos con cuerdas.[32] Pasó una semana hasta que el sitio de Edith llegó al gran pórtico del Palais Caprara-Geymüller, que albergaba el consulado del Reino Unido.[33] La dejaron entrar y presentó la solicitud. Y después esperó. Por fin, a principios de enero de 1939, le concedieron la visa.

La marcha de Edith fue dolorosa para todos. Ninguno de ellos podía imaginarse cómo o cuándo podrían volver a verse. Ella subió a un tren y desapareció de sus vidas de camino a una nueva existencia, dejando un vacío en la familia.

En cuestión de días, Edith estaba a bordo de un ferri que cruzaba el canal de la Mancha. Dejaba atrás el terror, el maltrato y el peligro, pero también todo lo que conocía y a todos los que amaba, por cuyo destino temía. En años venideros, cuando se hiciera mayor y les hablara a sus hijos sobre aquellos tiempos, se quedaría callada al llegar a ese punto, como si el dolor todavía fuera demasiado agudo. Cuando ya hacía tiempo que todo lo demás había dejado de doler, el recuerdo de su marcha era más potente que cualquiera de las cosas que le habían pasado antes.

משפחה

En Viena, la acosada comunidad judía era una sombra de lo que había sido. Un visitante que llegó a principios de verano de 1939 pensó que era peor que todo lo que pudiera pasar en Alemania. Calles enteras de tiendas y casas habían quedado vacías porque habían desahuciado a los judíos; las calles que antes habían sido concurridas ahora estaban desiertas. «Nos pareció una ciudad muerta», escribió.[34]

La organización sionista Youth Aliyah, cuyo objetivo oficial era preparar a los jóvenes judíos para la vida en los kibutz en Palestina, hizo un trabajo heroico con los niños; les proporcionó educación, formación profesional y médica, así como auxilio. Más de dos tercios de los judíos que quedaban en Viena dependían de la caridad, la mayoría de la cual provenía de sus propias comunidades. Salían a la calle tan poco como les era posible. En la mayor parte de los distritos, corrían peligro si salían después de la puesta de sol, especialmente aquellas tardes en que tenían lugar las reuniones del partido nazi. Siempre había actos de brutalidad después de que los hombres de las SS y las SA se hubieran enardecido entre sí con discursos. Algunos distritos eran demasiado peligrosos a cualquier hora del día.

En su casa, la familia Kleinmann se mantenía unida, estrechándose aún más por el vacío que había dejado Edith. Kurt iba a una de las escuelas improvisadas, mientras que su hermano y su hermana hacían lo que podían para ayudar a sus padres. Ese verano, Fritz cumplió dieciséis años y tuvo que hacerse un documento de identidad nuevo. De todas las fotos de las *J-Karte* de la familia, la de Fritz —en la que el apuesto joven, vestido solo con una camiseta interior, miraba con animadversión a la cámara— fue la única que acabó sobreviviendo.

De vez en cuando, alguna carta de Edith conseguía llegar a Viena. Eran cortas y sencillas. Edith se había adaptado a su trabajo de sirvienta y le iba bien. Vivía en las afueras de Leeds y trabajaba para una señora rusa judía que se apellidaba Brostoff. No contaba nada de sus sentimientos.

Las cartas de Edith siguieron llegando durante aquel verano y, entonces, de repente, dejaron de llegar. El 1 de septiembre, Alemania invadió Polonia. El Reino Unido y Francia le declararon la guerra y una barrera impenetrable se alzó entre Edith y su familia.

Nueve días después, les sobrevino un golpe aún más duro. El 10 de septiembre, Fritz fue arrestado por la Gestapo.

אבא

Una nueva oleada de detenciones se estaba extendiendo por el Reich. Con Alemania en guerra contra Polonia, todos los judíos de origen polaco fueron declarados extranjeros enemigos.[35] Como ciudadano austriaco, Gustav tendría que haber estado a salvo. Sin embargo, la gente que lo conocía bien sabía que había nacido en el antiguo reino de Galitzia. Desde 1918, Galitzia había pasado a formar parte de Polonia y, por lo que a Alemania respectaba, cualquier judío que hubiera nacido allí era polaco y una amenaza para la seguridad.

El mazazo les sobrevino un domingo cuando Tini estaba en casa con Herta, Fritz y Kurt. Llamaron a la puerta con fuerza, lo que les hizo encogerse de miedo.

Tini abrió con cautela y se asomó. Cuatro hombres se erguían delante de ella, todos vecinos. Reconoció todas las caras; cada arruga debajo de los ojos y cada pelo de la barba le era familiar. Todos eran trabajadores como Gustav, amigos con mujeres a las que conocía, cuyos hijos habían jugado con los suyos. Estaba Friedrich Novacek, un mecánico, y, al frente, estaba Ludwig Helmhacker, un carbonero.[36] Eran los mismos que habían denunciado a Gustav a las autoridades durante la Kristallnacht, y Ludwig y su grupito de colaboracionistas nazis los habían visitado muchas veces desde entonces.

—¿Qué quieren de nosotros ahora, Wickerl? —dijo Tini exasperada mientras la apartaban y entraban en el pequeño departamento. A pesar de todo, no pudo evitar llamar a Ludwig por el diminutivo familiar—.[37] Ya saben que no tenemos nada, no tenemos ni comida.

—Buscamos a tu marido —dijo Ludwig—. Tenemos órdenes: si Gustl[*] no está, tenemos que llevarnos al chico —señaló a Fritz con la cabeza.

Tini sintió como si la hubieran golpeado físicamente. No había nada que pudiera decir para cambiar lo que estaba pasando. Agarraron a su querido hijo y lo hicieron salir por la puerta. Ludwig se paró antes de irse.

—Mira, llevaremos a Fritz a la policía y, cuando Gustl se presente allí, el chico podrá volver a casa.

Cuando Gustav volvió ese día, encontró a su familia en un estado de pánico y tristeza. Cuando oyó lo que había pasado, no dudó; dio media vuelta y se fue hacia la puerta, decidido a ir directo a la policía. Tini lo agarró por el brazo.

—No, te detendrán a ti.

—No pienso dejar a Fritz en sus manos. —Volvió a dirigirse a la puerta.

—¡No! —suplicó Tini—. Tienes que huir, marcharte a algún sitio y esconderte.

No había forma de convencerlo. Dejó a Tini llorando y se dio prisa para llegar a la comisaría de Leopoldsgasse. Armándose de valor, entró directamente y se dirigió al mostrador.

[*] Diminutivo cariñoso de *Gustav* usado en el este de Austria, como también *Fritzl* (de *Fritz*), *Kurtl* (de *Kurt*) o *Fredl* (de *Alfred*).

El agente que estaba de guardia levantó la vista y lo miró.

—Soy Gustav Kleinmann —dijo—, vengo a entregarme. Tienen a mi hijo. Deténganme a mí y déjenlo ir.

El policía miró a su alrededor.

—Váyase —susurró—. Salga de aquí, carajo.

Desconcertado, Gustav salió del edificio. Volvió a casa y encontró a Tini aliviada de verlo y, a la vez, afligida porque Fritz no había vuelto.

—Lo volveré a intentar mañana —dijo Gustav.

—Habrán venido por ti antes —dijo Tini. Le volvió a rogar que corriera a esconderse—: Vete ya —insistió— o abriré el gas… Me suicidaré.

Kurt y Herta los observaban horrorizados. La resiliencia de sus padres era el pilar de la familia y verlos reducidos a la desesperación era espantoso.

Al final, Tini convenció a Gustav. Él salió de casa tras prometer que encontraría un lugar donde esconderse. Todo ese día y esa noche, Tini estuvo en vilo esperando a que llamaran a la puerta. No llamó nadie, pero, aquella noche, ya tarde, el propio Gustav volvió. No tenía otro lugar al que ir y no podía soportar dejar a Tini y a los niños solos toda la noche. A saber a quién se llevarían la próxima vez los nazis si no lo encontraban a él.

A las dos de la madrugada, llegaron: el estruendo en la puerta, la marea de hombres entrando en la casa, las órdenes a gritos, las manos agarrando a Gustav, los golpes, los ruegos, las últimas palabras desesperadas entre mujer y marido. Le dejaron llevarse un pequeño envoltorio con ropa —un suéter, una bufanda y un par de calcetines de repuesto—.[38] Y, entonces, se terminó. La puerta se cerró de golpe y Gustav ya no estaba.

PARTE II

—

BUCHENWALD

3

SANGRE Y PIEDRA: KONZENTRATIONSLAGER BUCHENWALD

אבא

Gustav se aseguró de que estaba solo y sacó una pequeña libreta de bolsillo y un lápiz. Escribió con su letra clara y angulosa: «He llegado a Buchenwald el 2 de octubre de 1939 después de dos días de viaje en tren».

Había pasado más de una semana desde el horrible arresto y habían ocurrido muchísimas cosas. Hasta la narración más concisa consumiría las valiosas hojas de la libreta. Se las había arreglado para mantenerla oculta; sabía que, si se la descubrían, sería su fin. No sabía si algún día saldría de allí. Pasara lo que pasara, ese diario sería su testimonio.

Alisó la página y siguió escribiendo: «De la estación de ferrocarriles de Weimar, vinimos corriendo al campo…».

בן

La puerta del vagón se abrió con un chirrido y la luz inundó el interior. Al instante, irrumpió un coro infernal de órdenes a voces y de gruñidos de perros guardianes. Fritz parpadeó y miró a su alrededor, aturdido por el torrente de sensaciones.[1]

Parecía que hacía un siglo que Wickerl Helmhacker y sus amigos lo habían apartado de su madre. El único consuelo que tenía era que, si no lo habían soltado a él, su padre debía de haberse librado.

Lo habían llevado, en primer lugar, al hotel Metropole, sede de la Gestapo de Viena. Habían detenido a una cantidad enorme de hombres judíos y las SS tenían problemas para hacerse cargo de todos. Tras unos días en las celdas de la Gestapo, trasladaron a Fritz y a miles de judíos más al estadio de fútbol que había cerca del Prater. Los tuvieron allí vigilados, apelotonados y en condiciones insalubres durante casi tres semanas. Finalmente, los llevaron a Westbahnhof y los hicieron subir a vagones de transporte de ganado.

El viaje hasta Alemania duró dos días. Encerrado en aquella masa de cuerpos, Fritz se balanceaba con las sacudidas del tren, agobiado por la proximidad de los demás. Era un chico de dieciséis años entre una multitud de hombres sudorosos y angustiados. Eran de todos los tipos imaginables: el padre de clase media, el empresario, el intelectual con anteojos, el trabajador con barba de algunos días, el feo, el guapo, el corpulento, el asustado, el que se lo tomaba todo con calma, el que hervía de indignación, el muerto de miedo. Algunos estaban en silencio, otros murmuraban o rezaban y otros charlaban sin cesar. Cada uno era un individuo que tenía una madre, una esposa, hijos, primos, una profesión, un lugar en la vida de Viena, pero, para los hombres uniformados que había fuera del vagón, eran solo ganado.

—Fuera, cerdos judíos, ¡ya! ¡Fuera, fuera, fuera!

Y salieron a aquella luz cegadora. Mil treinta y cinco judíos —desorientados, furiosos, confundidos, temerosos, aturdidos— surgían del interior de los vagones para el ganado y ponían los pies en la rampa de carga de la estación de Weimar, donde los esperaba un aluvión de insultos, golpes y gruñidos de perros.[2] Un grupo de gente de la zona se había acercado para ver llegar el convoy. Estaban detrás de los guardias de las SS, abucheándolos, sonriendo con superioridad e insultándolos.

A empujones, golpes y gritos, pusieron a los prisioneros —muchos de los cuales traían bolsas, envoltorios e incluso maletas— en fila. De la rampa de carga los llevaron a un túnel y después volvieron a salir al aire libre; todo aquello corriendo. La multitud los siguió durante un rato por la ciudad, por una de las calles que llevaba al norte.

—¡Corran, corran judíos, corred!

Fritz tenía calambres en las piernas, pero se obligó a correr. Si un hombre flaqueaba o se apartaba de los demás, si parecía siquiera que reducía la marcha o si hablaba con otro, le caía un culatazo en los hombros, la espalda o la cabeza.

Aquellos hombres de las SS eran peores que nada de lo que Fritz hubiera visto en Viena. Pertenecían a las Totenkopfverbände («Unidades de la Calavera»); llevaban la insignia de una calavera y unos huesos cruzados en las gorras y los cuellos del uniforme, y su brutalidad escapaba a la razón humana. Eran borrachos y sádicos con la mente atrofiada o retorcida, con el alma deformada; los habían convencido de que habían nacido para aquello, les habían otorgado un poder prácticamente ilimitado y los habían adiestrado para creer que eran soldados en una guerra contra el enemigo interno.

Fritz corrió y corrió por un infierno de violencia que parecía no acabar nunca. La calle dio paso a kilómetros y kilómetros de carreteras rurales. Los guardias se mofaban de los prisioneros y les escupían. A los hombres que tropezaban, debilitados por la edad, la fatiga o el peso del equipaje, les disparaban inmediatamente. Si alguno se paraba a atarse un cordón, se caía o suplicaba que le dieran agua, le pegaban un tiro sin vacilar. La carretera, que subía una pendiente, se adentraba en un bosque espeso. Allí, les hicieron desviarse hacia otra carretera hormigonada. Los veteranos la llamaban el Camino de Sangre. Muchos prisioneros habían muerto construyéndolo y a su sangre se unía la de los recién llegados a los que llevaban por allí.

Mientras corría, con los pulmones a punto de explotar, Fritz creyó reconocer a una figura alta y delgada delante de él. Aumentó el ritmo para alcanzarlo. Estaba en lo cierto, allí, en contra de toda lógica, ¡estaba su padre! Avanzaba a duras penas, empapado en sudor y con el pequeño envoltorio que le había hecho Tini debajo del brazo.

Para Gustav, fue como si Fritz hubiera aparecido de la nada. La ocasión no permitía el asombro ni los reencuentros sentimentales. Con la boca cerrada y sin separarse el uno del otro, se abrieron paso hacia el centro del grupo para alejarse de los golpes arbitrarios, no se permitieron pensar en los disparos esporádicos y subieron la cuesta corriendo con el resto del rebaño, adentrándose más y más en el bosque.

Aquello era Ettersberg, una montaña alta cubierta por hayedos densos. Durante siglos, había sido un coto de caza de los duques de Sajonia-Weimar y, más recientemente, un sitio al que la gente solía ir de pícnic. Había sido un retiro para artistas e intelectuales y la gente solía asociarla con autores como Schiller y Goethe.[3] La ciudad de Weimar era el epicentro del patrimonio cultural clásico alemán y, al fundar un campo de concentración en Ettersberg, el régimen nazi dejaba su propia huella en ese patrimonio.

Por fin, después de ocho kilómetros, que a los prisioneros les costó recorrer más de una hora, el Camino de Sangre giraba hacia el norte y desembocaba en un claro enorme que habían abierto en el bosque. Esparcidos por el claro había edificios con formas muy variopintas, algunos acabados, otros todavía en construcción, muchos apenas empezados. Eran el cuartel y las instalaciones de las SS, la infraestructura de una máquina en la que los prisioneros eran tanto el combustible como la materia prima. Buchenwald —llamado así por el pintoresco bosque de hayas *(Buche)* que hacía que la montaña fuera tan bella— era más que un simple campo de concentración, era un asentamiento modelo de las SS, cuya magnitud acabaría compitiendo con la de Weimar. Un día, lo que pasaba entre aquellas hayas ensombrecería todo el patrimonio germánico de la ciudad. Muchas de las personas encerradas allí no lo llamaban Buchenwald, sino Totenwald, «el Bosque de la Muerte».[4]

Delante de ellos, la carretera estaba cortada por una casa ancha y de poca altura que formaba parte de un cercado de vallas enormes. Era la entrada al campo de prisioneros propiamente dicho. En la entrada había dos eslóganes. Arriba, en el dintel, estaba inscrito:

RECHT ODER UNRECHT – MEIN VATERLAND

«Mi patria, me equivoque o no»: era la esencia del nacionalismo y el fascismo. Y forjado en el metal de la misma verja de entrada:

JEDEM DAS SEINE

«A cada cual, lo suyo.» También se podía entender como «cada uno recibe lo que se merece».

Condujeron el rebaño de recién llegados, exhaustos, sudorosos y sangrando, a través de la verja de entrada. En ese momento eran mil diez, pues veinticinco de los hombres que habían partido de Viena eran ahora cadáveres esparcidos por el Camino de Sangre.[5]

Se vieron atrapados por un cordón impenetrable: el campo, que era enorme, estaba rodeado por una valla de alambre de espino con veintidós torres de vigilancia repartidas a intervalos, dotadas con focos y metralletas; la valla medía tres metros de alto y estaba electrificada, la recorrían trescientos ochenta voltios letales. El exterior estaba patrullado por centinelas y dentro había una franja arenosa llamada la *zona neutral*. Cualquier prisionero que la pisara sería abatido.[6]

Inmediatamente detrás de la puerta había un gran patio de armas —una *Appelplatz* o «plaza del recuento»—. Delante y a un lado había barracones ordenados en hileras que se alejaban pendiente abajo y, más adelante, había bloques más grandes de dos plantas. Ordenaron a Gustav, Fritz y al resto de recién llegados en filas en la plaza del recuento. Permanecieron de pie mientras les apuntaban con armas, incómodos y desaliñados, con los trajes elegantes sucios y las ropas de trabajo, los suéteres y las camisas, los impermeables, los sombreros de fieltro y los zapatos de ir a la oficina, las gorras, las botas con clavos, barbudos, calvos, con el pelo repeinado, con el pelo enmarañado. Mientras estaban ahí de pie, trajeron a rastras los cuerpos de los hombres que habían asesinado por el camino y los dejaron caer entre ellos.

Apareció un grupo de oficiales de las SS bien vestidos. Entre ellos había uno que destacaba, un hombre de mediana edad, encorvado y con los mofletes hinchados. Era, como descubrirían más adelante, el comandante del campo, Karl Otto Koch.

—Bueno, cerdos judíos —dijo—, ahora están aquí. No se puede salir de este campo una vez se ha entrado. Recuérdenlo: no saldrán vivos.

Inscribieron a los hombres en el registro del campo y a cada uno le asignaron un número de prisionero: Fritz Kleinmann, 7290; Gustav Kleinmann, 7291.[7] Las órdenes llegaban en ráfagas confusas que muchos de los vieneses no entendían porque no estaban acostumbrados a los dialectos alemanes. Los obligaron a desnudarse y a ir hasta el bloque de los baños, donde se bañaron con un agua tan caliente que era casi insoportable (algunos estaban demasiado débiles como para aguantarlo y cayeron al suelo). Entonces llegó la inmersión en una tina llena de un desinfectante abrasador.[8] Desnudos, se sentaron en un patio para que les raparan la cabeza y, bajo otra lluvia más de culatazos y toletazos, los hicieron volver a la plaza del recuento.

Allí les repartieron los uniformes del campo: calzones largos, calcetines, zapatos, una camiseta, y los pantalones y el saco con las distintivas rayas azules; nada les quedaba bien. Si lo deseaba, un prisionero podía comprar un suéter y guantes por doce marcos,[9] pero pocos tenían más de un penique. Se llevaron toda su ropa y sus pertenencias, incluyendo el pequeño envoltorio que había traído Gustav.

Con las cabezas afeitadas y el uniforme, los recién llegados ya no eran individuos, sino una masa homogénea y solo los podían identificar por su número. Los únicos rasgos distintivos eran las ocasionales barrigas gordas o las cabezas que se alzaban por encima del resto. La violencia de la llegada les había imprimido la sensación de que eran propiedad de las SS y que podían hacer con ellos lo que consideraran conveniente. Cada hombre había recibido una tira de tela con su número de prisionero que tenía que coser en el pecho del uniforme junto a otro distintivo. Al examinar el suyo, Fritz vio que era una estrella de David formada por un triángulo amarillo y uno rojo superpuestos. El resto de los hombres tenían el mismo. El triángulo rojo indicaba que, al haber sido detenidos con el pretexto de ser judíos polacos, estaban bajo «custodia protectora» (la «protección» era el Estado).[10]

Entonces, otro oficial de las SS revisó a los prisioneros. Tenía la cara plana como una sartén. Ese, como sabrían más adelante, era el subcomandante Hans Hüttig, un sádico muy entregado. Repasándolos con asco, negó con la cabeza.

—Es increíble que se haya permitido que gente así estuviera en libertad hasta ahora.[11]

Les hicieron marchar hasta el «campo pequeño», un recinto de cuarentena que había en la parte oeste de la plaza del recuento, rodeado por un cordón doble de alambre de espino. Dentro, en lugar de barracones, había cuatro tiendas de campaña enormes en cuyo interior había literas de madera de cuatro niveles.[12] Durante las últimas semanas, habían llegado más de ocho mil prisioneros a Buchenwald —más de veinte veces el flujo normal de ingresos—[13] y las tiendas estaban a reventar.

Gustav y Fritz se vieron compartiendo una litera de solo dos metros de ancho con tres hombres más. No había colchones, solamente tablas de madera. Cada uno tenía una cobija, así que, por lo menos, estaban abrigados. Estaban tan muertos de cansancio que se durmieron enseguida, apretados como sardinas y con los vientres vacíos.

Al día siguiente, la Gestapo del campo registró a los nuevos prisioneros. Los fotografiaron, les tomaron las huellas y los interrogaron brevemente, lo que les llevó toda la mañana. Pasado el mediodía, recibieron su primer plato de comida caliente: medio litro de estofado aguado que llevaba papas y nabos sin pelar, con algo de grasa y carne flotando. La comida de la noche era un cuarto de hogaza de pan y un trocito de salchicha. El pan se repartía entero y no había cuchillos, por lo que compartirlo era un trabajo caótico que a menudo implicaba disputas y peleas por envidia.

Les dejaron ocho días en cuarentena y, entonces, los pusieron a trabajar. A la mayoría les encomendaron trabajos duros en la cantera que había cerca, pero a Gustav y a Fritz les asignaron el mantenimiento de los desagües de la cantina. Durante todo el día, abusaban de los trabajadores y los trataban como a esclavos. Gustav escribió en su diario: «He visto cómo los prisioneros reciben palizas de las SS, así que cuido de mi muchacho. Lo hago con contacto visual. Yo entiendo la situación y sé cómo comportarme. Fritz también lo entiende».

Así terminaba su primera entrada. Releyó lo que había escrito hasta el momento, solo dos páginas y media, con todo lo que habían vivido, tanta angustia y peligro. Habían pasado ocho días. ¿Cuántos más tendrían que pasar?[14]

אבא

Gustav entendía que, para estar a salvo, era vital pasar desapercibido, pero, dos meses después de llegar a Buchenwald, tanto él como Fritz llamaron la atención de la forma más peligrosa posible. Gustav sin querer, Fritz a propósito.[15]

Cada mañana, una hora y media antes del amanecer, unos silbatos estridentes los sacaban del olvido que les regalaba el sueño. Entonces entraban los kapos y el encargado del bloque gritándoles que se dieran prisa. Estos hombres confundían a los recién llegados; también eran prisioneros —sobre todo «hombres de verde», delincuentes que llevaban un triángulo verde en el uniforme— y habían sido escogidos por las SS para hacer de tratantes de esclavos y vigilantes de los barracones, de modo que los guardias de las SS podían mantenerse a cierta distancia de la masa de prisioneros.

Mientras sonaban los silbatos, Fritz y Gustav se pusieron los zapatos y bajaron de la litera. Quedaron sumergidos hasta los tobillos en el barro frío del suelo sin pavimentar. Fuera, el campo resplandecía con luz eléctrica a lo largo de las vallas, en lo alto de las torres de vigilancia y por los caminos y las zonas abiertas. Llevaron al rebaño de prisioneros a la plaza para el recuento y les dieron una taza de café de bellota a cada uno. Era dulce, pero no surtía ningún efecto estimulante y siempre estaba frío cuando les llegaba la taza. Repartirlo era un proceso largo y tenían que estar de pie y en silencio, sin moverse y temblando con aquella ropa tan fina durante dos horas. Cuando era hora de ponerse a trabajar, el amanecer empezaba a iluminar el paisaje.

Gustav y Fritz solo disfrutaron de un breve periodo trabajando en los desagües y los destinaron al destacamento de la cantera. Formando columnas ordenadas, los sacaron por la puerta principal y les hicieron girar para ir por el camino que bajaba entre el campo y el cuartel de las SS, un conjunto de edificios grandes de dos plantas y de ladrillo, algunos todavía en construcción, ordenados formando un arco como las hojas de un abanico. A los nazis les encantaban las construcciones imponentes, incluso en los campos de concentración; daban una imagen ilusoria de elegancia, orden y sentido para ocultar la pesadilla.

Después de bajar un poco por la montaña, los prisioneros atravesaron la hilera de centinelas. No había vallas en la parte de fuera del campo y las zonas de trabajo estaban rodeadas por un cordón bien dotado de centinelas de las SS. Estaban colocados a intervalos de doce metros, uno de cada dos iba armado con un fusil o un subfusil y los demás llevaban un tolete. Una vez habían pasado al otro lado del cordón, si algún prisionero lo volvía a cruzar, le disparaban sin dudar, sin cuestionárselo. Pasar corriendo el cordón era una forma de suicidarse bastante común entre los desesperados. Obligar a los prisioneros a cruzar la línea era el pasatiempo preferido de algunos guardias de las SS. Había un «registro de fugas» en el que se apuntaban los nombres de los tiradores de las SS y les daban puntos por las muertes, que después se convertían en recompensas en forma de días de vacaciones.

La cantera era grande, una cicatriz pálida y tosca de piedra caliza en la ladera de bosques verdes de la montaña. Desde allí, si levantaban la cabeza y la niebla y la lluvia lo permitían, podían ver cómo se extendía la campiña, vasta y ondulante, hasta el horizonte brumoso del oeste; pero nadie levantaba la cabeza, no más de un segundo. El trabajo era duro, interminable, peligroso. Los hombres a rayas picaban la piedra, rompían la piedra, llevaban la piedra y recibían golpes de los kapos si se relajaban. Se suponía que los kapos tenían que ser duros, motivados porque sabían que, si los de las SS no estaban satisfechos con ellos, les quitarían el rango y los devolverían entre los prisioneros, que llevarían a cabo su venganza.[16]

Había unas vías estrechas por las que entraban y salían vagones de acero enormes, del tamaño de carros de caballerías, que llevaban la piedra de la cantera a las obras que había por todo Buchenwald. Gustav y Fritz trabajaban de vagoneros. Durante todo el día, ellos y catorce hombres más tenían que empujar y tirar de los vagones cargados, que pesaban unas cuatro toneladas y media,[17] para subirlos medio kilómetro por la ladera mientras recibían latigazos y gritos de los kapos. Las vías estaban construidas sobre un lecho de piedra molida, que se resbalaba y crujía bajo los zapatos frágiles o los zuecos de madera de los hombres. Era fundamental ir rápido y, una vez que se había vaciado el vagón, tenía que llevarse de vuelta a la cantera enseguida. Caía por su propio peso por las vías de vuelta y los dieciséis hombres tenían que tirar de él para evitar que tomara una velocidad descontrolada. Las caídas eran frecuentes y muchos terminaban con las extremidades o la cabeza rotas. A menudo, un vagón descarrilaba y, a veces, iba directamente hacia el siguiente y dejaba un rastro de hombres aplastados y desmembrados.

Llevaban a los heridos a la enfermería o, si eran judíos, al Bloque de la Muerte, el barracón donde iban los enfermos terminales.[18] Los hombres con heridas muy graves recibían una inyección letal de un médico de las SS.[19] Hasta las heridas más leves podían ser fatales en las condiciones insalubres en las que vivían y trabajaban los prisioneros. Para un hombre con poca vista, perder los anteojos podía ser prácticamente una sentencia de muerte.

Gustav y Fritz trabajaron duro día tras día y consiguieron evitar los castigos y los accidentes. «Estamos demostrando que valemos», escribió Gustav en su diario.

Y así pasaron dos semanas. Entonces, el 25 de octubre, la disentería y la fiebre se desataron en el campo de cuarentena. No tenían suministro de agua y los trabajadores de la cantera bebían de los charcos; algunos pensaban que esa era la causa de la enfermedad. Con más de tres mil quinientos hombres debilitados apiñados en las tiendas y unos lugares de aseo que consistían en una zanja, el campo de cuarentena era un buen caldo de cultivo para las enfermedades. Cada día, la población se veía erosionada por decenas de muertes.

A pesar de todo, la rutina ardua del campo continuaba. Cada día, raciones pobres; cada día, de pie durante horas en el recuento, soportando el frío y la lluvia; cada día, golpes y heridas. Los de las SS eran especialmente vengativos con un rabino mayor que se apellidaba Merkl, a quien apaleaban con frecuencia y a quien, finalmente, obligaron a cruzar el cordón de centinelas. Y, mientras tanto, seguían ignorando la disentería y el número de muertos aumentaba.

Algunos polacos, guiados por el hambre, cortaron la valla del campo pequeño, entraron en las cocinas del campo principal y volvieron con doce kilos de sirope, una delicia que alegró un poco la dieta de los prisioneros. Fue un placer fugaz. El robo fue descubierto y castigaron a todo el campo pequeño sin comer dos días. Unos días después, alguien robó una caja de carne en gelatina del almacén. Volvieron a dejar sin comer a los prisioneros durante dos días y los obligaron a permanecer firmes en la plaza del recuento de la mañana a la noche. Mientras tenía lugar el desfile de castigos, alguien entró en la porqueriza de la granja que había en el extremo norte del campo y se llevó un cerdo. Koch, el comandante del campo, que vivía en una bonita casa en el complejo de Buchenwald e iba de paseo al zoo que había en el mismo Buchenwald con su esposa y sus hijos los domingos, ordenó personalmente que no se diese de comer a nadie hasta haber encontrado a los ladrones. Inspeccionaron la ropa de cada uno de los prisioneros en busca de rastros de sangre o del aserrín de la pocilga. Los castigos y los interrogatorios duraron tres días hasta que, finalmente, se descubrió que los ladrones eran, en realidad, hombres de las SS.[20]

Débiles por la falta de alimentos y sometidos a un trabajo que les minaba el ánimo, los vivos caminaban en silencio y encorvados como si fueran los espectros de los que ya habían muerto.

Y, entonces, de pronto, las cosas fueron a peor.

בן

El miércoles 8 de noviembre de 1939, Adolf Hitler voló a Múnich para presidir la conmemoración anual que celebraba el partido nazi del fallido Putsch de Múnich de 1923, en el que él y sus seguidores hicieron el primer intento de subir al poder en Baviera. Hitler abrió el acto con un discurso en la grandiosa cervecería Bürgerbräukeller. Como justo había empezado la guerra y posiblemente tendría que retrasar la invasión de Francia debido al mal clima, el Führer quería volver rápido a Berlín, de modo que pronunció su discurso una hora antes de lo previsto. Dieciocho minutos después de que se marchara, cuando tenía que haber estado en mitad de su arenga, una bomba escondida en un pilar explotó con una fuerza colosal. Acabó con el grupo de personas que estaban cerca e hirió a decenas de personas más.[21]

Alemania se quedó horrorizada. Aunque el artífice, Georg Elser, era un comunista alemán sin lazos con el judaísmo, a ojos de los nazis, los judíos eran los responsables de todas las malas obras. Al día siguiente, que justo era el aniversario de la Noche de los cristales rotos, tomaron venganza en los campos de concentración. En Sachsenhausen, las SS sometieron a los reclusos a intimidaciones y torturas, mientras en Ravensbrück las mujeres judías estuvieron encerradas en los barracones casi un mes,[22] pero estas crueldades parecían insignificantes en comparación con lo que ocurrió en Buchenwald.

La mañana del 9 de noviembre muy temprano, se llevaron a todos los prisioneros judíos, entre los cuales estaban Gustav y Fritz, de sus puestos de trabajo al campo. Les ordenaron que volvieran a los barracones y, cuando se confirmó que estaban todos, el sargento de las SS Johann Blank dio comienzo al ritual de castigo.

Blank era un sádico nato. Había sido aprendiz de silvicultura y cazador furtivo en Baviera y ahora era un participante entusiasta del juego de obligar a los prisioneros a cruzar el cordón de centinelas. Él mismo llevaba a cabo muchos de los asesinatos.[23] Acompañado por otros hombres de las SS, todavía con resaca por las celebraciones del Putsch de la noche anterior, Blank fue de un barracón a otro y escogió a veintiún judíos —entre los que había un chico de diecisiete años que había tenido la mala suerte de estar fuera cumpliendo un encargo—. Les hicieron marchar hasta la entrada principal, donde tuvieron que quedarse de pie mientras los hombres de las SS celebraban un pequeño desfile que coincidía con la marcha conmemorativa que estaba teniendo lugar en Múnich. Cuando acabaron, abrieron las puertas y los judíos fueron conducidos por la pendiente que llevaba a la cantera.

Dentro de la tienda, Gustav y Fritz no sabían nada de lo que pasaba, salvo lo que podían ir siguiendo gracias a los sonidos. Durante un largo rato, hubo silencio. Entonces, de repente, llegó una ráfaga de disparos y luego otra y otra, seguidas por tiros esporádicos. Y, después, el silencio de nuevo.[24]

Los relatos de lo que había pasado circularon rápidamente por el campo. Habían llevado a los veintiuno a la entrada de la cantera y allí les habían disparado. Algunos habían logrado huir, pero les habían dado caza y los habían asesinado entre los árboles.

El día no había terminado. El sargento de las SS Blank, acompañado por el sargento Eduard Hinkelmann, centró ahora su atención en el campo pequeño. Llevaron a cabo una inspección de las tiendas, encontrando fallos en todo y montando en cólera. Ordenaron a los prisioneros que salieran a la plaza del recuento. Cuando estuvieron en formación, los kapos pasaron por las filas, escogieron a uno de cada veinte hombres y lo empujaron hacia delante. Llegaron a la fila de Gustav y Fritz.

—Uno, dos, tres… —El dedo se movía al compás—. Diecisiete, dieciocho, diecinueve… —El dedo dejó atrás a Gustav—. Veinte. —El dedo se clavó en Fritz.

Lo agarraron y lo empujaron hacia las otras víctimas.[25]

Trajeron hasta la plaza una tabla pesada de madera de la que colgaban correas. Cualquier prisionero que hubiera estado allí una o dos semanas reconocía el *Bock,* el potro de tortura. Había sido introducido por el subcomandante Hüttig como método de castigo para los prisioneros y entretenimiento para sus hombres.[26] Todos los prisioneros habían visto cómo se usaba y le tenían pavor. A los sargentos Blank y Hinkelmann les encantaba usarlo.

Agarraron a Fritz por los brazos y lo llevaron rápidamente hacia el *Bock.* A él se le encogieron las entrañas. Le quitaron el saco y la camisa y le bajaron los pantalones. Unas manos lo empujaron para que cayera de cara sobre la parte de arriba del potro, que estaba inclinada. Le metieron los pies por los agujeros de las correas y le apretaron la tira de piel de la espalda.

Gustav observó consternado e impotente cómo Blank y Hinkelmann se preparaban. Estaban saboreando el momento, acariciando sus látigos, unas armas atroces de piel con el núcleo de acero. Las normas del campo permitían un mínimo de cinco azotes y un máximo de veinticinco. Ese día, solo el número máximo podría apaciguar la rabia de las SS.

El primer latigazo cayó como el corte de una cuchilla en el trasero de Fritz.

—¡Cuenta! —le gritaron.

Fritz había presenciado el ritual antes, sabía lo que se esperaba de él.

—Uno —dijo.

El látigo le cortó la carne otra vez.

—Dos —continuó, sin aliento.

Los hombres de las SS eran metódicos. Los latigazos se daban a un ritmo lento que prolongaba el castigo e intensificaba el dolor y el miedo por cada golpe. Fritz se esforzó por concentrarse, porque sabía que, si perdía la cuenta, los latigazos empezarían desde cero.

—Tres... Cuatro... —Una eternidad, un infierno de dolor—. Diez... Once... —Luchaba por concentrarse, por contar correctamente, por no ceder ante la desesperación o caer inconsciente.

Por fin, la cuenta llegó a veinticinco. Le aflojaron la correa y lo forzaron a ponerse de pie. Ante la mirada de su padre, se lo llevaron, sangrando, encendido de dolor y con la mente aturdida mientras arrastraban al siguiente desgraciado hacia el *Bock*.

Aquel ritual obsceno se alargó durante horas: decenas de hombres, cientos de latigazos a un ritmo lento. Algunos hombres sucumbieron ante la angustia del momento, se equivocaron y tuvieron que volver a empezar. Ninguno se fue entero.

אבא

No había tratamiento médico para los judíos, ni días de baja, ni un tiempo de convalecencia. Las víctimas, llenas de cortes y terriblemente adoloridas, tenían que volver inmediatamente a la rutina diaria del campo. Tenían que seguir adelante lo mejor que podían, porque sucumbir al dolor o a la enfermedad allí significaba ceder ante la muerte. En Buchenwald, por muy mal que fueran las cosas, siempre podían ir a peor. Y eso era lo que solía pasar.

Dos días después, durante el recuento de la mañana, Fritz se mantenía firme con una dificultad considerable. A pesar del dolor, le preocupaba más su padre que él mismo. Gustav no estaba para nada bien. Habían renovado el castigo del hambre, la disentería y la fiebre aún infestaban el campo y Gustav había caído enfermo. Estaba pálido, febril y aquejado de diarrea. Fritz lo observaba por el rabillo del ojo mientras los minutos pasaban lentamente. En ese estado le sería imposible trabajar; a duras penas podía mantenerse de pie durante el recuento.

Gustav se balanceó, sentía escalofríos y estaba perdiendo el sentido. Los sonidos se amortiguaron y se volvieron indistintos, una neblina negra se cerró alrededor de su visión, las extremidades se le durmieron de repente y sintió cómo caía y caía y caía en un pozo negro. Cuando chocó contra el suelo, ya estaba inconsciente.

Cuando se despertó, estaba acostado bocarriba dentro de un edificio. No era la tienda. Por encima de él flotaba la cara de Fritz y también la de otro hombre. ¿Era la enfermería? Imposible, los judíos no podían entrar allí. En su estado confuso y febril, Gustav comprendió vagamente que tenía que ser el edificio reservado para los casos perdidos, del que la gente casi nunca salía viva: el Bloque de la Muerte.

Fritz y el otro hombre lo habían llevado allí —Fritz esforzándose a pesar de sus heridas—. El aire era denso, sofocante, lleno de quejidos, una atmósfera de muerte desesperanzada e inevitable.

Había dos médicos. Uno, un alemán que se apellidaba Haas, era cruel, robaba a los enfermos y los dejaba morir de hambre. El otro era un preso, el doctor Paul Heller, un joven médico judío de Praga. Heller hacía todo lo que podía por sus pacientes con los escasos recursos que le proporcionaban las SS.[27] Gustav se quedó tumbado sin poder hacer nada durante días, con una temperatura de 38.8 grados centígrados, a veces lúcido, a veces en un delirio febril.

Fritz, mientras tanto, estaba cada vez más preocupado por las condiciones del campo pequeño. Habían dejado de darles de comer otra vez. Habían oído el anuncio por los altavoces tantas veces que ya era como un mantra: «Se impone la privación de alimentos como medida disciplinaria». Solo ese mes ya habían aguantado siete días sin comer. Algunos de los prisioneros más jóvenes sugerían rogar a las SS que les dieran comida. Fritz, que apenas se estaba recuperando de los latigazos, era uno de ellos. Los prisioneros más viejos y más sabios, muchos de ellos veteranos de la Primera Guerra Mundial, les previnieron contra ello. Actuar significaba llamar la atención y llamar la atención suponía un castigo o la muerte.

Fritz lo habló con un amigo vienés, Jakob Ihr —que se apodaba Itschkerl—, un chico del Prater.

—Me da igual si tenemos que morir —dijo Itschkerl—, voy a hablar con el doctor Blies cuando venga.

Ludwig Blies era el médico del campo. Aunque no se mostraba muy amable, era más humanitario que los otros médicos de las SS o, por lo menos, no tan cruel. Había intervenido en contadas ocasiones para parar los castigos excesivos.[28] Además, Blies parecía una figura accesible: de mediana edad y con una apariencia encantadoramente cómica.[29]

—Vale —dijo Fritz—, pero iré contigo. Y hablaré yo, tú apóyame.

Cuando el doctor Blies hizo su siguiente inspección, Fritz e Itschkerl se le presentaron tímidamente. Fritz, esforzándose por no parecer demandante, hizo que le temblara la voz con desesperación lacrimógena.

—No tenemos fuerza para trabajar —rogó—. Por favor, denos algo de comer.[30]

Fritz había medido sus palabras cuidadosamente. Más que buscar compasión, apelaba al utilitarismo de las SS, que veían a los prisioneros como mano de obra. Sin embargo, también era extremadamente peligroso dar a entender que no podían trabajar. No serles útiles suponía la muerte.

Blies lo miró sorprendido. Fritz era bajito para su edad y no aparentaba ser más que un niño. Con los efectos de las heridas y la inanición, daba pena verlo. Blies vaciló, su humanidad luchaba contra sus principios nazis.

—Vengan conmigo —dijo de repente.

Fritz e Itschkerl siguieron al médico por la plaza hasta las cocinas del campo. Les ordenó que esperaran y entró al almacén donde guardaban la comida. Salió unos minutos después con un gran pan de centeno del que solían repartir a los prisioneros y un tazón de sopa de dos litros.

—Y ahora —dijo mientras les daba su increíble botín—, vuelvan a su campo, ¡vamos!

Compartieron la comida —que equivalía a las raciones de seis hombres— con sus compañeros de litera más cercanos. Al día siguiente, todo el campo volvió a tener raciones completas, aparentemente, por orden de Blies. Los dos chicos estaban en boca de todo el campo y, desde ese día, Itschkerl se convirtió en uno de los mejores amigos de Fritz.

Los días pasaban y Fritz iba a visitar a su padre al Bloque de la Muerte siempre que podía. La disentería no lo había matado y ya había pasado lo peor. Sin embargo, Gustav veía claro que nunca se pondría bien en aquel ambiente insalubre y pestilente. Después de pasar allí dos semanas, rogó que lo dieran de alta, pero el doctor Heller no quería dejarlo marchar. Estaba demasiado débil para sobrevivir.

Gustav estaba decidido. En contra de las órdenes del médico, le pidió a Fritz que lo ayudara a ponerse de pie. Padre e hijo se escabulleron del Bloque de la Muerte juntos. En el momento en que salió al aire libre, Gustav empezó a sentirse mejor. Con el brazo apoyado sobre los hombros de Fritz y dejando que su hijo guiara sus pasos titubeantes, volvieron al campo pequeño.

Hasta en la tienda, embarrada y abarrotada de gente, el aire era más fresco que en el Bloque de la Muerte y Gustav empezó a recobrar las fuerzas. Al día siguiente le dieron un trabajo más liviano de limpiador de letrinas y fogonero.[31] Comió mejor y se recuperó un poco.

Fritz también se estaba recuperando de las heridas, pero, en Buchenwald, la salud siempre tenía unos límites. Los dos estaban flacos. Gustav, que siempre había sido delgado, había bajado hasta los cuarenta y cinco kilos durante su enfermedad. La reputación de listo que se había ganado Fritz lo hizo popular no solo entre los prisioneros corrientes, sino también entre los encargados del campo, los prisioneros funcionarios de rango más alto. No obstante, la realidad era la que era: cualquier beneficio era mínimo y los consuelos no servían más que para aplazar la muerte. «Trabajo para olvidar dónde me encuentro», escribió Gustav.

Estaba empezando el primer invierno que pasarían en el campo, y él y Fritz se alegraron de recibir un paquete con ropa interior limpia de casa. Podían recibir ese tipo de cosas, pero no podían comunicar nada a nadie que estuviera fuera. Llegó una carta con el paquete. Tini estaba intentando que los niños —Fritz incluido— pudieran irse a Estados Unidos, pero no lograba grandes avances frente a la marea burocrática. De Edith no había noticias. Dónde estaba y qué hacía eran una incógnita.

4

LA TRITURADORA DE PIEDRA

בת

El cielo nocturno del norte de Inglaterra era del negro más oscuro, salpicado con estrellas, atravesado por la banda neblinosa de la Vía Láctea y con el corte brillante de la luna en cuarto creciente flotando en él. El país estaba en guerra, envuelto en el sudario de oscuridad que suponía el apagón de luces durante la noche, y los cielos quedaban a cargo de toda la iluminación.

Edith Kleinmann miró hacia arriba, a las mismas estrellas que surcaban el cielo de Viena, donde su familia, si Dios quería, estaría toda a salvo. No recibía noticias y tenía miedo. Anhelaba saber cómo estaban su madre y su padre, su hermana y sus hermanos, sus amigos y familiares. Edith tenía noticias que se moría por compartir. Había conocido a un hombre. No a uno cualquiera, sino al hombre. Se llamaba Richard Paltenhoffer y era un exiliado como ella.

Los primeros meses que había pasado en Inglaterra habían transcurrido sin novedades. Su trabajo, que había gestionado el Jewish Refugees Committee (JRC, «Comité para los Refugiados Judíos»), era de criada de planta en casa de la señora Rebecca Brostoff, una mujer judía que ya había cumplido los sesenta años y tenía una verruga prominente en la nariz y una casa en la tranquilidad de las afueras. Su marido, Morris, era un comerciante de cepillos y vivían modestamente acomodados. Ambos habían nacido en Rusia y fueron refugiados cuando eran jóvenes.[1]

Leeds no se parecía en nada a Viena. Era una ciudad industrial en expansión, toda ladrillo ennegrecido por el hollín y arquitectura inglesa victoriana, calles largas de casas de los trabajadores de las fábricas, pequeñas y tiznadas, y cielos grises y llenos de humo. No obstante, allí no había nazis y, aunque existía el antisemitismo, no les atormentaban, ni los excluían, ni había juegos de limpieza, ni Dachau ni Buchenwald.

Muchos británicos estaban contentos de proporcionarles un refugio a los judíos alemanes, pero otros no, y el Gobierno estaba atrapado entre unos y otros. La prensa hablaba a favor suyo y en su contra. Por un lado, enfatizaba la contribución que hacían a la economía y la grave situación a la que se enfrentaban en su país de origen, pero, por otro lado, los trabajadores británicos tenían miedo de perder el trabajo y los periódicos de derecha se aprovechaban de ello. Se hicieron acusaciones sobre las tendencias criminales de los judíos y su holgazanería, y la amenaza que suponían para el estilo de vida de los británicos. A pesar de todo, no había nazis de verdad, ni SA ni SS. Cuando había estallado la guerra, el Gobierno había empezado a investigar a las personas de nacionalidad extranjera y a recluir a los extranjeros enemigos. Edith, como refugiada del nazismo, estaba automáticamente exenta.[2] Y eso, según parecía, era todo.

La señora Brostoff trataba a Edith —que no tenía un talento natural para ser criada— con amabilidad y Edith estaba satisfecha con un sueldo decente de tres libras a la semana.

Con el país atrapado en la Guerra de Broma (o la Guerra Aburrida, como algunos la llamaban), el primer invierno de Edith en Inglaterra no estuvo marcado por el conflicto, sino por el romance. Ya conocía un poco a Richard Paltenhoffer de Viena, tenían la misma edad y se habían movido en los mismos círculos. En Inglaterra se volvieron a encontrar y se enamoraron.

Richard había pasado por un infierno desde que Edith lo había visto por última vez. En junio de 1938, las SS de Viena se lo habían llevado durante la llamada Aktion Arbeitsscheu Reich («Acción contra los Vagos del Reich»). Este programa tenía como objetivo sacar de las calles el elemento «asocial» de la sociedad alemana —las «bocas inútiles», los desempleados, los mendigos, los borrachos, los drogadictos, los proxenetas y los delincuentes de poca monta— y llevarlo a los campos de concentración. Así habían detenido a casi diez mil personas. Muchas, como Richard Paltenhoffer, solo eran judíos que habían estado en el lugar equivocado en el momento equivocado.[3] A Richard lo habían enviado a Dachau y luego lo habían trasladado a Buchenwald,[4] que, en aquel momento, era un lugar aún peor que el que se encontraron Fritz y Gustav un año después, más abarrotado y con unas condiciones aún más primitivas.[5] En uno de los frecuentes desfiles de castigo que solían tener lugar después del recuento de la tarde, le clavaron una bayoneta a un hombre que estaba justo delante de Richard. La hoja lo había atravesado completamente y el hombre había caído encima de Richard y se le había ensartado la cuchilla en la pierna. La herida le había dado problemas durante meses, pero, por suerte, no había sucumbido a la infección. Al final, se había salvado por un golpe de suerte extraordinario. En abril de 1939, para celebrar el cumpleaños de Hitler, Himmler permitió que se concediera una amnistía masiva a casi nueve mil prisioneros de campos de concentración.[6] Entre ellos estaba Richard Paltenhoffer.

En lugar de volver a Viena, Richard cruzó la frontera con Suiza. Una organización austriaca de Boy Scouts lo ayudó a conseguir el permiso de viaje necesario para irse a Inglaterra. A finales de mayo, estaba de camino a Leeds, donde encontró trabajo en una fábrica que hacía galletas *kosher*.[7]

La grande y próspera comunidad judía de la ciudad, que tenía su propia rama del JRC, había acogido tanto a Edith como a Richard. Con el presupuesto irrisorio de veinticinco libras al año, los voluntarios de Leeds ayudaban a cientos a encontrar casa y a trabajar en la ciudad.[8]

Edith y Richard se reencontraron en un club social para jóvenes judíos. A ojos de Edith, Richard Paltenhoffer era un recordatorio de su hogar y de la vida que había perdido: la sociedad alegre y su carrera en el mundo de la moda, y no en el de barrer alfombras. Richard era una figura simpática y atractiva. Tenía una sonrisa radiante, le gustaba reír y vestía elegante: trajes de raya diplomática bien confeccionados y un sombrero, siempre con un pañuelo colocado impecablemente en el bolsillo del pecho. Entre los trabajadores de Yorkshire, con sus bufandas de lana y sus boinas, Richard destacaba como una flor exótica en un campo de papas.

Una guerra —incluso una de broma— era un tiempo lleno de posibilidades para los jóvenes y era casi inevitable que dos muchachos alegres que estaban lejos de casa disfrutaran al máximo. Había pasado la Navidad y acababa de terminar enero cuando Edith se dio cuenta de que estaba embarazada. Empezaron a hacer planes para la boda.

Como eran refugiados, todos los cambios de estado civil se tenían que comunicar a la Administración. Un lunes de febrero a las nueve y media de la mañana, se presentaron en la oficina del rabino Arthur Super en la Nueva Sinagoga de Leeds y, de allí, fueron a la comisaría para llenar los formularios necesarios. Entonces, con la ayuda de la United Hebrew Congregation, el Comité de Control del JRC y un rabino apellidado Fisher, antiguo rabino del Stadttempel de Viena, se organizó el futuro casamiento.[9]

Habiendo cumplido con la burocracia, el domingo 17 de marzo de 1940, Edith Kleinmann se casó con Richard Paltenhoffer en la Nueva Sinagoga, en Chapeltown Road, un edificio moderno singular, con cúpulas de cobre verde y arcos de ladrillo en el corazón del equivalente a Leopoldstadt en Leeds.

Dos meses después, Adolf Hitler emprendió su invasión de Bélgica, Países Bajos y Francia. Un mes después, lo que quedaba de la Fuerza Expedicionaria Británica tuvo que ser evacuada de la playa de Dunkerque. La Guerra de Broma había terminado. Los alemanes se acercaban y parecían imparables.

אבא

—¡Izquierda, dos, tres! ¡Izquierda, dos, tres!

El kapo marcaba el paso con sus rugidos mientras el grupo de hombres tiraba del vagón de la cantera para que subiera por las vías.

—¡Izquierda, dos, tres! ¡Izquierda, dos, tres!

Los zapatos de Fritz se resbalaban por el hielo y las piedras sueltas. Los músculos, agotados, le crujían y le escocían las manos y los hombros por el roce de la cuerda áspera. A su alrededor, otros hombres gruñían mientras tiraban. Detrás, otros —entre los que estaba su padre— empujaban con los dedos congelados en contacto con el metal.

El invierno había llegado con crudeza a Ettersberg, pero los kapos siempre iban a poder superarlo en crueldad.

—¡Empujen, perros! ¡Izquierda, dos, tres! ¡Vamos, cerdos! ¿No es divertido?

Si un hombre flaqueaba, lo pateaban y golpeaban. Las ruedas rozaban con las vías y chirriaban, los pies de los hombres pisaban y avanzaban por las piedras, su aliento caliente se convertía en niebla en el aire gélido.

—¡A paso ligero! ¡Más rápido o están bien jodidos![10]

Tenían que deslomarse para subir una docena de vagones cargados por la pendiente hasta las obras todos los días. Les llevaba una hora hacer todo el trayecto.

—¡Vamos, cerdos! ¡Izquierda, dos, tres!

«Los hombres bestia tiran de las riendas —escribió Gustav, convirtiendo su infierno diario en una serie de crudas imágenes poéticas—. Jadean, gruñen, sudan [...]. Esclavos condenados al trabajo, como en los días de los faraones.»

Habían tenido un breve respiro con la llegada del año nuevo. A mediados de enero, el doctor Blies, alarmado por la altísima tasa de muertes por enfermedad en el campo pequeño[11] y con los hombres de las SS preocupados por si se contagiaban, había ordenado que los supervivientes se trasladaran al campo grande, donde había condiciones más salubres. Los bañaron y desparasitaron y luego los pusieron en cuarentena en un barracón cerca de la plaza del recuento. Casi les parecía un lujo en comparación con las tiendas, con suelos de madera encerados, paredes firmes, mesas en las que comer, inodoros y un baño con agua corriente fría. Todo se mantenía inmaculado. Hasta tenían que quitarse los zapatos en un recibidor antes de entrar al barracón. Se les castigaba severamente si ensuciaban o no mantenían el orden. Durante esa dichosa primera semana de cuarentena, les dieron comida con regularidad y no tuvieron que trabajar. Gustav recuperó las fuerzas.

Obviamente, aquello no podía durar. El 24 de enero de 1940 terminó el periodo de cuarentena. Por primera vez, separaron a Gustav y a Fritz. Colocaron a Fritz con unos cuarenta chicos más en el bloque 3 (conocido como el Bloque de la Juventud a pesar de estar ocupado, sobre todo, por hombres adultos).[12]

Conocieron mejor el campo grande, su distribución y sus lugares más destacados, el más importante de los cuales era el Roble de Goethe. Este árbol venerado estaba cerca de las cocinas y de los bloques de duchas, y se decía que había sido un punto de referencia en los paseos de Goethe desde Weimar hasta la cima de Ettersberg. La reminiscencia cultural que tenía era tan fuerte que las SS lo habían preservado, habían construido el campo a su alrededor y lo usaban para castigar a los prisioneros.[13] El método, extendido por todo el sistema de campos de concentración, consistía en atarle las manos por detrás a un hombre y colgarlo por las muñecas de una viga o una rama. El Roble de Goethe era un escenario espectacular para aquel ritual abominable. Se abandonaba allí a los hombres colgados durante horas, las suficientes como para dejarlos impedidos durante días o semanas, y, a menudo, se les golpeaba hasta hacerlos sangrar mientras estaban colgados. Dos compañeros de trabajo de Gustav estuvieron entre los que fueron colgados del Roble de Goethe por no trabajar lo suficiente.

Fritz y su padre se sorprendieron al salir de la cuarentena cuando se enteraron de que los judíos eran menos de una quinta parte de toda la población de prisioneros de Buchenwald.[14] Había delincuentes, gitanos, polacos, sacerdotes católicos y luteranos, y homosexuales, pero los más numerosos eran, de lejos, los presos políticos, sobre todo comunistas y socialistas. Muchos estaban recluidos desde hacía años, algunos desde el principio del régimen nazi, en 1933. Sin embargo, las SS reservaban los trabajos más duros y el trato más severo para los judíos y los gitanos.

—¡Izquierda, dos, tres! ¡Izquierda, dos, tres!

Doce cargas cada día que tenían que subir por la cuesta, doce peligrosos vagones vacíos que bajaban rodando a toda velocidad hasta la cantera. Los dedos les quemaban por el frío del metal y se les pelaban por el roce de las cuerdas, tenían la mente anestesiada, los pies se les resbalaban por el hielo y debían aguantar el trato de los kapos.

Y así fue, día tras día, hasta que el invierno empezó a dejar paso a la primavera. Hubo un momento en el que sacaron a Gustav y a Fritz del destacamento del vagón y los pusieron a trabajar en la cantera trasladando piedras. Era casi increíble, pero aquello resultaba todavía peor.

Tenían que levantar piedras y rocas y llevarlas —siempre al trote— desde donde las habían picado hasta los vagones que estaban a la espera. Las palmas y los dedos de las manos pronto se les llenaron de ampollas y les empezaron a sangrar. El turno duraba diez horas, con un pequeño descanso a mediodía. Y, además del trabajo, estaba el maltrato por el que el lugar tenía tan mala fama, mucho peor de lo que habían vivido arrastrando vagones.

«Cada día hay otra muerte —escribió Gustav—. Es increíble lo que un hombre puede soportar.» No encontraba palabras corrientes para describir el infierno en vida que era la cantera. Abrió las últimas páginas de la libreta y empezó a escribir un poema titulado «Caleidoscopio de la cantera» en el que traducía aquella pesadilla caótica en estrofas precisas, medidas y ordenadas.

Clic, clac, golpe seco,
clic, clac, día negro.
Almas presas, pobres huesos.
Más deprisa, pica el suelo.[15]

En estos versos consiguió encontrar un término medio entre las experiencias que vivía cada día y cómo eran percibidas a través de los ojos de los kapos y las SS.

Clic, clac, golpe seco,
clic, clac, día negro.
Lloriquean los canteros,
se lamentan, van muy lentos.[16]

La trata de esclavos, los días interminables y los abusos sanguinarios, todo convertido en imágenes poéticas. «¡La pala! ¡Cárgala! ¿Crees que te puedes tomar un descanso? ¿Te crees por encima de los demás?». Manos que se resbalan, se rascan contra la piedra, tiñen la pálida roca caliza del rojo oxidado de la sangre. A duras penas, cargados, a los vagones. «¡Vamos, vagos, al vagón número 2! ¡Si no lo llenan pronto los dejaré hechos papilla!». Las piedras retumban en el vientre hueco de hierro del vagón. «¿Han acabado? ¿Creen que tienen tiempo libre? ¿Me han visto reír? Vagón 3, ¡a paso ligero! Más deprisa o están bien jodidos. ¡Vamos, cerdos!». Los conducían con patadas e insultos. El vagón lleno se alejaba rodando lentamente cuesta arriba. «¡Izquierda, dos, tres! ¡Izquierda, dos, tres!».

Los kapos y los guardias se entretenían con los prisioneros. A uno de los compañeros porteadores de Gustav lo hicieron cargar una piedra enorme y correr en círculos, cuesta arriba y cuesta abajo.

—Sé gracioso, ¿de acuerdo? —le ordenó el kapo—. O te dejaré doblado de una paliza.

La víctima intentó correr de un modo juguetón y el kapo rio y aplaudió. Dio vueltas y más vueltas, con el pecho subiéndole y bajándole, con dificultades para respirar, magullado y ensangrentado. Al final, lo superó el puro agotamiento y la actuación jocosa se deshinchó, pero él siguió andando, esforzándose por recorrer el círculo dos veces más. Sin embargo, el kapo se había aburrido y empujó a su víctima al suelo y le propinó una patada mortal en la cabeza.

Uno de sus juegos favoritos era quitarle el gorro a un prisionero que pasaba por su lado y colgarlo de un árbol o tirarlo en un charco, siempre justo al otro lado del cordón de centinelas.

—¡Eh, el gorro! Ve a él, al lado del cuarto centinela. ¡Anda, amigo, ve por él! —Solía ser un prisionero nuevo que no conocía las reglas.

«Y el tonto corre», escribió Gustav. Corría al otro lado del cordón —¡pum!— y estaba muerto. Otra entrada en el registro de fugas de los guardias, más puntos para las vacaciones extras de algún hombre de las SS: tres días por cada fugitivo muerto. Un centinela de las SS que se llamaba Zepp estaba confabulado con varios kapos, entre los cuales se hallaba Johann Herzog, un prisionero del triángulo verde y antiguo soldado de la Legión Extranjera francesa a quien Gustav describía como «un asesino de la peor clase».[17] Zepp recompensaba a Herzog y a sus compañeros con tabaco cada vez que le ponían a un hombre a tiro de su fusil.

Aunque los suicidios eran frecuentes, la mayoría de los hombres no se daban por vencidos y no los engañaban. Había algunos que parecían invencibles, fueran los que fueran los abusos que les infligieran. Un culatazo:

¡Zas! De un golpe cae al suelo,
no quiere morir el perro.[18]

Un día, Gustav presenció una escena que siempre le quedaría grabada como una imagen de resistencia. En medio de la cantera, dominándolo todo, había una máquina. Un enorme motor estruendoso hacía girar una serie de ruedas y correas conectadas a una gran tolva en la que se metían piedras con una pala. Dentro, placas pesadas de acero subían y bajaban e iban de un lado al otro, como si fuera una boca de hierro que masticaba y molía las piedras para convertirlas en grava. En la plataforma, un kapo controlaba el regulador y los engranajes. Cuando los trabajadores de la cantera no estaban llenando los vagones, estaban alimentando esa máquina monstruosa. Para Gustav, la trituradora de piedra era representativa no solo de la cantera, sino de todo el campo y del sistema entero del que Buchenwald solo era una parte: la gran máquina en la que él y Fritz y sus compañeros eran a la vez el combustible que la hacía funcionar y la piedra que molía.

Repica incesante la trituradora,
pica y repica y rompe la roca.
Muele la grava y, hora tras hora,
traga paladas por su ávida boca.
Los que con penas y esfuerzo la cargan
saben que come y no se llena nunca;
lo mismo piedra que hombres tritura.[19]

Un prisionero del destacamento encargado de alimentar a la máquina, un compañero del hombre al que habían hecho correr en círculos, mantenía la cabeza baja y levantaba las piedras con la pala, preocupado por no llamar la atención de los kapos. Era alto, de complexión fuerte, y trabajaba bien con la pala. El kapo de la plataforma de la máquina vio la oportunidad de empezar un juego. Aceleró el motor hasta que la máquina fue al doble de velocidad, traqueteando y crujiendo como si estuviera endemoniada. El prisionero también aceleró el ritmo de las paladas. Hombre y máquina trabajaron; el hombre, jadeando, con los músculos en tensión, y la máquina, moliendo y retumbando, a punto de explotar. Gustav, que trabajaba cerca, dejó de lado su tarea para mirar. Otros también lo hicieron y los kapos, igual de fascinados, lo permitieron.

La competición siguió y siguió, palada a palada. Se oía el estrépito de las placas, el hombre estaba empapado en sudor, la trituradora tronaba y defecaba una cascada de grava. Parecía que dentro del hombre se había desatado un torrente de fuerza y voluntad sin igual, pero el aguante de la trituradora era ilimitado y, poco a poco, el hombre se fue debilitando y fue haciendo más lenta la marcha. Armándose de voluntad, se recompuso para llevar a cabo un esfuerzo titánico más y puso sus músculos al límite para levantar paladas como si su vida dependiera de ello. La máquina ganaría, siempre ganaba, pero, aun así, él lo intentó.

De pronto, se oyó un golpe metálico y un rugido largo y chirriante de dentro de la máquina. La trituradora tembló, tosió y se paró. Consternado, el kapo de la plataforma hurgó en las tripas de la máquina y descubrió que una piedra se le había metido entre los engranajes.

Hubo un silencio lleno de terror. El prisionero se apoyaba en la pala intentando recuperar el aliento. Había vencido a la trituradora de piedra y podían asesinarlo por ello. El encargado de los kapos, que se había quedado aturdido durante un momento, soltó una carcajada.

—Tú, el muchacho alto, ¡ven aquí! —lo llamó—. ¿Qué eres, un jornalero? Apuesto a que eres minero.

—No —dijo el prisionero—, soy periodista.

El kapo rio.

—¿Periodista? Qué pena, esos no me sirven. —Dio media vuelta, pero se paró—. Bueno, espera, sí que necesito a alguien que sepa escribir. Ve y espera en esa caseta. Tengo otro trabajo para ti.

Mientras el héroe dejaba la pala, Gustav sintió de repente el peso de la piedra en las manos y los ojos de su kapo volviéndose hacia él. Retomó el trabajo deprisa mientras reflexionaba sobre lo que acababa de presenciar. Hombre contra máquina; en esa ocasión, el hombre había conseguido una pequeña victoria. Parecía que una persona con la fuerza y la voluntad necesarias podía vencer a la máquina. Todavía estaba por ver si aquello se podía aplicar a la máquina más grande.

El mecánico quitó la piedra de entre los engranajes y volvió a encender el motor. Traqueteando y con un estrépito metálico, la trituradora volvió a trabajar, a consumir las piedras que le metían por la boca insaciable los prisioneros atareados y a devorarles la fuerza, el sudor y la sangre a ellos, moliéndolos igual que molía la piedra.

5

POEMA PEDAGÓGICO

אמא

Tini miró los dos sobres con aprensión. Eran idénticos, de Buchenwald. Conocía a muchas mujeres y madres cuyos hombres se habían ido a los campos. A veces, sus historias terminaban con la obtención de los papeles para emigrar y la liberación de los hombres y, a veces, los hombres volvían a Viena en un botecito, convertidos en ceniza. De cartas no había oído hablar a nadie.

Abrió uno de los sobres rasgándolo. Dentro había algo que parecía más una comunicación oficial que una carta. Al echarle un vistazo, la alivió ver que era de Gustav. Reconoció su letra fuerte donde había puesto su nombre y número de preso. La gran mayoría del espacio estaba ocupado por una lista de restricciones: se decía si el prisionero podía recibir dinero y paquetes o no, si podía escribir y recibir cartas o no, había un aviso de que las consultas a la oficina del comandante en representación del prisionero serían inútiles, etc. Había un espacio diminuto en el que Gustav había escrito un mensaje corto sujeto a la censura de las SS. Tini averiguó poco más que estaba vivo y trabajaba en el campo. Rasgó el otro sobre y encontró un mensaje casi idéntico de Fritz. Al comparar las dos hojas, se dio cuenta de que los números de bloque eran distintos. Los habían separado. Eso la preocupaba. ¿Cómo iba el chico a cuidarse solo?

Las preocupaciones de Tini aumentaban sin cesar. Desde la invasión de Francia en mayo, habían impuesto un toque de queda a los judíos de Viena.[1] Se podría pensar que no había más formas en las que los nazis pudieran arruinarles todavía más la vida a los judíos, pero sería un error. Siempre había otro palo que darles.

En octubre del año anterior, poco después de que se hubieran llevado a Gustav y a Fritz, dos trenes llenos de judíos salieron de Viena en dirección a Nisko, en la Polonia ocupada. Allí debían reasentarlos en una especie de comunidad agrícola.[2] El programa se detuvo, pero hizo que aumentara la sensación de inseguridad entre los judíos que quedaban en Viena. Cuando los supervivientes volvieron a casa en abril, traían historias horribles de abusos y asesinatos.[3]

Para Tini, la misión de poner a sus hijos a salvo se volvió más urgente que nunca. Con el Reino Unido fuera de su alcance, Estados Unidos era su única esperanza. La preocupación principal de Tini era conseguir que soltaran a Fritz mientras aún era menor y podía optar por la emigración prioritaria. Había presentado solicitudes para él, Herta y Kurt. Cada uno necesitaba dos afidávits de amigos o parientes que vivieran en Estados Unidos y se comprometieran a proporcionarles alojamiento y a mantenerlos económicamente. Los afidávits eran fáciles de conseguir, porque Tini tenía primos en Nueva York y Nueva Jersey[4] y una vieja amiga muy querida, Alma Maurer, que había emigrado hacía muchos años y vivía en Massachusetts.[5] Tenían mucho apoyo allí, lo que suponía un problema era la burocracia del régimen nazi y de Estados Unidos.

El presidente Roosevelt, que quería aumentar el número de refugiados que acogía el país, no podía hacer nada contra el Congreso y la prensa. Estados Unidos tenía un cupo teórico de sesenta mil refugiados al año, pero eligieron no llenarlo. En lugar de eso, en Washington usaron todos los trucos burocráticos que pudieron inventar para obstruir y retrasar la aprobación de las solicitudes de asilo. En junio de 1940, una circular interna del Departamento de Estado informaba de ello a sus cónsules en Europa: «Podemos retrasar y, en la práctica, detener [...] la entrada de inmigrantes en Estados Unidos [...] simplemente aconsejándoles a nuestros cónsules que les pongan todas las trabas posibles en el camino [...], lo que demoraría la concesión de visas».[6]

Tini Kleinmann viajó de una oficina a otra, hizo filas, escribió una carta tras otra, llenó formularios, sufrió los abusos de los oficiales de la Gestapo, hizo consultas y esperó y esperó, y tuvo miedo de cada mensaje que pudiera ser una citación de deportación. Cada paso que daba lo bloqueaba un obstáculo pensado específicamente para complacer a los congresistas, a los editores de los periódicos, a los empresarios, a los trabajadores, a las amas de casa de pueblecitos y a los comerciantes de Wisconsin, Pensilvania, Chicago y Nueva York, quienes objetaban con gran estruendo la nueva oleada de inmigrantes.

Fritz casi era un hombre adulto. Herta ya había cumplido los dieciocho y estaba condenada a la miseria, sin trabajo ni oportunidades. Kurt, con diez años, la preocupaba. Tini siempre sufría por su comportamiento: era un buen chico, pero muy volátil. Le preocupaba que hiciera algo, alguna travesura trivial, que los pusiera en peligro a todos.

Guardándose las preocupaciones para ella, Tini respondió a las breves cartas de Fritz y Gustav con noticias de casa.

Reunió algo de dinero —limosnas o el sueldo de algún trabajo ilegal ocasional— para mandárselo. Escribió que los echaba de menos e hizo como si todo estuviera bien.[7]

בן

Kurt bajó sigilosamente las escaleras hasta el vestíbulo de la planta baja. La puerta de la calle estaba abierta y él se asomó. Había algunos chicos jugando donde empezaba el mercado. Eran antiguos amigos suyos, de antes de que llegaran los nazis. Los miró con envidia, sabía que no podía unirse a ellos.

Los chicos de las calles de los alrededores del Karmelitermarkt habían sido un grupo alegre. Los sábados por la mañana, su madre le preparaba bocadillos y se los metía en la mochilita. Y allá iba él con sus amigos, a caminar por la ciudad como un grupo de exploradores hasta algún parque lejano o al Danubio a nadar. Era un círculo perfecto de amigos que no eran conscientes de que algunos de ellos llevaban un estigma.

Kurt aprendió que algunos niños no eran iguales que otros de una forma violenta. Un día, durante el primer invierno, un chico de las Juventudes Hitlerianas lo había llamado judío, lo había empujado y le había metido con fuerza la cara en la nieve.

Sin embargo, cuando el odio vino de un amigo de verdad fue cuando la injusticia de la situación se le clavó en el corazón a Kurt. Estaba con un grupo pequeño de amigos en el mercado —los mismos chicos a los que observaba desde el vestíbulo— jugando, como siempre. El chico más dominante decidió de repente que quería meterse con alguien, como suele hacer ese tipo de chicos. Escogió a Kurt y lo llamó por los nombres antisemíticos que había oído usar a los adultos. Entonces empezó a arrancarle los botones del abrigo, pero Kurt no era de los que se dejaban y le pegó al chico. Él, sorprendido, agarró una barra de metal de su patín del diablo y atacó a Kurt con este. Le pegó tan fuerte que su madre tuvo que llevarlo al hospital. Se acordaba de su mirada cuando le trataban los cortes y magulladuras de la cabeza. Ella ya se esperaba lo que vino a continuación: los padres del chico se quejaron a la policía; Kurt, un judío, se había atrevido a pegarle a un ario. Era una cuestión legal. Probablemente por la edad, lo amonestaron y lo dejaron marchar. Después de aquello, comprendió la maldad y la injusticia de ese nuevo mundo.

Era un mundo desconcertante y los recuerdos que le dejó fueron impresiones esporádicas y vívidas.

Su madre se esforzaba constantemente por darles, a él y a Herta, calor y alimentos con el poco dinero que podía reunir. Había comedores sociales y, en verano, fueron a una granja del IKG a recoger chícharos. Todavía quedaban algunas familias judías adineradas en Viena que se las arreglaban para hacer durar el dinero que les quedaba y ayudar a los que se habían quedado sin nada. Kurt había ido a cenar una vez con una familia así. Su madre lo había preparado estrictamente:

—Siéntate derecho, pórtate bien, obedece.

Kurt disfrutó de una cena exquisita. Excepto de las coles de Bruselas. Nunca las había probado y no le gustaron nada, pero tenía demasiado miedo de no comérselas. Vomitó justo después.

Su vida social se había reducido a sus tíos y primos. Su favorita era Jeni, la hermana más mayor de su madre.[8] Jeni no se había casado, era modista y vivía sola con su gato. Les decía a los niños que el gato le hablaba: cuando ella le hacía una pregunta, él respondía *mm-jaa.** Kurt nunca estuvo seguro de si era broma. Jeni tenía un sentido del humor algo infantil y le encantaban los animales. Solía darle dinero para que se comprara pistones para la pistola y siguiera a un cazador de palomas. Cuando el hombre estaba a punto de atrapar algunas aves con la red, Kurt disparaba la pistola. Las palomas alzaban el vuelo en una nube gris de alas que se batían y el cazador se quedaba con la red vacía.

Algunos de los familiares de Kurt se habían casado con no judíos y sus hijos estaban clasificados como *Mischlinge* («mestizos») según las leyes nazis; ahora vivían en un estado de incertidumbre. Uno de esos niños era su primo y mejor amigo, Richard Wilczek, cuyo padre no judío lo había mandado a él y a su madre a los Países Bajos después del Anschluss para que estuvieran seguros. Los nazis también habían llegado allí y Kurt no sabía lo que había pasado con Richard. Aquellas calles que miraba desde el portal ya no pertenecían al mismo mundo que antes.

—¡Míralo! —dijo su madre, y Kurt se volvió a mirarla con aire de culpabilidad—. ¿Cuántas veces tengo que decirte que no salgas a la calle solo? —Tenía la cara demacrada y angustiada, y decidió no decirle que, en realidad, no había salido a la calle—. Tenemos que irnos ya. Corre a ponerte el abrigo.

Había llegado una de las órdenes periódicas de la Gestapo que convocaban a todos los judíos del distrito para algún tipo de inspección, registro o selección. Kurt se había

* En alemán, «mmm, sí». Suena como *mmm, ya* y recuerda al maullido de un gato. *[N. de la T.]*

dado cuenta del miedo que tenían su madre y Herta y, como el único hombre que quedaba en casa, tenía un plan para protegerlas. Tenía un cuchillo. Lo había conseguido gracias a otro primo *Mischlinge,* Viktor Kapelari, que vivía en el barrio residencial de Viena-Döbling. Su madre era otra de las hermanas de Tini y se había convertido al cristianismo al casarse. Viktor y su madre le tenían mucho cariño a Kurt y a menudo lo llevaban a pescar. Intercalada con los buenos recuerdos de aquellas excursiones, Kurt siempre conservaría la imagen imborrable de la última vez que vio al padre de Viktor, vestido con el siniestro uniforme gris de los oficiales nazis. Después de una de aquellas excursiones para pescar, Kurt había vuelto a casa con un cuchillo de mango de hueso que le había robado a Viktor.

Cuando se ponía el abrigo, mientras su madre y Herta esperaban, Kurt se metió el cuchillo en el bolsillo. Los nazis se habían llevado a su padre y a Fritz, habían atormentado a sus hermanas, lo habían empujado sobre la nieve, le habían pegado y habían hecho como si la culpa fuera de él. No había nada que no se les permitiera hacer. Estaba decidido a enfrentarse a ellos para defender a su madre y a Herta.

Le tomó la mano a su madre y se dirigieron a la comisaría. Iba tocando con los dedos la hoja del cuchillo en el bolsillo. Podía sentir la angustia de su madre, quien sabía que, cuando se les pedía que se presentaran en algún sitio, a veces era para llevárselos de allí. Se imaginó que eso era de lo que tenía miedo y sintió cómo iba aumentando su inquietud a medida que se acercaban a la comisaría. Para tranquilizarla, le enseñó el cuchillo.

—Mira, mamá, yo nos protegeré.

Tini se horrorizó.

—¡Tíralo! —dijo entre dientes.

Kurt estaba estupefacto y consternado.

—Pero…

—¡Kurt, tíralo antes de que alguien lo vea!

No había forma de convencerla. A regañadientes, dejó el cuchillo y siguieron caminando. Kurt estaba muy dolido.

Al final, resultó que la Gestapo no les hizo nada malo ese día, pero algún día lo haría. ¿Cómo se suponía que iba a defender ahora a las personas que quería? ¿Qué sería de ellos?

בן

Otro amanecer, otro recuento, otro día. Los prisioneros, con los uniformes a rayas, formaban filas en aquel ambiente fresco de verano, inmóviles excepto para tomar los alimentos que repartían y en silencio excepto para responder a sus números. Cualquier violación de la disciplina del recuento supondría un castigo, igual que cualquier falta en la pulcritud y limpieza inmaculada de los barracones. Era un baño de orden meticuloso en una ciénaga de salvajismo bestial.

Por fin, el lento ritual terminó. Las filas empezaron a romperse y a convertirse en cuadrillas de trabajo. Fritz, entre toda aquella gente que se arremolinaba, vio a su padre unirse al destacamento principal de la cantera.

Gustav había tenido un descanso durante la segunda mitad del invierno, cuando Gustav Herzog, un encargado de barracón judío, uno de los más jóvenes, lo empleó como capataz del dormitorio. Como tapicero, sabía trabajar con colchones y tenía habilidad para mantenerlo todo en orden. Era ilegal y, si los hubieran descubierto, los habrían castigado a los dos, pero ayudaba a que el bloque pasara las inspecciones y Gustav pudo estar a salvo dos meses. No obstante, al final, el encargo terminó y volvieron a mandar a Gustav a la cruel tarea de cargar piedras.

Fritz ya no compartía esa labor, lo habían trasladado al huerto que había en los terrenos de la granja. Seguía siendo un trabajo duro, pero infinitamente mejor y más seguro que el matadero que era la cantera.[9]

Ahora que ni vivían ni trabajaban juntos, Fritz no veía mucho a su padre, aunque se encontraban cuando podían. El dinero que les llegaba de casa les permitía comprar ciertos artículos de la cantina de prisioneros, lo que ayudaba a alegrarles los días.

Cuando Fritz se abría paso entre la gente para reunirse con sus compañeros del destacamento del huerto, el encargado del campo gritó:

—¡Prisionero 7290, a la entrada principal, a paso ligero!

A Fritz se le encogió el corazón, como si lo hubieran agarrado físicamente. Solo había dos razones por las que llamaban a un prisionero para que fuera a la entrada durante el recuento: castigo o traslado a la cantera, con el objetivo expreso de asesinarlo.

—¡Prisionero 7290! ¡Andando! ¡A la entrada principal, a paso ligero!

Fritz se abrió paso a empujones por la masa de prisioneros y corrió hacia el edificio de la entrada. Gustav lo vio ir con el corazón en un puño. Fritz se presentó al edecán, el teniente de las SS Hermann Hackmann, un joven delgado, inteligente, con una sonrisa infantil que escondía una naturaleza cínica y brutal.[10] Este miró a Fritz de arriba abajo mientras movía la vara pesada de bambú que siempre llevaba con él.

—Espera aquí —dijo— de cara a la pared.

Se alejó. Fritz se quedó en el edificio de la entrada, de la forma protocolaria, mirando los ladrillos encalados que tenía delante de la nariz mientras las cuadrillas de trabajo salían del campo. Finalmente, cuando todo el mundo se había ido, el sargento de las SS Schramm, el *Blockführer*[*] de Fritz, vino a buscarlo.

—Ven conmigo.

Schramm lo llevó hasta el complejo administrativo que estaba a ambos lados de la parte final del Camino de la Muerte. Lo hicieron entrar en el edificio de la Gestapo y lo dejaron de pie en un pasillo durante mucho rato, hasta que le dijeron que entrara en una sala.

—Quítate el gorro —dijo un funcionario de la Gestapo—. Y el saco. —Fritz obedeció—. Ponte esto.

El funcionario le dio una camisa de paisano, una corbata y un saco. Le quedaba todo bastante grande, especialmente en su estado medio desnutrido, pero se lo puso y se ató la corbata con esmero en el cuello arrugado de la camisa. Lo llevaron delante de una cámara y le tomaron fotos desde todos los ángulos. Completamente incapaz de imaginar cualquier razón para ese procedimiento tan raro, Fritz miró la lente con una sospecha profunda, hostil, con los ojos grandes y bonitos encendidos.

Cuando acabaron, le ordenaron que se volviera a poner el uniforme y que regresara deprisa al campo. Obedeció, aliviado de estar de una pieza, pero sin tener ni idea de cuál era el propósito de lo que acababa de ocurrir. Todavía se sorprendió más cuando le informaron de que no tendría que trabajar en todo el día.

Se sentó en el barracón vacío pensando. Era de suponer que la ropa fuera para dar la impresión de que vivía como un civil más, no como un prisionero, pero, aparte de eso, no se imaginaba de qué se podía tratar.

[*] El guardia de las SS a cargo de un barracón.

Esa tarde, cuando los destacamentos de trabajadores volvieron a sus barracones, agotados y demacrados, Gustav, que había estado angustiadísimo todo el día, se escabulló para ir al barracón de Fritz. Cuando se asomó por la puerta y lo vio ahí sano y salvo, sintió un alivio inmenso. Fritz contó lo que había pasado, pero ni ellos ni sus amigos sabían qué significaba aquello. Nada que implicara ser elegido por la Gestapo podía ser bueno.

Unos días más tarde, volvió a ocurrir. Llamaron a Fritz después del recuento y lo llevaron a las oficinas de la Gestapo. Le pusieron delante una copia de su fotografía. Era una imagen de lo más extraña: él con la cabeza afeitada y el traje y la corbata tan discordantes. Si con aquello pretendían hacer ver que llevaba una vida normal, era un esfuerzo ridículo. Le ordenaron que la firmara: «Fritz Israel Kleinmann».

Por fin le dijeron para qué era todo aquello. Su madre había conseguido el afidávit que necesitaba de Estados Unidos y había solicitado que dejaran a Fritz en libertad para que pudiera emigrar. La fotografía era para el documento de solicitud.

Volvió al campo en una nube, esperanzado por primera vez en ocho meses.

בן

«Nos trasladamos a la segunda colonia un buen día tibio, casi estival. Aún no se había marchitado el follaje de los árboles, aún verdeaba la hierba en plena segunda juventud, refrescada por las primeras jornadas de otoño.»*

* Texto de Anton Makarenko, *Poema pedagógico*, Madrid, Akal, 2008, 3.ª ed.

La voz de Stefan llenaba la habitación. El otro único sonido que se oía era el crujir de las hojas del libro que estaba leyendo cuando las pasaba.

Fritz y los otros chicos escuchaban cautivados la historia de un lugar que se parecía mucho y, a la vez, muy poco a aquel en el que ellos vivían. Que Stefan les leyera era una de las pocas distracciones que tenían. A Fritz, un rayo de esperanza todavía le iluminaba los pensamientos, aunque le preocupaba que la solicitud de puesta en libertad no incluyera a su padre. Sus vidas se separaban; Fritz estaba descubriendo un mundo más grande a través de los prisioneros más mayores que lo ayudaban y se convertían en sus amigos.

Entre ellos destacaba Leopold Moses, que había ayudado a Fritz a sobrevivir los primeros meses y había seguido siendo amigo suyo después. Fritz lo había conocido en la cantera, durante la epidemia de disentería. Leo le había ofrecido a Fritz unas pastillitas negras.

—Trágatelas —le dijo—, son para no tener diarrea.

Fritz se las enseñó a su padre, quien las reconoció de su tiempo en las trincheras. Era carbón para animales y sí que ayudaba. Cuando lo trasladaron al Bloque de la Juventud, Fritz se convirtió en el protegido de Leo Moses y descubrió su historia. Leo había estado en los campos de concentración desde el principio. Era un trabajador de Dresde y miembro del Partido Comunista Alemán. Los nazis lo habían detenido en el momento en el que habían llegado al poder, antes de que ser judío pasara a ser un delito por el que te podían arrestar. Había sido kapo durante un breve periodo de tiempo en las columnas de traslado, uno de los primeros kapos judíos de Buchenwald, pero no tenía lo que hacía falta para ser un tratante de esclavos. Los de las SS lo degradaron pronto y lo despidieron con veinticinco latigazos en el *Bock*.

A través de Leo, Fritz se había hecho amigo de algunos prisioneros judíos veteranos. Aquella fue la clave de la supervivencia. «No fue la buena suerte, ni la gracia divina», recordaría más tarde. Fue la bondad de los demás. «Ellos solo veían la estrella judía en mi uniforme de prisionero y que era un niño.»[11] Él y los otros chicos jóvenes a menudo recibían más bocaditos de comida y, a veces, medicinas cuando las necesitaban. Entre los patriarcas estaba Gustav Herzog, que había empleado a su padre como capataz. Con treinta y dos años, Gustl era joven para ser encargado de barracón.[12] Era hijo de una familia adinerada de Viena que tenía una agencia de noticias internacional y lo habían mandado a Buchenwald después de la Kristallnacht. Fritz le guardaba el mayor respeto al ayudante de Gustl, Stefan Heymann.[13] Stefan tenía cara de intelectual: la frente ancha, con anteojos, la mandíbula estrecha y una boca delicada. Había sido oficial del Ejército alemán en la guerra pasada, pero, como era un comunista activo y también judío, había sido de los primeros detenidos en 1933 y había pasado años en Dachau.

Cuando no les tocaba trabajar de noche, Stefan contaba historias para quitarles de la cabeza sus penurias. Esa tarde estaba leyéndoles un libro muy preciado y prohibido: *Poema pedagógico,* del autor ruso Anton Makarenko. Narraba la historia del trabajo de Makarenko en las colonias soviéticas de rehabilitación de jóvenes delincuentes. Mientras Stefan leía en voz baja en la oscuridad del barracón, los campos en los que vivían aquellos chicos cobraban vida como idilios mágicos en un universo alejado de la realidad diaria de Buchenwald:

> Sobre el Kolomak pendían bulliciosas, como una espléndida cortina susurrante, las copas de los árboles de nuestro parque. Aquí había muchos rinconcitos umbríos y misteriosos, donde uno podía con gran éxito bañarse, criar

sirenas, pescar o, en último caso, secretear con un buen amigo. Nuestros principales edificios estaban al borde de la alta ribera, y los chicos, desvergonzados y audaces, saltaban directamente de las ventanas al río, dejando en la repisa de la ventana su poco complicada indumentaria.[14]

La mayoría de los chicos que lo escuchaban estaban solos, a sus padres ya los habían matado, y muchos se habían ido volviendo cada vez más apáticos e indiferentes, pero escuchar una historia que hablaba de otro mundo, de uno mejor, los devolvía a la vida entusiasmados y animados.

En Buchenwald se podían experimentar otros placeres culturales prohibidos. Una tarde, Stefan y Gustl entraron al barracón con un aire de misterio conspiratorio. Les dijeron a Fritz y a los otros chicos que los siguieran en silencio y los llevaron al otro lado del campo, al almacén de ropa, un edificio largo adyacente al bloque de duchas.

Todo estaba en silencio, en calma, y las estanterías se hallaban rebosantes de uniformes y ropa confiscada a los prisioneros que acababan de llegar, de modo que ahogaban el eco de los pasos de los chicos. Dentro se habían reunido algunos prisioneros mayores. Le dieron a cada chico un trozo de pan y un poco de café de bellota y entonces aparecieron cuatro prisioneros con violines e instrumentos de viento de madera. Allí, en medio de esa sala repleta de ropa que olía a humedad, tocaron música de cámara. Por primera vez, Fritz oyó la vivaz e imprudente melodía de la *Pequeña serenata nocturna.*[*] Los saltos alegres de los arcos en las cuerdas ilumina-

[*] La *Serenata n.º 13 para cuerdas en sol mayor,* también conocida como *Una pequeña tonada nocturna, Una pequeña serenata* o *Pequeña serenata nocturna,* es una de las composiciones más populares de Mozart, fechada en Viena en 1787.

ron la sala y dibujaron una sonrisa en la boca de los prisioneros que había allí reunidos. Era un recuerdo que Fritz atesoraría: «Por un segundo, pudimos volver a reír».[15]

Fuera de esos momentos robados, no había risas.

Trabajar en el huerto, cuyos productos se vendían en el mercado de Weimar o en la cantina de los prisioneros, era una mejora respecto a la cantera, pero era más duro de lo que los chicos esperaban. Habían pensado que podrían robar un par de zanahorias, tomates y pimientos de los que plantaban, pero no los dejaban acercarse nunca a los cultivos ya maduros.

El huerto estaba bajo la autoridad de un oficial austriaco, el teniente de las SS Dumböck. El teniente, que había pasado tiempo en el exilio con la Legión Austriaca cuando el partido nazi estaba prohibido, ahora se dedicaba a atormentar a los judíos austriacos para vengarse.

—Deberíamos aniquilarlos, cerdos —les decía una y otra vez. Y hacía lo posible para cumplirlo; se decía que había matado a cuarenta prisioneros con sus propias manos.[16]

A Fritz le asignó la tarea de *Scheissetragen*, «cargar mierda».[17] Fritz y sus compañeros tenían que recoger las heces líquidas de las letrinas de los presos y de la planta de aguas residuales y llevarlas en cubetas a los lechos de las plantas. Todos los viajes, ida y vuelta, tenían que hacerse a la máxima velocidad, corriendo tan rápido como pudieran, con las cubetas de inmundicias agitándose y haciendo ruidos. El único trabajo peor que cargar mierda era estar en el llamado destacamento 4711, que tenía ese nombre por la famosa agua de colonia alemana. Los que trabajaban allí tenían que sacar las heces de las letrinas —muchas veces con las manos— para llenar las cubetas de los cargadores. Las SS solían asignarles esta tarea a los intelectuales y artistas judíos.[18]

Por lo menos el kapo del destacamento, Willi Kurtz, trataba bien a los chicos. Willi había sido campeón de los pesos pesados de boxeo *amateur* en Viena y estaba desencantado con la vida. Había estado en la junta de un club de deportes solo para arios de Viena y le dolió mucho cuando las autoridades investigaron su genealogía y lo clasificaron como judío.

Era amable con los chicos de su destacamento, los dejaba descansar si no había nadie de las SS cerca. Cuando aparecía un guardia, Willi montaba un espectáculo haciendo que los chicos fueran a toda velocidad, gritándoles despiadadamente y blandiendo el tolete, pero nunca les pegaba. Su actuación era tan convincente que los guardas no se preocupaban por pegarles ellos mismos si Willi estaba al mando.

Mientras trabajaba, Fritz recordaba la fotografía que le habían hecho y soñaba.

אבא

—¡Izquierda, dos, tres! ¡Izquierda, dos, tres!

Gustav, con la cuerda al hombro, tiró. No había pausa, no había respiro, solo tirar y avanzar, tirar y avanzar eternamente. A los dos lados, los otros animales también tiraban y avanzaban, sudando bajo las motas de luz del sol que les llegaban a través de los árboles. Veintiséis estrellas judías, veintiséis cuerpos medio desnutridos arrastrando el remolque cargado de troncos por el bosque, cuesta arriba, por el camino de tierra, con las ruedas rechinando por el peso.

Era una tarea ardua, pero a Gustav le había salvado la vida que lo trasladaran de la cantera a la columna de transporte. Y se lo debía a Leo Moses. La cantera se había vuelto peor que nunca. Obligaban a los prisioneros a cruzar el cordón de centinelas cada día y el sargento Hinkelmann había inventado una tortura nueva: si un hombre caía al suelo por agotamiento, hacía que le metieran agua por la garganta hasta que se ahogaba. Mientras tanto, el sargento Blank se entretenía tirándoles piedras a los prisioneros cuando se iban de la cantera. A muchos les daba y quedaban impedidos y a otros los mataba. Además, los hombres de las SS habían empezado a extorsionar a los trabajadores de la cantera que recibían dinero de casa. Cada pocos días, cada uno tenía que pagarles cinco marcos y seis cigarrillos o le daban una paliza. Con doscientos prisioneros, los guardias se ganaban un sueldecito considerable el «día de la paga», aunque la suma iba disminuyendo cada semana conforme iban asesinando a los prisioneros.

Gracias a la mediación de Leo, en julio, trasladaron a Gustav de aquel matadero a la columna de transporte. Arrastraban materiales de construcción por el campo todo el día: troncos del bosque, grava de la cantera, cemento de los almacenes. Los kapos les hacían cantar mientras trabajaban y los otros prisioneros los llamaban *singende Pferde,* «caballos cantores».[19]

—¡Izquierda, dos, tres! ¡Izquierda, dos, tres! ¡Izquierda, dos, tres! ¡Canten, cerdos!

Cada vez que pasaban cerca de un guardia de las SS, este arremetía contra ellos.

—¿Por qué no corren, perros? ¡Más deprisa!

Aun así, era mejor que la cantera. «Es un trabajo duro —escribió Gustav—, pero tengo más paz y no me atormentan [...]. El hombre es un animal de costumbres y se puede habituar a todo. Y así me pasa, día tras día.»

Las ruedas giraban, los hombres-caballo cantaban y tiraban, los kapos marcaban el paso a gritos y los días pasaban.

El sargento de las SS Schmidt le gritaba al grupo de hombres que corría en círculos alrededor de la plaza del recuento.

—¡Más deprisa, judíos de mierda!

Fritz y los otros chicos, que iban delante, aumentaron el ritmo para que no les cayera ninguno de los golpes que Schmidt propinaba a quien corriera demasiado despacio. Algunos corrían con dificultad por el dolor de vientre o de testículos provocado por uno de los golpes de Schmidt por haber respondido demasiado lentamente en el recuento.

—¡Corran! ¡Corran, cerdos, corran! ¡Más deprisa, mierdas!

Mientras que los otros prisioneros habían podido volver a los barracones, los del bloque 3 tuvieron que quedarse. Schmidt, su *Blockführer,* había vuelto a encontrar defectos durante la inspección: una cama que no estaba bien hecha, el suelo no estaba lo suficientemente inmaculado, pertenencias que no estaban guardadas… Y les volvía a tocar un castigo: *Strafsport.* Schmidt, un hombre flácido y rechoncho, además de sádico, era un conocido tranza. Tenía un puesto en la cantina de prisioneros y se embolsaba tabaco y cigarrillos en grandes cantidades. Los chicos del bloque 3 lo llamaban Schmidt el Mierda por su palabra favorita.[20]

—¡Corran! ¡Al paso! Al suelo… Levántense… Menuda mierda, vuelvan al suelo. Ahora, ¡corran! —¡Zas! Golpeaba con el látigo la espalda de algún pobre hombre que no podía seguir el ritmo—. ¡Corre!

Pasaron dos horas, el sol abrasador se fue poniendo, la plaza se fue enfriando, los hombres y los chicos sudaron y se esforzaron por respirar. Por fin, Schmidt soltó una maldición y los dejó volver cojeando a su barracón.

Muertos de hambre, se sentaron a comer el único plato caliente del día: sopa de nabo. Si tenían suerte, podían encontrar algún trocito de carne.

Fritz había acabado y estaba a punto de levantarse cuando Gustl Herzog les dijo a los jóvenes que se quedaran donde estaban.

—Tengo que hablar con ustedes —les dijo—. No deben correr tanto durante el *Strafsport*. Cuando corren rápido, sus padres no pueden seguirles el paso y Schmidt les pega por quedarse atrás.

Los chicos estaban avergonzados, pero ¿qué podían hacer? A alguien tenían que pegarle por ir demasiado despacio. Gustl y Stefan les enseñaron la solución:

—Corran así, levantando más las rodillas y a pasos más cortos. Entonces parece que están corriendo todo lo que pueden, pero van despacio.

Fue suficiente para engañar a Schmidt el Mierda. A medida que iba pasando el tiempo, Fritz aprendía todos los truquitos de los veteranos. Algunas eran cosas absurdas, pero podían marcar la diferencia entre estar a salvo y sufrir, entre la vida y la muerte.

Y, mientras tanto, Fritz iba trabajando en los huertos y Gustav tiraba del remolque, la guerra seguía librándose en el mundo exterior y pasaron los meses y la esperanza de ser liberado fue disminuyendo. La solicitud de su madre, que había dado ánimos a Fritz durante un tiempo, empezó a desvanecerse en aquel reino de la desesperanza.

6

UNA RESOLUCIÓN FAVORABLE

בת

Todo cambiaba para Edith y Richard. Veían emerger, en aquella tierra de refugio, algo que creían haber dejado atrás en Viena.

En junio de 1940, la tranquila retaguardia se llenó de bombas, sangre y muerte, la Guerra de Broma había dado paso a la batalla de Inglaterra. Cada día, bombarderos de la Luftwaffe atacaban campos de aviación y fábricas y, cada día, los Spitfires y los Hurricanes despegaban para hacerles frente. La Royal Air Force (RAF) se había convertido en una fuerza de coalición, ya que a los pilotos británicos y de la Commonwealth se unieron exiliados polacos, franceses, belgas y checoslovacos. Al Reino Unido le gustaba considerarse una sola nación, pero no lo era en absoluto.

La prensa se centraba en dos cosas: informar de los avances de la batalla y hacer crecer el miedo de que los espías y saboteadores alemanes se infiltrasen en el Reino Unido allanando el camino para la invasión. Los rumores habían empezado en abril. La prensa —con el *Daily Mail* a la cabeza— había ayudado a inflar la paranoia sobre los quintacolumnistas.[1] La paranoia se convirtió en histeria y las miradas hostiles se volvieron hacia los 55 000 refugiados judíos austriacos y alemanes. Era poco probable que estos hombres, mujeres y niños fueran espías de Hitler, por lo que no habían sido encarcelados,[2] pero, ante la amenaza de que Alemania invadiera el país, el *Daily Mail* y algunos políticos hacían mucho ruido para pedir que se encarcelara a todos los ciudadanos alemanes, fuera cual fuera su estatus, por seguridad nacional.

Cuando Churchill pasó a ser primer ministro en mayo, amplió la categoría de personas que debían ser encarceladas a los miembros de la Unión Británica de Fascistas, el Partido Comunista y los nacionalistas irlandeses y galeses. En julio, perdió la paciencia y dio la orden: *Collar the lot!*[3] («¡Aprésenlos a todos!», o, más literalmente, «¡Átenlos a todos!»). Para evitar someter el sistema a demasiada presión, se procedería a realizar las detenciones por fases. En la primera fase detendrían a alemanes y austriacos —judíos, no judíos y antinazis por igual— que no tuvieran la condición de refugiados. En la segunda encerrarían a todos los alemanes y austriacos que quedaran fuera de Londres y, en la tercera, detendrían a los de Londres.

—Sé que hay un gran número de personas afectadas por las órdenes [...] que son enemigos apasionados de la Alemania nazi —le dijo Churchill al Parlamento—. Lo siento mucho por ellos, pero no podemos [...] hacer todas las distinciones que nos gustaría.[4]

Las detenciones de la primera fase empezaron el 24 de junio.[5]

La gente hacía circular el tipo de difamaciones antisemitas que siempre surgían en tiempos de tensión: que los judíos vendían productos de contrabando, que eludían el servicio militar, que disfrutaban de privilegios especiales, que tenían más dinero, mejor comida y mejor ropa.[6] Desesperada por apaciguar el creciente antisemitismo, la comunidad anglojudía se alineó con el sentimiento mayoritario de la sociedad británica. Asombrosamente, el *Jewish Chronicle* recomendaba tomar «las medidas más rigurosas» contra los refugiados, incluyendo a los judíos, y apoyó la ampliación de las detenciones. Las sinagogas británicas dejaron de permitir que se hicieran sermones en alemán y la Junta de Diputados de los Judíos Británicos empezó a restringir las reuniones de refugiados germanojudíos.[7]

En Leeds, hacía meses que los miedos de Edith iban en aumento. Ella y Richard habían creado un hogar en un departamento de una casa victoriana bastante deteriorada cerca de la sinagoga.[8] Edith había dejado su puesto de criada de planta en casa de la señora Brostoff y había empezado a trabajar como trabajadora domésticas durante el día para una mujer que vivía cerca. No había sido tarea fácil, ya que los cambios de empleo de los refugiados se tenían que registrar en el Ministerio del Interior y este tenía que dar el visto bueno.[9] Richard siguió haciendo galletas *kosher*. Con un bebé en camino, tendrían que haber sido felices, pero Edith estaba profundamente intranquila. La vida era muy incómoda para cualquiera que tuviera acento alemán en el Reino Unido. Y, con la invasión alemana que parecía segura, estaban consumidos por el miedo. Habían visto lo rápido que había caído Austria ante los nazis y era demasiado fácil imaginarse a los guardias de asalto en Chapeltown Road y a Eichmann o a cualquier otro demonio de las SS dando órdenes desde el Ayuntamiento de Leeds.

Edith, que sentía que era hora de intentar salir de Europa de una vez por todas, desenterró los afidávits de los familiares que tenía en Estados Unidos. Preguntó al JRC si todavía eran válidos ahora que se había casado. Pasaron casi dos semanas hasta que volvió la respuesta de Londres: no lo eran. Edith tendría que escribir a sus avales y pedirles nuevos afidávits. Además, ellos tendrían que ampliarlos para incluir a su marido.[10] Y, por supuesto, tendrían que solicitar una visa de inmigración en la embajada estadounidense de Londres. Con la guerra que se volvía cada vez más intensa en los cielos y la amenaza creciente de encarcelamiento, Edith y Richard se enfrentaban a un proceso insoportablemente largo.

Pero nunca descubrirían cuán largo sería. A principios de julio, entró en vigor la segunda fase del plan del Gobierno y la policía de Leeds detuvo a Richard.

Fue solo cuestión de suerte que no se llevaran a Edith también. No se dispensaba a las mujeres con hijos, pero a las embarazadas sí.[11]

Richard solo tenía veintiún años y llevaba las cicatrices de Dachau y Buchenwald en el cuerpo. Había huido al Reino Unido buscando refugio y, ahora, lo arrancaban del lado de su mujer y su hijo nonato y lo encarcelaba la misma gente que debería estar protegiéndolo de los nazis.

Edith interpuso inmediatamente una solicitud de liberación en el Ministerio del Interior. No era un proceso fácil, dado que los internados tenían que demostrar que no eran una amenaza para la seguridad y podían contribuir positivamente al esfuerzo de guerra.[12] Tanto la rama de Leeds como la de Londres del JRC presionó al Ministerio en nombre de los ya miles de encarcelados. Muchos ni siquiera estaban en campos de verdad con instalaciones adecuadas, las cifras habían sido demasiado altas y se habían establecido centros improvisados en fábricas de algodón y otras fábricas abandonadas, en hipódromos y en cualquier sitio que habían encontrado. Muchos fueron al centro de internamiento principal de la Isla de Man.[13] Algunos detenidos eran lo suficientemente mayores como para recordar que los campos de concentración nazis habían empezado justamente así: Dachau se había fundado en una fábrica abandonada.

Pasaron las semanas de julio y agosto, el embarazo de Edith avanzó y no llegaron noticias. Escribió al JRC a finales de agosto, pero le recomendaron que no siguiera intentándolo: «Creemos que ha hecho todo lo posible ahora mismo y pensamos que no sería sensato que el comité interviniese. El Ministerio del Interior nos ha advertido que las apelaciones y cartas solicitando información [...] pueden tener como consecuencia el aplazamiento de cualquier decisión».[14]

Unos días después, tomaron una resolución: Richard se quedaría detenido.

Para un veterano de los campos de concentración, la vida en un campo de internamiento era relativamente tranquila. No había trabajos forzosos ni castigos de verdad ni guardias sádicos. Los reclusos practicaban deporte y montaron periódicos, conciertos y círculos educativos. Aun así, seguían siendo prisioneros. Y, aunque no había guardias de las SS, los judíos solían encontrarse encerrados junto a simpatizantes nazis impenitentes y vengativos. Richard tenía el tormento adicional de saber que Edith tenía que lidiar con su embarazo sola y sin su sueldo.

A principios de septiembre, ya en el noveno mes del embarazo, Edith solicitó de nuevo la liberación de Richard. El JRC le aseguró que confiaban «sinceramente en que la solicitud tendría una respuesta favorable».[15] Volvió a empezar la espera. Dos semanas más tarde, llegó una nota del Departamento de Extranjería del Ministerio del Interior que informaba de que el caso de Richard sería evaluado por el comité «lo antes posible».[16]

Dos días después, Edith empezó a tener contracciones. La llevaron al hospital de maternidad de Hyde Terrace, en el centro de Leeds, donde, el miércoles 18 de septiembre, dio a luz a un niño sano. Lo llamó Peter John, un nombre inglés para un niño inglés que había nacido en Yorkshire.

Terminaba ese verano tan tenso y los ánimos de la población se fueron calmando. La opinión pública viró y se opuso al encarcelamiento de los refugiados inofensivos. En julio, un U-Boot hundió un barco que llevaba a varios miles de reclusos a Canadá —entre los cuales había judíos—. Las muertes habían hecho que el Reino Unido se mirase en el espejo y evaluase su trato a los inocentes solo por el hecho de ser extranjeros. Gradualmente, se dio marcha atrás en la política de encarcelamiento. En el Parlamento, los políticos expresaron su arrepentimiento por lo que habían hecho presos del pánico.

«Inconscientemente, lo sé, hemos favorecido la miseria que ha creado esta guerra y, así, no hemos contribuido en absoluto a la eficiencia del esfuerzo de guerra», dijo un miembro conservador.[17]

«Nos acordamos del horror que suscitó en este país que Hitler pusiera a judíos, a socialistas y a comunistas en campos de concentración. Aquello nos horrorizó y, sin embargo, de algún modo, casi nos pareció normal cuando nosotros les hicimos lo mismo a las mismas personas», añadió un laborista.[18]

Peter tenía cinco días cuando le llegó la noticia a Edith: habían soltado a Richard.[19]

Gustav abrió la libreta y pasó las páginas, muy pocas. Había resumido todo el verano de 1940 en tres hojas, comprimido con su escritura firme. «Así pasa el tiempo —escribió—. Me levanto pronto por la mañana, llego tarde a casa por la noche, como y voy directo a la cama. Así ha pasado un año, con trabajo y castigos.»

No siempre iban directos a la cama, el segundo al mando del campo, el comandante de las SS Arthur Rödl, había ideado una nueva tortura para los judíos. Cada noche, cuando volvían de la cantera, el huerto o la obra, exhaustos y hambrientos, mientras todos los demás prisioneros se iban a los barracones, los judíos tenían que quedarse de pie en la plaza del recuento, bajo el resplandor de los focos, y cantar.

A Rödl, un hombre despiadado y engreído cuya poca inteligencia no le había impedido ascender hasta un rango superior, le encantaba oír cantar a su «coro» judío. La orquesta del campo estaba sentada a un lado y el «director del coro» estaba de pie encima de un montón de grava a un lado de la plaza.

—¡Otra! —gritaba Rödl por los altavoces, y los prisioneros, extenuados, tomaban aire y se esforzaban por cantar otra canción. Si no cantaban lo suficientemente bien, los altavoces gritaban—: ¡Abran la boca, cerdos! ¿No quieren cantar? ¡Todos al suelo, chusma, y canten!

Y, sin importar el clima, tenían que acostarse en el polvo, en el lodo, en los charcos embarrados o la nieve y cantar. Los *Blockführers* pasaban entre las filas dando patadas a todo aquel que no cantara lo suficientemente alto.

Aquel sufrimiento a veces duraba horas. A veces, Rödl se aburría e informaba de que se iba a cenar, pero los prisioneros tenían que quedarse ensayando.

—Si no les sale bien —les decía—, podrían quedarse cantando toda la noche.

Los guardias de las SS, que estaban resentidos por tener que quedarse a vigilarlos, desquitaban su rabia con los prisioneros con patadas y golpes.

Lo que cantaban con más frecuencia era la «Canción de Buchenwald». La había escrito el compositor vienés Hermann Leopoldi y la letra era del famoso letrista Fritz Löhner-Beda, ambos prisioneros. Era una marcha militar con una letra que ensalzaba el valor en tiempos de desgracias. Rödl la había encargado expresamente:

—Todos los demás campos tienen una canción. Tenemos que tener una de Buchenwald.[20]

Había ofrecido una recompensa de diez marcos al famoso compositor (a quien nunca pagó) y quedó muy satisfecho con el resultado. Los prisioneros la cantaban cuando salían a trabajar por la mañana:

Oh, Buchenwald, no puedo olvidarte,
porque eres mi destino.
¡Solo el que te ha dejado puede decir
lo maravillosa que es la libertad!
Oh, Buchenwald, no nos quejamos ni plañimos
y, sea cual sea nuestro destino,
diremos sí a la vida
¡porque llegará el día en que seremos libres!

Rödl fracasó miserablemente a la hora de identificar su espíritu desafiante. «En su pobreza intelectual —recordaba Leopoldi—, no vio en absoluto lo revolucionaria que era realmente la canción.»[21] Rödl también encargó una «Canción judía» con letra difamatoria sobre los crímenes y la influencia perniciosa de los judíos, pero resultó ser «demasiado estúpida» hasta para él, de modo que la prohibió. Otros oficiales la resucitaron más adelante y obligaron a los prisioneros a cantarla hasta altas horas de la noche.[22]

Sea como fuere, solían cantar la «Canción de Buchenwald». Los judíos la entonaron incontables veces en la plaza del recuento bajo los focos. «Rödl disfrutaba bailando aquella melodía —contaba Leopoldi—, porque a un lado tocaba la orquesta del campo y al otro lado fustigaban a gente.»[23] Cuando la cantaban por las mañanas, mientras se formaban para ir a trabajar, le conferían todo su odio y aversión por las SS. Muchos murieron cantándola.

«No pueden machacarnos así —escribió Gustav en su diario—. La guerra sigue.»

בן

Buchenwald se expandía mes a mes. Se iba comiendo el bosque y convirtiéndolo en trozos de madera y, de entre los restos, iban surgiendo edificios como setas blanquecinas en el lomo pelado de Ettersberg.

Los edificios del cuartel de las SS formaron, gradualmente, un semicírculo de bloques de dos plantas con un casino para los oficiales en el centro. Había chalets con jardín diseñados espléndidamente para los oficiales, un pequeño zoo, establos e instalaciones para la monta de caballos, cocheras y una gasolinera para los vehículos de las SS. Había hasta un centro de cetrería. Estaba entre los árboles, en la ladera de la cantera, y lo conformaban una pajarera, una glorieta y una sala común de estilo teutónico con vigas de roble talladas y grandes hogares, llena de trofeos y muebles pesados. Estaba destinado al uso personal de Hermann Göring, pero él nunca iba. En las SS estaban tan orgullosos de él que, por un marco, los alemanes del pueblo podían entrar a echar un vistazo.[24]

Todas estas construcciones se levantaban con la piedra y los árboles de la montaña en la que estaban construidas, mezclados con la sangre de los prisioneros cuyas manos transportaban y colocaban las piedras, los ladrillos y las vigas.

Por los caminos que había entre las obras, Gustav Kleinmann y sus compañeros esclavos tiraban de los remolques llenos de materiales y su hijo era ahora uno de los que construían los edificios con sus manos. El benefactor incansable de Fritz, Leo Moses, había vuelto a usar su influencia para que lo trasladaran al destacamento que se dedicaba a construir las cocheras de las SS.[25]

Robert Siewert, el kapo del Destacamento de Construcción I, que era el que había asumido el proyecto, era amigo de Leo Moses. Siewert, un alemán de ascendencia polaca, llevaba el triángulo rojo de preso político. Había sido obrero cuando era joven y había servido en el Ejército alemán en la guerra anterior. Era un comunista consagrado y había sido miembro del Parlamento de Sajonia en los años veinte. Ahora estaba en la cincuentena y tenía un aire de fuerza resiliente y de energía: regordete, con la cara ancha y los ojos entrecerrados bajo unas cejas oscuras y gruesas.

Al principio, el trabajo solo consistía en trasladar cosas: «Trae eso aquí, aguanta esta carga y ¡corre!». Un saco de cemento de cincuenta kilos pesaba más que el mismo Fritz. Los trabajadores del patio se lo cargaban a hombros y él lo llevaba tambaleándose, intentando correr, adonde lo necesitaran. Pero no había maltrato, no les pegaban. Los de las SS valoraban mucho los destacamentos de construcción y

Siewert podía proteger a sus trabajadores.

A pesar de su apariencia severa, Robert Siewert tenía buen corazón. Le asignó otra tarea a Fritz, la de hacer mezclar, y le enseñó cómo ganarse el favor de las SS.

—Tienes que trabajar con los ojos —le dijo—. Si ves que se acerca un hombre de las SS, trabaja deprisa, pero si no hay soldados de las SS cerca, tómate tu tiempo, adminístrate.

Fritz se volvió tan experto en saber cuándo se acercaban los guardias y dar un espectáculo de trabajo intenso y productivo que adquirió la reputación de ser muy aplicado. Siewert solía señalarlo delante del sargento de las SS Becker.

—Mire con qué esmero trabaja este joven judío —le decía.

Un día, Becker llegó a las obras con su superior, el teniente de las SS Max Schobert, subcomandante a cargo de los prisioneros bajo custodia protectora. Siewert llamó a Fritz para que dejara de trabajar y le presentó al oficial, elogiando su comportamiento.

—Podríamos formar a los presos judíos como albañiles —le sugirió.

Schobert, un tipo de cara despiadada y una sonrisita perpetua, miró con desprecio a Fritz. No le gustó la propuesta en absoluto. ¡Tantos gastos para preparar a judíos! Ah, no, no lo permitiría. No obstante, habían plantado una semilla.

Cuando llegaron más soldados de las SS a Buchenwald para que la guarnición estuviera completa, la semilla empezó a germinar. Se tenía que acelerar el trabajo para completar el cuartel de las SS, una tarea que superaba la capacidad de trabajo de la mano de obra que había en ese momento. Siewert volvió a intentar vender su idea; esta vez, se la hizo llegar al mismísimo comandante Koch. Se quejó de que no tenía suficientes albañiles. La única solución sería enseñar a los judíos jóvenes a hacer el trabajo. La reacción de Koch fue la misma que la de Schobert. Siewert insistió: simplemente, no podía cumplir con el trabajo de ningún otro modo; pero la respuesta seguía siendo «judíos no».

Siewert decidió que no tenía más remedio que demostrar que la idea funcionaría. Fritz se convirtió en su aprendiz. Siewert hizo que empezara a aprender a poner ladrillos construyendo una simple pared supervisado por trabajadores arios. Con un hilo como guía, fue empastando la mezcla y colocando un ladrillo tras otro, con cuidado y correctamente. Fritz había heredado la habilidad de su padre para los trabajos manuales y aprendía rápido. Una vez hubo aprendido lo básico, le enseñaron a hacer esquinas, pilares y contrafuertes, y luego dinteles, hogares y chimeneas. Cuando llovía, aprendía a enyesar. Cada día, Siewert hablaba con él y comprobaba cómo iba progresando. En un santiamén, Fritz se convirtió en un albañil bastante aceptable. Fue el primer judío de Buchenwald que lo consiguió.

Su progreso fue tan impresionante y la necesidad era tan urgente que el comandante Koch cedió y dejó que Siewert emprendiera un programa de formación para chicos judíos, polacos y gitanos. Pasaban la mitad del día trabajando en la obra y la otra mitad en el barracón aprendiendo teoría y ciencia de la construcción. Llevaban un brazalete verde con la inscripción: «Escuela de albañiles» y gozaban de ciertos privilegios. En particular, uno de aquellos placeres era la asignación especial de comida para prisioneros con trabajos pesados: dos veces por semana, recibían una ración extra de pan y medio kilo de embutido o paté de carne, que les llevaban a la obra. Eso era aparte de su ración diaria de pan, margarina, una cucharada de requesón o mermelada de betabel, café de bellota y sopa de col o nabo.

Para Fritz, Robert Siewert era un héroe, representaba el espíritu de resistencia y la esencia de la bondad humana. Los jóvenes eran su mayor preocupación y hacía todo lo que podía para dotarlos de habilidades y conocimientos que podían salvarles la vida. «Nos hablaba como un padre —recordaría Fritz—, con paciencia y amabilidad.»[26] Fritz se preguntaba de dónde sacaba la fuerza a su edad y después de tantos años de encarcelamiento.

Cuando empezó el invierno, Siewert obtuvo el permiso para colocar barriles de aceite como braseros en las obras, bajo el pretexto de que el enyesado y la mezcla podían agrietarse en aquellas condiciones glaciales. Su verdadera motivación era el bienestar de los trabajadores, que solo tenían el delgado uniforme de prisioneros para protegerse. Siewert tenía un corazón compasivo y valiente, siempre cumplía con su labor y se jugaba el físico al interceder por judíos, gitanos y polacos ante las SS.

Sin embargo, la influencia de Siewert no se extendía más allá de los límites de las obras y la escuela de albañiles. En el momento en que terminaba el trabajo del día y los prisioneros tenían que regresar al campo, les volvía a tocar el régimen de cantos, palizas arbitrarias, privación de alimentos y asesinatos caprichosos. Fritz miraba a sus compañeros prisioneros y daba las gracias en silencio por, al menos, haber comido mejor que ellos y no tener que arriesgarse a que lo hicieran cruzar el cordón de centinelas o que lo mataran a patadas. Sufría por su padre, que estaba todos los días esclavizado en la columna de transporte. Fritz se guardaba lo que podía de sus raciones extras para dárselo por las noches cuando se veían.

A Gustav le tranquilizaba el nuevo estatus de su hijo y la seguridad que comportaba. «El chico es popular entre los capataces y le cae bien al kapo Robert Siewert —escribió—.

Leo Moses es nuestro mayor apoyo y eso nos da seguridad.» Para la mente indomablemente optimista de Gustav, empezaba a parecer que podrían sobrevivir a aquel suplicio.

A Fritz lo habían sacado del Bloque de la Juventud hacía unos meses y lo habían trasladado al bloque 17, más cerca del de su padre. Había sido doloroso despedirse de sus amigos, pero el cambio acabó siendo formativo, otra etapa importante en su crecimiento como hombre. El bloque 17 era donde se alojaban los austriacos de alto perfil y los prisioneros famosos: los *Prominenten*.

La mayor parte eran presos políticos, pero de un estatus más alto que la mayoría de los hombres con el triángulo rojo del campo.[27] Algunos de los nombres le resultaban familiares a Fritz, puesto que su padre los conocía de cuando fue activista del Partido Socialdemócrata. Entre los reclusos estaba Robert Danneberg, un socialista judío que había sido presidente del Consejo Provincial de Viena y una de las figuras destacadas de la «Viena Roja», el auge socialista que había durado desde el final de la Primera Guerra Mundial hasta que la derecha tomó el poder en 1934. En contraste con la presencia sobria de Danneberg, estaba Fritz Grünbaum, con la cara redonda y un carácter jocoso. Era la estrella de la escena cabaretera en Berlín y Viena, *Conférencier,*[*] guionista, actor de cine y libretista de Franz Léhar (uno de los compositores preferidos de Hitler). Como era un judío prominente y hacía sátira política, los nazis lo detuvieron poco después del Anschluss. Algo mayor y fornido, con la cabeza afeitada y anteojos de fondo de botella, se parecía a Mahatma Gandhi. Había tenido que soportar los trabajos de la cantera y de las letrinas y, con el ánimo hundido, había inten-

[*] Maestro de ceremonias del cabaret.

tado suicidarse. A pesar de todo, conseguía mostrar algo de su antiguo personaje y, de vez en cuando, montaba algún espectáculo para los otros prisioneros. Su comentario sobre su martirio como judío era simple y directo:

—¿De qué me sirve mi intelecto si mi nombre me perjudica? El poeta llamado Grünbaum está acabado.

Tenía razón, moriría pocos meses después.[28] Fritz también conoció a Fritz Löhner-Beda. Ese hombre sombrío y con anteojos era el autor de la conmovedora y desafiante letra de la «Canción de Buchenwald». Como Grünbaum, había escrito libretos para las obras de Léhar. Siempre esperó que Léhar, que tenía influencia tanto sobre Hitler como sobre Goebbels, consiguiera liberarlo, pero esperó en vano. Para mayor tormento suyo, a menudo sonaban canciones de las operetas de Léhar *Giuditta* y *El país de las sonrisas* por los altavoces del campo; parecía que las SS no sabían nada de su participación en ellas. Y, peor todavía, ponían la famosa canción «In Mir Klingt ein Lied Heidelberg» («Perdí el corazón en Heidelberg»), cuya letra había escrito él.

Uno de los *Prominenten* más brillantes del bloque 17 era Ernst Federn, un joven psicoanalista y trotskista vienés que llevaba la estrella roja y amarilla de preso político judío. Con una presencia imponente y unos rasgos marcados que lo hacían parecer casi galán con aquella cabeza rapada, Ernst tenía el alma más buena de todas. Cualquiera podía acercársele a contarle sus problemas. Su optimismo irreprimible le labró la fama de estar un poco loco, pero daba unos ánimos estupendos a los otros prisioneros.[29]

Había muchos socialdemócratas, socialistas cristianos, trotskistas y comunistas en el bloque 17. En el tiempo libre que tenía por la noche, el joven Fritz se sentaba a escuchar sus conversaciones sobre política, filosofía, la guerra... Su forma de hablar era intelectual, sofisticada, y Fritz se esforzaba por comprender lo que decían. Una cosa que transmitían con claridad era la fuerza de su creencia en la idea de Austria. A pesar de su situación desesperada, compartían la visión de futuro de una Austria libre del dominio nazi, renovada y bella. Los hombres del bloque 17 estaban convencidos de que Alemania acabaría perdiendo la guerra, a pesar de que las noticias que llegaban a cuentagotas al campo indicaban que iba ganando en todos los frentes.

La fe y el ánimo de Fritz crecieron gracias a la visión de un mundo mejor que tenían aquellos hombres, a pesar de que creían que pocos de ellos vivirían para verlo. «La camaradería que aprendí en el bloque 17 me cambió la vida profundamente —recordaría más adelante—. Conocí una forma de solidaridad inimaginable en la vida fuera de los campos de concentración.»[30]

Uno de los momentos más memorables de Fritz en aquel bloque fue la celebración del cumpleaños de Fritz Grünbaum, que era el mismo día que el de su hermana Herta (que cumplía dieciocho ese día). Los hombres del bloque 17 habían guardado partes de sus raciones para darle a su viejo compañero una buena cena y robaron un poquito más de las cocinas. Después de la cena, Löhner-Beda pronunció un discurso y el mismo Grünbaum cantó unas cuantas estrofas. Como el prisionero más joven presente, Fritz pudo felicitar a la estrella abrumada.

¿Qué podía tener en común con aquellos políticos, intelectuales y artistas un joven aprendiz de tapicero de Leopoldstadt convertido en albañil, un niño que jugaba en el Karmelitermarkt? Que todos eran austriacos, de nacimiento o por elección, y que todos eran judíos. Era suficiente. Buchenwald era un pequeño país de supervivientes rodeado por un mar de veneno.

Y las muertes siguieron.

Los asesinatos en la cantera se volvían más frecuentes. Muchos de los muertos eran amigos de Fritz o de su padre, algunos de cuando vivían en Viena. Ese año, entre todos los campos de concentración, las muertes de prisioneros ascendieron de unas mil trescientas a catorce mil.[31] La causa era la atmósfera de guerra; mientras que las Waffen-SS y la Wehrmacht luchaban contra los enemigos de Alemania y los conquistaban, desde Polonia hasta el canal de la Mancha, las SS Totenkopf sentían cómo les hervía la sangre y se les encendían los ánimos en los campos de concentración e intensificaron la guerra contra el enemigo interno. Las noticias de las victorias militares detonaban arranques de agresiones triunfales y los contratiempos —como la imposibilidad de conquistar el Reino Unido, el único enemigo que seguía luchando— inspiraban venganzas.

Deshacerse del número creciente de cuerpos se volvió un problema y, en 1940, las SS empezaron a equipar los campos con crematorios.[32] El de Buchenwald era un edificio pequeño con un patio rodeado por un muro alto. Desde la plaza del recuento, se podía ver cómo construían la punta de la chimenea, ladrillo a ladrillo. Cuando estuvo construida, empezó a expulsar su humo acre. Desde ese día, raramente dejó de salir humo. A veces, se alejaba por encima de las copas de los árboles; muchas otras, caía sobre el campo, pero el olor siempre estaba allí: el olor amargo de la muerte.

En el nuevo año, después de meses de frustración, Tini recibió, por fin, una resolución del consulado de Estados Unidos en Viena.

Desde marzo de 1940 habían convocado entrevistas con todos los que querían emigrar, pero a Tini le habían advertido que debía esperar a que liberaran a Gustav y a Fritz si quería que la familia se fuera junta.[33] Como las SS no liberaban a sus prisioneros si no tenían todos los papeles necesarios para emigrar, aquella vía era un callejón sin salida.

Todos los afidávits estaban en orden. El problema era conseguir las visas estadounidenses y los boletos válidos para viajar (que debían pagarse) y, además, coordinarlo todo. Cuando Francia aún era libre, proporcionaba una ruta para salir de Europa y llegar a América, pero la invasión alemana había cerrado los puertos franceses. En otoño, Lisboa había quedado a disposición de los emigrantes, pero el consulado estadounidense en Viena había congelado simultáneamente la expedición de visa. La postura de Roosevelt de dar asilo a los refugiados se había marchitado ante el antisemitismo creciente de Estados Unidos. El presidente había capitulado ante la opinión pública y había ordenado al Departamento de Estado que redujera el número de visas que se expedían a casi cero: «No más extranjeros». El consulado todavía citaba a los solicitantes para entrevistarlos, algo que era tortuoso por sí mismo, dado que requería pagar los gastos de los documentos notariales, los certificados de la policía, los boletos del barco de vapor y los impuestos antijudíos de los nazis. En la entrevista final, cuando el solicitante angustiado había conseguido tener en orden todos los documentos, le decían que no había podido demostrar que haría una contribución a Estados Unidos y que, por lo tanto, era probable que se convirtiera «en una carga pública».[34] «Visa denegada.»

En octubre de 1940, prácticamente todos los solicitantes —personas que vivían en un terror constante y habían tenido que pedir limosna para satisfacer los requerimientos burocráticos— se iban del consulado desalentados.[35] Tini estaba a punto de perder toda esperanza. «Lo tenemos todo —le escribió al German Jewish Aid Committee («Comité de Ayuda a los Judíos Alemanes») de Nueva York—, pero ninguno ha emigrado [...]. El consulado de la ciudad no nos da las respuestas que necesitamos.»[36] No era capaz de entender aquella frustración sin fin; su marido era un buen trabajador muy capaz y tenían afidávits en abundancia.

Tenía la última esperanza depositada en sus hijos. A principios de 1941, Tini logró su primer éxito. Su vieja amiga Alma Maurer, que había estado en su boda y ahora vivía en Massachusetts, había conseguido un afidávit para Kurt de un señor judío destacado de la ciudad donde vivía, nada más y nada menos que un juez. Y, luego, ocurrió el milagro: Estados Unidos estaba dispuesto a dejar entrar a un pequeño número de niños judíos. En colaboración con el German Jewish Aid Committee, recibiría a un número limitado de menores sin acompañante y los colocaría con las familias judías adecuadas en Estados Unidos. Habían aceptado a Kurt.

Tanto a Tini como a Herta les dolería dejarlo ir, pero era el único modo de ponerlo a salvo. Y había más buenas noticias. Aunque Herta ya no tenía edad para que la aceptaran en aquel programa para niños, el amable señor de Massachusetts estaba dispuesto a ser su aval si ella conseguía la visa necesaria.

7

EL NUEVO MUNDO

אבא

Bajo un cielo gris lleno de nubes, Ettersberg se encontraba cubierta por una gruesa capa de nieve que suavizaba —pero no escondía— el contorno de los barracones y de las torres de vigilancia distribuidas a lo largo de las vallas.

Gustav se apoyó en la pala. El kapo se había dado la vuelta y Gustav aprovechó el momento para recuperar el aliento. Tenía las manos moradas y, cuando les echaba el vaho de la respiración, no sentía calor, no sentía nada. Sabía que cuando volviera al barracón aquella noche y el entumecimiento por aquel frío que calaba los huesos fuera desapareciendo, el dolor sería atroz.

Empezaba otro año, pero nada cambiaba en ese mundo excepto el avance de las estaciones y el paso diario de las vidas. El aire gélido arrastraba el humo del crematorio y llevaba hasta las fosas nasales de los prisioneros el olor de su propio futuro.

Gustav notó que el kapo se volvía hacia él y ya estaba moviendo la pala antes de que los ojos del hombre lo alcanzaran. La nieve había interrumpido el trabajo de la columna de transporte. Cada día, el equipo limpiaba las calles del campo a paladas y se llevaba la nieve y, cada noche, la naturaleza las volvía a enterrar.

La luz se apagaba. Sin ojos que lo vigilaran, Gustav volvió a descansar. Miró el cielo del sureste, jaspeado de gris y moteado por los copos que caían, borroso por el humo. En algún punto por allí, más allá de aquellas vallas y aquellos bosques, estaban su casa, su mujer, Herta y el pequeño Kurt. ¿Qué estarían haciendo en ese momento? ¿Estaban a salvo? ¿Estarían pasando frío o podrían calentarse? ¿Estarían asustados o les quedaría esperanza? Fritz y él aún recibían cartas de Tini, pero no era como estar allí.

Echó una última ojeada al cielo, agachó el lomo y metió la pala en la nieve.

בן

El cielo que veía Kurt era cálido y azul, brillaba con las hojas moteadas por el sol de los castaños de Indias salpicados por las flores blancas como la nieve. Ponía un pie delante del otro, mirando arriba, mareándose de placer.

Miró hacia adelante y se dio cuenta de que se había quedado atrás respecto al resto de la familia. Su madre y su padre caminaban tomados del brazo, Fritz paseaba con las manos en los bolsillos, Herta andaba con gracia y Edith avanzaba derecha y elegante.

Habían pasado la mañana en el Prater y Kurt estaba encantadísimo. Había perdido la cuenta del número de veces que se había lanzado por el tobogán grande; si ayudabas a subir pilas de tapetes arriba del toldo, el encargado te dejaba tirarte gratis, y Kurt, Fritz y los otros chicos no tan pudientes siempre hacían turnos para subirlos. Ahora paseaban por Hauptallee, la ancha avenida que cruzaba los bosques del Prater, y Kurt se divertía andando con un pie en el camino para los peatones y el otro en la franja elevada de césped que lo separaba de la carretera. Con tantos estímulos llenándole los sentidos, no se dio cuenta de que el resto de la familia se alejaba más y más. Tarareaba y disfrutaba de la sensación de impulsarse con cada uno de los pasos que daba sobre el césped. Perdió toda noción del tiempo y, cuando volvió a mirar hacia adelante, se había quedado solo.

Por un instante, el corazón le palpitó aterrado en el pecho. Veía delante de él las hileras de árboles que se alejaban en la distancia, los bosques a los dos lados, las familias, las parejas, las bicicletas, y los carros y los coches que pasaban por la carretera, los colores de la feria y más gente a través de los árboles, pero no distinguía por ningún lado las figuras familiares de sus padres, sus hermanas o Fritz. Simplemente, se habían esfumado.

El terror momentáneo pasó. No había por qué entrar en pánico. Kurt conocía el Prater como la palma de su mano, estaba a poco más de un kilómetro de casa. Podía volver solo. Hauptallee desembocaba en Praterstern, una rotonda enorme con forma de estrella en la que se encontraban siete bulevares y avenidas. Después de la paz de los bosques, aquello era una vorágine de ruido y movimiento; camiones, coches de motor y tranvías corrían rugiendo de izquierda a derecha, saliendo en tropel del bulevar más cercano y entrando en la rotonda. Las aceras estaban rebosantes de gente.

Kurt se dio cuenta de que no tenía ni idea de lo que debía hacer. Había pasado por allí incontables veces, pero siempre con un adulto o uno de sus hermanos mayores. Nunca le había hecho falta prestar atención a cómo cruzar aquel torrente.

Al cabo de un rato percibió una voz femenina. Levantó la vista y vio que una mujer lo miraba preocupada.

—¿Te has perdido? —preguntó.

Bueno, no se había perdido, sabía por dónde debía ir, pero no encontraba la forma de hacerlo físicamente. Tampoco sabía muy bien cómo explicar ese concepto tan complejo. La mujer frunció el ceño angustiada.

Apareció un policía y se encargó de la situación. Tomó a Kurt de la mano, lo llevó hacia el Prater y giró a la izquierda por Ausstellungsstrasse. Al final, llegaron a la comisaría, un edificio grande de ladrillo rojo y piedra labrada con pinta de ser muy importante. Kurt entró en un mundo de uniformes oscuros y un bullicio eficiente y silencioso, un mundo lleno de olores y sonidos raros. Le dijeron que se sentara en una oficina. Un policía que trabajaba allí le sonrió y habló y jugó con él. Kurt llevaba una tira de pistones y disfrutó viendo cómo el policía los hacía estallar uno a uno con la hebilla del cinturón del uniforme. El eco de los estallidos sonaba por la oficina como los disparos de un fusil. Distraído y disfrutando dc la compañía del policía, Kurt apenas notó el paso del tiempo.

—¡Kurtl! —Se dio la vuelta al oír el sonido de aquella voz familiar—. ¡Aquí estás!

Su madre estaba en la puerta y su padre, detrás. El corazón se le llenó de alegría y corrió hacia ella con los brazos abiertos.

בן

Kurt se despertó asustado y tembloroso, con el corazón palpitándole. Por un momento, no tuvo ni idea de dónde estaba. Un torrente de sonido —golpes y traqueteos— le llegaba a las orejas. Debajo tenía un banco duro de madera, alrededor había gente desconocida, sentía cómo se balanceaba rítmicamente. Vio la delgada cartera que descansaba sobre su pecho y se acordó.[1]

Estaba en el tren que lo llevaría a su nueva vida.

El banco, hecho con tiras de madera, le había entumecido la espalda, pero estaba tan cansado que lo había invadido el sueño y se había desplomado sobre el pasajero que se sentaba a su lado. Se puso derecho y tocó la cartera. Se acordó de cuando su madre se la había colgado en el cuello.

Era una imagen vívida: estaban en la cocina de su casa. Lo sentó en la mesa, la misma superficie desgastada en la que solía ayudarla a enrollar los fideos para la sopa de pollo. Podía verla, con la cara chupada por el hambre, marcada por la preocupación, diciéndole que era vital que cuidara de esa cartera. Llevaba sus papeles. En su nuevo mundo, eso significaba que llevaba su espíritu, su permiso para existir. Sonrió y lo besó.

—Y ahora, pórtate bien, Kurtl —le dijo—. Sé bueno cuando llegues, no hagas travesuras, obedece para que te dejen quedarte.

Sacó un regalo para él, una armónica nueva, toda bonita y resplandeciente, y él la agarró fuerte…

… Y de repente su madre ya no estaba, desaparecía de su recuerdo como una luz que se apaga.

Kurt miró a la gente sentada a su alrededor en el tren y los campos desconocidos que pasaban flotando bajo la escarcha de febrero. Sabía que ese era el tren que había salido de Berlín, donde había recogido los últimos papeles y el dinero necesario para el viaje —cincuenta dólares estadounidenses verdes y nuevecitos— de la German Jewish Children's

Aid, una organización de ayuda a los niños judíos alemanes. Y también sabía que había llegado a Berlín desde Viena en otro tren… Pero el recuerdo se desvanecía. Con el tiempo, no podría recordar en absoluto cómo se despidió de su madre y de Herta, algo que lamentó toda la vida.

Su antigua vida familiar, la que tanto quería, había quedado atrás e iba alejándose inexorablemente hacia otra dimensión. O, quizá, era al revés: Viena era real y estaba en el presente y se lo llevaban a él hacia otra dimensión.

La mayor parte de los pasajeros del tren eran refugiados y, a Kurt, la mayoría le parecían personas mayores. Había unas pocas familias con niños pequeños. Eran judíos alemanes, austriacos, húngaros y algunos polacos. Las madres les susurraban a sus hijos pequeños mientras sus maridos leían, hablaban o dormitaban. Los viejos, con el sombrero a la altura de las cejas, dormían encorvados, roncando y suspirando dentro de sus barbas. Y los niños observaban con los ojos muy abiertos o dormían apoyados en sus padres.

Cada pocas paradas tenían que cambiar de tren, dirigidos por policías o soldados, y tenían que subir al que estuviera disponible. A veces, Kurt se sentaba en lujosos compartimentos de primera clase, a veces en segunda, pero, sobre todo, le solían tocar las dolorosas tiras de madera de tercera clase. Él prefería los bancos, porque por lo menos podía sentarse bien; los asientos de primera tenían descansabrazos y los niños debían sentarse en ellos apretados entre dos adultos. En algunas ocasiones, se desesperó tanto por aquella incomodidad que trepó hasta el portaequipajes y se tumbó sobre las maletas.

En el tren solo había dos menores más que no iban acompañados, un chico y una chica. Kurt los fue conociendo poco a poco. Uno era también de Viena, se llamaba Karl Kohn, tenía catorce años y venía de la misma parte de

Leopoldstadt que Kurt. Llevaba anteojos y parecía medio enfermo, y era algo pequeño para ser adolescente. La chica no podía ser más diferente. Irmgard Salomon procedía de una familia de clase media de Stuttgart. A pesar de tener solo once años, era por lo menos cinco centímetros más alta que ellos. Unidos por la soledad, los tres crearon un vínculo mientras el tren los iba llevando más y más lejos de casa.

אמא

La casa se había convertido en un cascarón vacío. Donde había habido una familia ahora solo quedaban dos mujeres: una se hacía mayor, la otra estaba en la flor de la vida. Tini tenía cuarenta y siete años, una edad en la que tendría que haber estado esperando un futuro lleno de nietos. Y Herta, a quien le faltaban dos meses para cumplir diecinueve, tendría que haber tenido un oficio y estar pensando con cuál de sus pretendientes se podría casar. No tendrían que estar allí solas, sentadas en aquel departamento desolado, sin posesiones, porque les habían robado las pocas que tenían, y sin seres queridos —ni marido, ni hijos, ni hija, ni padre, ni hermanos, ni hermana—, también robados o huidos.

Viena estaba llena de zonas prohibidas y el departamento, que habían tenido la suerte de conservar, era una cárcel.

Despedirse de Kurt había sido más que doloroso. Era muy pequeño, muy poca cosa, un trocito de humanidad demasiado diminuto para lanzarlo al mundo. Tini no había podido acompañarlo al tren —solo aquellos que tuvieran permiso de viaje podían pasar a los andenes—, y ella y Herta habían tenido que decirle adiós fuera, viendo desde la distancia cómo la oleada de refugiados lo arrastraba lejos.[2]

Carne de su carne, sangre de su sangre, alma de su alma, lejos de ella. Kurt era su esperanza, tendría un nuevo comienzo en un mundo totalmente nuevo. Quizá un día volvería y ella podría ver al hombre nuevo que ocupaba su lugar, esculpido por una vida totalmente extraña para ella.

בן

Kurt estaba tumbado y miraba las estrellas. Nunca en su vida había visto un cielo así. Era más intenso, más oscuro, más brillante que cualquier otro del mundo; una bóveda pura, libre de la luz de los humanos. Debajo de él, el barco avanzaba con todas las luces apagadas, a solas en el gran disco del océano negro iluminado por las estrellas.

Se sentía como si fuera el último superviviente de un gran éxodo. Después de que el tren hubiera llegado a Lisboa, él, Karl e Irmgard tuvieron que esperar durante semanas. Tenían que unírseles decenas de niños para ir a Estados Unidos, pero, cuando llegó la hora de zarpar, fue evidente que los demás no iban a llegar. Seguramente estarían atrapados en la maraña burocrática de la emigración. Llevaron a Kurt, Karl e Irmgard al muelle, donde les esperaba su barco, alto como un edificio de oficinas, unido al embarcadero con grandes cuerdas y pasarelas. El SS* Siboney no era el barco de pasajeros más grande del mundo, pero tenía cierta elegancia: dos chimeneas esbeltas y dos cubiertas superiores rodeadas por sendos pasillos adornados con arcos que daban al mar. A lo largo del casco había marcas identificativas para protegerlos de los U-Boote ale-

* Siglas de la voz inglesa *steamship*, «barco de vapor». *[N. de la T.]*

manes que decían «AMERICAN — EXPORT — LINES» en letras blancas gigantes flanqueadas por las barras y estrellas.

La mayoría de los pasajeros parecían refugiados —había muchas caras familiares del viaje en tren— y, entre ellos, volvían a casa algunos turistas y gente que viajaba por trabajo. Kurt y Karl fueron a buscar su camarote y lo encontraron, finalmente, en las profundidades del barco, donde el ambiente estaba muy cargado y los motores rugían con fuerza. Volvieron a salir al aire libre y vieron como el Siboney se alejaba del muelle y, con los motores convirtiendo el agua en espuma, dirigía la proa al oeste.

Kurt se quedó de pie en la barandilla, tres horas, observando la extensión del océano. Lisboa se volvió una manchita, Portugal se convirtió en un pedacito de tierra y toda Europa encogió y se hundió en el horizonte. Fuera de la vista, más allá del mar que se expandía hacia el norte, un convoy tras otro de barcos mercantes avanzaba poco a poco hacia el este, hacia el Reino Unido, con escoltas de la Marina Real británica rodeándolos como pastores nerviosos. Al este, los U-Boote se deslizaban fuera de sus bases y navegaban por el vasto océano con los torpedos listos en los tubos. Las marcas pintadas en el casco eran toda la protección que llevaba el Siboney.

A pesar de estar cansado, Kurt no durmió bien esa primera noche en el camarote ruidoso y sofocante, y los mareos le estropearon el día siguiente. Lo único que podía comer era fruta. No muy convencidos de querer pasar otra noche en las literas, Kurt y Karl tomaron las cobijas y se instalaron en cubierta. No había nadie para impedírselos; la enfermera Sneble, una neoyorquina baja, de mediana edad, tenía que cuidar de los niños, pero estaba ocupada con los pasajeros más mayores.

El aire de la noche era frío, pero, envueltos en sus cobijas y recostados en unos catres, los chicos estaban lo suficientemente calientes. Se deleitaron con el silencio y el aire fresco. Kurt levantó la mirada hacia las estrellas y se preguntó cuál sería su nueva situación y cómo sería el lugar al que iba. Tenía pequeñísimas nociones básicas de inglés gracias a la escuela. Sabía decir *hello, yes, no* y *OK,* pero eso era todo. En clase habían aprendido la canción de «Pat-a-cake, pat-a-cake, baker's man» de memoria, pero, en la cabeza de Kurt, la letra no tenía mucho sentido. Para él, lo que decían los estadounidenses que había a bordo era ininteligible.

En algún lugar, donde el campo de estrellas del este se encontraba con la negra línea del océano, estaban su casa y su familia. Ya no tenía la armónica nueva y reluciente, el último lazo físico que lo unía a su madre. Cuando él y los otros niños esperaban para cambiar de tren en algún lugar de Francia, unos cuantos soldados alemanes habían hablado y jugado con ellos. Kurt les había enseñado la armónica y ellos la habían tomado y no se la habían querido devolver. Puede que pensaran que un judío no debía tener cosas tan bonitas.

בן

Europa estaba cubierta por una nube turbia que parpadeaba con los rayos. En algún punto, en medio del Atlántico, el Siboney salió de debajo de esa nube y se dirigió hacia un luminoso amanecer estadounidense.

A Kurt y Karl, dormidos en sus catres, los despertó el agua fría que los salpicaba; no era del mar, sino del trapeador de un marinero que limpiaba la cubierta. Recogieron las cobijas y volvieron al interior.

De algún modo, la enfermera Sneble se enteró de que habían pasado la noche al fresco. Los regañó y los mandó a dormir en su camarote a partir de ese momento. Siguieron teniendo todo el barco para ellos durante el día; lo exploraron, jugaron, se hicieron amigos de los marineros y se distrajeron temporalmente de lo que habían dejado atrás y de la incertidumbre de no saber adónde iban.

Después de parar en las Bermudas, el barco viró hacia el noroeste y dejó atrás el cálido trópico. Kurt sintió cómo cambiaba el ambiente a bordo; la gente se preparaba para la llegada más trascendental de sus vidas. Hacia el mediodía del jueves 27 de marzo de 1941, con todos los hombres, mujeres y niños pegados a las barandillas, el Siboney pasó entre Staten Island y Long Island.

Kurt se abrió un hueco entre los demás para mirar las aguas grises y ver las orillas lejanas pasar. Por encima de la amura de babor se veía el contorno resplandeciente de la Estatua de la Libertad, primero era una punta pequeñita y fue creciendo hasta elevarse por encima del barco, de color verde pálido, magnífica. El barco viró por el Hudson y dejó atrás las siluetas de los rascacielos de Manhattan. Los niños y los adultos charlaban y señalaban sonrientes. A muchos les habían dado banderitas estadounidenses y las levantaban. Aquellas pequeñas ofrendas de esperanza ondeaban al viento.

בן

A Kurt la inmensidad de Nueva York prácticamente le anegaba los sentidos. Había taxis de color amarillo canario con salpicaderas anchas y negras que traqueteaban al lado de las aceras y se abrían paso a rugidos por el tráfico, que corría y resonaba, y se disputaban el cruce de la calle 42 con tranvías que hacían sonar las bocinas. Broadway y Times Square eran como el interior de un motor con la válvula reguladora totalmente abierta. Kurt se aferró a la mano de la mujer de la asociación como si fuera un salvavidas mientras se abrían paso por la acera entre la masa de faldas y abrigos, paraguas y bastones oscilando, periódicos ondeando y cenizas de cigarrillos voladoras.

Aquello no se parecía en nada a Viena. Nueva York era todo modernidad, desde los cimientos al cielo. Era una ciudad hecha de automóviles y cristal, y gente y gente y gente y todavía más gente que parecía pertenecer a un mundo moderno más que nadie en Europa. Kurt y sus amigos eran extranjeros en todos los sentidos.

Cuando el Siboney hubo atracado en el muelle y después de pasar una revisión médica,[3] los niños habían desembarcado y se habían encontrado con una mujer de la Sociedad de Ayuda al Inmigrante Hebreo, que colaboraba con la German Jewish Children's Aid en la asistencia a los refugiados. Solo Kurt tenía planes definitivos de destino. Karl e Irmgard no tenían amigos ni familiares allí. La organización había encontrado un lugar en Nueva York para Irmgard y otro en la lejana ciudad de Chicago para Karl. Después de pasar la noche en un hotel, llegó la hora de separarse. Kurt nunca volvió a ver a ninguno de sus amigos.[4]

דוד

Los extraños nombres de lugares, carentes de significado para los ojos austriacos de Kurt, se iban marcando a medida que el tren avanzaba. Todos contaban la historia de una oleada anterior de inmigrantes religiosos que añoraban sus ciudades: Greenwich, Stamford, Stratford, Old Lyme, New London, Warwick. Las vías del tren recorrían la costa por Connecticut hasta Providence, Rhode Island. Allí terminaba la línea principal.

Cuando descendió, acompañado por la maleta que había viajado con él desde Im Werd, lo recibió una mujer de la edad de su madre, más o menos, pero vestida con ropa más cara. Para su sorpresa, lo saludó en alemán y se presentó. Era la señora Maurer, la vieja amiga de su madre. Junto a ella, en el andén, esperaban un hombre de mediana edad y una mujer, y ambos lo miraban con benevolencia reservada. Con un tono respetuoso, la señora Maurer presentó al hombre como el juez Samuel Barnet, el aval de Kurt.

El juez Barnet tenía unos cincuenta años y era más bien bajo y fornido. Tenía el pelo gris y entradas, una nariz grande e hinchada, las cejas pobladas y unos ojos engañosamente soñolientos.[5] Tenía un porte más bien serio, incluso algo frío. La mujer que iba con él, que no era mucho más alta que el propio Kurt, era la hermana del juez, Kate: baja y robusta como su hermano. La señora Maurer le explicó a Kurt que no se quedaría con ella, sino que había arreglado que se quedara con el mismo juez Barnet.

Desde Providence fueron en coche a Massachusetts atravesando lo que parecía un número infinito de ríos, bahías y ensenadas. Finalmente, llegaron a su destino: New Bedford, una ciudad grande en la desembocadura de un río. La parte suroeste del estado era una pequeña zona de inmigración inglesa cuyo rastro era visible en casi todas las señales de tráfico de muchos kilómetros a la redonda; de allí a Boston pasando por Rochester, Taunton, Norfolk y Braintree. Kurt solo sabía que New Bedford se parecía todavía menos a Viena que Nueva York: había transbordadores que cruzaban el río y edificios públicos pequeños y elegantes, fábricas de algodón y urbanizaciones con largas avenidas de casas con tejas grises, revestidas con tiras blancas de madera, por donde zumbaban los automóviles, los niños jugaban y los sobrios ciudadanos llevaban a cabo sus tareas con decoro.

Se podía esperar que Samuel Barnet, que era tanto un pilar como una piedra angular de la ciudad —especialmente en la comunidad judía—, fuera una figura intimidatoria, con una mansión imponente en las afueras; sin embargo, el coche entró por el camino de una casa corriente de clase media en una zona residencial que tenía a un lado y a otro otras casas casi idénticas.

La bienvenida de Kurt fue cálida, pero reservada. La comunicación era casi imposible una vez que la señora Maurer se había ido. «Pat-a-cake, baker's man» no le serviría de nada en esa situación. Por suerte, el juez no estaba solo para darle la bienvenida al recién llegado. Samuel Barnet era viudo desde hacía más de veinte años. Con él vivían tres hermanas suyas de mediana edad, todas decididamente solteras. Kate, Esther y Sarah se nombraron a sí mismas tías de Kurt, recibieron a aquel chico desconcertado y le enseñaron su habitación. Kurt nunca había tenido una habitación para él solo.

A la mañana siguiente, se despertó con una presencia extraña al lado de su cama. Un niño muy pequeño, de unos tres años, con un abriguito de piel de camello, lo miraba maravillado. La aparición abrió la boca para hablar… Y de allí salió un torrente de palabras ininteligibles en inglés. Parecía que el niño quería o esperaba algo, pero Kurt no tenía ni idea de qué. La cara del niño se llenó de decepción y rompió a llorar. Se volvió hacia un adulto que había detrás de él y gimió:

—¡Kurt no me habla!

Kurt se enteró de que el niñito era David, el hijo de Philip, que era el hermano pequeño del juez Barnet y vivía en la casa de al lado. Juntos formaban una gran familia. Durante las siguientes semanas, Kurt se integró rápidamente y sin contratiempos. A pesar de lo que uno podía esperar por su seria apariencia, el tío Sam —así aprendió Kurt a llamar al juez Barnet— se mostró tan acogedor como un huésped podría desear. Nunca dejaron que Kurt se sintiera fuera de lugar. Años después, se daría cuenta de lo afortunado que había sido; no todos los niños refugiados habían tenido tanta suerte. Muchos llegaron a familias hostiles o sufrieron acoso antisemítico o antigermánico en su barrio, o ambas cosas. A medida que conoció New Bedford, Kurt se dio cuenta de que los Barnet eran el alma de una gran comunidad judía que también lo acogió.

En la familia Barnet eran judíos conservadores.* Kurt solo conocía las prácticas religiosas flexibles de su familia, en las cuales la sinagoga y la Torá no tenían un papel muy importante, y las observaciones estrictas de los ortodoxos, que abundaban en Leopoldstadt. Los conservadores —que no tenían por qué ser conservadores políticamente— eran un punto intermedio, creían en preservar los antiguos rituales, tradiciones y leyes judíos, pero se alejaban de los ortodoxos porque reconocían que la Torá había sido escrita por los humanos y la ley judía había evolucionado para atender las necesidades humanas.

La primavera llegó a New Bedford y los árboles que bordeaban la calle se volvieron verdes. Si entrecerrabas los ojos, casi podías imaginar que estabas en Hauptallee, en el

* El judaísmo conservador también es conocido como *judaísmo masortí*.

Prater, y que nada de todo aquello había pasado, que no habían venido los nazis y que la familia no se había roto. Kurt ya sentía —si no fuera por la ausencia de su madre y de su padre, y de Fritz, Herta y Edith, y por la gran distancia a la que los había dejado— que había encontrado un sitio que parecía un hogar.

8

—

NO MERECÍAN VIVIR

אח

Nadie supo nunca el motivo del asesinato de Philipp Hamber, pero todo el mundo se enteró de las circunstancias. Las SS no necesitaban motivos para su brutalidad: el mal humor, la resaca, una mirada de reojo de un prisionero o un simple impulso sádico. Lo que recordaban los testigos de cuando el sargento de las SS Abraham tiró a Philipp Hamber al suelo y lo mató era la atrocidad misma y las terribles repercusiones que tuvo para ellos.[1]

«Vuelve a haber inquietud en el campo», escribió Gustav. Apenas sacaba la libreta de su escondite en esos tiempos. Su última entrada era de enero de 1941, de cuando estaban quitando la nieve a paladas. Ahora era primavera. Los prisioneros se habían vuelto menos sumisos a la violencia de las SS durante los meses que habían pasado.

A finales de febrero había llegado un grupo de varios centenares de judíos holandeses. Había habido enfrentamientos violentos entre los nazis holandeses y la población judía y, en Ámsterdam, los nazis habían sufrido palizas muy duras a manos de jóvenes judíos. Las SS habían tomado a cuatrocientos como rehenes y eso había detonado una oleada de huelgas que habían paralizado los astilleros y habían hecho estallar una guerra abierta entre los huelguistas y las SS. A final de mes, habían trasladado a 389 de los judíos detenidos a Buchenwald.[2] Algunos llegaron al bloque 17 y Fritz pasó mucho tiempo con ellos. Él y sus amigos intentaron enseñar a los holandeses cómo era la vida en el campo, pero no les sirvió de mucho. Eran hombres fuertes y enérgicos que no se amedrentaban fácilmente y los de las SS los trataban con un nivel de brutalidad sin precedentes. Los pusieron a todos a trabajar cargando piedras en la cantera y durante los dos primeros meses asesinaron alrededor de cincuenta. Las SS decidieron que no podían amansar a los holandeses lo suficientemente deprisa y mandaron a los supervivientes a Mauthausen, un campo infame por su brutalidad. Nunca volvió ninguno.

Los holandeses dejaron atrás un espíritu incipiente de desafío inspirado por su resiliencia. Cuando asesinaron a Philipp Hamber, el estado de ánimo de los prisioneros empezó a agitarse peligrosamente.

Como Gustav, Philipp era vienés y trabajaba en la columna de transporte, pero en otro equipo, bajo el mando de un kapo llamado Schwarz. Su hermano Eduard estaba en el mismo equipo. Philipp y Eduard eran productores de cine antes del Anschluss. A pesar de no estar acostumbrados a realizar trabajos físicos, habían sobrevivido tres años en Buchenwald. Ese día de primavera en concreto, su equipo había entregado una carga en una obra. El sargento de las SS Abraham, uno de los *Blockführers* más crueles y temidos de Buchenwald, estaba por allí.[3] Algo —una mirada de Philipp mal dirigida, un error, quizá un saco de cemento que se le cayó o simplemente algo de su aspecto o su forma de moverse— atrajo la atención del hombre de las SS.

Hecho una furia, el sargento Abraham empujó a Philipp al suelo y lo pateó. Luego lo agarró por el cuello del saco y lo arrastró por el barro revuelto de la obra y lo lanzó a la zanja excavada para los cimientos, que estaba llena hasta arriba de agua de lluvia. Philipp se revolvía y se ahogaba y Abraham le puso una bota en la cabeza obligándolo a quedarse bajo la superficie. Eduard, junto con los demás prisioneros, observó horrorizado y en silencio cómo luchaba su hermano. Philipp dejó de revolverse gradualmente y su cuerpo quedó lánguido.

Buchenwald estaba acostumbrado a los asesinatos como parte de la vida diaria, los prisioneros habían aprendido a vivir con ellos y a evitarlos lo mejor que podían, pero, ahora, empezaban a estar resentidos. La noticia del asesinato de Philipp Hamber corrió como la pólvora.

Gustav sacó de donde estaba escondido el diario que había descuidado durante tanto tiempo y puso por escrito cómo Philipp fue «ahogado como un gato» y que los prisioneros no se lo estaban tomando con tranquilidad. Gran parte del malestar y la rabia venía de Eduard.[4] Quería justicia para su hermano.

Además, ayudaba a su causa el hecho de que, como había ocurrido en una de las obras del complejo de las SS, un civil había presenciado el asesinato. Por lo tanto, el comandante Koch no había tenido más remedio que anotar la muerte en el registro del campo y llevar a cabo una investigación. Al mismo tiempo, Eduard interpuso una queja oficial. Era consciente del peligro que corría al hacerlo.

—Sé que voy a morir por dar testimonio —le dijo a un compañero—, pero quizá, de ahora en adelante, si tienen que enfrentarse a una acusación, estos criminales se contendrán un poco. Entonces no habré muerto en vano.[5]

Había subestimado a las SS. Durante el siguiente recuento, llamaron a todos los compañeros de Philipp del grupo del kapo Schwarz del destacamento de transporte —también a Eduard— para que fueran al edificio de la entrada. Les tomaron los nombres y les preguntaron qué habían visto. Muertos de miedo, todos negaron haber visto nada. Solo Eduard mantuvo su acusación. Mientras los demás volvían a los barracones, el comandante Koch y el médico del campo volvieron a interrogar a Eduard.

—Queremos saber toda la verdad —le aseguró Koch—. Te doy mi palabra de honor de que no te pasará nada.[6]

Eduard repitió su crónica de cómo Abraham había atacado a su hermano y lo había ahogado deliberada y brutalmente.

Lo dejaron volver al barracón, pero aquella misma noche, ya tarde, lo volvieron a llamar y lo llevaron al Búnker, el pabellón de celdas que había a un lado del edificio de la entrada. El Búnker tenía mala reputación. Allí se llevaban a cabo torturas y asesinatos, y ninguno de los judíos que entraron allí salió nunca vivo. El carcelero y torturador principal era el sargento de las SS Martin Sommer, cuya apariencia juvenil escondía años de experiencia en campos de concentración. Todo el mundo conocía bien a Sommer por sus habituales exhibiciones con el látigo cuando llevaban a las víctimas al *Bock*.

Después de unos días en el Búnker, sacaron el cadáver de Eduard Hamber.

Dijeron que se había suicidado,[7] pero todo el mundo sabía que Sommer lo había torturado hasta matarlo.

Aquello no fue suficiente para satisfacer a las SS. Durante las semanas siguientes, por turnos, llamaban a tres o cuatro testigos del destacamento de Schwarz durante el recuento y los llevaban al Búnker. Los interrogaban Rödl, el subcomandante del campo y amante de la música, y el nuevo médico del campo, el doctor de las SS Hanns Eisele. Les decían a los prisioneros que no tenían nada que temer si decían la verdad. Como sabían perfectamente que era mentira, ellos siguieron negando haber visto nada. Su silencio no los salvó, los mataron a todos.

Gustav describió las desapariciones sucesivas en el diario. Obligaban a los hombres a marchar hasta el Búnker y «el sargento Sommer se encargaba de ellos: hasta Lulu, un capataz* de Berlín, y (según cree el kapo Schwarz) Kluger y Trommelschläger, de Viena, se encuentran entre las víctimas. Así se marchita nuestra rebelión».[8]

Eduard Hamber había basado su sacrificio heroico en la premisa de que las SS tendrían que hacerse responsables de sus crímenes o, por lo menos, de que tendrían miedo de esa posibilidad. Solo había conseguido demostrar que eran intocables y que tenían un poder ilimitado.

אמא

Tini estaba sentada en la mesa en la que su familia había estado unida. «Querido Kurtl —escribió—. Me alegra enormemente que todo te vaya bien y que estés bien. Tengo mucha curiosidad por saber qué has hecho durante las vacaciones de verano. De hecho, casi me das envidia, aquí ya no podemos ir a ningún sitio. [...] Me haría muy feliz estar contigo ahora mismo. Aquí ya no nos podemos divertir...».[9]

* El capataz era un cargo semioficial, una categoría por debajo del kapo.

En mayo habían endurecido todavía más las restricciones para los judíos mediante una declaración que reforzaba y ampliaba las leyes en vigor: los judíos tenían prohibido acudir a todos los teatros, conciertos, museos, bibliotecas, campos de deporte y restaurantes; tenían prohibida la entrada a las tiendas y la compra de artículos fuera de unas horas concretas. Mientras que antes tenían prohibido sentarse en ciertos bancos, ahora no podían ni entrar a los parques públicos. La declaración también incluía algunas normas nuevas: los judíos no podían salir de Viena sin un permiso especial y no podían hacer consultas al Gobierno. Difundir rumores sobre reubicaciones o emigración estaba totalmente prohibido.[10]

Tini todavía no había abandonado sus intentos de llevar a Herta y a Fritz a Estados Unidos, pero conseguirlo era más difícil que nunca. Poco después de que se marchara Kurt, Portugal suspendió la transmigración debido al embotellamiento que se había producido en Lisboa y, en junio, el presidente Roosevelt había detenido el envío de fondos estadounidenses a los países europeos, lo que había paralizado a las organizaciones de ayuda a los refugiados.[11] Durante la primera mitad de 1941, solo cuatrocientos veintinueve judíos vieneses habían conseguido emigrar a Estados Unidos y habían dejado atrás a 44 000 que estaban desesperados por salir de allí.[12] Entonces, en julio, las regulaciones de inmigración de Estados Unidos invalidaron todos los afidávits existentes.[13]

Todos los planes de Tini se vinieron abajo, pero siguió intentándolo. Aquello la consumía; algunos días, la depresión le pesaba tanto que no podía ni levantarse de la cama. Hacía poco, a las familias vecinas les habían llegado noticias de que sus hombres habían muerto en Buchenwald, todos acosados hasta que se suicidaron cruzando el cordón de centinelas. Cada día, Tini esperaba que le llegara la misma noticia sobre Gustav y Fritz. La atormentaba saber el tipo de trabajos penosos que obligaban a hacer a su marido. «Ya no es joven —escribió—. ¿Cómo puede soportar algo así?».[14] Cada vez que tardaba en llegarle una carta del campo, entraba en pánico. Ella perseveró y siguió luchando, negándose a perder la esperanza de, por lo menos, poner a Herta a salvo. Con las pequeñas sumas de dinero que podía reunir, los pagos, impuestos y sobornos necesarios eran prácticamente imposibles de cubrir. Tuvo un trabajo durante un breve periodo de tiempo en una tienda de abarrotes, pero la despidieron porque, como judía, no era una ciudadana.

«La vida se vuelve más triste cada día —le escribió a Kurt—, pero tú eres nuestro rayo de sol y nuestro hijo de la suerte, así que, por favor, escríbenos mucho y con muchos detalles [...]. Millones de besos de tu hermana Herta, que siempre piensa en ti.»[15]

בן דוד

El juez Barnet no había tardado en meter a Kurt en la escuela, a pesar de que no hablaba inglés. Aprendió el idioma rápidamente, en gran parte gracias a Ruthie, la sobrina de los Barnet que había ido a vivir con ellos ese verano.

Ruthie se había graduado en la universidad y había encontrado trabajo de maestra en Fairhaven, al otro lado del estuario. Cada día, cuando Kurt volvía a casa de la escuela, Ruthie le daba clases particulares de inglés. Era buena maestra, amable y bondadosa, y Kurt la adoraba. Con el tiempo, sería como una hermana para él y ocuparía el lugar de Edith y Herta. Su primo David, que vivía al lado, se convertiría en su hermano pequeño y su relación sería un eco del lazo de Kurt con Fritz.

En aquellos primeros meses, lo fotografiaron para el periódico local, lo entrevistaron en la radio y, cuando terminó cuarto en junio, el maestro lo puso delante y en el centro para la fotografía de la clase. Ese primer verano, cuando todavía se estaba adaptando, lo mandaron a Camp Avoda, un campamento de verano que habían fundado Sam y Phil Barnet para niños judíos de zonas urbanas desfavorecidas en el que les daban unos conocimientos básicos de los valores tradicionales.

El campamento, situado entre los árboles en la orilla de la laguna Tispaquin, entre New Bedford y Boston, consistía en un grupo de cabañas dormitorio alrededor de un campo de béisbol. Kurt se lo pasó mejor que nunca practicando deportes y nadando en las aguas cálidas y poco profundas de la laguna. En Viena, había chapoteado en el canal del Danubio atado con una cuerda y con un amigo en la orilla tirando del otro cabo. Allí, había aprendido a nadar bien. Si Fritz hubiera podido ver Camp Avoda, quizá le habría recordado al paraíso que se describía en el *Poema pedagógico* de Makarenko.

Normalmente, a Kurt no le gustaba escribir cartas, pero ahora le escribía profusamente a su madre contándoselo todo de ese maravilloso nuevo mundo que había encontrado.

Tini devoraba cada detalle de sus historias, alentada al saber que dos de sus hijos estaban a salvo (daba por hecho que Edith estaba bien, a pesar de no haber tenido contacto con ella desde hacía casi dos años), pero no podía deshacerse de la angustia de pensar que algo podía salir mal, que, de algún modo, podía destruirse el idilio de Kurt. «Por favor, sé obediente —le rogaba—, sé una alegría para tu tío, para que los asesores tengan cosas buenas que decir de ti

[...]. Cariño, por favor, pórtate bien.» Una fotografía que le mandó de él con los otros niños de los Barnet la llenó de gozo: «Se te ve muy bien [...], muy guapo y radiante. Casi no te he reconocido».[16]

Kurt perdía su antigua vida entre el resplandor de aquella vida nueva.

אבא

El verano volvió a Ettersberg. «Fritzl y yo recibimos dinero de casa con regularidad», escribió Gustav. Era poco, pero les ayudaba a hacer soportable la vida. Tini también les mandaba, a veces, paquetes con ropa —camisetas, calzoncillos, un suéter— que tenían un valor incalculable. Cuando llegaba un paquete, llamaban a Gustav o a Fritz a la oficina a recogerlo y firmar. Apuntaban los contenidos del paquete en sus fichas de registro.[17]

El amor de Gustav por su hijo había crecido hasta llenarle todo el corazón durante el tiempo que habían estado en Buchenwald, igual que el orgullo que sentía por el hombre en que se estaba convirtiendo —en junio cumpliría los dieciocho—. «El chico es mi mayor alegría —escribió—. Nos damos fuerzas el uno al otro. Somos inseparables.»[18]

El domingo 22 de junio, los altavoces del campo anunciaron una noticia trascendental: esa mañana, el Führer había ordenado la invasión de la Unión Soviética. Era la mayor acción militar de la historia, con tres millones de soldados en un frente que abarcaba toda Rusia y que pretendía invadirla con una sola oleada.

«Cada día con el rugido de la radio», escribió Gustav. De los altavoces del campo, que siempre habían sido una fuente intermitente de sonido molesto a todo volumen —propaganda nazi, música marcial alemana, órdenes aterradoras y anuncios que destrozaban la moral—, ahora salía, en una corriente casi constante, el sonido de la radio de Berlín, en la que alardeaban de las noticias triunfales que llegaban del frente oriental. La victoria demoledora de las potentes fuerzas alemanas sobre las defensas bolcheviques, el cerco a las divisiones rusas, la toma de una ciudad tras otra, los ríos que cruzaba el Ejército, la victoria de algún cuerpo de las Waffen-SS o de algún general de la Wehrmacht, la rendición de cientos de miles de soldados soviéticos... Alemania estaba devorando al letárgico oso ruso como un lobo destripaba a una oveja.

A los judíos sometidos a los nazis —especialmente a los que estaban en guetos en Polonia— la invasión de la Unión Soviética les daba un rayo de esperanza. Rusia podía acabar ganando y liberarlos de su miserable existencia. En cambio, para los presos políticos de los campos de concentración, la mayoría de los cuales eran comunistas, las noticias de las derrotas soviéticas eran deprimentes. «Los presos políticos bajan la cabeza», anotó Gustav.

Volvía a haber inquietud entre los prisioneros. Había altercados en los destacamentos de trabajo, episodios de desobediencia, pequeños actos de resistencia. Las SS lo manejaron como solían hacerlo. «Cada día traen a los que han matado a tiros y a los caídos al campo», escribió Gustav. Cada día, más trabajo para el crematorio, más humo por la chimenea.

En julio, un nuevo horror llegó a Buchenwald, un augurio de lo que deparaba el futuro. Se suponía que tenía que estar cubierto por un velo de sigilo, pero el velo era delgado.

El septiembre anterior, un periodista estadounidense que estaba en Alemania había escrito sobre una «extraña historia» que le había contado una fuente anónima: «La Gestapo ha empezado a liquidar sistemáticamente a las personas con deficiencias mentales del Reich». Los nazis las llamaban *muertes misericordiosas.*[19] El programa, con el nombre en clave T4, incluía instalaciones psiquiátricas especializadas equipadas con cámaras de gas y camiones de gas móviles que iban de hospital en hospital recogiendo a los que el régimen consideraba que «no merecían vivir». La atención negativa que había recibido por parte de la sociedad, sobre todo de la Iglesia, había hecho que el programa T4 se suspendiera. Entonces, los nazis empezaron a aplicarlo a los reclusos de los campos de concentración. Ese nuevo programa, llamado Acción 14f13, tenía que centrarse particularmente en los prisioneros judíos discapacitados.[20] En Buchenwald, el comandante Koch recibió una orden secreta de Himmler: todos los reclusos «imbéciles y lisiados», especialmente los judíos, debían ser exterminados.[21]

La primera vez que los prisioneros de Buchenwald supieron algo de la Acción 14f13 fue cuando un grupo pequeño de médicos llegó al campo para hacerles revisiones. «Nos dieron órdenes de presentarnos en la enfermería. Aquí hay gato encerrado —escribió Gustav—. Yo soy apto para trabajar.»[22]

Seleccionaron a 187 prisioneros, clasificados en distintas categorías como discapacitados mentales, ciegos, sordomudos o minusválidos, también a los que se habían lesionado en un accidente o por los malos tratos. Les dijeron que irían a un campo especial de recuperación, donde los cuidarían adecuadamente y les darían trabajos fáciles en fábricas textiles. Los prisioneros sospecharon, pero muchos, especialmente los que necesitaban más cuidados, decidieron creer aquellas mentiras esperanzadoras. Llegaron vehículos para recoger a los 187 prisioneros. «Una mañana, volvieron sus pertenencias», escribió Gustav. La siniestra entrega estaba formada por ropa, prótesis y anteojos. «Ahora sabemos a qué juegan: los gasearon a todos.» Fue el primero de seis cargamentos de prisioneros asesinados mediante la Acción 14f13.

Al mismo tiempo, el comandante Koch puso en marcha un programa complementario: la eliminación de prisioneros tuberculosos. El médico de las SS, Hans Eisele, se encargaba de la tarea. Eisele, un antisemita virulento, era conocido por los prisioneros como *spritzendoktor* —«el Médico de las Inyecciones»— por su entusiasmo por administrar inyecciones letales a los judíos enfermos o problemáticos. También lo llamaban Muerte Blanca.[23] Diseccionaba vivos a los prisioneros para ampliar sus propios conocimientos, les administraba inyecciones experimentales, los sometía a cirugías innecesarias —incluso amputaciones— y luego asesinaba a las víctimas.[24] Lo recordarían como posiblemente el médico más malvado que ejerció nunca en Buchenwald.

El programa empezó cuando dos trenes grandes trajeron presos de Dachau. Diagnosticaron a quinientos de tuberculosis —basándose en la apariencia general en lugar de en una revisión médica adecuada— y los mandaron a la enfermería. Allí, el doctor Eisele los mató inmediatamente con inyecciones de hexobarbital sedante.[25]

En pocos meses, el ambiente de Buchenwald había cambiado irrevocablemente. Desde entonces, cualquier cosa que debilitara a un hombre —una lesión, una enfermedad o discapacidad— era una sentencia de muerte. Cosas como aquellas siempre habían comportado un alto riesgo, pero a partir de aquel momento se volvió una certeza absoluta que, si decidían que alguien no podía trabajar o «no merecía vivir», su nombre iba automáticamente a la lista para la exterminación.

Y entonces llegaron los primeros prisioneros de guerra soviéticos y se abrió una puerta más a otro sector del infierno.

Para los nazis, los judíos y los bolcheviques eran lo mismo. Decían que los judíos habían creado y difundido el comunismo y ahora lo dirigían junto con la conspiración mundial capitalista que, paradójicamente, también encabezaban.[26] Esa mitología había inspirado la invasión de la Unión Soviética y la campaña de asesinatos, con escuadrones de la muerte que seguían a los soldados y masacraban a decenas de miles de judíos. Los soldados del Ejército Rojo que eran capturados —habían apresado a cientos de miles durante las primeras semanas de la invasión— eran tratados como seres infrahumanos. Si no eran judíos, eran esclavos de judíos: degenerados y peligrosos. Los comisarios políticos, los comunistas fanáticos, los intelectuales y los judíos fueron seleccionados para su eliminación inmediata. La tarea no se podía llevar a cabo en los campos de prisioneros de guerra por el riesgo de que cundiera el pánico entre la masa de prisioneros, por lo que las SS decidieron hacerlo en los campos de concentración. El programa se llamó Acción 14f14.[27]

בן

Un día de septiembre, durante el recuento, Fritz estaba de pie junto a los otros hombres del bloque 17. Su padre estaba con los hombres de su barracón en otra parte de la plaza.[28] Era como los otros cientos de recuentos que habían pasado allí de pie: la progresión tediosa de números y respuestas, los anuncios, la ronda de castigos rutinaria... Y, entonces, ocurrió algo totalmente sin precedentes.

Ese día había llegado el primer grupo de prisioneros de

guerra a Buchenwald. Eran pocos, solo quince hombres perdidos y asustados vestidos con uniformes ajados del Ejército Rojo. Fritz observó con curiosidad como el sargento Abraham (el asesino de Philipp Hamber) y cuatro guardias más rodeaban a los rusos y les hacían salir de la plaza. Varios miles de ojos los siguieron mientras marchaban. Al mismo tiempo, la orquesta se sentaba y afinaba. Siguiendo la orden que les dieron desde el podio, empezaron a tocar la «Canción de Buchenwald».

Durante el recuento tenían la rutina de cantar tan interiorizada que Fritz y sus compañeros abrieron la boca y cantaron sin pensar:

Cuando el día despierta, antes de que el sol sonría,
marchan a trabajar duro las cuadrillas…

Siguiendo a los rusos todo lo que los ojos le dieron de sí, Fritz vio cómo los obligaban a pasar al lado del crematorio y a dirigirse a una sección del campo ocupada por una pequeña fábrica —la Deutsche Ausrüstungswerke, DAW, cuya mano de obra eran prisioneros que fabricaban equipo militar para el Ejército alemán—, detrás de la cual había un campo de tiro de las SS. Los prisioneros de guerra salieron de su campo de visión.

El bosque está oscuro negro y las nubes, rojas,
en el envoltorio llevamos un trozo de pan
y en los corazones, en los corazones, solo congoja.

Miles de voces rugieron por el campo, casi ahogando por completo la lluvia de disparos de detrás de la fábrica, pero no del todo.

Nunca volvieron a ver a los soldados rusos. Un par de días después, otros treinta y seis prisioneros de guerra soviéticos llegaron al campo y los reclusos tuvieron que volver a cantar para ahogar los disparos.

«Dicen que eran comisarios políticos —escribió Gustav—, pero nosotros lo sabemos todo [...]. No se puede describir cómo nos sentimos, conmoción tras conmoción.»

Ese método de ejecución resultó demasiado ineficiente para lidiar con la gran cantidad de rusos que las SS querían eliminar. Por lo tanto, aunque había pequeños grupos que eran asesinados en el campo de tiro, se estaban construyendo unas instalaciones nuevas. En el bosque, cerca del camino que llevaba a la cantera, las SS tenían unos establos abandonados en los que trabajaba duramente un grupo de carpinteros del destacamento de construcción. El edificio tenía el nombre en clave de Comando 99 y su función, aunque era un secreto, pronto sería evidente.[29] Al mismo tiempo, se bardaron tres bloques de barracones de una esquina del campo para crear un cercado especial para los prisioneros de guerra. Empezaron a llegar miles de ellos.[30]

Cada día, llevaban en grupos al Comando 99 a los rusos elegidos para ser eliminados, donde les decían que pasarían un examen médico. Los llevaban de uno en uno por una serie de habitaciones llenas de parafernalia médica en las que había hombres con batas blancas. Al prisionero le examinaban los dientes, le auscultaban el corazón y los pulmones y le examinaban la vista. Finalmente, lo hacían pasar a una habitación con una regla marcada en la pared. Oculta por las marcas había una pequeña apertura a la altura del cuello, detrás de la cual había una habitación secreta en la que se encontraba un hombre de las SS armado con una pistola. Mientras medían al prisionero, el ayudante daba un golpecito en el tabique y el guardia escondido disparaba al prisionero en la nuca.[31] Por todo el edificio, música a un volumen muy alto ahogaba los sonidos de los disparos y, mientras hacían pasar al siguiente prisionero, limpiaban del suelo la sangre del anterior.

Fritz y Gustav y todos los demás prisioneros conocían perfectamente la naturaleza de los *ajustes* (como llamaban oficialmente las SS a las ejecuciones) que se llevaban a cabo en los viejos establos.[32] Los carpinteros que habían transformado el edificio eran compañeros de trabajo de Fritz. Los rusos llegaban a diario en camiones cargados y desaparecían, y todo el mundo veía el camión cerrado que subía por la cuesta desde el Comando 99 dejando un reguero de sangre por el camino y por la plaza hasta que llegaba al crematorio. Al cabo de un tiempo, le pusieron un contenedor revestido de metal para evitar las fugas. El crematorio no daba abasto y tuvieron que traer hornos móviles de Weimar. Los estacionaron en una punta de la plaza e incineraban los cuerpos delante de los otros prisioneros.[33]

«Mientras tanto, continúan los fusilamientos», anotó Gustav.

אחים

Sin duda, uno al final debe de perder la capacidad de horrorizarse, ¿verdad? Se debe de desgastar como una piedra con el uso, debe de perder el filo como una herramienta o quedarse insensible como una extremidad. El sentido de la moralidad debe de llenarse de cicatrices y endurecerse después de una serie infinita de laceraciones y magulladuras.

Para algunos puede que fuera así. Para otros fue lo contrario. Incluso había hombres de las SS que no podían aguantar ciertas cosas. Los guardias del campo tuvieron que turnarse para encargarse de las víctimas del Comando 99 y para disparar la pistola, y pensaban que aquella matanza continua y organizada no era lo mismo que los asesinatos esporádicos a los que estaban acostumbrados. Muchos lo disfrutaban, se veían como soldados y aquellas matanzas eran su contribución a la guerra contra el judaísmo bolchevique, pero a otros el trabajo del Comando 99 los dejaba destrozados e intentaban evitarlo. Algunos se desmayaron ante la carnicería o tuvieron crisis emocionales. Unos cuantos estaban preocupados porque, si se corría la voz —algo inevitable—, podía haber represalias contra los soldados alemanes capturados por el NKVD, la Gestapo soviética.[34]

Para los prisioneros de Buchenwald, todos testigos de la Acción 14f14 y algunos participantes obligados en la limpieza de esta, el efecto era corrosivo y traumático, y no era el final, ni mucho menos.

A finales de 1941, empezaron a someter a los prisioneros a experimentos médicos letales diseñados para desarrollar vacunas para los soldados alemanes.

Todo el mundo sabía que algo pasaba cuando bardaron el bloque 46, uno de los barracones de dos plantas y de piedra que había cerca del huerto. Un día de invierno, después del recuento, el edecán sacó una lista y se quedó allí observando las hileras pobladas de prisioneros antes de empezar a decir números en voz alta. El corazón de cada uno de los hombres empezó a latir más deprisa. Cuando las SS redactaban una lista, no era para nada bueno. Los elegidos se iban poniendo pálidos cuando el edecán decía su número.

Era doblemente inquietante que el doctor Erwin Ding,[*] médico de las SS, estuviera por allí. Era un hombre delgado, bajo, con aire nervioso, que había servido en las Waffen-SS. Ding era conocido por su incompetencia.[35] Y lo mismo pasaba con su ayudante, el capitán de las SS Waldemar Hoven, un hombre notablemente atractivo que había trabajado como extra de cine en Hollywood. No estaba capacitado para ejercer la medicina y era todavía más incompetente que Ding, pero era muy útil a la hora de administrar inyecciones letales de fenol.[36]

Se llevaron a los presos que habían sido nombrados —un grupo de judíos, gitanos, presos políticos y hombres del triángulo verde— y los hicieron desaparecer por la puerta del bloque 46.

Lo que les pasó allí dentro solo se supo cuando dejaron salir a los supervivientes. Ding y Hoven les inyectaron suero con tifus. Los prisioneros cayeron enfermos inmediatamente, hinchados, con dolor de cabeza, con sarpullidos que sangraban, pérdida de oído, hemorragias nasales, dolores musculares, parálisis, dolor abdominal y vómitos. Muchos murieron y los supervivientes quedaron en un estado lamentable.[37]

A intervalos periódicos, enviaron a más grupos de prisioneros al bloque 46 para destrozarlos y matarlos en nombre de la investigación. Varios viejos amigos de Viena de Gustav estuvieron entre los elegidos para el tormento. Sin embargo, se salvaron cuando el alto mando de las SS consideró que no era apropiado usar sangre judía en el desarrollo de una vacuna que tenía que inyectarse en las venas de soldados alemanes. Expulsaron a los sujetos judíos del programa y les hicieron volver al infierno normal del campo.[38]

[*] Más tarde fue conocido como Schuler o Ding-Schuler.

Tini y Herta estaban sentadas en la mesa de la cocina trabajando con aguja e hilo. Remendar siempre había sido una parte de la vida de casada de Tini; con pocos ingresos y niños pequeños, siempre había tenido cosas que coser y zurcir. Ahora, con el paso de los meses, su ropa y la de Herta se iba desgastando y las agujas hacían horas extras para mantenerlas de una pieza.

Sin embargo, ese día no estaban remendando nada. El 1 de septiembre de 1941, el Ministerio del Interior de Berlín había anunciado que, desde el 19 de ese mes, todos los judíos que vivían en Alemania y Austria tendrían que llevar una estrella de David amarilla en la ropa, la *Judenstern*.

Los nazis ya habían resucitado aquella práctica medieval en Polonia y en otros territorios ocupados. Ahora habían decidido que todos y cada uno de los judíos, incluso aquellos que estuvieran en su país, tenían que perder la posibilidad de pasar desapercibidos en la sociedad.[39]

Igual que sus vecinos y familiares, Tini y Herta tuvieron que ir al IKG de Viena para recoger sus estrellas. Estaban hechas en una fábrica, impresas en rollos de tela y llevaban la palabra *Jude* escrita en letras negras que imitaban el alfabeto hebreo.[40] A cada persona le daban un máximo de cuatro. El insulto final fue que tuvieron que pagarlas: a diez peniques cada una. El IKG se las había comprado al Gobierno en rollos enormes a cinco peniques la estrella y usó las ganancias para cubrir los costos administrativos.[41]

Ni siquiera en ese momento Tini había abandonado su lucha por sacar a Herta de aquella pesadilla. Estaban mandando a chicas de su edad e incluso más jóvenes a campos de concentración. Desesperada, Tini le escribió al juez Barnet a Estados Unidos rogándole que la ayudara. A pesar de que el juez se había ofrecido a ser su aval, las obstrucciones habituales habían bloqueado la visa de Herta. «Estoy devastada porque tenga que quedarse aquí. Una fuente no oficial me informó de que los familiares que vivan en Estados Unidos pueden pedirle a Washington que le concedan la visa. ¿Puedo pedirle que interceda por Herta? No quiero tener que reprochármelo como en el caso de Fritz.»[42] Sam Barnet había actuado enseguida, había rellenado los papeles necesarios y pagado los cuatrocientos cincuenta dólares de los gastos de Herta,[43] pero el laberinto burocrático había sido demasiado complicado y las barreras, imposibles de superar. No le concedieron la visa.

Las agujas subían y bajaban surcando la tela amarilla barata de las estrellas y la lana desgastada de sus abrigos. Tini miró a su hija. Con diecinueve años para veinte, ya era toda una mujer. Tenía la misma edad que Edith cuando se marchó. Y era preciosa. Qué guapa habría estado si hubiera tenido ropa bonita que ponerse y si no hubiera llevado aquella vida de privaciones y miedo. Y cuando Herta le devolvió la mirada, vio arrugas grabadas por la preocupación y mejillas hundidas por el hambre.

La aparición de las estrellas amarillas en Viena durante las semanas siguientes produjo reacciones fuertes por parte de los no judíos. Se habían hecho a la idea de que los judíos habían desaparecido del país en gran medida —muchísimos habían emigrado y los que eran supuestamente peligrosos estaban en los campos de concentración—. Fue como si unos cuantos miles de judíos se hubieran materializado repentinamente entre ellos, marcados para que los vieran. Algunas personas se avergonzaban de lo que habían hecho los nazis; creían que estaba bien prohibirles formar parte de la vida pública, pero, por alguna razón, estigmatizarlos así estaba mal. Los comerciantes que habían estado dispuestos a venderles productos discretamente a los judíos ahora tenían que pasar la vergüenza de que sus clientes supieran que lo hacían. Algunos lo afrontaron, otros empezaron a cerrar sus puertas a los que llevaban la estrella amarilla. Los judíos que parecían lo suficientemente arios como para ignorar algunas restricciones ahora ya no podían. Algunos miembros de la sociedad, impresionados por la cantidad de judíos que quedaban todavía, empezaron a pedir una actuación contundente.[44] Parecía que la vida no podía ir a peor.

No obstante, obviamente, sí que podía. Todavía no habían tocado fondo en aquel pozo, de ninguna manera.

El 23 de octubre, el líder de la Gestapo en Berlín transmitió una orden a toda la policía de seguridad del Reich. Con efecto inmediato, se prohibía toda la emigración de judíos.[45] Su extracción del Reich se haría a partir de ese momento solamente mediante la reubicación en guetos que se habían creado recientemente en los territorios del este. Los últimos vestigios de la esperanza de Tini de sacar a Herta de allí se apagaron con los trazos de la pluma de un burócrata.

En diciembre, después del ataque a Pearl Harbor, Alemania declaró la guerra a Estados Unidos y terminó de ahogar toda esperanza.

9

MIL BESOS

אבא

La primavera había vuelto a Buchenwald; era la tercera de Gustav y Fritz. El bosque estaba verde, lleno de vida, y el canto de los mirlos contrastaba con los graznidos de los cuervos. Cada mañana, poco después de que saliera el sol, empezaba el rechinar de las sierras contra los troncos, los gruñidos de los esclavos que las empuñaban, y los insultos y órdenes a gritos de los kapos y los guardias. Entonces se oía un bramido y una gran haya o roble se desplomaba. Los esclavos lo rodeaban y lo reducían rápidamente a leños y a una alfombra de hojas.

Gustav, ya cansado, con los hombros adoloridos de tanto tirar, pasaba entre ellos con su equipo recogiendo los troncos para llevarlos a las obras. Le iba bien, lo habían hecho capataz y estaba a cargo de su propio equipo de veintiséis hombres. «Mis chicos me son fieles —escribió—, somos una hermandad y nos mantenemos muy unidos.» En febrero, habían metido a varios amigos de Gustav, «todos hombres fuertes», en uno de los cargamentos de «inválidos» y, al día siguiente, había vuelto la cosecha habitual de ropa, prótesis y anteojos. «Todo el mundo piensa: "Mañana me tocará a mí". Cada día, cada hora, tenemos la muerte delante.»

En febrero, las SS habían asesinado al rabino Arnold Frankfurter, que había casado a Gustav y Tini en 1917. Lo habían azotado y torturado hasta que su cuerpo anciano no había resistido más. Era difícil reconocer al rabino barbudo de Viena en los despojos que quedaron. Antes de morir, el rabino Frankfurter le pidió a un amigo que le diera una bendición tradicional en yidis a su mujer e hijas: *Zayt mir gezunt un shtark,* «Estén sanas y fuertes por mí».[1] Gustav se acordaba perfectamente del día de su boda en la pequeña y encantadora sinagoga del Rossauer Kaserne, el gran cuartel del Ejército de Viena: él, con uniforme de gala, con la Medalla de Plata al Valor reluciente en el pecho; Tini, con un sombrero y un abrigo oscuro, rellenita antes de que las décadas de adversidad y maternidad esculpieran en su cuerpo una bella madurez.

Gustav se quitó el gorro y se pasó la mano por la cabeza afeitada levantando la mirada hacia la cubierta de hojas oscilantes. Sintiendo un tenue fantasma de felicidad, se volvió a poner el gorro y suspiró. «En el bosque se está de maravilla —había escrito en el diario—. Ojalá fuéramos libres, pero siempre tenemos el alambre delante.»

El trabajo en aquellos tiempos era aún más extenuante que nunca. Desde enero, había un nuevo comandante al mando: el comandante de las SS Hermann Pister.

—Desde ahora, sopla otro viento en Buchenwald —les dijo a los prisioneros reunidos,[2] y lo decía en serio.

Introdujo un régimen de ejercicios por el cual despertaban a los prisioneros media hora antes de lo normal para hacer el recuento y que hicieran ejercicios medio vestidos.

El odio de Hitler hacia los judíos crecía sin control ni límites. La invasión de la Unión Soviética no había logrado la conquista definitiva que él esperaba. Una crisis alimentaria se había adueñado del Reich y las guerrillas comunistas causaban problemas por todos lados, desde Francia hasta Ucrania. En la mente febril de los nazis, todo era culpa de los judíos. Eran la causa de que hubiera empezado la guerra con sus conspiraciones a nivel mundial y ahora coartaban el progreso alemán.[3] En enero de 1942, los líderes de las SS habían decidido que llevarían a cabo la Solución Final al problema judío. Las deportaciones en masa, la emigración y el encarcelamiento no habían funcionado. Era necesario algo mucho más drástico y decisivo. Se mantuvo en secreto exactamente en qué consistiría, pero transformó el sistema de los campos de concentración. Los judíos estaban sometidos a una atención más estricta y todavía más hostil que antes. En Buchenwald, la eutanasia de inválidos, la inanición, los abusos y los asesinatos habían reducido la población de prisioneros judíos hasta que, en marzo, solo quedaban 836 de un total de más de ocho mil prisioneros.[4] Lo único que mantenía vivos a los judíos que quedaban en Buchenwald era su utilidad como trabajadores y podía ser que aquello no durara mucho bajo la presión de los mandos de conseguir un «Reich libre de judíos».

El idilio momentáneo de Gustav mirando cómo se mecían los árboles terminó abruptamente. Siguiendo una orden suya, su equipo levantó los troncos y se los puso a hombros (para aquel trabajo no tenían remolque, la madera se tenía que cargar a pulso por la ladera del espeso bosque). Gustav ponía mucha atención al distribuir las cargas; era consciente de que algunos de sus muchachos estaban demasiado agotados como para sobrevivir a otra subida por la montaña con un tronco de árbol clavándoseles en el hombro. Les dijo en voz baja que fueran con los demás; mientras fueran discretos y pareciera que llevaban peso, no les pasaría nada. Gustav se cargó al hombro el final del tronco que le correspondía y empezaron a subir.

Cuando se acercaban a las obras, al ver a un kapo del destacamento de construcción y un supervisor de las SS, el sargento Greuel, los hombres se obligaron a acelerar el paso. Los últimos metros y el apilado de los troncos se hicieron a toda velocidad. Aquello era peligroso, habían muerto hombres por troncos que se habían amontonado deprisa y les habían caído encima.[5]

—¿Qué se han creído, cerdos judíos? —La cara furibunda del sargento Greuel apareció delante de Gustav. Apuntó con su bastón pesado—. ¡Algunos de estos animales no están llevando nada![6]

Gustav miró a sus hombres; no habían tenido tanto cuidado como les había pedido. Apenas se les podía culpar, estaban medio muertos de agotamiento.

—Lo siento, señor. Algunos de mis muchachos están agot…

El bastón de Greuel le cruzó la cara y lo hizo girarse hacia un lado. Gustav levantó las manos para protegerse la cabeza, pero el bastón lo golpeaba furioso una y otra vez magullándole los dedos. Se dio la vuelta y los golpes le cayeron en la espalda. Cuando Gustav cayó al suelo, Greuel dirigió su ira hacia los otros hombres. Paseó a grandes zancadas entre ellos y les pegó hasta hacerles sangrar. Cuando la tormenta amainó, se volvió hacia Gustav de nuevo, respirando con dificultad por sus esfuerzos.

—Eres un capataz, judío —le dijo—, sé más duro con tus animales judíos. Escribiré un informe sobre este fallo.

Al día siguiente, volvió a pasar: pegó a Gustav y a sus hombres por no esforzarse lo suficiente. Durante el recuento, llamaron a Gustav a la puerta y lo interrogó el *Rapport-*

führer, el sargento que supervisaba los recuentos y se encargaba de la disciplina del campo. Para ser un hombre de las SS era razonable y, satisfecho con las respuestas de Gustav, rompió el informe de Greuel.

Sin embargo, Greuel no se conformó. Era un sádico. Algunos creían que su crueldad tenía un componente sexual; sabían que se llevaba a individuos de los destacamentos de trabajo y les daba palizas a solas en su habitación por placer.[7] Cuando se obcecaba con una víctima, no la dejaba ir. El tercer día, Gustav y su equipo transportaban piedra de la cantera. Llevaban el vagón lleno, con dos toneladas y media de rocas, y hasta para veintiséis hombres tirando de la cuerda era un esfuerzo brutal subirlo paso a paso hasta llegar arriba de la ladera. Greuel los observaba y volvió a presentar un informe contra Gustav por no hacer que sus hombres fueran lo suficientemente deprisa. Esa vez, el *Rapportführer* admitió la queja para que se tomaran medidas.

Durante el recuento, volvieron a llamar a Gustav al edificio de la entrada. Por su negligencia, lo condenaron a cinco domingos en el destacamento de castigo sin comida. Como ya le había pasado a Fritz, le dieron la tarea de *Scheissetragen,* «cargar mierda». Cada domingo, mientras la mayoría de los prisioneros descansaban, él llevaba cubetas de heces de las letrinas al huerto, siempre corriendo. Tenía cincuenta y un años y, por muy fuerte que fuera, su cuerpo no podría aguantar aquel ritmo mucho tiempo. Sus amigos le pasaban porciones de comida los días de castigo, pero perdió diez kilos en un mes. Siempre había estado delgado, pero ahora estaba esquelético.

Finalmente, cumplió la sentencia y volvió al trabajo. Lo relevaron del cargo de capataz en la columna de transporte, pero sus amigos le consiguieron un trabajo menos arduo en el carro de la enfermería llevando comida y suministros. No obstante, todavía tenía turnos de noche en el destacamento de transporte. Empezó a recuperarse de aquel suplicio. Que hubiera siquiera sobrevivido al acoso de Greuel ya era poco menos que un milagro. Sin su fuerza de voluntad y la ayuda de sus amigos, aquello lo habría destrozado como les había pasado a muchos otros.

בן

Fritz había aprendido que ni siquiera los milagros podían durar en un lugar como aquel. Cada día, el círculo de probabilidad se cerraba más alrededor de cada hombre. Los días que les quedaban por vivir se iban reduciendo y las posibilidades de sobrevivir se volvían más y más remotas.

Esa primavera, Fritz había perdido a uno de sus amigos más queridos, Leo Moses, el hombre que lo había protegido y había sido su mentor en el arte de sobrevivir, el que les había conseguido trabajos justos tanto a él como a su padre. Trasladaron a un grupo grande de prisioneros a un campo nuevo que estaban construyendo en Alsacia llamado Natzweiler. Leo formaba parte de ese grupo. Fritz no lo volvió a ver.[8]

Una noche de junio, Fritz estaba sentado en su sitio habitual de la mesa del bloque 17 escuchando la conversación de los hombres mayores. Habían terminado de cenar —una ración pequeña de sopa de nabo y un trozo de pan— y se pusieron a hablar. Fritz escuchaba con interés, pero estaba demasiado encandilado como para hablar. En un par de semanas cumpliría diecinueve años. Todavía era joven en lo que a la edad respectaba y, comparado con aquellos hombres, un niño en lo relativo al desarrollo intelectual y la comprensión del mundo. Ávido por aprender, absorbía sus discusiones políticas, sus historias del mundo del espectáculo y sus grandes planes para el futuro de Europa.

Una figura familiar apareció en la puerta y llamó la atención de Fritz, que alzó la vista y vio al kapo Robert Siewert haciéndole señas. Se levantó de la mesa y salió del barracón al aire templado de la noche. Siewert tenía el semblante grave. Habló bajo y deprisa.

—Hay una carta de tu madre en la oficina del correo. El censor no te dejará verla.

Siewert formaba parte de la red de prisioneros que tenía contactos en las oficinas administrativas —también en la del correo— donde trabajaban prisioneros de confianza. Había conseguido averiguar qué contenía la carta. La calidez del verano se escapó del cuerpo de Fritz cuando asimiló las palabras del kapo.

—Tu madre y tu hermana Herta han recibido una notificación de reubicación. Las han detenido y están esperando a que las deporten al este.[9]

Presa del pánico, Fritz fue a toda prisa hacia el bloque de su padre con Siewert corriendo detrás de él. Había algunos reclusos por fuera del barracón y Fritz les pidió que le dijeran a su padre que quería verlo urgentemente (los prisioneros tenían prohibido entrar a otros barracones que no fueran el suyo). Poco después, salió Gustav.

—Díselo —dijo Fritz, y Siewert repitió el resumen de la carta de Tini.

Reubicación, deportación. Solo podían imaginarse lo que quería decir. Siempre circulaban rumores y ya estaban acostumbrados a detectar los eufemismos de los nazis. Fritz y Gustav habían oído lo que se murmuraba sobre las masacres de las SS en el Ostland, la región conquistada del este de Polonia.[10] Por lo menos una cosa estaba clara: no recibirían más cartas, no tendrían más contacto con Tini y Herta una vez que hubieran salido de Viena y las hubieran mandado a Rusia o vete a saber dónde.

אם וכת

Tini estaba de pie al lado de la cocina de gas. Recordaba el día que se habían llevado a Fritz y había amenazado con dejar el gas abierto si Gustav no corría a esconderse. Esa amenaza no había servido de nada. Y ahora habían ido por ella.

Apagó la llave principal del gas como le habían ordenado. La lista detallada de instrucciones que habían repartido las autoridades estaba en la mesa de la cocina, junto con el amarillo que le habían dado con la llave del departamento.

Herta estaba de pie con su abrigo remendado con la estrella amarilla en el pecho y su pequeña maleta al lado. Solo les permitían llevar una o dos maletas por persona y el total no tenía que superar los cincuenta kilos. Habían recogido ropa y sábanas como se requería en las instrucciones de la reubicación, además de vajilla, tazas y cucharas (los cuchillos y tenedores estaban prohibidos), y comida para tres días de viaje. Aquellos que tuvieran herramientas que sirvieran para levantar o mantener un asentamiento estaban obligados a llevarlas. A Tini la dejaron quedarse con su anillo de boda, pero todos los demás objetos de valor debían entregarse. Nunca había tenido muchos tesoros y, de todas formas, ya no le quedaba ninguno, se los habían robado o los había vendido; tampoco hubiera podido hacer aparecer por arte de magia más de una parte de los trescientos marcos en efectivo que los deportados tenían permitido llevar al Ostland.[11]

Tini tomó la maleta y un envoltorio de sábanas y, tras una última mirada al departamento, cerró la puerta y pasó la llave. Wickerl Helmhacker esperaba en el rellano. Tini le dio la llave y se alejó. Los pasos lentos de las dos mujeres retumbaron tristemente por la escalera mientras bajaban.

Escoltadas por policías, cruzaron el mercado, conscientes de los ojos que las miraban. Todo el mundo sabía lo que les hacían. Desde hacía meses se iban marchando periódicamente grupos de deportados judíos, cientos de personas cada vez; nadie sabía su destino exacto, solo que iban a algún lugar de las vastas y vagas regiones del Ostland.[12] Nunca tenían noticias de los que se habían marchado ni volvían a ver a los deportados. Parecía que estaban demasiado ocupados creando una nueva vida en la tierra que el Reich les había reservado.

Después de cruzar el mercado, condujeron a Tini y a Herta a la escuela primaria del barrio. Herta conocía los adoquines de aquellas calles como la palma de su mano. Todos los niños de por allí habían ido a la Sperlschule: Edith, Fritz, Kurt y la propia Herta habían pasado gran parte de sus vidas en los pasillos y las aulas de la escuela. Ahora no tenía alumnos, las SS la habían cerrado en 1941 y la habían convertido en un centro de detención para los que iban a ser deportados.

Cruzaron la entrada, vigilada por guardias, y la calle empedrada entre los altos edificios. La escuela estaba formada por un grupo de edificios de cuatro plantas apartados de la calle alrededor de un patio en forma de L. Donde los niños solían correr y jugar, ahora las SS hacían guardia. Había camiones aparcados llenos de cajas y bultos. Tini y Herta presentaron sus papeles y las llevaron a un edificio.

Las aulas se habían convertido en dormitorios improvisados llenos de gente. Por todos lados veían caras de amigos, conocidos, vecinos y también desconocidos de partes más alejadas del distrito. Casi todo eran mujeres, niños y hombres de más de cuarenta años. La mayoría de los hombres jóvenes estaban en los campos y a las personas de más de sesenta y cinco años las deportaban aparte al gueto de Theresienstadt.*

Metieron a Tini y a Herta en un aula y las dejaron unirse a su pequeña comunidad. Compartían noticias, chismes, preguntas sobre familiares y amigos en común. Las noticias casi nunca eran buenas. Les habían presentado la reubicación como la oportunidad de una nueva vida, pero Tini no soportaba la idea de que se la llevaran de la ciudad donde había nacido y sospechaba, por naturaleza, del futuro. Siempre había esperado lo peor de los nazis y, hasta el momento, no le habían quitado la razón.

En la carta que les envió a Gustav y a Fritz solo había podido contarles el simple y devastador hecho de que las habían seleccionado, pero, esperándose lo peor, le había dado algunos efectos personales a un familiar no judío, incluida la última fotografía de Fritz —la que le habían hecho en Buchenwald—, y le había dado a su hermana Jenni un paquete para que se lo mandara. Jenni estaba en una situación tan precaria como la de la misma Tini, pero, de momento, la habían omitido en las selecciones de deportados.[13] Y lo mismo ocurría con su hermana mayor viuda, Bertha.[14]

Tini y Herta llevaban en el centro de detención uno o dos días cuando avisaron a los deportados de que se iban.[15] Ordenaron a todo el mundo que saliera al patio. La gente

* Ahora Terezín, República Checa.

se aglomeraba en los pasillos y salía en avalancha por las puertas, todos con maletas y envoltorios, algunos cargados con herramientas y materiales. Les inspeccionaron los documentos de identidad y estamparon *Evakuiert am 9. Juni 1942*[*] en cada uno. Luego, los deportados subieron a los camiones que los esperaban.

El convoy pasó por Taborstrasse y por la ancha avenida del lado del canal del Danubio. Herta miró el agua, que resplandecía bajo el sol del verano. Cuando llegara el fin de semana, se llenaría de barcos recreativos y bañistas. Se acordó de la vez que ella y su padre habían hecho una competencia de natación imitando a Fritz y sus amigos. Su querido padre, tan dulce y cariñoso. Aquellos habían sido días buenos, con pícnics veraniegos bajo los árboles, cerca del agua. A veces, su madre, a quien le encantaba remar, se llevaba a los niños en lanchas. Ahora le parecía un sueño, vívido, pero remoto. Hacía mucho que los judíos no podían acceder al canal del Danubio ni a sus verdes orillas.

Después de cruzar el canal, el convoy siguió rugiendo por las calles y finalmente se detuvo en Aspangbahnhof, la estación de ferrocarriles que daba servicio a la mitad sur de la ciudad. Un grupito de gente se había reunido en la entrada y la policía y los soldados de las SS lo contenían. Algunos eran amigos y familiares que esperaban ver por última vez a sus seres queridos; otros estaban allí solo para ver cómo se llevaban a los judíos como si fueran ganado. Tini y Herta se ayudaron la una a la otra a bajar del camión y se unieron a la multitud que pasaba lentamente por la puerta hacia la oscuridad del interior de la estación.

Todos conocían los terribles vagones de carga en los

[*] «Evacuado el 9 de junio de 1942.»

que se habían llevado a los hombres a los campos, así que era alentador ver que en el andén los esperaba un tren con vagones de pasajeros de los colores corporativos crema y carmesí de la Deutsche Reichsbahn. Bueno, aquello no tenía tan mala pinta.

Les ordenaron que metieran el equipaje en un vagón al final del tren. Ya se habían guardado los alimentos y medicinas. Fue un proceso largo y lento. Finalmente oyeron un silbido fuerte.

—¡Una hora para la salida! —bramó una voz.[16] Repitieron el anuncio por todo el andén y la gente empezó a correr en todas direcciones.

Tini, agarrando fuerte a Herta, se abrió paso entre la muchedumbre hacia el vagón que les habían asignado, donde el supervisor, equipado con una lista y aires de importancia nerviosa, ordenaba a los que estaban a su cargo. Era un funcionario judío nombrado por el IKG, no un agente de policía ni un hombre de las SS, y su presencia era tranquilizadora. Las sesenta personas, más o menos, que tenían aquel vagón asignado se reunieron a su alrededor. Tini reconoció a Ida Klap, una señora mayor de Im Werd, que iba sola, y a una mujer de la edad de Tini de Leopoldsgasse, también sola. Muchas de las mujeres iban solas, puesto que se habían llevado a sus maridos, y sus hijos —si habían tenido suerte— se habían ido a Inglaterra o a Estados Unidos. No obstante, todavía quedaban algunos niños y jóvenes. Una mujer que Tini no conocía, de unos sesenta años, viajaba con tres chicos y una chica que, claramente, eran sus nietos. El más pequeño, que se llamaba Otto, debía tener la edad de Kurt y la más mayor era la chica, que tendría unos dieciséis años.[17] A su alrededor había hombres con la barba canosa y sombreros arrugados, otros con las mejillas pulcras preocupadas que llevaban pañuelos en la cabeza mezcladas con mujeres jóvenes con arrugas prematuras y niños desorientados, algunos hasta de cinco años, que miraban a su alrededor asombrados y confundidos. El supervisor del vagón fue leyendo los nombres de la lista en voz alta y comprobando sus números de traslado.

—¡Uno, dos, cinco: Klein, Nathan Israel!

Un hombre de unos sesenta años levantó la mano.

—¡Presente!

—¡Uno, dos, seis: Klein, Rosa Sara!

Su mujer respondió.

—¡Seis, cuatro, dos: Kleinmann, Herta Sara!

Herta levantó la mano.

—¡Seis, cuatro, uno: Kleinmann, Tini Sara!

La lista seguía: Klinger, Adolf Israel; Klinger, Amalie Sara… A lo largo de la plataforma, los otros quince supervisores de vagón pasaron lista a los pasajeros que les correspondían de los mil seis que iban a viajar.

Por fin, se reveló su destino, la ciudad de Minsk. Allí, o bien se unirían al gueto y trabajarían en las diferentes industrias de la ciudad o bien trabajarían la tierra, según sus habilidades.

Cuando los supervisores se hubieron asegurado de que no faltaba nadie, por fin dejaron subir al tren a los deportados ordenándoles con severidad que tenían que hacerlo en silencio y que debían quedarse en los asientos que se les habían asignado. Los vagones eran de segunda y estaban divididos en compartimentos bastante cómodos, pero algo abarrotados. Cuando Tini y Herta se sentaron, era casi como en los viejos tiempos. Ya hacía mucho tiempo que era ilegal que los judíos salieran de sus distritos y aún más de Viena. Sería interesante ver otra vez un poco del mundo exterior.

Vapor y humo se esparcieron por el andén, los ejes chirriaron cuando el largo tren empezó a avanzar y salió serpenteando lentamente de la estación hacia el norte por dentro de la ciudad. Cruzó el canal del Danubio y pasó por el puente del oeste del Prater, más allá de Praterstern y la calle en la que Tini había nacido,[18] y, poco después, pasó por la estación de ferrocarriles del norte. Salir de allí hubiera sido más práctico para los judíos de Leopoldstadt, pero Aspangbahnhof era más discreta.[19] Unos minutos después, el ancho Danubio pasó por debajo de la ventana del compartimento y, después, las últimas zonas residenciales de las afueras y las tierras de cultivo del noreste de Viena.

Aunque el tren se paraba de vez en cuando en algunas estaciones, los evacuados tenían prohibido bajar. Fueron pasando las horas de aquel largo día de junio. La gente leía, hablaba y dormía en sus asientos. Los niños empezaron a inquietarse y a tener miedo o estaban catatónicos de cansancio mirando un punto fijamente. A intervalos de tiempo regulares, el supervisor del vagón pasaba y miraba dentro de cada compartimento para controlar a los que estaban a su cargo. Había un médico —también nombrado por el IKG— por si alguien se encontraba mal. Hacía mucho que nadie había cuidado de ningún judío tan solícitamente.

Cruzaron la antigua Checoslovaquia y entraron en lo que había sido Polonia. Ahora todo era Alemania. Tini y Herta estaban especialmente interesadas en el paisaje. Gustav había nacido en aquella región durante los días gloriosos del Imperio austrohúngaro, cuando los judíos habían disfrutado de una época dorada de emancipación. En aquella época, Tini vivía en Viena, mientras que Gustav había pasado la infancia en aquellas tierras tan bonitas en un pequeño pueblo llamado Zabłocie bei Saybusch,* que estaba al lado de un lago a los pies de las montañas. El tren no fue allí, pero pasó cerca, por lugares que el propio Gustav habría reconocido no solo de su infancia, sino del servicio militar durante la guerra, cuando había luchado por aquella misma tierra y aquellos mismos pueblos contra el Ejército del zar ruso.

El tren también pasó por otro pequeño pueblo, cincuenta kilómetros al norte de Zabłocie, llamado Oświęcim. Los alemanes lo llamaban Auschwitz y habían creado recientemente un campo de concentración allí. El tren de Viena dibujó un gran arco hacia el oeste y luego retomó su ruta hacia el noreste, alejándose del sol poniente.[20]

Al día le siguió una noche de movimiento incesante y cabezadas incómodas, espaldas doloridas y extremidades adormecidas. A la mañana siguiente, pasaron por la ciudad de Varsovia. Después de Białystok cruzaron la frontera, dejando atrás el Gran Reich Alemán y entrando en el Reichskommissariat Ostland, que antes formaba parte de la Unión Soviética. Después de recorrer unos cuarenta kilómetros más, el tren llegó a la pequeña ciudad de Volkovysk.**

Allí se detuvo.

Durante un rato, no pareció que fuera diferente de las otras veces que se había parado. Tini y Herta, como los demás, miraron por la ventana preguntándose dónde estaban. El supervisor del vagón miró dentro del compartimento y se fue. Algo no iba del todo bien, lo presentían. Se oyeron alaridos al final del pasillo, las puertas abriéndose y botas pesadas acercándose enérgicamente desde las dos puntas del vagón. De pronto, aparecieron soldados de las SS armados en la puerta del compartimento y la abrieron de golpe.

* Actual Zabłocie in ˙Zywiec, Polonia.

** Actual Vawkavysk, Bielorrusia.

—¡Fuera! ¡Fuera! —bramaron—. ¡Salgan todos ya!

Sorprendidos y confundidos, los evacuados se levantaron con dificultad recogiendo sus pertenencias. Las madres y las abuelas se aferraban a sus niños. Los soldados de las SS gritaban.

—¡Vamos, cerdos judíos! Bajen, ya!

Tini y Herta se vieron en un pasillo aplastadas por la gente que se daba prisa por llegar a las puertas. Los que iban lentos recibían un culatazo. Salieron en tropel al andén, donde había más soldados de las SS.

Los soldados no se parecían a ninguno que Tini hubiera visto en Viena, eran Waffen-SS, soldados de combate, más violentos y con la insignia de la calavera de la división de los campos de concentración en el cuello del uniforme.[21] Los SS acompañaban hombres con el uniforme de la SiPo-SD, la policía de seguridad nazi.[22] Gritaban e insultaban a los judíos y los hacían avanzar por el andén, a hombres y mujeres, jóvenes y mayores. Los que tropezaban o caían o no podían ir lo suficientemente rápido recibían golpes y patadas. Algunas palizas eran tan fuertes que los cuerpos inconscientes de los evacuados se quedaban en el suelo.[23]

Los llevaron en rebaño a otro tren, uno de vagones de carga. Los hicieron entrar a punta de fusil, apiñados, con poco espacio para moverse. Entonces se cerraron las puertas. Tini y Herta se aferraban la una a la otra en una oscuridad llena de sollozos, lamentos de los heridos, oraciones y llantos de los niños aterrados. Oyeron cómo se cerraban con un chirrido las puertas de los otros vagones del tren.

Cuando se hubo cerrado la última puerta, les dejaron en la oscuridad, inmóviles. Pasaron las horas. Unas cuantas personas, destrozadas por la conmoción repentina y violenta, perdieron la cabeza aquella horrible noche, gritaron y desvariaron. Los hombres de las SS sacaron a los locos y a los enfermos y los pusieron juntos en un vagón separado, donde sufrieron un infierno especial, casi inimaginable.

Al día siguiente, el tren empezó a moverse. Iba dolorosamente lento. El convoy ya no iba detrás de una veloz locomotora de la Reichsbahn, sino de una máquina lenta de la Administración General de Ferrocarriles, de las que circulaban por los territorios del este. Desde que salieron de Viena, habían viajado más de mil kilómetros en dos días; les llevó dos días más recorrer solo un cuarto de esa distancia.[24]

Finalmente, el tren se detuvo. Los sonidos del exterior hacían suponer que estaban en algún tipo de estación. La gente, aterrada, esperó a que abrieran las puertas, pero no lo hicieron. Llegó y pasó la noche, llena de miedo y hambre. Luego otro día y otra noche. El tren estaba parado, desatendido, exceptuando las inspecciones periódicas de los guardias de la SiPo-SD. Habían llegado un sábado y a los trabajadores del ferrocarril de Minsk les habían concedido hacía poco el derecho a no trabajar durante los fines de semana.[25]

Apiñados en la oscuridad, iluminados solo por pequeños resquicios en las paredes que dejaban pasar la luz del día, asustados, con poco o nada para comer o beber y solo una cubeta en un rincón para hacer sus necesidades, los deportados aguantaron el paso de las horas sintiendo una incertidumbre horrorosa. ¿Habían cambiado los planes que tenían para ellos? ¿Los habían engañado? La mañana del quinto día desde que habían abandonado la comodidad del tren de pasajeros, una sacudida sacó a los cautivos de su estupor. El tren se movía de nuevo. Dios, ¿algún día acabaría aquello?

«Por favor, hijo querido —había escrito Tini a Kurt hacía casi un año—, ruega por que nos reunamos todos con buena salud.» Nunca había abandonado del todo aquella esperanza. «Ha escrito tu padre [...], gracias a Dios, está bien de salud [...], saber que tu tío te cuida bien es su única alegría [...]. Por favor, Kurtl, pórtate bien [...]. Espero que tengan cosas buenas que decir sobre ti, que tengas las cosas ordenadas y la cama hecha y que seas bueno [...]. Pasa muy buen verano, pronto terminarán estos días tan bonitos [...]. Aquí todos los niños te envidian. Ni siquiera pueden ver un jardín.»[26]

Con un chirrido de acero contra acero y el golpe y el traqueteo de los vagones que chocaban unos contra otros, el tren se detuvo de nuevo. Se hizo el silencio y la puerta del vagón se abrió de golpe y de par en par, inundando a los cautivos con una luz cegadora.

Lo que les ocurrió exactamente a Tini y a Herta Kleinmann ese día no se sabrá nunca. Lo que vieron, lo que hicieron, dijeron o sintieron no se registró. Ni uno de los mil seis judíos —mujeres, niños y hombres— a los que llevaron a la zona de carga de la estación de ferrocarriles de Minsk el lunes 15 de junio de 1942 fue visto nunca más ni dejó nada escrito.

No obstante, se mantenían registros generales y hubo otros cargamentos de Viena a Minsk aquel verano de los cuales sobrevivieron un puñado de individuos que volvieron y contaron lo que les había sucedido.[27]

Cuando se abrieron las puertas de los vagones, les ordenaron a los que estaban dentro —heridos, agotados, doloridos, famélicos, deshidratados— que salieran. Los empujaron, los hombres de la SiPo-SD los estudiaron y les preguntaron qué habilidades profesionales tenían. Un oficial se dirigió a ellos reiterando lo que les habían dicho en Viena: que los pondrían a trabajar en fábricas o en el campo. La mayoría de ellos, incapaces de seguir adelante sin esa esperanza, se calmaron con aquellas palabras. Seleccionaron y apartaron a unas cuantas decenas de adultos y jóvenes que parecían más sanos. Condujeron al resto del rebaño a la barrera de la estación, donde les quitaron sus pertenencias. También incautaron los vagones llenos de equipaje, comida y suministros que habían llegado de Viena.[28] Fuera de la estación les esperaban camiones y camiones cerrados a los que hicieron subir a la gente.

El convoy salió de la ciudad en dirección al sureste por la campiña bielorrusa: una llanura vasta de campos y bosques, polvorienta bajo un cielo enorme.

Cuando las fuerzas alemanas conquistaron aquellas tierras a la Unión Soviética el verano anterior, las habían atravesado como una ola arrasadora. Inmediatamente después vino una segunda ola: el Einsatzgruppe B («Cuerpo Especial B»), una de las siete unidades de este tipo desplegadas detrás de las líneas del frente. Comandado por el general de las SS Arthur Nebe, el Einsatzgruppe B estaba formado por unos mil hombres —que provenían sobre todo de la SiPo-SD y de otras ramas de la policía— y dividido en subunidades llamadas Einsatzkommandos. Su trabajo consistía en localizar y exterminar a todos los judíos de las ciudades y los pueblos conquistados, una tarea en la que los ayudaban por voluntad propia unidades de las Waffen-SS y la Wehrmacht y, en algunas zonas, como Polonia y Letonia, la policía del lugar.[29]

No asesinaban a todos los judíos inmediatamente. Eso sería imposible, dados los millones de judíos que habitaban aquellas regiones. Además, los nazis habían aprendido en Polonia a hacer que los judíos contribuyeran a la economía de guerra. Se estableció un gueto en Minsk y se hizo que su industria sirviera al Reich y llenara los bolsillos de los oficiales corruptos. Después, al implementar la Solución Final, se había decidido que Minsk fuera uno de los centros principales para llevarla a cabo.

La tarea de organización recayó sobre el líder de la SiPo-SD de la ciudad, el teniente coronel de las SS Eduard Strauch, que había sido oficial de un Einsatzgruppe. Estudió la zona y decidió construir un campo de concentración en la pequeña y recóndita aldea de Maly Trostenets, una antigua granja colectiva soviética a unos diez kilómetros de Minsk. El campo era pequeño, no estaba pensado para retener a más de seiscientos prisioneros, que trabajaban la tierra y conformaban un Sonderkommando* para el propósito principal del campo, las masacres.[30]

De las decenas de miles de personas —sobre todo judíos— que llegaron a Maly Trostenets, pocos vieron el campo propiamente dicho. Después de que la SiPo-SD hubiera seleccionado a unos pocos de cada cargamento para ser mano de obra, los camiones que llevaban a los cientos que quedaban salían en dirección a Maly Trostenets. Por el camino, paraban en una pradera que había al salir de Minsk. A veces, la selección de los que irían al campo se llevaba a cabo allí, si no se había hecho en la estación de ferrocarriles de la ciudad.[31] Desde la pradera, a intervalos de una hora más o menos, iban saliendo camiones de uno en uno mientras los demás esperaban.

Los camiones iban hasta una plantación de pinos a medio crecer que había a unos tres kilómetros del campo. Allí

* Destacamento de trabajo especial: prisioneros de campos de concentración obligados a encargarse de las víctimas antes y después de las ejecuciones.

uno de dos posibles destinos esperaba a los cautivos. Para la mayoría era rápido, para otros era más lento, pero el final era el mismo. Había un claro entre los árboles donde un Sonderkommando había excavado una gran fosa de unos cincuenta metros de largo por tres de hondo. Esperando al lado había un pelotón de Waffen-SS bajo el mando del teniente de las SS Arlt. Cada hombre iba armado con una pistola y veinticinco balas. Había más cartuchos cerca.[32] A unos doscientos metros del claro, un cordón de centinelas de la policía letona hacía guardia para evitar que alguna víctima escapara o que se acercaran posibles testigos.[33]

Una vez que les habían hecho bajar del camión, obligaban a las mujeres, hombres y niños a quedarse en ropa interior y dejar atrás cualquier pertenencia que pudieran llevar. A punta de pistola, en grupos de unos veinte, los obligaban a formar una hilera en el borde de la fosa, de cara al hoyo. Detrás de cada persona se colocaba un soldado de las SS. Cuando recibían la orden, los soldados les disparaban a quemarropa en la nuca y las víctimas caían en la fosa. Entonces le tocaba a la siguiente tanda. Cuando ya habían disparado a todos, una ametralladora montada al final de la fosa abría fuego contra cualquier cadáver que aún pareciera moverse.[34] Poco tiempo después, el siguiente camión llegaba y se repetía el mismo proceso.

¿Qué hacía que aquella gente se rindiera? Desde los primeros que se enfrentaban a la fosa vacía hasta los que la veían ya medio llena de los cadáveres de sus vecinos y amigos y habían oído los tiros, ¿qué les permitía caminar hasta su sitio, quedarse quietos y dejar que les dispararan? ¿Estaban dominados por el terror? ¿Se habían resignado a su destino o sufrían autonegación existencial? ¿O quizá mantenían, hasta la última fracción de segundo, con la pistola en la nuca, la esperanza de que el tiro no se disparara, de que, de algún modo, los indultaran? Algunos sí que intentaban huir, aunque no llegaban lejos, pero una mayoría abrumadora de víctimas iba en silencio hacia su muerte.

En Maly Trostenets no había ni una pizca de la furia y euforia indisciplinada que solía caracterizar las matanzas de cualquier otro Einsatzgruppe, en las que les rompían la espalda a los niños pequeños y los arrojaban a las fosas y los asesinos reían y gritaban mientras mataban. Allí solo había ejecuciones frías y mecánicas.

Y, aun así, aquello afectaba a los asesinos. Incluso aquellos hombres tenían un poco de conciencia, una conciencia marchita, atrofiada, pero la suficiente como para que les doliera el roce interminable de tanta sangre y culpabilidad. A los hombres de Arlt les daban vodka para anestesiar aquellos sentimientos,[35] pero el vodka no curaba los daños. Por ello, las SS habían experimentado con métodos alternativos que les permitirían exterminar sin mancharse las manos de sangre. El resultado había sido el segundo método de ejecución, el más lento, que se ponía en práctica al mismo tiempo en Maly Trostenets.

A principios de junio, habían traído los camiones de gas móviles. Había tres, dos Diamond que antes habían sido camiones para el transporte de mercancías y un camión de mudanzas Staurer más grande. Los alemanes los llamaban *S-Wagen,* pero la gente del lugar, los bielorrusos, los llamaban *dukgubki,* «asfixiadores de almas».[36] Aunque la mayoría de los judíos morían de un disparo en la fosa, algunos —seguramente doscientos o trescientos de cada tren— iban a los camiones. El sorteo tenía lugar en la estación de Minsk, donde hacían subir a algunos a camiones normales y a otros a las *S-Wagen,* tan apretados que se aplastaban y se pisaban los unos a los otros.

Una vez que habían terminado las ejecuciones con pistolas, los camiones de gas arrancaban e iban hasta la plantación, donde se estacionaban al lado de la fosa llena de cadáveres. Cada conductor o su ayudante conectaba el tubo de escape con el interior del camión, que estaba revestido de acero, mediante un tubo. Entonces encendían el motor. Las personas atrapadas dentro entraban inmediatamente en pánico; los camiones se agitaban y se mecían sobre la suspensión con la violencia de la lucha de los que estaban dentro y se oían, amortiguados, gritos y golpes en las paredes. Gradualmente, en unos quince minutos, el ruido y las sacudidas disminuían y los camiones se quedaban quietos.[37]

Cuando todo estaba en calma, abrían todos los camiones. Algunos de los cuerpos, que se habían quedado apiñados contra la puerta, caían al suelo. Un Sonderkommando de prisioneros judíos se subía al camión y empezaba a sacar el resto de los cadáveres y los tiraba al hoyo. El interior del camión era una escena de horror insoportable. Los cuerpos estaban manchados de sangre, vómito y heces; el suelo estaba cubierto por anteojos rotas, mechones de pelo e incluso había dientes de cuando las víctimas habían pegado a los que tenían cerca y les habían clavado las uñas en un esfuerzo demente por escapar.

Antes de poder volver a usar los camiones, los llevaban a un estanque que había cerca del campo y enjuagaban bien el interior. El retraso que esto provocaba, junto con los pocos camiones que había disponibles y los fallos mecánicos frecuentes, era la razón por la que todavía se usaban pelotones de fusilamiento. Las SS aún trabajaban en refinar sus métodos para masacrar.

El teniente de las SS Arlt escribió en su entrada del registro de ese día: «El 15/6 llegó otro cargamento de mil judíos de Viena.»[38] Eso era todo. No tenía interés por describir qué habían hecho él y sus hombres, era un día más de trabajo ante el cual las SS consideraban mejor correr un velo de discreción.

אמא

Un sol veraniego caía caliente y perezoso sobre la superficie del canal del Danubio, que se movía con lentitud. Llegaban al agua y se alejaban a la deriva los chillidos débiles y alegres de los niños de las orillas reverdecidas, donde las familias estaban sentadas comiendo o paseaban debajo de los árboles. Había barcos recreativos navegando y lanchas de remo que se movían rápidamente en el espacio que había entre ellos.

Todo aquello estaba alejado de los sentidos de Tini mientras remaba, como una música de fondo agradable y distante conformada por risas. La luz del sol brillaba en las gotas que caían cada vez que levantaba las palas de los remos e iluminaba las caras de sus hijos. Edith sonreía serena, Fritz y Herta eran todavía pequeños y Kurt, el último en nacer y muy querido, era un niñito que apenas había dejado de usar pañales. Tini sonrió, tiró de los remos y el bote salió disparado surcando el agua.[39] Era buena remadora, se le había dado bien desde que era pequeña. Y sabía cuidar de su familia. Le gustaba tanto que a los doce años la habían hecho cuidadora de los niños más pequeños de la escuela. Criar y ayudar era parte de su naturaleza y tenía en la maternidad su máxima expresión.

Los sonidos de los otros botes y la alegría de las orillas se alejaban, como si hubiera bajado una niebla que apartaba aquel bote del mundo. Los remos salpicaban al entrar y salir del agua y el bote siguió navegando.

En el cajón de un baúl del lejano Massachusetts estaban amontonadas las últimas cartas de Tini a Kurt. El alemán en el que estaban escritas ya empezaba a escapar de su comprensión a medida que su mente infantil se adaptaba al nuevo mundo. Había absorbido su significado, pero, poco a poco, inconscientemente empezaba a olvidar cómo leer sus palabras.

«Mi querido Kurtl [...], estoy tan feliz de que te vaya bien [...]. Escríbeme a menudo [...]. Herta piensa en ti todo el tiempo [...]. Paso miedo cada día [...]. Herta te manda abrazos y besos. Mil besos de tu madre. Te quiero.»

Aquella noche, después de que el Sonderkommando hubiera tapado la fosa, el crepúsculo cayó sobre el silencioso claro entre los pinos jóvenes. Las aves volvieron, las criaturas nocturnas rebuscaron entre las hojas y pasaron por encima de la tierra revuelta de la fosa. Debajo estaban los cuerpos de novecientas almas que habían subido a un tren en Viena: Rosa Kerbel y sus cuatro nietos —Otto, Kurt, Helene y Heinrich—; los ancianos Adolf y Amalie Klinger; Alice Baron, de cinco años; las hermanas solteras Johanna y Flora Kaufmann; Adolf y Witie Aptowitzer, de Im Werd, Tini Kleinmann y su preciosa hija de veinte años, Herta.

Creían que iban a empezar una nueva vida y a trabajar en el Ostland y que, quizá, un día, se reunirían con sus seres queridos —sus maridos, hijos, hermanos e hijas— que estaban repartidos por los campos y en países lejanos.[40] Lejos de toda lógica, lejos de cualquier sentimiento humano, el mundo —no solo los nazis, sino los políticos, la gente y los periodistas de Londres, Nueva York, Chicago y Washington— habían cerrado ese futuro y lo habían sellado irrevocablemente.

10

UN VIAJE HACIA LA MUERTE

אבא

El sol de verano descendía dándoles un tinte anaranjado a las ramas y extendiendo sombras largas de un gris oscuro como el carbón por el suelo del bosque. A Gustav se le llenaban los oídos del rechinar de las sierras y los gruñidos de los hombres, el bombeo de su propia sangre y sus jadeos mientras él y sus compañeros metían un tronco en su remolque.

En cierto modo, era agradable volver a estar en el bosque, lejos de la grava, el polvo y el barro, pero el kapo, un sádico vengativo llamado Jacob Ganzer, era un jefe severo.

—¡Más deprisa, cerdos! ¿Creen que los troncos se van a amontonar solos? ¡Vamos!

A esa velocidad, el trabajo no solo era extenuante, sino también peligroso. Gustav y sus compañeros levantaron el enorme tronco y lo lanzaron al montón encima del remolque, que rechinaba. No tenían ni un segundo para respirar ni para asegurarse de que la pila era estable, ya había otro tronco preparado para que lo levantaran y Ganzer bramaba furioso. Gustav agarró el gran tronco de una punta, su compañero, un prisionero que se apellidaba Friedmann, se lo puso encima del hombro y otras manos levantaron el peso;

con los músculos crujiéndoles, lo levantaron por encima de la pared del vagón y lo lanzaron hacia un hueco de la pila de troncos. Con el hostigamiento de Ganzer en las orejas, alguien lo soltó antes de que estuviera bien colocado. La mole imparable de cientos de kilos cayó y arrastró otros troncos con él.

Pasó por encima de la mano de Gustav. Su cerebro apenas tuvo tiempo de sentir aquel dolor acuciante antes de que el tronco los golpeara a él y a Friedmann, los tirara al suelo y les cayera encima.[1]

Gustav se quedó en el suelo como una mariposa en una cartulina, mirando hacia arriba, a la cubierta de hojas que se arremolinaban y titilaban con el sol del atardecer. Su cuerpo era una masa dolorida, los oídos se le llenaban de chillidos y gruñidos y gritos. Entonces aparecieron uniformes a rayas, manos intentando agarrar el tronco y levantándolo, pero él seguía sin poder moverse. Miró a su alrededor, vio hombres que se levantaban con la cara y las manos sangrando, otros estaban tumbados y gemían. Friedmann estaba a pocos metros inmóvil, soltando quejidos con voz ronca. Casi toda la fuerza del tronco le había golpeado el pecho. Le salía sangre por la boca.

Unas manos agarraron el cuerpo de Gustav, lo levantaron y se lo llevaron del claro. A través de la lente del dolor, vio cómo los árboles pasaban a toda velocidad, el cielo perdía el color y se inclinaba, y oyó los gruñidos de los hombres que lo llevaban a cuestas. El edificio de la entrada pasó por su lado y, luego, se vio entrando a la enfermería y lo acostaron en un camastro.[2]

Tras él llegaron otros siete hombres de su destacamento, bien en brazos de otros, bien por su propio pie renqueando. Friedmann llegó el último en una camilla. No podía moverse; tenía las costillas destrozadas y la columna rota. Estaba acostado, en una agonía desesperada.

El pecho de Gustav había recibido parte del impacto y le ardían de dolor los dedos rotos. Finalmente, le había tocado aquella lotería, como les pasaba a todos. Solo podían evitarla cierto número de veces y, cuantas más veces los obligaban a jugar, más probabilidades había de que les tocara. Las perspectivas para un hombre herido eran nefastas. La aguja del médico y una vena llena de fenol o hexobarbital eran el futuro más probable y, luego, humo que salía de la chimenea del crematorio.

Por suerte para él, Friedmann murió rápido a causa de sus lesiones. Del resto de los hombres, la mayoría salieron de la enfermería pronto, porque no estaban heridos de gravedad, pero Gustav se quedó. Los días pasaron y lo trasladaron a una sala pequeña al lado de la Sala de Operaciones II. Si todavía no sabía lo que significaba aquello, pronto lo sabría. La Sala de Operaciones II era donde se administraban las inyecciones letales y él estaba en la sala de espera.[3]

No lo molestaron durante un tiempo. Periódicamente, un hombre enfermo o malherido era seleccionado y lo llevaban a la Sala de Operaciones II. Nunca volvía. El médico miraba a Gustav cada vez y seguía andando, estaba demasiado grave como para preocuparse por él. Ponerle la inyección a un prisionero que seguro moriría pronto sería malgastar los recursos. El médico no conocía la voluntad y la resistencia de Gustav Kleinmann.

Había un celador amable que se llamaba Helmut y que atendía a Gustav cuidadosamente cuando el médico no estaba. Gustav consiguió aferrarse a la vida con determinación, atormentado por el dolor día y noche. Poco a poco, el dolor fue disminuyendo y, al cabo de seis semanas, se había recuperado lo suficiente como para que lo dieran de alta. Su vida todavía pendía de un hilo, pues, al no tener la fuerza suficiente para volver al destacamento de transporte ni tampoco al carro de la enfermería, era una boca inútil y podían mandarlo de vuelta a la Sala de Operaciones II para liquidarlo.

Sus amigos y las habilidades profesionales que tenía le salvaron la vida. Algunos kapos con los que se llevaba bien hablaron entre ellos y trasladaron a Gustav a la fábrica DAW, en la que se producía equipo militar, como cartuchos, casilleros para los cuarteles y partes de aviones, y se convertían camiones en cantinas móviles.[4] A Gustav le dieron trabajo como guarnicionero y tapicero. Empezó a convalecer.

Por primera vez desde que había llegado al campo —y casi por primera vez desde el Anschluss—, Gustav podía volver a practicar su verdadero oficio. Eso lo hacía feliz —o tan feliz como se podía ser allí—. El trabajo era agradable y allí hizo buenos amigos. Su capataz, Peter Kersten, era un prisionero político alemán, antiguo concejal del Partido Comunista. «Un hombre muy valiente —pensaba Gustav—. Me llevo muy bien con él.» Gustav se las arregló para conseguirle un puesto de trabajo a Fredl Lustig, un amigo vienés que era compañero suyo en la columna de transporte. Formaron un grupito en el que estaban a gusto.

Así fue hasta principios de octubre. Y, entonces, como una pesadilla que volvía a empezar después de despertar por un instante respirando con dificultad, todo cambió rápida y catastróficamente.

בן

Fritz y su compañero levantaron un dintel pesado, de hormigón, de la base del andamio y lo pusieron con cuidado en su lugar, en el muro, encima del espacio que ocuparía la ventana. Fritz lo colocó, comprobando que estuviera nivelado y encajara.

Durante los dos últimos años, sus habilidades como obrero se habían desarrollado bajo la tutela de Robert Siewert. Dominaba el enladrillado y la mampostería, el enyesado y la construcción en general. El destacamento de Siewert trabajaba duro en las obras de la nueva Gustloff Werke, una fábrica grande que construían al lado del Camino de Sangre, al otro lado de las cocheras de las SS. Una vez terminada, de allí saldrían cañones para tanques y para armas antiaéreas, así como otros tipos de armamento. La mayoría de los muros exteriores ya se habían levantado y a Fritz le había tocado trabajar en las enormes ventanas de la fábrica. Tenía que hacer dos cada día: construir el ventanaje y colocar los dinteles en su sitio, un trabajo que requería a un buen albañil y mucho cuidado.

Su compañero de trabajo, Max Umschweif, era, relativamente, un recién llegado a Buchenwald: había llegado en verano. Era un vienés bajo con cara de intelectual que había luchado con las Brigadas Internacionales contra los fascistas en España. Después de la derrota, lo habían encarcelado con sus camaradas en Francia. Al volver a Viena en 1940, lo había detenido la Gestapo por ser un reconocido antifascista. A Fritz le encantaba escuchar sus historias sobre la guerra española, pero lo desconcertaba completamente que hubiera vuelto por su voluntad a Austria sabiendo que la Gestapo iría por él.

Fritz golpeó el dintel con el mango de la cuchara de albañil para colocarlo en su posición final y comprobó que estaba en su sitio con un nivel. Después, deprisa y con destreza, le puso mezcla para asegurarlo. Era agradable trabajar subido en el andamio. Mientras los vigilantes de las SS acosaban y golpeaban a los que cargaban con los ladrillos y la mezcla, nunca se aventuraban a subir por las escaleras del andamio. Satisfecho con el dintel, Fritz se dio la vuelta y se paró un momento para estirar los músculos. Había una vista bonita del bosque desde allí arriba: era octubre y las hayas y los robles estaban preciosos en su esplendor otoñal, salpicados de oro y tonos de cobre. A lo lejos, se podía ver la extensión de Weimar y los campos que ondeaban a su alrededor.

Fritz había vivido experiencias terribles en los últimos meses: habían trasladado a Leo Moses, su padre había estado a punto de morir y las SS habían matado a buenos amigos suyos. Y, aun así, lo peor era la noticia sobre su madre y Herta, y la angustia de no saber qué les había pasado.

Un grito que venía de abajo interrumpió su ensoñación.

—¡Fritz Kleinmann, baja!

Bajó por la escalera y encontró a uno de los obreros esperándolo.

—El kapo te necesita.

Fue a buscar a Robert Siewert y lo encontró con el ademán serio que ya lo había visto otras veces. Siewert se lo llevó discretamente aparte y le pasó el brazo por los hombros atrayéndolo hacia sí como si fuera su hijo; nunca había hecho algo así y Fritz supuso que se avecinaban malas noticias.

—Hay una lista de judíos en la oficina del registro que serán trasladados a Auschwitz —le dijo Siewert con sencillez—. Está el nombre de tu padre.

La conmoción fue más grande que nada de lo que hubiera sentido nunca Fritz. Todo el mundo había oído hablar de Auschwitz, uno de tantos campos que las SS estaban creando en los países ocupados. En Buchenwald llevaban todo el año hablando del tema: los rumores y las noticias que llegaban de lejos, así como los acontecimientos que habían presenciado en el mismo campo, indicaban que había empezado el último acto del drama que vivían los judíos, que los nazis querían deshacerse, finalmente, de los que no habían emigrado y todavía estaban vivos. Desde la primavera, había habido murmullos perturbadores sobre cámaras de gas especiales que se construían en algunos campos en las que se podía matar a cientos de personas al mismo tiempo. Uno de esos campos era Auschwitz. Que te trasladaran allí solo significaba una cosa.

Siewert le contó lo que sabía. La lista era larga, contenía los nombres de casi todos los judíos que quedaban vivos en Buchenwald. Las únicas excepciones eran las de hombres como Fritz, que eran necesarios para construir la fábrica de Gustloff.

Fritz estaba aturdido y horrorizado. Ya conocía a muchos jóvenes del campo que habían perdido a sus padres y había tenido un miedo constante a convertirse en uno de ellos.

—Tendrás que ser muy valiente —le dijo Siewert.

—Pero mi padre es útil en la fábrica —protestó Fritz.

Siewert negó con la cabeza. El trabajo en la fábrica no tenía importancia.

—Se llevan a todo el mundo —dijo—. Todos los judíos excepto los obreros y albañiles se van a Auschwitz. Eres de los que han tenido suerte. —Lo miró a los ojos—. Si quieres seguir viviendo, tienes que olvidarte de tu padre.

A Fritz le costó encontrar las palabras.

—Eso es imposible —le dijo.

Y, después, dio media vuelta, trepó por la escalera para volver a subir al andamio y siguió trabajando.

✡

Había algo más de cuatrocientos nombres en la lista que había redactado la comandancia de Buchenwald. Unos días antes habían recibido una orden que Himmler había mandado a todos los comandantes de los campos: por deseo del mismo Führer, ningún campo de concentración que estuviera en suelo nacional alemán podía tener judíos. Todos los prisioneros judíos tenían que trasladarse a campos del antiguo territorio polaco, concretamente a Auschwitz y a Majdanek.[5]

En Buchenwald solo quedaban vivos 639 judíos: los que habían sobrevivido a los asesinatos arbitrarios, los traslados y la eutanasia. De esos, 234 estaban empleados en la construcción de la fábrica y debían quedarse, de momento, mientras los demás habían sido seleccionados para ir a Auschwitz.[6]

La tarde del jueves 15 de octubre, pocos días después de la conversación de Fritz con Robert Siewert, se ordenó que todos los prisioneros judíos se reunieran en la plaza del recuento.[7]

Sabían qué podían esperar y fue exactamente como Siewert había adelantado. Fritz oyó que su número estaba en la lista de los trabajadores de la construcción cualificados. A ellos les ordenaron que volvieran a los barracones. Dejando a su padre atrás, Fritz se fue con sus compañeros de trabajo con un nudo en el estómago por el temor y la indignación.

A Gustav y a los otros cuatrocientos hombres les informaron de que iban a trasladarlos a otro campo. Desde aquel momento, estarían en aislamiento. Los llevaron al bloque 11, que habían vaciado para que cupiesen ellos, y los encerraron allí, sin ningún contacto con los demás prisioneros. Allí esperaron a que empezara el traslado.

Aquella noche, Fritz no podía calmarse, no podía quitarse de la cabeza la imagen de cuando había dejado a su padre allí con los demás condenados. La idea de separarse de él para siempre era insoportable. Lo atormentó toda la noche. Fritz sabía que las palabras de Robert Siewert eran inteligentes y sensatas, y que se las había dicho con buena intención: tenía que olvidarse de su padre si quería sobrevivir; pero no era capaz de imaginar cómo podría seguir viviendo si ese era el precio que tenía que pagar. Sus miedos por su madre y Herta habían sembrado un sentimiento de desesperanza en él y no veía cómo podría vivir si asesinaban a su padre.

A primera hora, corrió un rumor entre los compañeros de barracón de Fritz: durante la noche, se habían llevado a tres prisioneros del bloque 11 a la enfermería y los habían matado con la inyección letal. El rumor era falso, pero empujó a Fritz a tomar una decisión final.

Por la mañana, antes del recuento, buscó a Robert Siewert.

—Tú tienes contactos —le dijo—. Tienes amigos que trabajan en la oficina de la comandancia. —Siewert asintió, los tenía—. Quiero que muevas los hilos que tengas que mover para meterme en el traslado a Auschwitz.

Siewert estaba horrorizado.

—Lo que me pides es un suicidio. Ya te lo dije, tienes que olvidarte de tu padre —dijo—. Van a gasearlos a todos.

Pero Fritz fue firme.

—Quiero estar con mi padre, pase lo que pase. No puedo seguir viviendo sin él.

Siewert intentó disuadirlo, pero el chico era inflexible. Cuando estaba terminando el recuento, Siewert fue a hablar con el teniente Max Schobert, el subcomandante del campo. Mientras los prisioneros empezaban a formarse para marchar hacia sus trabajos matutinos, lo llamaron:

—¡Prisionero 7290, a la entrada!

Fritz se presentó ante Schobert, quien le preguntó qué pasaba. Aquel era el punto de no retorno. Armándose de valor, Fritz le explicó que no podía soportar que lo separasen de su padre y pidió formalmente que lo enviaran a Auschwitz con él.

Schobert se encogió de hombros. A él le daba igual a cuántos judíos mandaban para que los exterminaran y le concedió lo que pedía.

Con pocas palabras, Fritz había hecho lo impensable, pasar voluntariamente de la lista de los salvados a la de los condenados. Lo escoltaron por la plaza y lo llevaron al bloque 11. Abrieron la puerta y lo empujaron dentro.

El barracón, que estaba construido para unos doscientos hombres solamente, estaba lleno a rebosar. Fritz se encontró mirando una masa de uniformes a rayas, de pie, sentados en las pocas sillas o en cuclillas en el suelo, estirando el cuello para ver por las ventanas lo que pasaba fuera. Decenas de caras se volvieron para mirar a Fritz cuando la puerta se cerró de golpe. Casi todos eran viejos amigos o mentores: la cara delgada y los anteojos de Stefan Heymann, siempre sorprendido y ahora estupefacto; su amigo Gustl Herzog; el valiente antifascista austriaco Erich Eisler y el bávaro Fritz Sondheim… El asombro en sus caras dio paso al horror cuando les contó por qué estaba allí. Protestaron e imploraron, igual que Siewert, pero Fritz se abrió paso entre ellos para buscar a su padre.

Y allí estaba, en medio de la masa de gente, aquella cara familiar, delgada y arrugada, aquellos ojos dulces. Corrieron el uno hacia el otro y se abrazaron, ambos llorando de alegría.

Aquella noche, Robert Siewert fue a hablar con Fritz. Tenía que firmar un papel para confirmar que había pedido libremente el traslado.[8] La despedida fue dolorosa; Fritz le debía a Siewert su puesto de trabajo, sus habilidades, su propia supervivencia durante los dos años anteriores.

El sábado 17 de octubre por la mañana, después de dos días de tensa espera, informaron a los cuatrocientos cinco judíos —polacos, checos, austriacos y alemanes— que iban a trasladarlos ese mismo día. Les prohibieron que llevaran con ellos ninguna pertenencia y les repartieron una ración exigua de comida para llevar en el viaje —la de Gustav era un solo trozo de pan— y los sacaron del barracón.

El ambiente del campo era extrañamente sombrío, incluso entre las SS. Los traslados anteriores habían salido bajo un aluvión de abusos de los guardias, pero los cuatrocientos judíos marcharon hasta la entrada en silencio. Era como si todos vieran que aquello era diferente, algo trascendental que no debía tratarse a la ligera.

Al otro lado de la verja los esperaba un convoy de autobuses. Fritz y Gustav se sentaron en aquella comodidad civilizada mientras los llevaban por el Camino de Sangre por el que habían corrido aterrorizados hacía tres años, dos semanas y un día. Cuánto habían cambiado desde entonces, cuántas cosas habían visto. En la estación de Weimar, les hicieron subir a vagones para el transporte de ganado, cuarenta hombres en cada uno.[9] Habían clavado tablones para cerrar los agujeros y los vagones habían quedado prácticamente aislados.

Cuando arrancó el tren, el ambiente del vagón de Fritz y Gustav —que compartían con Stefan Heymann, Gustl Herzog y muchos otros amigos— era de abatimiento. A la luz que se colaba por las rendijas de las paredes del vagón,

Gustav sacó su diario sin que los demás lo vieran. Como estaba avisado de que iban a trasladarlo, se había asegurado de llevarlo escondido debajo de la ropa cuando los habían llevado al bloque de aislamiento. Aquella libretita ajada había terminado siendo su forma de aferrarse a la cordura, su registro de la realidad de la vida, del presente, y no quería apartarse de ella, pero, mientras estuviera con Fritz, sentía que podía enfrentarse a todo.

«Todo el mundo dice que este es un viaje hacia la muerte —escribió—, pero Fritzl y yo no nos desanimamos. Me digo a mí mismo que un hombre solo puede morir una vez.»[10]

PARTE III

—

AUSCHWITZ

11

UNA CIUDAD LLAMADA OŚWIĘCIM

אחים

En otro tren, en otro tiempo…

Gustav se despertó de una cabezada con la luz del sol ondeándole sobre los párpados y la nariz llena de olores de sarga, cuerpos de hombres sudorosos, humo de tabaco, piel y aceite para armas. El traqueteo constante del tren y los murmullos de voces de hombres le llenaban los oídos; de pronto, las voces se alzaron en un canto. Los muchachos estaban animados, a pesar de que podían estar yendo hacia la muerte. Gustav se llevó las manos al cuello, que le dolía por haber apoyado la cabeza en la mochila, y recogió su fusil, que se había caído al suelo.

Al levantarse y mirar por la ranura de un lateral del vagón, sintió el viento cálido del verano en la cara y olió, fugazmente, el aroma de los prados entre el humo de la locomotora. Los campos de trigo que pasaban por su lado estaban mudando del verde al dorado, madurando para la cosecha. Un campanario se abrió paso por un resquicio lejano en una elevación; detrás estaban las verdes montañas Beskides y, más allá, el velo fantasmagórico de Babia Góra, «la Montaña de las Brujas». Aquella era la tierra en la que se crio. Después de pasar seis años en Viena, le resultaba extraña, de ese modo peculiar que tienen los recuerdos vívidos que, de pronto, salen a la luz.

Lo habían llamado a prestar el servicio militar en el Ejército Imperial y Real austriaco en la primavera de 1912, el año en el que cumplió veintiuno.[1] Como había nacido en Galitzia, lo destinaron al 56.º Regimiento de Infantería, que estaba acuartelado en el distrito de Cracovia. Para la mayoría de los hombres jóvenes de clase trabajadora, el servicio militar era una interrupción bienvenida: las condiciones eran buenas y les abría muchos horizontes. Muchos eran trabajadores analfabetos y mal pagados; la mayoría no había ido más allá del pueblo de al lado. En Galitzia la mayoría no hablaba alemán; muchos ni siquiera sabían leer la hora en un reloj.[2] Gustav había visto más mundo que la mayoría de sus compañeros reclutas, pues había vivido en Viena y hablaba tanto polaco como alemán; pero, como era un aprendiz de tapicero, era pobre, y el Ejército le daba algo de estabilidad. Era un ambiente emocionante; el Imperio austriaco había sido el más grande de Europa y su Ejército todavía preservaba el armamento de húsares y dragones, uniformes coloridos y elegantes, y una ostentación infinita bajo las banderas y estandartes ondeantes con el águila bicéfala imperial.

Para Gustav, el servicio militar había supuesto una vuelta a su tierra. Había pasado la mayor parte de los dos primeros años en una base militar al norte de las Beskides, entre su pueblo natal, Zabłocie, y la ciudad de Oświęcim, un lugar bonito y próspero, pero, por lo demás, ordinario, en la frontera con Prusia. Fueron dos años de vida de guarnición: barracones, desfiles, limpiar botas, pulir latón y algunos ejercicios y maniobras ocasionales. Y, entonces, en 1914, justo cuando los reclutados en 1912 pensaban que pronto terminarían con el Ejército y volverían a sus granjas y talleres hechos unos hombres, llegó la guerra.

De pronto, el 56.º Regimiento de Infantería fue movilizado y formó con el resto de la 12.ª División de Infantería hasta la estación de ferrocarril para subir a un tren en dirección a la ciudad fortificada de Przemyśl,[3] el punto de partida del regimiento para avanzar por el territorio ruso.[4] Gustav y sus compañeros marcharon a paso ligero bajo las pesadas mochilas mientras resonaba la melodía viva de la «Marcha Daun», impecables con sus uniformes grises con el forro de color verde acero, con los bigotes encerados, sonriéndoles a las chicas que los saludaban y tan satisfechos de sí mismos como solo lo están los chicos jóvenes. Iban a hacer recular a los rusos hasta el mismo San Petersburgo.

Cinco días más tarde caminaban con menos brío, después de un viaje en vagones de transporte de ganado y una agotadora marcha forzada bajo los más de veinte kilos de la mochila —con los abrigos de invierno atados, la munición, la pala y las raciones para unos cuantos días—, con la correa del fusil rozándoles y con los pies adoloridos. El soldado de primera Gustav Kleinmann y sus compañeros de pelotón estaban más para acostarse que para luchar en una guerra. Ese primer día no hicieron ni lo uno ni lo otro. Su objetivo era la ciudad de Lublin, donde tenían que unirse a un avance prusiano que venía del norte. Mientras los regimientos que los flanqueaban encontraron una fuerte resistencia rusa y sufrieron muchas bajas, el 56.º apenas entró en contacto con ellos. Solo marcharon y marcharon todo el día, penetrando en el territorio ruso.[5]

בן

Gustav cambió la posición de la pierna herida para estar más cómodo. Fuera, la escarcha de Galitzia empezaba a congelar los bordes del cristal de las ventanas y la nieve caía en abundancia al suelo.

Al verano abrasador lo habían seguido un otoño horrible y un invierno espantoso. A pesar de haber conseguido que el Ejército ruso reculara desorganizado, las tropas austriacas no habían tenido un buen liderazgo y los alemanes no las apoyaron como debían. Los rusos se habían reagrupado pronto y habían empezado a recuperar terreno.[6] Fue una derrota aplastante, los regimientos austriacos se rompían y cedían terreno por toda la línea de batalla.

La población civil entró en pánico y las estaciones de ferrocarril y las carreteras estaban bloqueadas por la afluencia de refugiados. Los judíos estaban especialmente asustados; las leyes antisemitas de la Rusia zarista eran famosas. De hecho, muchos judíos de Galitzia eran descendientes de los que habían escapado de los pogromos rusos. Los rusos avanzaban e iban expropiando los bienes de los judíos y los extorsionaban para quitarles el dinero con amenazas de violencia. Despedían a los judíos de las oficinas públicas, y algunos eran secuestrados y llevados a Rusia.[7] Los refugiados inundaron el oeste y el sur, en dirección al centro del Imperio austrohúngaro. Primero buscaron refugio en Cracovia, pero en otoño hasta esa ciudad estaba amenazada y los refugiados empezaron a dirigirse a Viena. Las autoridades establecieron puntos de embarque en Wadowitz* y Oświęcim.[8]

Finalmente, las fuerzas austriacas —con Gustav y el 56.º Regimiento al frente— habían conseguido detener el avance de los rusos y la línea del frente se había establecido a poca distancia de Cracovia. Los ejércitos cavaron trincheras y comenzó el espantoso desgaste de los bombardeos, las incursio-

* Actual Wadowice, Polonia.

nes y los ataques desesperados. Cuando empezó el año nuevo, Gustav y sus compañeros —los que quedaban— estaban en la línea del frente a las afueras de Gorlice, una ciudad a unos cien kilómetros al sureste de Cracovia. La trinchera era poco más que un montón de zanjas superficiales protegidas por un solo hilo de alambre de espino y rodeadas de campo abierto sobre el que los rusos descargaban su artillería.[9] El enemigo se había apoderado de la ciudad de Gorlice y dominaba el terreno que había delante de ella desde un cementerio que había en la cima de un cerro al oeste de la ciudad.

Y allí pasaron el gélido invierno. Gustav tuvo una especie de descanso cuando lo hirieron; una bala le atravesó el antebrazo izquierdo y otra la pantorrilla izquierda.[10] Se quedó un breve periodo de tiempo en el hospital auxiliar de Bielitz-Biala,[*] una ciudad grande cerca de Zabłocie (conocía bien el lugar porque había trabajado allí como ayudante de panadero al principio de su adolescencia), y a mediados de enero lo habían trasladado allí, al hospital de reserva de la ciudad de al lado, el centro de transporte y base militar de Oświęcim o, como lo llamaban en alemán, Auschwitz.

Gustav conocía el lugar de su infancia. La ciudad era agradable en tiempos de paz, tenía edificios públicos bonitos y un barrio judío viejo y pintoresco que atraía a los turistas.[11] Estaba situada en la confluencia del Vístula y el Sola, el río que bajaba serpenteando desde el pueblo en el que había nacido Gustav. El hospital militar de Oświęcim se encontraba a cierta distancia de la ciudad, al otro lado del Sola, en la aldea de Zasole. Era un cuartel de edificios modernos construidos en filas rectas cerca del margen del río (un lugar no muy idóneo: el terreno era pantanoso y en

[*] Actual Bielsko-Biała, Polonia.

verano estaba plagado de insectos). Originalmente, los barracones habían estado unidos a un campo de tránsito para trabajadores temporales migrantes que iban de Galitzia a Prusia, pero, desde que había estallado la guerra, las hileras de barracones de los trabajadores permanecían vacías.[12]

Para Gustav, el dolor de estar lejos de sus compañeros, que seguían en las trincheras, era peor que el de las heridas, que ya casi se le habían curado. Estaba decidido a no perder más tiempo del necesario; las heridas no lo debilitaban y, a pesar de su aspecto escuálido e incluso delicado, con los ojos dulces y las orejas grandes, había demostrado que era un joven fuerte con una capacidad sorprendente para soportar la adversidad y las heridas.

De momento, sin embargo, allí estaba en paz, oyendo solamente los pasos briosos de las enfermeras y el murmurio débil de las voces.

אחים

Las balas impactaban en el lateral de las tumbas y le lanzaban esquirlas de piedra a la cara. Gustav y sus hombres aguantaron y devolvieron los disparos, avanzando metro a metro por el cementerio.

Hacía solo un mes que había salido del hospital y ya volvía a estar en plena batalla: otra vez en Gorlice, en las trincheras heladas al pie de la ladera que había cerca de la ciudad, con la caída esporádica de proyectiles y el desgaste constante. Entonces llegó aquel día, el 24 de febrero de 1915, en el que la división lanzó un ataque contra las posiciones que tan fuertemente defendían los rusos.

A ojos del cabo Gustav Kleinmann, era una misión suicida: un ataque frontal por una pendiente hacia arriba contra una gran fuerza que tenía una posición segura y fácil de defender. El cementerio que su compañía tenía delante era uno católico tradicional, una ciudad de pequeñas tumbas de piedra caliza y mármol apiñadas muy juntas. Era una verdadera fortaleza y la compañía de Gustav se había desmembrado durante el primer acercamiento.

Con su sargento y su oficial del pelotón muertos, Gustav y su mano derecha, el soldado de primera Johann Aleksiak, habían improvisado un plan para evitar perder más vidas.[13] Comandando a lo que quedaba del pelotón —que eran ellos, dos soldados de primera y diez soldados rasos—, habían dado un rodeo para situarse en el flanco izquierdo de la posición del enemigo, donde estaban a cubierto del fuego ruso, y habían avanzado desde allí. Infiltrándose por los márgenes del cementerio, ya se habían metido entre las tumbas cuando los rusos se percataron de su presencia. Inmediatamente, una ráfaga devastadora les cayó encima. Devolvieron los disparos lo mejor que pudieron y siguieron avanzando. Los rusos empezaron a lanzar granadas de mano, pero Gustav y su pelotón siguieron acercándose y haciendo retroceder al enemigo.

Habían avanzado unos quince metros por el perímetro del enemigo cuando el espacio entre las tumbas se volvió demasiado estrecho para disparar con efectividad. Gustav detuvo a sus hombres y les ordenó que calaran las bayonetas. Con la sangre hirviéndoles con furia, lanzaron su feroz ataque final.

Funcionó. Las puntas de las bayonetas austriacas lograron sacar a los rusos de sus puestos. El ataque de Gustav por el flanco había atraído al grueso de las defensas rusas y el resto de la 3.ª Compañía había podido penetrar en el cementerio. Entre todos, arrestaron a doscientos prisioneros rusos ese día, parte de un total de 1 240 capturados por todo el regimiento.

Con todos los contratiempos que había sufrido el Ejército austriaco desde que había empezado la guerra, la toma del cementerio de Gorlice fue un logro lo suficientemente importante como para que recibieran un aluvión de medallas e incluso una breve mención en el informe del mariscal de campo Von Höfer.[14] No era la primera ni la última vez que una batalla muy disputada se decidía gracias a la iniciativa de un suboficial de rango bajo.

בן

El rabino Frankfurter recitó las últimas bendiciones de las *sheva brajot,* las siete bendiciones del matrimonio, y su voz resonó conmovedora por la sinagoga-capilla del cuartel Rossauer de Viena. Bajo el dosel nupcial que aguantaban sus compañeros estaba Gustav con su mejor uniforme de gala y la Medalla de Plata al Valor de primera clase resplandeciente en el pecho. A su lado estaba su novia, Tini Rottenstein, radiante, con el cuello de encaje blanco y las flores de seda que destacaban sobre la tela oscura de su abrigo y el sombrero de ala ancha.

Habían pasado dos años desde aquel día en el cementerio de Gorlice. Tanto Gustav como Johann Aleksiak habían recibido la Medalla de Plata, una de las condecoraciones más importantes de Austria. Su oficial al mando había descrito sus acciones como un «enfoque inteligente y de un valor sin precedentes» en el que los dos «habían sobresalido con excelencia».[15] Había sido una batalla feroz y más de cien hombres del 56.º Regimiento de Infantería recibieron condecoraciones.[16] Desde ese día, a pesar de los contratiempos, los austriacos habían hecho recular al Ejército del zar al otro lado del Vístula y lo habían hecho salir de Galitzia conquistando Lemberg,* Varsovia y Lublin. En agosto de ese mismo año, habían vuelto a herir a Gustav; esa vez fue una herida mucho más grave en el pulmón.[17] Había acabado recuperándose y volviendo a la acción.

—Que la desierta ciudad sea jubilosamente feliz y se reúna gozosa con sus hijos. —Los cantos del rabino Frankfurter llenaban la sala—. Bendito eres tú, Adonay, Rey del Universo, que has creado el gozo y la celebración, el novio y la novia, el regocijo, el júbilo, el placer y el deleite, el amor, la hermandad, la paz y la amistad. [...] Que unes gozosos al novio y a la novia.

Entonces puso la tradicional copa cerca de Gustav, que la pisó con la suela de la bota y la hizo añicos.

—*Mazel tov!*** —gritó la congregación.

El rabino le recordó a Tini lo serio que era casarse con un soldado, y habló de la bondad del Imperio austrohúngaro con sus habitantes judíos y comparó al nuevo emperador Carlos con el sol que brillaba sobre los judíos. Sus antepasados habían tumbado los muros de los viejos guetos y habían «instalado a Israel» en su reino.[18] Era cierto que Austria siempre había tenido algo de antisemitismo, pero, desde la emancipación de los judíos con los Habsburgo en el poder, habían vivido bien y habían logrado mucho. Con aquella base, podían salir adelante con sus propias manos y sus corazones.

Gustav y Tini salieron aquel día de la sinagoga para em-

* Más tarde Lwów, Polonia; actualmente Lviv, Ucrania.

** «Enhorabuena» o «buena suerte» en hebreo.

pezar una nueva etapa. Gustav no había terminado de luchar; volvería a hacerlo en el frente italiano y se ganaría más condecoraciones ayudando a Austria y Alemania a luchar en aquella derrota lenta, inevitable y sangrienta. Sin embargo, sobrevivió y volvió a Viena. Durante el verano del primer año de paz nació Edith, la primera hija de muchos. El viejo Imperio se había desintegrado a manos de los victoriosos aliados: Galitzia había pasado a formar parte de Polonia, Hungría era independiente y Austria quedó reducida al territorio que quedaba; pero Viena seguía siendo Viena, el corazón civilizado de Europa. Y Gustav se había más que ganado un lugar allí para su familia.

Muchos no lo veían así. La gente de Austria y Alemania empezó a contar historias para aliviar el dolor de haber perdido la guerra. Muchos decían que era culpa de los judíos, que habían prosperado gracias al contrabando durante la guerra. Señalaron con el dedo a las oleadas de judíos que huían de las zonas de conflicto, que habían empeorado la crisis alimentaria en las ciudades. Se contaban historias sobre cómo los judíos habían eludido sus deberes y evitado el servicio militar. Su influencia perniciosa sobre el Gobierno y el comercio había sido un cuchillo en la espalda de Austria y Alemania. En el Parlamento de Viena, los nacionalistas alemanes y el partido conservador socialcristiano promovían el antisemitismo y los periódicos empezaron a imprimir amenazas alarmantes de pogromos.[19]

Y, sin embargo, la promesa se cumplió. El arranque de antisemitismo remitió y quedó en un murmullo y los judíos de Viena siguieron prosperando. Gustav a veces tenía problemas para ganarse el pan, pero nunca se rindió, se lanzó a la política socialista para intentar conseguir un futuro mejor para los trabajadores y prosperidad para el futuro de sus hijos.

En otro tren, en otro tiempo, en otro mundo... Y, no obstante, en el mismo.

Gustav estaba sentado en la oscuridad y se mecía con el movimiento del tren. A su alrededor, el ambiente estaba cargado con el hedor familiar de los cuerpos sin lavar, de los uniformes rancios y de la cubeta que hacía las veces de letrina, y también estaba vivo el murmullo de voces. Decenas de hombres en un espacio tan pequeño que apenas podían moverse. Llegar hasta la cubeta de la pipí del rincón era una odisea.

Habían pasado dos días desde que se habían subido al tren en Weimar. Los ojos de Gustav se habían adaptado a los rayos de luz que entraban por las rendijas de la puerta y las paredes, lo suficiente como para escribir unas breves líneas en el diario. Debían de estar cerca del mediodía; el sol iluminaba al máximo y podía discernir las caras de sus compañeros: allí estaban Gustl Herzog, los rasgos alargados y sinceros de Stefan Heymann, Felix *Jupp* Rausch —el amigo de Gustav— y Fritz, que estaba sentado junto a algunos de sus amigos más cercanos como Paul Grünberg, un vienés que tenía la misma edad que él y había estado entre los aprendices de Siewert, pero no había terminado su formación.[20] Sin agua ni cobijas, estaban sedientos y tenían frío, y el ambiente estaba terriblemente decaído.

No podía verlo ni olerlo, pero Gustav conocía el paisaje por el que suponía que estaban pasando en ese momento: los campos, las colinas y montañas verdes a lo lejos, los pintorescos pueblecitos... Había crecido allí, había sangrado por su país allí y, ahora, las vías del ferrocarril lo volvían a traer allí una última vez para morir.

Dejaba atrás, rota y esparcida, la familia que con tanta esperanza había creado. La promesa de 1915, cuando le colgaron la medalla en el pecho, y la de 1917, cuando había hecho añicos el cristal bajo la suela de su bota y se había unido a Tini en matrimonio, y la de 1919, cuando había tenido en brazos a la pequeña Edith por primera vez, la promesa de que Israel se había construido dentro de Austria había quedado aplastada bajo las ruedas de aquella máquina enorme, demente y rota que avanzaba imparable y descerebrada para inyectar vida a una grandeza alemana aria que nunca había existido ni podía existir, porque su puritanismo inflexible era la antítesis de todo lo que engrandece a una sociedad. El nazismo ya no podía ser grande, como un actor pavoneándose con una corona de cartón dorado no podía ser un rey.

El tren, que pasaba emanando humo por campos de rastrojos y bosques que se volvían dorados, empezó a perder velocidad. Lentísimo, giró hacia el sur y entró en la estación de la pequeña ciudad de Oświęcim.[21]

Dejando ir una nube de vapor, la locomotora arrastró los vagones de transporte de ganado hasta la rampa de carga. Y allí se quedaron. Dentro, los hombres de Buchenwald se preguntaban si ya habrían llegado a su destino. Pasaron las horas, pero nada más. Los resquicios por los que entraba la luz se apagaron y los dejaron en la oscuridad total.

Gustav estaba agradecido por el consuelo de tener a Fritz a su lado durante aquellas horas. No podía soportar pensar en cómo se las habría arreglado si el chico no hubiera decidido ir con él por voluntad propia. El espíritu de aquella promesa destrozada hacía tanto tiempo aún vivía en Fritz, en el lazo que unía a padre e hijo y que los había mantenido con vida hasta entonces. Si de verdad iban a morir allí, por lo menos no sería solos.

Al final, oyeron movimiento fuera: puertas de vagones que se abrían con un estruendo y órdenes a gritos. Su puerta se abrió hacia un lado con un chirrido y los cegó un resplandor de antorchas y linternas eléctricas.

—¡Todos fuera!

Bajaron, anquilosados y adoloridos, rodeados por un cerco de luz y de perros guardianes que gruñían.

—¡En filas! La primera aquí, ¡deprisa!

Bien entrenados tras años de recuentos, los prisioneros de Buchenwald se formaron rápidamente en los espacios que había entre las vías. Esperaban los insultos y golpes habituales, pero les sorprendió —y les perturbó un poco— no recibir ni unos ni otros. Los guardias armados gritaban una orden de vez en cuando, pero, por lo demás, estaban inquietantemente callados, caminando entre las hileras, observando de cerca a los nuevos prisioneros. Cuando no había ningún guardia cerca, Gustav estiraba el brazo y abrazaba a Fritz.

La última vez que Gustav había puesto los pies en aquella estación fue en 1915, cuando lo dieron de alta en el hospital y lo volvieron a mandar al frente. Nada le resultaba familiar.

Eran las diez y algunos minutos de la noche cuando las pisadas de botas por la rampa de carga anunciaron la llegada de un escuadrón de las SS del campo. Los comandaba un oficial de porte severo, de mediana edad, con una sonrisa lúgubre y unos anteojos con montura metálica. Era el teniente de las SS Heinrich Josten, del departamento de arrestos de Auschwitz.[22] Meticulosamente, marcó los nombres y números de los recién llegados en una lista y entonces levantó la voz:

—¿Algún hombre tiene un reloj u otros objetos de valor? ¿Oro, por ejemplo? Si es así, tienen que entregarlos. Ya no los necesitarán.

Nadie respondió. Josten hizo una señal a sus hombres con la cabeza y estos empezaron a conducir a los prisioneros ordenadamente por la rampa.

Tras salir de la zona de carga, marcharon por una calle larga y recta entre lo que parecían edificios de uso industrial e hileras de barracones de madera en ruinas. Aquello sí que le resultaba vagamente familiar a Gustav.

Giraron a la izquierda y fueron por una carretera corta que llevaba a una verja llena de lámparas de arco. Las verjas se abrieron, la barrera se levantó y los antiguos prisioneros de Buchenwald pasaron en formación por debajo del arco de hierro con este eslogan:

Arbeit macht frei

«El trabajo os hará libres.» La barrera bajó y las verjas se cerraron con un sonido metálico detrás de ellos.[23]

Ya estaban dentro del campo de concentración de Auschwitz. Pasaron por la calle ancha flanqueada por bordes de hierba cortada y barracones de dos plantas grandes y bien construidos. Se parecían a los edificios del cuartel de las SS de Buchenwald, pero a Gustav le resultaban familiares por otra cosa, por algo más lejano. Ya había estado allí antes.

Cuando llegaron delante de un edificio en la parte más alejada del campo, les ordenaron que entraran. Habían entrado en un bloque de duchas. Volvieron a comprobar sus nombres en la lista del traslado y les hicieron entrar en un vestidor rebosante de prisioneros. Les ordenaron que se desnudaran para hacerles una revisión médica. A continuación, se bañarían y les desparasitarían los uniformes antes de ir a su barracón.[24]

Fritz y su padre se miraron. El nerviosismo que había ido creciendo entre los prisioneros que venían de Buchenwald aumentó todavía más. Habían oído rumores sobre las cámaras de gas de Auschwitz y sobre su apariencia de baños.[25] Los hombres se quitaron los uniformes viejos y sucios y la ropa interior, y pasaron en fila por una sala más, en la que un médico los observó minuciosamente, y otra en la que les afeitaron la cabeza del todo, sin dejar los rastrojos de pelo que normalmente llevaban. También les afeitaron el cuerpo, incluyendo el vello púbico. Después vino una inspección de piojos. Fritz vio un aviso pintado en la pared blanca con letras góticas: «Un piojo, tu muerte».[26]

A continuación, venían los baños. Fritz, Gustav y los demás observaron ansiosos cómo conducían al primer grupo por la puerta.

Pasaron los minutos, la inquietud empezó a extenderse entre los prisioneros. Fritz sentía cómo iba escalando la tensión, marcada por un murmullo. Cuando les llegara el turno, ¿obedecerían y entrarían dócilmente a la cámara letal?

De pronto, apareció la cara de un hombre en la puerta, brillante, mojada, con agua cayéndole de la barbilla y sonriendo.

—No pasa nada —dijo—, ¡son baños de verdad!

Los grupos siguientes entraron mucho más animados. Finalmente, les repartieron los uniformes desparasitados y desinfectados y ropa interior limpia.[27] Para gran alivio de Gustav, su diario, con su testimonio impagable, seguía escondido dentro de su ropa.

Cuando se hubieron vestido, los inspeccionó el capitán de las SS Hans Aumeier, subcomandante y jefe del Departamento III —la sección de «custodia protectora» que se encargaba de la mayoría de los judíos—. Borracho y de muy mal genio, le dio un bofetón al encargado del bloque —un alemán con el triángulo verde— que llegó tarde a recoger a los recién llegados. Aumeier era todo lo que hacía que las SS fueran temidas: un hombre severo con una mirada amenazadora, una abertura pequeña y apretada por boca y una reputación de torturador y organizador de fusilamientos masivos. Cuando quedó satisfecho con los nuevos prisioneros, ordenó al encargado que los llevara a su barracón.

Los colocaron en el bloque 16A, en el centro del campo. Tan pronto como hubieron entrado, el encargado les ordenó que entregaran todos los objetos de contrabando y les dijo a los capateces del dormitorio —todos prisioneros polacos jóvenes— que los registraran. Las pertenencias que se llevaron iban desde papel y lápiz a boquillas de cigarro y navajas, así como dinero y suéteres: todos objetos muy preciados. Algunos de los más atrevidos —entre los que estuvo Gustl Herzog— discutieron con los polacos y se negaron a entregarles sus posesiones. Les pegaron con tubos de goma. Cualquier hombre que hablara se llevaba una paliza. Muchos de los objetos que perdieron tenían un enorme valor para ellos, eran recuerdos que les habían mantenido vivos los ánimos o, en el caso de las ropas de abrigo, habían hecho que su cuerpo y su alma permanecieran juntos durante el invierno anterior.

Finalmente, los capataces llevaron a los hombres a los dormitorios con literas y les asignaron su sitio: dos hombres por cama, una cobija para cada uno. Gustav consiguió que le asignaran la misma cama que a Fritz. Fue como la primera noche en la tienda de Buchenwald, pero, por lo menos, allí había suelo y un techo firme. Sin embargo, también tenían la certeza de que la vida en Auschwitz sería tan cruel como breve.

אבא

El tercer día recibieron los tatuajes. Aquella práctica era exclusiva de Auschwitz y habían empezado a aplicarla el otoño anterior. Hicieron fila en la oficina del registro, cada hombre se arremangó la manga izquierda y les hicieron el tatuaje en el brazo con una aguja.

Gustav todavía tenía en el antebrazo la cicatriz de la herida de bala de enero de 1915. Al lado, le pusieron el número 68523 a pinchazos con tinta azul.[28] Lo registraron como *Schutz Jude*, «judío en custodia protectora»; apuntaron su lugar y fecha de nacimiento y su oficio.[29] Como se había trasladado por voluntad propia, Fritz estaba casi al final de la lista y recibió el número 68629. Escribieron que su profesión era peón de obra.

Luego volvieron al barracón. Pasaban los días, pero no los destinaban a ningún destacamento de trabajo y los dejaban más o menos en paz, a excepción de los rituales del campo.

No había plaza y el recuento se hacía en la calle, delante del barracón. Los capataces polacos y el encargado del bloque —el *blockowi,* como lo llamaban los polacos— repartían la comida. Los polacos odiaban a los judíos austriacos y alemanes —tanto por alemanes como por judíos— y les dejaron claro que no tenían ninguna oportunidad de sobrevivir mucho tiempo en Auschwitz; los habían mandado allí para matarlos. A la hora de comer, les hacían ponerse en fila y cuando le llegaba el turno a un hombre, el *blockowi* le daba un tazón y una cuchara y lo empujaba para que siguiera avanzando. Un capataz le servía un cucharón de estofado aguado de una cubeta y un joven polaco que había al lado con una cuchara en la mano le quitaba enseguida cualquier trozo de carne que viera en el tazón. Hasta los prisioneros más impasibles de Buchenwald se indignaban con aquel ritual, pero cualquier hombre que se quejara se llevaba una paliza.

A Gustav, que oficialmente era polaco de nacimiento y hablaba la lengua, lo trataban un poco mejor que a los demás. Durante aquellos primeros días, conoció a otros polacos mayores, que le contaron cómo funcionaba Auschwitz y confirmaron lo que Gustav había oído sobre el fatal y terrible objetivo de aquel lugar.

El recinto era mucho más pequeño que Buchenwald, con solo tres hileras de siete bloques. Le contaron que aquel era el campo principal, Auschwitz I.[30] A un par de kilómetros, al otro lado de las vías, habían construido un segundo campo, Auschwitz II, en el pueblo de Brzezinska, que los alemanes llamaban Birkenau, «el Bosque de Abedules» (a las SS les gustaban los nombres pintorescos para sus lugares de sufrimiento).[31] Birkenau era grande, estaba construido para contener a más de cien mil personas y equipado para asesinarlas a escala industrial. Auschwitz I tenía sus propias instalaciones para matar: el infame bloque 11 —el Bloque de la Muerte— en cuyo sótano se habían llevado a cabo los primeros experimentos con gas venenoso. El patio cercado que había fuera del bloque era muy conocido por ser donde se encontraba el Muro Negro, delante del que fusilaban a los prisioneros condenados.[32] Si iban a mandar a los prisioneros de Buchenwald a Birkenau o si iban a morir allí todavía estaba por descubrirse.

A la luz del día, Gustav comprendió por qué aquel entorno le resultaba tan familiar, especialmente los edificios de ladrillo bien construidos. Las SS no habían construido Auschwitz, sino que habían usado un viejo cuartel militar edificado por el Ejército austriaco antes de la Primera Guerra Mundial. A partir de 1918, lo había usado el Ejército polaco y ahora las SS lo habían convertido en un campo de concentración. Habían añadido barracones y lo habían rodeado con una valla electrificada, pero era claramente el mismo sitio. Fue allí donde el cabo Gustav Kleinmann, herido, había sido hospitalizado en 1915; allí mismo, al lado del Sola, el río que bajaba del lago que estaba junto al pueblecito donde él había nacido. La última vez que había visto aquel lugar estaba cubierto de nieve y lleno de soldados austriacos. Y él era un héroe herido al que trataban una herida de bala que ahora tenía un tatuaje de prisionero al lado.

Era como si aquella parte del mundo no lo dejara ir; lo había visto nacer, crecer, casi lo había matado una vez y estaba decidida a arrastrarlo hasta allí otra vez.

בן

Cuando hacía nueve días que los prisioneros de Buchenwald habían llegado a Auschwitz, hubo una demostración del carácter infame del campo. Llevaron a doscientos ochenta prisioneros polacos al Bloque de la Muerte para ejecutarlos; al darse cuenta de lo que les esperaba, algunos de ellos se resistieron. No iban armados y eran débiles, y los hombres de las SS los mataron pronto y llevaron al resto al Muro Negro. Uno de los condenados le pasó una nota para su familia a un miembro del Sonderkommando, pero las SS la descubrieron y la destruyeron.[33]

«Aquí hay muchas cosas que dan miedo —escribió Gustav—. Hay que tener mucho temple para aguantarlas.»

A algunos les empezaba a fallar la serenidad; uno de ellos era Fritz. El temor, exacerbado por el limbo en el que los tenían, había ido creciendo en su interior. Se había acostumbrado tanto a su labor diaria como albañil y al hecho de deberle la supervivencia a su situación en el destacamento de construcción que no tener trabajo le afectaba los nervios. Sentía que, más pronto que tarde, lo considerarían una boca inútil y lo mandarían al Muro Negro o a las cámaras de gas, como a todos. El recelo se convirtió en angustia y miedo. Se convenció de que la única manera de salvarse era presentándose ante alguna autoridad y pidiendo que le dieran trabajo.

Les confesó sus pensamientos a su padre y a algunos amigos cercanos. Ellos le desaconsejaron rotundamente aquella idea temeraria, recordándole que la regla fundamental para sobrevivir era no llamar la atención nunca, ni una pizca, pero Fritz era joven y testarudo, y estaba convencido de que, si no lo hacía, estaba perdido.

La primera persona con la que habló fue con el *Blockführer* de las SS. Con el valor que le daba la desesperación, Fritz se presentó.

—Soy un buen albañil —dijo—, me gustaría que me asignaran un trabajo.

El hombre lo miró incrédulo, echó un vistazo a la estrella que llevaba en el uniforme y se rio.

—¿Desde cuándo hay albañiles judíos?

Fritz le juró que era cierto y el *Blockführer* —extrañamente cordial para ser un guardia de las SS— lo llevó ante el *Rapportführer,* el aparentemente simpático sargento Gerhard Palitzsch.

Palitzsch era uno de los pocos hombres de las SS que cumplían con el ideal ario de belleza atlética y cincelada, y tenía una actitud agradable y serena. Era una ilusión peligrosa. El número de asesinatos de Palitzsch no tenía parangón. La cantidad de prisioneros que había matado personalmente en el Muro Negro era incontable; su arma preferida era un fusil de servicio y disparaba a las víctimas en la nuca con una indiferencia que impresionaba a sus compañeros de las SS. El comandante de Auschwitz, Rudolf Höss, solía observar las ejecuciones de Palitzsch y nunca percibió «ni un ápice de emoción en él», mataba «impasible, sin alterarse, con una cara impávida y sin prisa».[34] Si había algún retraso, dejaba el fusil y silbaba alegremente o charlaba con sus compañeros hasta que podían proseguir. Estaba orgulloso de su trabajo y no sentía ni el más mínimo cargo de conciencia. Los prisioneros lo consideraban «el más cabrón de Auschwitz».[35]

Y aquel era el hombre cuya atención Fritz había decidido llamar. La reacción de Palitzsch fue la misma que la del *Blockführer,* nunca había oído hablar de un albañil judío, pero aquello lo intrigó.

—Te pondré a prueba —le dijo, y añadió—: Si has intentado engañarme, recibirás un tiro.

Le ordenó al *Blockführer* que se llevara al prisionero y lo hiciera construir algo.

Este llevó a Fritz a unas obras que había cerca. El kapo, desconcertado, le proporcionó los materiales y, pensando que podía confundir a aquel judío arrogante, le ordenó que construyera un entrepaño —la pared vertical entre dos ventanas—, una tarea imposible para alguien que no fuera diestro en albañilería.

A pesar de la amenaza que lo sobrevolaba, Fritz se sintió totalmente tranquilo por primera vez desde hacía semanas. Agarró una cuchara de albañil y un ladrillo y se puso a trabajar. Movió las manos deprisa y con destreza, tomó mezcla de la cubeta y la puso en la primera hilera, pasó la punta de la cuchara serpenteando por la mezcla para extender la pasta gris y rebanó el sobrante de los lados con pasadas rápidas de la cuchara. Tomó un ladrillo, le puso mezcla y lo colocó, quitó el sobrante y luego colocó otro y otro más. Trabajó con la rapidez silenciosa que había aprendido bajo la mirada de los supervisores de las SS y las hileras pronto se fueron alzando planas, rectas y niveladas. Para sorpresa del kapo, pronto tenía la base de un entrepaño limpio y perfectamente firme.

Dos horas después, estaba otra vez en la entrada del campo, escoltado por un *Blockführer* muy asombrado.

—Sí que sabe construir —le dijo a Palitzsch.

La cara habitualmente impasible de Palitzsch mostró descontento; la idea de que un judío fuera albañil —un trabajador honesto— iba contra su idea de lo que era verdadero y correcto. No obstante, se apuntó el número de Fritz y lo hizo volver al barracón.

No hubo cambios inmediatos, pero, entonces, el 30 de octubre, cuando hacía once días que habían llegado de Buchenwald, llegó la hora de la verdad.

Después del recuento de la mañana, todos los prisioneros judíos que habían llegado hacía poco desfilaron para que los inspeccionara un grupo de oficiales de las SS. Además de los cuatrocientos de Buchenwald, había más de mil de Dachau, Natzweiler, Mauthausen, Flossenbürg y Sachsenhausen, así como 186 mujeres de Ravensbrück; en total, 1 674 personas.[36] Les ordenaron que se desnudaran y que caminaran poco a poco por delante de los oficiales para que los pudieran evaluar. Los que parecían viejos o enfermos tenían que ir a la izquierda y los demás a la derecha. Todo el mundo sabía perfectamente qué suponía tener que ir a la izquierda. La proporción de seleccionados parecía ser del 50 por ciento.

Le llegó el turno a Fritz. Mientras se acercaba, el oficial al mando lo miró de arriba abajo e indicó la derecha de inmediato.

Luego Fritz se quedó allí plantado observando cómo seguía el deprimente espectáculo. Finalmente, le llegó el turno a su padre. Gustav tenía más de cincuenta años y había sufrido mucho aquel año. Varios cientos de hombres de su edad y más jóvenes habían tenido que ir hacia la izquierda. Fritz observó, con el corazón latiéndole con fuerza y aguantando la respiración, como los oficiales miraban a su padre de arriba abajo con atención. La mano se levantó… Y apuntó a la derecha. Gustav caminó hacia allí y se puso al lado de Fritz.

Al final, más de seiscientas personas —entre las cuales había unos cien prisioneros de Buchenwald y prácticamente todos los de Dachau— fueron condenados como no aptos. Muchos eran viejos amigos y conocidos de Gustav y Fritz. Los hicieron marchar hasta Birkenau y no se les volvió a ver.[37]

«Y así empezamos en Auschwitz los buchenwaldianos —recordaría Fritz más tarde—. Ya sabíamos que estábamos condenados a morir.»[38]

Pero todavía no. Después de la selección, los ochocientos hombres que quedaron también tuvieron que salir del campo. En lugar de ir hacia el oeste y cruzar las vías para llegar a Birkenau, los llevaron hacia el este. Las SS tenían trabajo para ellos; tenían que construir un campo nuevo. Cruzaron el río, dejaron atrás la ciudad de Oświęcim y fueron hacia el campo.

Mientras marchaban, dirigidos de la manera violenta que les era familiar, los prisioneros de Buchenwald se sintieron tremendamente aliviados por sus circunstancias. Estaban vivos y eso lo era todo. Nadie sabía si la intervención de Fritz había provocado aquel cambio sembrando la idea de que los judíos podían ser obreros, pero Gustav creía que sí. «Fritzl vino conmigo por voluntad propia —escribió en su diario—. Es un compañero leal, siempre está a mi lado y se ocupa de todo. Todo el mundo lo admira y es un verdadero compañero para todos.» Por lo menos para algunos de ellos, la acción temeraria de Fritz los había salvado de la cámara de gas.[39]

12

AUSCHWITZ-MONOWITZ

Si un avión hubiera sobrevolado el sur de Polonia hacia el este en un día de noviembre de 1942, la gente de dentro habría visto pocas señales de la ocupación alemana, solo pueblecitos rurales y viejas ciudades atravesados por carreteras y ríos serpenteantes.

Cerca de Cracovia, una figura emerge de los campos cerca de la línea marrón de ferrocarril, un rectángulo vasto de más de un kilómetro de largo y casi igual de ancho, lleno de hileras e hileras e hileras de barracones alargados. Hay torres de vigilancia que son puntos a lo largo de la valla del perímetro y, cerca, entre unos árboles, hay varios edificios apartados que sueltan humo.

Más lejos, al otro lado de las vías, se amontona un grupo de edificios. Es el campo de Auschwitz, que se puede distinguir entre la masa gris de talleres por los tejados de terracota de sus barracones. El río, una fina línea plateada con bosques de verde oscuro a ambos lados, se desvía hacia el sur, hacia la vieja ciudad de Kęty —donde Gustav Kleinmann estuvo acuartelado antes de la Primera Guerra Mundial— y las montañas Beskides. Más allá, justo donde no alcanza la vista, el lago y el pueblecito de Zabłocie, donde Gustav pasó la infancia.

A varios kilómetros de Oświęcim, aparece una nueva cicatriz en el paisaje: una mancha vasta y oscura en una curva del Vístula. Antes, allí solo estaba la tranquila aldea de Dwory; ahora, hay un área de tres kilómetros de largo y más de uno de ancho, sin vegetación, cuadriculada por carreteras y caminos, y llena de punta a punta de obras, con motas que son oficinas, talleres, fábricas y esqueletos de muchos edificios más a medio construir a los que se les ven las venas: las tuberías, silos y chimeneas de acero reluciente. Es la Buna Werke, una fábrica de químicos cuyas obras van ya muy retrasadas.

En la esquina más alejada, donde estaba la aldea de Monowitz hasta que las SS la vaciaron, se encuentran los comienzos de un campo nuevo. Es un simple rectángulo marcado entre los prados, minúsculo al lado de la extensión del complejo industrial, con solo unos cuantos barracones, algunas calles inacabadas y obras moteadas por los puntitos de los prisioneros que trabajan duro.

בן

Fritz se mantenía centrado en la tarea que tenía delante, como si todo lo que existiera, todo su mundo, fuera aquella pared y todo su ser no fuera más que una máquina que la levantaba y la ensanchaba poco a poco. La única forma de mantenerse cuerdo era concentrarse en lo minúsculo, en lo alcanzable, y en su capacidad de materializarlo.

—¡Ritmo, ritmo! ¡Deprisa, deprisa! —bramó la voz del kapo polaco, Petrek Boplinsky, por toda la obra.

El hombre solo sabía unas pocas palabras en alemán y parecía que la única que oían era *schneller!*, mientras se paseaba con su vara golpeando a los que cargaban los ladrillos y la mezcla. La marcha para construir el campo era furiosa; la presión para que aceleraran venía del mando más alto y solo los más fuertes y sanos podían sobrevivir a aquel ritmo. Pocos de los prisioneros medio desnutridos podían aguantarlo.

—*Pięć na dupę!*[*] —gritó Boplinsky, y a continuación se oyó cómo golpeaba con la vara a un pobre cargador cinco veces en el trasero. Sin levantar la vista, los demás hombres se dieron algo más de prisa.

Habían pasado un par de semanas desde que Fritz y los demás habían llegado al subcampo de Monowitz.[1] Había sido un infierno en vida, al nivel de lo peor que habían vivido en Buchenwald. Muchos no habían sobrevivido a la embestida inicial.

Después de la caminata de tres horas desde Auschwitz I, habían conducido al rebaño de los nuevos a sus bloques. Casi no había campo de concentración, solo campo abierto con algunos barracones de madera, sin valla y solo un cordón de centinelas para que no huyeran.[2] Los barracones eran primitivos y estaban sin terminar, sin luz ni un lugar para lavarse. El único suministro de agua eran unas bocas de riego que había por el campo. Todavía no había cocinas, por lo que les traían la comida cada día de Auschwitz I.

Al principio, habían puesto a los nuevos a cavar para hacer caminos. A Fritz también. Los supervisores de Monowitz no parecían conocer sus habilidades. Llovió mucho y la tierra se volvió barro, lo que convirtió cavar en un infierno e hizo que las carretillas se hundieran en el lodo. Los hombres volvían a los barracones cada noche calados hasta

[*] «¡Cinco en el culo!», en polaco.

los huesos y exhaustos. No había calefacción, pero los *Blockführers* y *Rapportführers* de las SS esperaban igualmente que se presentaran en el recuento de la mañana con la ropa y los zapatos limpios y secos. Durante aquellos primeros días, Fritz observaba con preocupación a sus compañeros mayores y menos sanos, especialmente a su padre. No podrían aguantar aquello mucho tiempo.

Cavando barro, Fritz vio cómo el campo empezaba a tomar forma con las vallas y los cimientos de las torres de vigilancia. Él sabía que la salvación consistía en conseguir que lo trasladaran al destacamento de construcción.

Un día, el sargento de las SS Richard Stolten, el encargado del trabajo en Monowitz, pasó cerca. Los guardias de las SS estaban especialmente de mal humor; todavía no había barracones para ellos y, cada día, por turnos, los llevaban allí desde Auschwitz I en camión. Detestaban trabajar en Monowitz y se irritaban fácilmente. Fritz consideró que valía la pena arriesgarse; si las cosas seguían así, su padre moriría.

Dejó la pala y corrió detrás de Stolten llamándolo.

—Número 68629, soy albañil —dijo hablando rápido antes de que el sargento pudiera reaccionar. Señaló a sus compañeros—. Venimos de Buchenwald; muchos somos buenos albañiles.

Stolten lo estudió y llamó al kapo.

—Entérate de cuáles de estos judíos son albañiles —dijo— y apúntate sus números.

Fue así de simple. En cualquier otro momento, Fritz se hubiera ganado una paliza, pero la situación era desesperada. Himmler y Goering estaban presionando mucho para que se terminara la Buna Werke y se pusiera en funcionamiento, algo que no se podía hacer hasta que el campo estuviera acabado. Fritz notaba la urgencia.

Muchos de los compañeros de Fritz se hicieron pasar por trabajadores de la construcción para que los trasladaran con él, incluido su padre. La ebanistería estaba entre las habilidades de tapicero de Gustav y se hizo pasar por carpintero. Mientras Fritz ponía cimientos y suelos, su padre ayudaba con las piezas de madera prefabricadas con las que se construían los barracones.

Al otro lado de la carretera entre Oświęcim y Monowitz, se alzaba amenazadora la Buna Werke, la descomunal fábrica a medio construir. El complejo pertenecía al gigante químico IG Farben y, cuando se terminara, produciría combustible sintético, goma y otros productos químicos para el esfuerzo bélico alemán.[3] La guerra estaba siendo más intensa y difícil de lo que se esperaba y había una demanda febril de combustible y goma. El acuerdo de la empresa con las SS le proporcionaba una cantidad ilimitada de mano de obra esclava procedente de Auschwitz para la construcción del complejo y el trabajo en las fábricas a cambio de pagar a las SS de tres a cuatro marcos al día por persona (que iban directos a las arcas de las SS). Además de ser más barato que pagar sueldos a trabajadores civiles, el acuerdo suponía un gran ahorro para la empresa en instalaciones para los trabajadores, ayudas por enfermedad, vacaciones y otros costos de empleo. La productividad sería menor debido a las malas condiciones físicas de los maltratados prisioneros, pero la empresa consideraba que el ahorro lo compensaba.[4] Los trabajadores que estuvieran demasiado enfermos o destrozados como para trabajar se podían mandar simplemente a las cámaras de gas de Birkenau y ser sustituidos por los nuevos reclusos que llegaban constantemente de todos los territorios conquistados por Alemania.

Los nuevos reclusos —muchos de los cuales eran judíos

que traían directamente de Europa occidental y Polonia— no habían pasado por el tamiz de los campos de concentración y no estaban tan curtidos como los prisioneros veteranos. Tampoco conocían las técnicas de supervivencia. El ritmo de trabajo, los abusos, la desnutrición y la falta de cuidados médicos los dejaban destrozados rápidamente. Gustav calculaba que entre ochenta y ciento cincuenta pobres desgraciados desaparecían de Monowitz cada día; los enviaban a las cámaras de gas sin que nadie supiera sus nombres ni conociera sus historias.

Las oleadas de traslados le trajeron malas noticias a Fritz; entre los recién llegados había dos viejos amigos de Buchenwald: Jule Meixner y Joschi Szende, que fueron trasladados temporalmente a Natzweiler unos meses antes. Ellos le dijeron que allí habían asesinado a Leo Moses. Después de que hubiera sobrevivido ocho años en los campos, finalmente las SS habían acabado con él. Aquella trágica injusticia era atroz. Fritz se acordó de la primera vez que se vieron en la cantera, cuando Leo le había ofrecido las pastillitas negras, y de la vez que Leo había usado su influencia para que trasladaran a Fritz al equipo de Siewert, donde estaría a salvo. El pobre Leo, el curtido y bondadoso comunista, había sido su amigo más querido y Fritz lloró su pérdida.

Si Fritz había aprendido algo de Leo era que la bondad se podía encontrar en los lugares más inesperados. Y así se demostró. Las SS trajeron trabajadores asalariados de Alemania y, por primera vez desde que habían entrado en un campo de concentración, Fritz y Gustav trabajaron con civiles. Aquellos hombres temían a las SS y tenían prohibido hablar con los prisioneros, pero, poco a poco, se fueron volviendo más comunicativos. Fritz averiguó que no eran nazis comprometidos, pero tampoco eran hostiles a la causa nazi. Cuando intentaba indagar más sobre qué pensaban de que trataran a los prisioneros como esclavos, todos mantenían una misma posición. Sin embargo, algunos, por lo menos, eran compasivos; su trato se volvió más cálido y empezaron a dejar por ahí trozos de pan después de comer y las colillas de cigarros que tiraban eran más largas que antes y aún les quedaba mucho tabaco. El capataz de los civiles, al que llamaban Frankenstein por su cráneo angular y su constante expresión de ferocidad, resultó ser más amable de lo que parecía; nunca gritaba ni regañaba a los prisioneros y su actitud influenció al kapo Boplinsky, que se volvió más accesible y dejó de usar tanto la vara con los cargadores.

Gustav pudo descansar brevemente del trabajo al aire libre cuando los primeros bloques estuvieron acabados. Llegaron camiones llenos de literas y pacas de paja. A Gustav y a otros prisioneros los pusieron a rellenar sacos de yute para hacer colchones. Disfrutó un poco cosiendo los colchones más deprisa y mejor que nadie.

El descanso terminó pronto y tuvo que volver al exterior. Con las paredes de los barracones de su lado del campo ya construidas, tenía que volver a enfrentarse al trabajo más duro. Y todavía era peor la posibilidad de que lo mandaran a las obras de la Buna Werke. Los hombres que trabajaran allí volvían cada noche medio muertos y contando historias terroríficas. Era como volver a la cantera de Buchenwald. A menudo, los prisioneros regresaban en camilla. Cualquier hombre que no pudiera mantener el ritmo era mandado a Birkenau.

Con una determinación calmada, Gustav decidió evitar esa suerte. Cada mañana, cuando el sargento Stolten decía en voz alta las tareas que requerían trabajadores expertos, Gustav se presentaba voluntario. Tanto si necesitaban techadores como cristaleros o carpinteros, Gustav estaba ahí y juraba que sabía cómo hacer el trabajo. Y consiguió arreglárselas, día a día, haciendo como si tuviera habilidades de construcción de todo tipo. Fritz se preocupaba por las consecuencias que tendría que sufrir si los de las SS lo descubrían. Su padre se encogía de hombros: era listo y sabía trabajar con las manos, creía que no había oficio que no pudiera dominar lo suficientemente bien como para evitar que los imbéciles de las SS se dieran cuenta.

Conforme se iban terminando de construir los barracones, se iban llenando de nuevos prisioneros, a los que mandaban a trabajar en las obras de la fábrica. Las condiciones del campo eran inconcebiblemente espantosas, incluso para los veteranos: los barracones estaban abarrotados, fríos y sucios. Las instalaciones sanitarias eran insuficientes y empezó a propagarse la disentería. Cantidades desmesuradas de prisioneros morían cada día.

Y, sin embargo, era poco comparado con lo que pasaba en Birkenau. Cada día, llegaban tres o cuatro camiones llenos de judíos que habían sobrevivido a la selección en Birkenau. Contaban historias horribles sobre el saqueo a las víctimas por parte de las SS: «En Birkenau duermen sobre dólares y libras que traen los holandeses —escribió Gustav enfadado—. En las SS son millonarios y todos abusan de chicas judías. Dejan vivir a las atractivas y a las otras las tiran a la basura».

El invierno polaco llegó con fuerza y congeló la tierra. La calefacción de Monowitz seguía sin funcionar y las cocinas estaban en condiciones lamentables. En Navidad, se rompieron los fogones y los prisioneros estuvieron dos días sin comer. Ni siquiera tuvieron los pedazos de pan duro que solían dejarles los civiles, porque estaban de vacaciones. Finalmente, tuvieron que traer la comida en camiones desde Auschwitz I.

A Fritz y a su padre les asignaron barracones diferentes, lo que les afligió. Se veían por la noche y hablaban de su situación. A Fritz le parecía que las cosas no habían ido nunca tan mal. Estaba perdiendo la esperanza. Dos meses y medio después de haber llegado a Auschwitz-Monowitz, la mayoría de sus compañeros de Buchenwald estaban muertos. Habían asesinado a todos los *Prominenten* austriacos: a Fritz Löhner-Beda, el letrista de la «Canción de Buchenwald», lo habían matado de una paliza en diciembre por no esforzarse lo suficiente en el trabajo; Robert Danneberg, el político socialdemócrata, había corrido la misma suerte, igual que el doctor Heinrich Steinitz, abogado y escritor… La lista seguía; todos muertos. La muerte más dura para Fritz fue la de Willi Kurtz, el boxeador, el kapo del huerto de Buchenwald que había ayudado a Fritz y a sus amigos a sobrevivir a su calvario allí.

Fritz desahogaba todos sus miedos con su padre cuando se encontraban por la noche. Gustav le decía que no perdiera la esperanza.

—Ve con la frente alta —decía—. Hijo, ¡los asesinos nazis no nos vencerán!

Pero aquello no lo tranquilizaba. Todos sus amigos habían vivido con la misma filosofía valerosa y la mayoría estaban muertos.

En la intimidad de sus pensamientos, a Gustav le costaba ser fiel a sus propias consignas. En secreto, le confiaba sus miedos al diario. «Cada día se llevan a gente. A veces es desgarrador, pero me digo a mí mismo: "Ve con la frente alta, llegará el día en el que serás libre. Tienes buenos amigos a tu lado, así que no te preocupes, siempre tiene que haber contratiempos".» Pero ¿cuántos contratiempos puede soportar un hombre? ¿Cuánto tiempo podía seguir con la frente alta y evitando la muerte?

Hasta los más sanos tenían pocas probabilidades de sobrevivir. Estaban llevando a cabo la Solución Final y hasta los judíos fuertes y útiles para trabajar eran conducidos a la muerte deliberada y metódicamente. El valor que aportaban con su trabajo no era tan importante; si uno moría, pues bueno, era un judío menos que andaba dando problemas por el mundo. Había diez más que podían hacer ese trabajo. Si alguien quería sobrevivir, tendría que ser gracias a su habilidad, al compañerismo y a una suerte extraordinaria.

La habilidad y la suerte de Gustav confluyeron justo a tiempo. En enero, lo nombraron talabartero del campo. Era el responsable de toda la talabartería y tapicería de Monowitz —sobre todo, tenía que hacer reparaciones para las SS—. Era un trabajo resguardado del clima salvaje y, una vez que funcionó la calefacción, hasta estaba cálido.

Así se sentía casi a salvo. Gustav era plenamente consciente de que otros no tenían tanta suerte y de que la seguridad nunca duraba mucho.

13

EL FIN DE GUSTAV KLEINMANN, JUDÍO

בן

Se levantaron los edificios en el campo de Monowitz. La doble valla electrificada estaba en pie, los barracones de los prisioneros, casi terminados, y los de las SS, en proceso. Durante las primeras semanas de 1943, Fritz ayudó a construir los estacionamientos del cuartel y un puesto de mando para los *Blockführers* en la entrada principal.

Trabajó codo con codo con un albañil civil. Como muchos otros, ese hombre no hablaba con los prisioneros, pero mientras que los demás evitaban las conversaciones, este hombre hacía como si Fritz no existiera. Pasaban los días y no soltaba palabra. Fritz se acostumbró a su presencia siniestramente silenciosa hasta que un día, sin más, el hombre murmuró sin levantar la cabeza:

—Yo estuve en los páramos de Esterwegen.

Fue casi inaudible, pero Fritz dio un respingo. El hombre siguió trabajando sin perder el ritmo, como si no hubiera dicho nada.

Esa noche, Fritz les contó a su padre y sus amigos aquella declaración críptica. Lo entendieron inmediatamente. Esterwegen había sido uno de los primeros campos de concentración nazis y había formado parte de un conjunto de campos que se habían establecido en los páramos apenas poblados del noroeste de Alemania en 1933. Los campos se habían construido para encarcelar a enemigos políticos, especialmente a miembros del Partido Socialdemócrata. Los dirigían las SA, que fueron tan caóticamente crueles que, cuando las SS quedaron al cargo en 1934, parecían hasta civilizadas en comparación.[1] Muchos de los prisioneros fueron liberados más adelante y el silencioso compañero de trabajo de Fritz debía de ser uno de ellos. Con razón era tan reacio a socializar, debía de tener un miedo constante a llamar la atención y que lo volvieran a encarcelar.

Al confiarle aquello a Fritz, el hombre había roto la maldición. Nunca volvió a hablarle, pero, cada mañana, Fritz encontraba regalos al lado de la cubeta de la mezcla. Un trozo de pan y algunos cigarrillos. Eran cosas pequeñas, pero muy gratas, y le podían salvar la vida.

Al trabajar con civiles libres, recibir muestras de caridad y disfrutar de la vida privilegiada de un operario cualificado que no tenía que emplearse en las obras de la fábrica, Fritz empezó a recobrar el ánimo y a relajarse más. Después de pasar más de tres años en los campos, tendría que haber sabido que no podía relajarse.

Un día estaba trabajando en el andamio que había alrededor del armazón del edificio de los *Blockführers,* a medio construir. Pensaba en un comentario que una vez hizo su abuelo. El viejo Markus Rottenstein había sido empleado de banco, especializado en taquigrafía, en el prestigioso Boden Credit de Viena, el banco de la familia imperial.[2] Tenía una opinión firme sobre el estatus de su pueblo en la sociedad: pensaba que los judíos tenían que ser prominentes y civilizados, y que no debían tener oficios manuales. Justo en aquel momento, un amigo de Fritz que trabajaba en la columna de transporte llegó cargado de materiales de construcción y lo llamó:

—Eh, Fritz, ¿qué cuentas?

—Nada —respondió Fritz, y señaló a su alrededor—. Mi abuelo siempre decía: «El lugar de un judío es un café, no un andamio».

La carcajada se le murió en la garganta cuando una voz alemana furiosa lo llamó desde abajo.

—¡Judío, baja del andamio!

Con el corazón acelerado, Fritz bajó por la escalera y se vio frente al teniente Vinzenz Schöttl, director del campo de Monowitz.

Schöttl era una bestia desagradable de ver, con ojos de serpiente y cara de pan. Su principal interés era conseguir bebida y lujos de contrabando, pero tenía un carácter caprichoso y volátil y, cuando se enfadaba, era completamente aterrador.[3] Una vez, cuando les encontraron piojos a algunos reclusos, Schöttl mandó a todo el bloque a la cámara de gas. Miró furioso a Fritz.

—¿De qué te reías, judío?

—Era solo una cosa que decía mi abuelo —respondió Fritz poniéndose firme y quitándose el gorro.

—¿Y qué decía tu abuelo que era tan gracioso?

—Decía: «El lugar de un judío es un café, no un andamio».

Schöttl se quedó mirándolo. Fritz apenas se atrevía a respirar. De pronto, la cara de pan se abrió y dejó ir una carcajada.

—¡Fuera de mi vista, cerdo judío! —dijo Schöttl, y se fue riendo.

Sudando, Fritz volvió a subir por la escalera. Casi había pagado el precio de la complacencia. La seguridad no existía.

בן

El flujo de judíos que llegaban a Monowitz seguía creciendo. A Fritz y a los otros veteranos les preocupaba lo inocentes que eran algunos. Habían pasado la selección en Birkenau y sus esposas, madres, hijos y padres habían ido hacia un lado mientras que ellos —los hombres jóvenes— habían ido hacia el otro. No tenían ni idea de lo que les pasaría a sus familias y esperaban volver a verlas.

Fritz no tenía el ánimo de contarles la verdad y hacer añicos sus esperanzas. Al final, inevitablemente, terminaban por descubrirlo: sus esposas, hijos, madres, hermanas y padres habían muerto todos en las cámaras de gas. Algunos caían en un letargo depresivo. Les habían arrancado el corazón. Iban por ahí en un estado de apatía total, sin cuidarse y, poco a poco, se unían a las filas de los desesperados, consumiéndose hasta ser solo piel y huesos, llenos de costras, con la mirada y el alma vacías. En el argot del campo, aquellos muertos vivientes eran conocidos como *Muselmänner,* «musulmanes». El origen de aquel uso de la palabra se perdió en la sabiduría popular del campo, pero algunos decían que era porque, cuando aquellas pobres almas ya no aguantaban más y caían, quedaban en una postura que recordaba a la de un musulmán cuando rezaba.[4] Cuando alguien se convertía en un *Muselmann,* los demás prisioneros lo evitaban; le cerraban sus corazones, en parte por el asco y en parte por el miedo a volverse así.

Una vez que terminaron las obras, Fritz estuvo entre los seis afortunados que Stolten seleccionó para trabajar en el bloque de duchas del campo. Puso cemento e instaló la calefacción supervisado por un capataz civil que casi lo volvió loco. Jakob Preuss era todo ruido y bravatas delante de las

SS. Gritaba constantemente a los prisioneros y, si un guardia o un oficial se acercaba, Preuss saludaba y gritaba *Heil Hitler!* Ponía a Fritz de nervios.

Un día, Preuss llamó a Fritz a su oficina.

—¿Qué te crees que haces con ese ritmo de trabajo? —preguntó.

Aquello tomó a Fritz por sorpresa. Sabía que no tenía que holgazanear y nunca antes se habían quejado de su trabajo.

—Si sigues trabajando tan deprisa, acabaremos pronto y me mandarán al frente —le dijo Preuss bajando la voz.

Fritz no supo qué decir, estaba entre la espada y la pared. Si el ritmo de trabajo bajaba, los prisioneros corrían peligro. Sin embargo, si Preuss se inventaba algún pretexto para denunciarlo y vengarse, él podía morir. Fritz decidió que el camino más seguro era el de ir más lento. Preuss se volvió muy amigable y traía comida para sus trabajadores. Se le unió otro de los civiles alemanes, un soldador de Breslavia que se llamaba Erich Bukovsky. Ambos confesaron que querían que los nazis perdieran la guerra.

Empezaba a parecer que podía pasar. Hasta entonces, Alemania parecía invencible. Y, de pronto, en febrero, llegaron rumores de que las fuerzas alemanas en Stalingrado se habían rendido ante los rusos. Los nazis no eran invencibles.

Fritz oyó aquellas noticias esperanzadoras de un civil francés llamado Jean, a quien la mayoría llamaba simplemente Moustache por su arreglo facial extravagantemente encerado. Jean también le contó historias de la resistencia francesa. Fritz compartía ilusionado aquella información con su padre y sus amigos cuando se encontraban por las noches. Y, sin embargo, Stalingrado, el Reino Unido y África —los lugares en los que los aliados estaban ganando a los alemanes— estaban muy lejos de Auschwitz.

Los dedos de Gustav trabajaban diestramente en un panel de piel, recortándolo y pasando la aguja grande por el material duro y flexible. Aunque en el fondo no era feliz, estaba satisfecho con su día a día. No les faltaba el trabajo y ahora, en la práctica, era un kapo, con un puñado de trabajadores semicualificados a su cargo. Estar resguardados les había sido de gran ayuda durante los meses de invierno e, incluso a principios de mayo y con el verano en camino, era infinitamente mejor que estar en la columna de transporte o en las fábricas.

Viviendo día a día, Gustav se repetía que iba a sobrevivir. Fritz no compartía el mismo principio dogmático y positivo de optimismo decidido; nunca dejaba de preocuparse por todo: sus amigos, su padre, el futuro… Se preocupaba por Edith y Kurt y le inquietaba lo que habría sido de su madre y de Herta. Le resultaba repugnantemente fácil de imaginar al escuchar las historias que llegaban de Birkenau, especialmente los terribles rumores que filtraban los «portadores de secretos» que servían en el Sonderkommando de los crematorios. La ira crecía en él, nacida de la desesperación. Su carácter no era como el de su padre. Gustav intentaba no obsesionarse con las cosas. Bajaba la cabeza, hacía su trabajo y vivía día a día. En cambio, el odio de Fritz hacia los nazis pronto sería demasiado grande para ser contenido. No podía ni imaginarse qué tipo de explosión podía tener lugar cuando aquello ocurriera.

Con los pensamientos centrados en otras cosas, Gustav no tenía ni idea de que, mientras estaba allí sentado cosiendo, al otro lado de la carretera y las vías, en la Buna Werke, se estaba gestando una decisión que amenazaba con terminar abruptamente con su existencia relativamente cómoda.

La construcción de las fábricas todavía iba con mucho retraso[5] y desde Berlín habían enviado a un grupo de oficiales para investigarlo. Himmler necesitaba respuestas. El teniente Schöttl y los altos cargos de IG Farben les mostraron las obras. A los mandamases de las SS no les gustó en absoluto lo que vieron. El enorme complejo solo estaba a medio construir y no había unidades listas para empezar a producir. La planta de metanol estaba casi a punto, pero las plantas de goma y combustibles, que eran mucho más importantes, no lo estarían hasta pasados unos meses o quizá un año.

El descontento aumentaba por minutos. Se percataron de que alrededor de un tercio de los trabajadores de las obras eran prisioneros del campo, visiblemente más débiles y menos eficientes que los civiles asalariados. Su efectividad todavía se reducía más por la necesidad de estar vigilándolos y manteniéndolos juntos constantemente, pero lo que realmente repugnó a los visitantes fue que muchos de los prisioneros capataces fueran judíos. Schöttl les explicó que no tenía suficientes arios en Monowitz, casi todos los prisioneros que le mandaban allí eran judíos. Los visitantes lo fulminaron con la mirada y le dijeron que no podía ser, que los judíos no podían tener puestos de responsabilidad. Le ordenaron que hiciera algo para arreglarlo.

Unos días después, en el recuento de la tarde, Schöttl apareció acompañado del capitán de las SS Hans Aumeier, el demonio malvado que había recibido a los prisioneros de Buchenwald en Auschwitz. La cara porcina de Schöttl tenía un aire serio, como si tuviera que llevar a cabo una tarea muy importante. Subió al estrado, sacó una hoja de papel, leyó en voz alta los números de diecisiete prisioneros y les ordenó que salieran al frente. Entre ellos estaba el prisionero 68523: Gustav Kleinmann. Todos eran judíos que tenían puestos de capataces.

Todo el mundo supuso qué significaba aquello, solía haber selecciones como esa constantemente: se marcharían de Birkenau e irían a las cámaras de gas.

Aumeier observó de cerca a los hombres seleccionados, mirando con repulsión los distintivos de judío que llevaban en el uniforme. En la mayoría de los casos, eran de dos colores: una estrella de David formada por un triángulo rojo y uno amarillo que remitían al pasado, a cuando los nazis todavía necesitaban un pretexto para mandar a los judíos a los campos.

—Deshazte de ellos —ordenó Aumeier.

Un kapo que estaba cerca descosió la estrella del saco de Gustav, separó los dos triángulos y le devolvió el rojo. Hizo lo mismo con los otros dieciséis hombres y los dejó con el triángulo rojo en las manos y completamente desconcertados.

—Son presos políticos —anunció Aumeier—. Aquí no hay ningún judío en un puesto de autoridad. Recuérdenlo. Desde este momento, son arios.

Y eso fue todo. En lo que al régimen respectaba, Gustav Kleinmann ya no era judío. Con la simple alteración de una lista y un distintivo, dejó de ser una amenaza y una carga intrínseca para el pueblo alemán. Y aquella era la tremenda idiotez de la ideología racial nazi, representada a la perfección en un simple ritual de autoparodia.

Desde aquel momento, la vida de los judíos de Monowitz se transformó. Los diecisiete hombres convertidos en arios habían pasado a estar en un plano superior y, aunque no eran inmunes a los castigos, estaban a salvo de la persecución abierta y ya no eran animales a ojos de las SS.

Con aquellos puestos como capataces y kapos asegurados, pudieron ganar influencia y ayudar a sus compañeros judíos a conseguir trabajos mejores (una vez que hubo pasado el ritual y la plana mayor de las SS volvió a Berlín, Schöttl se olvidó pronto de la prohibición tajante de que los judíos no pudieran ocupar puestos de funcionarios). Gustl Herzog pasó a trabajar en la oficina del registro de prisioneros y, con el tiempo, llegó a ser el encargado, con varias decenas de prisioneros bajo su responsabilidad.[6] Jupp Hirschberg, otro antiguo prisionero de Buchenwald, se convirtió en el kapo de las cocheras de las SS, donde se encargaba del mantenimiento de los coches y de otros vehículos de las SS; estaba al tanto de todo tipo de chismes que le contaban los conductores, así como de información sobre todo el campo de Auschwitz y el mundo exterior. Otros consiguieron trabajos que iban desde encargado de bloque hasta barbero del campo. Entre todos mejoraron las condiciones de vida de los demás judíos. Los nuevos arios podían intervenir para evitar palizas, lograr raciones decentes y plantarles cara a los brutales kapos del triángulo verde.

Para Gustav aquello supuso tener algo más de seguridad en su cómoda vida laboral. Ahora corría poco peligro de que lo seleccionaran para ir a la cámara de gas y, mientras tuviera cuidado, no tendría que sufrir actos arbitrarios de violencia a manos de las SS.

No obstante, su cambio de estatus tuvo un efecto inesperado y fue devastador. Él y Fritz, que vivían en barracones separados, se habían acostumbrado tanto a encontrarse por las noches después del recuento que no le daban importancia; era rutinario, habitual. Una noche, estaban tan metidos en la conversación —recordando los viejos tiempos, sopesando el futuro, intercambiando noticias del campo— que no se dieron cuenta de que un *Blockführer* de las SS observaba con suspicacia aquella charla íntima.

Los interrumpió y empujó a Fritz con fuerza.

—Cerdo judío, ¿qué te crees que haces hablándole así a un kapo? —Fritz y su padre se pusieron firmes de un salto, completamente angustiados—. ¿Qué pretendes?

—Es mi padre —dijo Fritz perplejo.

Sin previo aviso, el puño del *Blockführer* se estampó con una fuerza terrible contra la cara de Fritz.

—Lleva un triángulo rojo, no puede ser padre de un judío.

Fritz estaba estupefacto, el dolor le rebotaba por el cráneo, nunca le habían dado un puñetazo así en la cara.

—Pero es mi padre —insistió.

El *Blockführer* le dio otro puñetazo.

—¡Mentiroso!

Fritz, completamente anonadado, no pudo evitar repetir su respuesta y recibir otro golpe brutal. Gustav se quedó allí horrorizado, impotente; sabía que, si intervenía, empeoraría la situación de ambos.

El *Blockführer*, encolerizado, tumbó a Fritz y su ira se disminuyó.

—Levántate, judío. —Fritz se levantó del suelo herido y sangrando—. Y ahora piérdete.

Cuando Fritz se alejaba agarrándose la cabeza, Gustav le dijo al *Blockführer:*

—Es mi hijo de verdad.

El *Blockführer* lo miró como si estuviera loco. Gustav se dio por vencido. Si le decía que era un judío al que habían convertido en ario, probablemente no cambiaría nada. De hecho, era muy posible que el *Blockführer* ya lo supiera, pero le diera igual. Era imposible comprender lo que los nazis tenían en la cabeza y todavía más difícil intentar razonar con ellos.

Auschwitz-Monowitz, que ya estaba totalmente construido, era un campo pequeño y sencillo. No tenía edificio en la entrada, simplemente tenía una verja por donde se abría la doble valla electrificada. Una única calle recorría el recinto a lo largo, con una distancia de solo cuatrocientos noventa metros.[7] Los barracones estaban a uno y otro lado de la calle: tres hileras a la izquierda y dos a la derecha. Más o menos a medio camino estaba la plaza del recuento con el taller de los herreros y el bloque de las cocinas a un lado. Había un borde de hierba muy cuidado, igual que los márgenes de los caminos y los jardines de todos los campos de concentración. El contraste entre el cuidado que se les daba a aquellas ornamentaciones y los abusos y asesinatos de seres humanos era una paradoja que enfurecía a algunos prisioneros.[8]

Un poco más adelante, en el lado izquierdo, estaba el bloque 7. Desde fuera, no se diferenciaba en nada de los demás: un barracón de madera no especialmente bien construido. Sin embargo, por dentro era muy especial, porque aquel bloque pertenecía a los *Prominenten* de Monowitz. Aquellos no eran como los *Prominenten* que Fritz había conocido en Buchenwald, no había famosos ni hombres de Estado, solo los kapos, los capataces y los hombres con tareas especiales; eran los prisioneros funcionarios, la aristocracia de los reclusos.[9] Gustav Kleinmann, talabartero del campo y recién nombrado ario, era uno de ellos. Había llegado allí como lo más despreciable del mundo y ahora estaba entre los más privilegiados.

Debido a su contento personal, Gustav se volvía cada vez menos consciente del sufrimiento de los demás o, por lo menos, cada vez le afectaba menos. Él trabajaba en un taller y los abusos solían ocurrir donde él no los veía. En las pocas ocasiones en las que sacaba el diario era para anotar que la paz se había instalado en el campo y que mandaban a menos prisioneros a las cámaras de gas —aunque fuera porque las selecciones de Birkenau se volvían más minuciosas a la hora de seleccionar a los más débiles y asesinarlos—. Gustav estimaba que entre un 10 y un 15 por ciento de cada traslado sobrevivía. «Al resto los matan en las cámaras de gas. Se ven las escenas más espantosas», pero, aun así, «todo está más tranquilo en Monowitz, es un campo de trabajo de verdad». Para los ojos experimentados de Gustav, su objetivo principal era explotar a los reclusos, no destruirlos, y la vida de horror dentro del campo era limitada en comparación con lo que había visto. Era como si, al final, hubiera perdido la capacidad de comparar todo aquello con el mundo normal y civilizado.

A pesar de eso, cargaba con dos grandes pesos en la espalda. Uno era su separación de Fritz. El otro era el hombre que se alzaba por encima de los *Prominenten* como un vampiro maligno y chupasangre: Josef Windeck, *Jupp,* el encargado del campo y jefe de todos los kapos y prisioneros funcionarios. Las SS no podrían haber elegido a un responsable más adecuado para sus ideales que Jupp Windeck.

Físicamente no era gran cosa —bajo y delgado, parecía un enclenque—, pero su aspecto físico escondía la mente de un tirano.[10] Sus rasgos anodinos y sin personalidad expresaban displicencia y desdén. Le encantaba dominar a sus hombres y pisotearlos para sentirse superior. Windeck era un alemán que había delinquido desde los dieciséis años, y había entrado y salido de prisiones y campos de concentración desde principios de los años treinta. Llevaba el triángulo negro de «asocial», un grupo que incluía a drogadictos, alcohólicos, sintecho, proxenetas, desempleados e «inmorales». Antes era encargado de campo en Auschwitz I y lo habían trasladado a Monowitz con los prisioneros de Buchenwald.

Inmediatamente, había establecido un reinado de corrupción, terror y extorsión. «Bueno, llegaban muchas cosas con los judíos —recordaría más tarde Windeck—, y nos hacíamos con ellas, claro que sí... Los kapos siempre nos quedábamos con lo mejor.»[11] Su principal aliado era un *Rapportführer* de las SS que se apellidaba Remmele y que sacaba provecho de las transas lucrativas de Windeck.

Windeck se vestía como quería, y solía elegir botas y pantalones de montar y un saco oscuro, seguramente intentando imitar el aspecto de un oficial de las SS. Se pavoneaba por el campo, siempre con su látigo para perros. Se decía que abusaba sexualmente de los prisioneros más jóvenes. Asesinaba impunemente, a patadas o puñetazos o ahogando a sus víctimas en los lavabos de los baños.[12] Fue Jupp Windeck el que asesinó al letrista Fritz Löhner-Beda, azotando al pobre anciano, débil, destrozado, con el látigo.[13] Su ayudante explicó que «le gustaba especialmente golpear a prisioneros débiles, medio desnutridos y enfermos. [...] Cuando tenía a aquellos pobres desgraciados en el suelo delante de él, les pisoteaba la cara, el vientre, todo el cuerpo, con el tacón de la bota». Estaba extremadamente orgulloso de las botas de montar y presumía mucho de ellas: «Pobre hombre el que le ensuciara las botas a Windeck, porque podía morir por ello».[14]

Gustav y sus amigos con un buen puesto podían mitigar las crueldades de Jupp Windeck y proteger a sus compañeros judíos. Los prisioneros comunistas, con quienes habían formado una alianza, los ayudaban.[15]

El equilibrio de poder se rompió en su contra cuando llegó un traslado de seiscientos prisioneros de Mauthausen, que tenía fama de ser uno de los campos más duros del régimen. Eran todos hombres del triángulo verde y había algunos completos salvajes entre ellos. Windeck se rodeó de ellos rápidamente y les consiguió puestos de kapos y encargados de bloque. Los judíos convertidos en arios y los comunistas les hicieron frente, pero Windeck y sus secuaces eran demasiado poderosos. Cualquier prisionero que se enfrentara a ellos recibía una paliza —a veces, mortal—. El sufrimiento en Monowitz se multiplicó.

El alivio solo llegó cuando los crueles hombres verdes de Windeck empezaron a caer en sus propias trampas. Uno se ponía una borrachera, otro le robaba al campo, otro se peleaba con un guardia de las SS o uno de los trabajadores civiles... Los degradaban a simples prisioneros y los mandaban al purgatorio atroz de los subcampos de minas de carbón de Auschwitz.[16] Con el paso de los meses, la base de poder de Windeck se fue desintegrando y, al final, desapareció.

Fue la corrupción del propio Windeck la que causó la crisis definitiva. Gustl Herzog, que trabajaba en la oficina del registro, encontró pruebas de que Windeck había adquirido un collar precioso y quería mandárselo por correo a su mujer. Aquella información se transmitió a la Gestapo del campo de Auschwitz I. Arrestaron a Windeck y lo condenaron a dos semanas en el búnker. Después, lo mandaron a un batallón de castigo en Birkenau. Nunca volvió a molestar a los prisioneros de Monowitz.[17]

Gustav y sus amigos recuperaron su influencia. El ambiente entre prisioneros volvió a ser de camaradería; recibían la cantidad de comida que les correspondía, se bañaban una vez a la semana y podían lavar la ropa una vez al mes. Había orden y solo quedaba preocuparse por los peligros de costumbre: las SS, las enfermedades, los riesgos incesantes del trabajo, las selecciones periódicas de enfermos y débiles que iban a las cámaras de gas… En comparación con lo que acababan de vivir, casi se podría llamar *civilización*, aunque fuera una civilización labrada con dedos sangrientos dentro de las vallas del infierno.

14

RESISTENCIA Y COLABORACIÓN: LA MUERTE DE FRITZ KLEINMANN

בן

El sistema nazi era una máquina formidable pero destartalada. Se había construido improvisando y funcionaba a una velocidad estremecedora, se encasquillaba, traqueteaba, consumía su combustible humano y expulsaba huesos y cenizas y emanaba un humo nauseabundo. Cada humano, vestido con rayas monótonas, estaba obligado a entrar en aquella máquina no solo físicamente, sino también moral y psicológicamente. Más allá de los *Blockführers* y los kapos, la valla electrificada y las torres de vigilancia, los comandantes de las SS y los perros guardianes, más allá de las carreteras y las vías de tren, el sistema de campos y la jerarquía de las SS, había toda una nación cuyas emociones primarias y animales —el miedo, el rencor, la codicia y la sed de una vieja grandeza imaginaria— fortalecían el sistema.

El encarcelamiento de los prisioneros tenía que ser la solución limpia y simple para los complejos y enredados problemas de la sociedad. La extracción de las toxinas humanas —criminales, activistas de izquierdas, judíos, homosexuales— tenía que hacer que volvieran los días gloriosos de la nación. Sin embargo, no fue una cura, sino un veneno que, a paso lento pero seguro, llevaba el país a la ruina. El trabajo poco eficiente de los esclavos desnutridos, los costos del sistema que los esclavizaba, el debilitamiento de la ciencia y la industria al despojarla de genios por motivos raciales... Todo esto paralizó la economía nacional. Convertirse en un país marginado les había costado el comercio. Alemania intentó resolver aquellos problemas añadidos con guerras para conquistar territorios, más esclavitud y más asesinatos de las personas que consideraban la primera causa de sus problemas. La trituradora seguía traqueteando, día tras día, moliendo y destruyendo y, poco a poco, desgastándose.

Fritz Kleinmann sentía que la impotencia y la desesperación que sentía al estar atrapado en aquella máquina eran intolerables. Su padre estaba a salvo, de momento, lo que le quitaba un gran peso de encima, pero la injusticia y la crueldad del sistema podían volver loco a un cuerdo y hacer que un devoto maldijera a Dios. Vivían —y, en la mayoría de los casos, tenían muertes insignificantes— entre vallas y paredes que habían construido sus compañeros reclusos. El mismo Fritz, con destreza meticulosa, había ayudado a crear aquella prisión donde había una pradera. Los ladrillos y piedras que Fritz había puesto habían sido cortados por otros prisioneros en las fábricas de ladrillos y las canteras controladas por las SS.[1]

El lazo que lo unía a su padre y los que lo unían a sus amigos no eran universales. La solidaridad y la cooperación, las claves de la supervivencia, raras veces surgen de forma natural en circunstancias extremas. Las carencias y el hambre engendraban hostilidad entre prisioneros hasta el punto de que llegaban a pelearse por una ración injusta de sopa de nabo o a matar por un trozo de pan. Incluso hubo casos de padres e hijos que se habían matado entre sí en la situación extrema de la inanición. No obstante, la gente solo podía sobrevivir mediante la solidaridad y la bondad. Los lobos solitarios, los hombres independientes y los desafortunados que estaban aislados por su incapacidad de entender el alemán o el yidis nunca duraban mucho contra aquel horror implacable.[2]

Hacía falta fortaleza de carácter para compartir y amar en un mundo en el que el egoísmo y el odio eran el pan de cada día. Y la supervivencia nunca estaba garantizada. Fritz veía las marcas de los abusos y las carencias, y los signos de la muerte inminente en los prisioneros, incluso en sí mismo:[3] magulladuras, cortadas y huesos rotos, llagas y costras, palidez y piel agrietada, cojera y falta de dientes.

Los prisioneros podían bañarse una vez a la semana, pero era un suplicio. Los que tenían encargados de bloque severos debían quitarse la ropa en el dormitorio y correr desnudos hasta el bloque de los baños. Después de bañarse, solo los primeros que salían tenían toallas secas; debían compartirlas, así que, si alguien se quedaba rezagado, no tenía más que un trapo empapado y habría de volver al barracón chorreando, incluso cuando más frío hacía en invierno. La neumonía era endémica en el campo y, a menudo, mortal. Había un hospital de prisioneros, pero, aunque el personal lo mantenía más o menos equipado,[4] el trato de los médicos de las SS era rudimentario y el lugar daba miedo, pues solía estar lleno de pacientes con tifus. Nadie entraba allí a no ser que lo necesitara. Allí dentro se hacían selecciones de los pacientes y, si se consideraba que era poco probable que se recuperaran rápidamente, iban a las cámaras de gas o se les administraba una inyección letal.

La comida se repartía en los barracones. Solo les daban unos pocos tazones, por lo que los primeros que recibían las raciones de sopa debían engullirlas para no tener a los demás esperando. Si un hombre se tomaba su tiempo, lo empujaban con impaciencia. El café de bellota se servía en los mismos tazones. Si alguien conseguía tener su propia cuchara, era como la más preciada de sus joyas. La protegía con su vida y, como era imposible conseguir un cuchillo, ampliaba sus usos afilando el mango con una piedra. No había papel higiénico en las letrinas, de modo que los papeles también eran muy valiosos; se podían conseguir trozos de bolsas de cemento de las obras y, a veces, periódicos de los civiles, quizá olvidados en la fábrica y metidos en el campo a escondidas. Los trozos se podían usar o intercambiar por comida.

Los alemanes veían a las personas que sufrían esta degradación como desechos humanos, pero la economía de guerra del país cada vez dependía más de su trabajo. Aquella era la nueva era de grandeza que Hitler había creado: un mundo en el que un pedazo de papel que nadie quería se usaba como moneda con un valor tangible, ya fuera para intercambiarla o para tener el culo limpio.

El cuerpo de cada uno de los hombres estaba sometido a estrés e irritaciones constantes. Tener unos zapatos decentes era absolutamente fundamental. Si eran demasiado grandes o pequeños, les creaban rozaduras o ampollas, que tendían a infectarse. No se veían muchos calcetines y muchos los sustituían por tiras de tela que arrancaban de la parte baja de la camiseta que les habían dado en el campo. Aquello era un riesgo por sí mismo, porque dañar la propiedad de las SS era sabotaje y podía costarles veinticinco latigazos o un tiempo sin comer. Sin tijeras ni cortaúñas, las uñas de los pies crecían y crecían hasta que se rompían o se encarnaban.

El barbero del campo les afeitaba la cabeza cada dos semanas. En parte era para prevenir los piojos, pero también servía, como los uniformes a rayas, para hacer más visibles a los prisioneros. El barbero no usaba ni jabón ni un antiséptico, de modo que todos los hombres tenían heridas, granos y pústulas en la cabeza y en la cara por el afeitado. Las infecciones eran frecuentes y podían suponer que los ingresaran en el hospital. Por lo menos, Fritz se evitaba la mitad del suplicio del afeitado: con veinte años, todavía no le había crecido la barba.

Había un centro de odontología en el campo, pero los prisioneros no iban si podían evitarlo. Los empastes mal puestos conllevaban caries y gingivitis, mientras que el escorbuto, provocado por la mala alimentación, hacía que se les cayeran los dientes. Los dientes de oro podían ser salvavidas o un peligro mortal. Algunos kapos asesinaban a los prisioneros por esos dientes, pero, si el dueño de un diente de oro tenía la suficiente fuerza de voluntad como para arrancárselo, podía intercambiarlo por artículos de lujo. Había un tipo de cambio establecido entre los contrabandistas civiles: un diente de oro equivalía a una botella de Wyborowa, una buena marca de vodka polaco. O también podía comprarles cinco hogazas grandes de *Kommisbrot** y una barra de mantequilla. Esas cosas se podían cambiar más adelante por otros bienes. En un mundo en el que cada semana, cada día o incluso cada hora podían ser los últimos, no tenía mucho sentido guardar riquezas con un objetivo mejor o más importante. Cualquier cosa que les proporcionara alivio, consuelo o que les llenara el estómago en el presente valía lo que costaba.

Para los gerentes y directivos de IG Farben, los beneficios justificaban el sacrificio de sus trabajadores esclavos.

* Pan hecho de masa fermentada que se conserva durante mucho tiempo, generalmente servido en las raciones militares.

Una parte de la plantilla se sentía culpable, pero era un sentimiento mínimo y no tenía consecuencias. Mientras tanto, los contables y directores se hacían de la vista gorda ante las grandes cantidades de Zyklon B, su químico para desparasitar, que compraban las SS, sobre todo en Auschwitz, donde sus gases tóxicos llenaban las cámaras de gas.[5]

Fritz Kleinmann no tenía ninguna duda de dónde provenía el mal: «Que nadie piense que la jerarquía de prisioneros tiene la culpa de esta situación. Algunos de los prisioneros funcionarios se adaptaron a las prácticas de las SS por su propio beneficio, pero la responsabilidad reside completamente en la maquinaria asesina de las SS, que alcanzó la perfección en Auschwitz».[6] Un prisionero que superase la selección de Birkenau podía esperar sobrevivir, de media, unos tres o cuatro meses.[7] Fritz y su padre habían durado más de ocho hasta la fecha. Menos de un cuarto de sus cuatrocientos compañeros de Buchenwald, fuertes y curtidos, seguían vivos.

A pesar de que Auschwitz había logrado una especie de perfección industrial, era una máquina defectuosa, ineficiente y que tendía a fallar. Su propia brutalidad creaba en algunos la voluntad de resistir y su corrupción abría grietas y creaba taras que permitían que la resistencia creciera.

Durante su primer verano en Auschwitz-Monowitz, cuando el dominio de Jupp Windeck estaba en su punto álgido, la resiliencia y la indignación moral, que eran partes esenciales del carácter de Fritz, lo llevaron a involucrarse en la resistencia. Al hacerlo, su vida corría peligro, pero eso ya le pasaba todos los días por el mero hecho de existir; cualquier rasguño o mirada inoportuna, ola de frío o contacto con una enfermedad podía ser el principio de una reacción en cadena que lo llevaría a la incapacidad y a la muerte. Si formaba parte de la resistencia, por lo menos podía arriesgarlo todo por algo.

בן

Empezó con una conversación en voz baja en un rincón del barracón y terminó con un trabajo nuevo.

Las obras del campo se terminaron en el verano de 1943 y la demanda de obreros en la Buna Werke descendía. Fritz corría el riesgo de dejar de ser útil. Algunos amigos suyos decidieron que podía sobrevivir y, además, serles de utilidad. Lo llevaron a un lado y hablaron con él con el mayor sigilo.

Eran prisioneros de Buchenwald que conocía desde hacía años. Estaba Stefan Heymann, el intelectual judío, veterano de guerra y comunista que había sido como un segundo padre para Fritz y los otros jóvenes. También estaba Gustl Herzog, así como Erich Eisler, el antifascista austriaco. Tenían una tarea para Fritz, una tarea vital y potencialmente peligrosa.

Durante los años que habían pasado en los campos, estos hombres se habían involucrado en una alianza secreta entre judíos y comunistas contra las SS. Su resistencia consistía, principalmente, en lograr puestos de responsabilidad con tal de conseguir información útil para el bienestar y la supervivencia de sus compañeros. Fue, en parte, gracias a los esfuerzos de aquella red que hubieran trasladado a Fritz y Gustav a destacamentos de trabajo menos peligrosos, que se hubiera montado la escuela de albañiles de Robert Siewert, que Fritz se hubiera enterado de qué decía la última carta que le había mandado su madre y que hubiera sabido antes de tiempo que su padre estaba en la lista del traslado a Auschwitz.

La resistencia se había restablecido en Monowitz y había colocado a sus miembros en puestos importantes gracias a la conversión en arios de amigos como Gustav. Sin embargo, ahora sentían que tenían que intensificar su actividad. Los pequeños actos de sabotaje estaban muy bien; Fritz participaba en ellos en las obras: un saco de cemento que caía tan fuerte que estallaba, una manguera enchufada a escondidas en un lateral de un camión cargado de cemento... Pero la resistencia organizada quería hacer más.

La información era la clave. Los prisioneros funcionarios podían obtener todo tipo de información sobre los otros campos satélites de Auschwitz, los traslados de prisioneros, las selecciones y las masacres.[8] Ahora deseaban que Fritz los ayudara a obtener otra fuente valiosa: los trabajadores civiles. Aquello supondría trasladarlo a los destacamentos de las fábricas de la Buna Werke. Había demostrado que se le daba bien hacerse amigo de los civiles y había miles de ellos trabajando en las fábricas. Le encontraron un puesto en el Schlosserkommando 90, la sección de cerrajeros del destacamento de construcción.

Y así llegó una mañana en la que, por primera vez desde que había llegado a Monowitz, Fritz salió del perímetro del campo, marchando con los trabajadores y sus guardias de las SS más allá de las verjas por la carretera que llevaba a la Buna Werke.

Solo cuando entró allí se dio cuenta de lo grande que era. El complejo entero era una cuadrícula de calles y ramales de ferrocarril. Una persona que estuviera en una de las calles que iban de este a oeste apenas podía vislumbrar entre el humo dónde terminaba la planta, a casi tres kilómetros de allí. Las calles transversales, que iban de norte a sur, tenían más de un kilómetro de largo. Los solares rectangulares estaban llenos de fábricas, chimeneas, talleres, almacenes, depósitos de combustible y químicos, y tuberías que formaban estructuras extrañas que parecían trozos de atracciones de feria. El complejo se dividía en varias partes: la planta de combustible sintético con todos los talleres de apoyo, la fábrica de caucho artificial, la planta eléctrica y otras subsecciones más pequeñas para crear y procesar químicos. La mayoría seguía medio inactiva: las estructuras estaban construidas, pero la maquinaria interna estaba lejos de estar terminada.

Varios miles de hombres y mujeres trabajaban en las fábricas. Alrededor de un tercio eran prisioneros; el resto, civiles. La sección de cerrajeros, que, en realidad, efectuaba varios trabajos relacionados con el metal en el taller y las fábricas, resultó ser un equipo de gente amable y fácil de tratar. La mayoría de los kapos trataban bien a los prisioneros y los animaban a «trabajar con los ojos», despacio y con un ojo puesto en los tratantes de esclavos.[9] El kapo de Fritz era un preso político comprensivo, que había estado en Dachau y había ayudado a la resistencia a encontrarle un puesto de trabajo.

Fritz era ayudante en una subsección que había en una de las plantas de producción,[10] donde había un gran número de civiles alemanes, sobre todo ingenieros, técnicos y capataces. La mayoría de los trabajadores eran prisioneros polacos y rusos, que tenían dificultades para seguir las instrucciones en alemán y cuyos kapos los trataban pésimamente. Si los capataces civiles no estaban satisfechos con el rendimiento de los trabajadores, IG Farben los mandaba a Auschwitz I para que los «reeducaran». Los prisioneros que hablaban alemán lo tenían mucho más fácil. Fritz se dio a conocer entre los capataces civiles y se ganó su confianza.

Desarrolló una relación cordial con uno en particular. Volvió a recibir regalos discretos como pan, cigarros y, a veces, periódicos. De vez en cuando, el alemán lo visitaba para charlar un poco y Fritz escuchaba con atención sus noticias sobre la guerra, que contradecían rotundamente la propaganda. Las cosas le iban mal a Alemania en todos los frentes. Después de haber perdido Stalingrado, los estaban haciendo polvo en el frente oriental y, además, los británicos y los estadounidenses los habían expulsado del norte de África y pronto estarían en Italia avanzando en dirección a Alemania. Fritz tenía claro que aquel alemán no era nazi; esperaba fervientemente que la guerra terminara pronto y que Alemania perdiera. Cada día, Fritz les traía informes orales a sus compañeros (junto con los valiosos regalos de pan y periódicos).

Aunque sabía que su tarea era importante y peligrosa, Fritz no tenía mucha idea de la magnitud de la operación en la que se había involucrado. La resistencia de los prisioneros de Auschwitz había tenido unos comienzos desorganizados, pero en los últimos tiempos se había convertido en una red eficiente y coordinada. El 1 de mayo de 1943 —una fiesta nazi en la que las SS trabajaban con el personal mínimo necesario— se había celebrado una asamblea secreta en Auschwitz I en la que dos facciones de la resistencia habían acordado colaborar. Estaban controlados por un grupo de polacos, entre los cuales había unos cuantos antiguos oficiales del Ejército, bajo el liderazgo de Józef Cyrankiewicz, que convenció a su gente para que colaborase con los judíos y los presos políticos austriacos y alemanes. Así combinaban las ventajas de cada grupo: la comprensión de Alemania y los nazis que tenían los alemanes, que era una información vital, y el hecho de que los prisioneros polacos pudieran recibir correo, lo que les permitía conseguir suministros y comunicarse con los guerrilleros de la zona.

Se llamaron Grupo de Combate Auschwitz —una muestra de su militancia—[11] y pronto se pusieron en contacto con Stefan Heymann y la resistencia de Monowitz. La cooperación entre campos era facilitada por el traslado constante de prisioneros y destacamentos de trabajo por el complejo. Lo que el grupo de Monowitz aportaba era la capacidad de tejer relaciones con los civiles y de entorpecer la producción en la Buna Werke. El sabotaje era amplio y constante. Los prisioneros en el destacamento de electricistas consiguieron provocar un corto circuito en una turbina de la planta de la central eléctrica. Otro grupo, aprovechando que había pocos guardias el 1 de mayo, había generado una explosión en la planta de combustible sintético a medio terminar, mientras que otros destruyeron cincuenta vehículos.[12] Aquellos actos, junto con hacer más lentas en general las obras, ayudaron a que se retrasara la conclusión de varias fábricas.

De entre todas las actividades de resistencia, el contacto con los civiles era una de las más peligrosas. La Gestapo del campo intentaba constantemente penetrar en la resistencia y exponer a sus líderes y miembros, de modo que el trabajo de detectar y eliminar a los informadores era incesante. Aquello era especialmente crucial cuando se trataba de evitar la operación de resistencia más delicada: planear y ejecutar las fugas.

Fritz iba y volvía entre la fábrica y el campo cada día, con sus pedacitos de información, con tan solo una idea vaga de su conexión con aquella red y la importancia de su papel en ella.

בן

Era un sábado de junio y había terminado la jornada laboral. Los prisioneros estaban firmes en el recuento de la tarde sabiendo que el día siguiente, aunque no sería exactamente un día de descanso, sería, por lo menos, un día con menos trabajo y peligro.

Fritz estaba en su sitio, con el uniforme bien abotonado y el gorro colocado y aplanado de un lado a modo de boina, como se les requería, preparado para quitárselo mecánicamente a la orden de «¡descúbranse!». Todo era normal, la misma repetición lenta, monótona, agotadora y rutinaria que había vivido desde octubre de 1939, casi sin variaciones.

El *Rapportführer* había terminado con sus obligaciones y estaba a punto de darles permiso para marcharse cuando reparó en un pequeño grupo de figuras que entraron a la plaza y se pararon. Cuando las figuras llegaron al campo de visión de Fritz, distinguió a dos sargentos de las SS obligando a caminar delante de ellos a un hombre que cojeaba y se tambaleaba. Fritz observó con curiosidad por el rabillo del ojo, manteniendo la cabeza recta. Empujaban al hombre y le pegaban como si fuera un prisionero, pero no llevaba uniforme y no tenía la cabeza afeitada. Parecía ser un civil, pero le habían dado una paliza brutal y tenía la cara ensangrentada e hinchada. Cuando se acercaron, a Fritz le dio un vuelco el corazón, angustiado, al reconocer a su contacto alemán de la fábrica. Los hombres de las SS que lo escoltaban eran el sargento primero Johann Taute, jefe de la subdivisión de Monowitz de la Gestapo del campo, y su subordinado, el sargento Josef Hofer.

Fritz, sintiendo crecer el horror en silencio, observó cómo lo obligaban a mirar a las filas de prisioneros y le ordenaban que identificara a todos y cada uno de los que habían establecido contacto con él en la fábrica.

El hombre miró a las miles de caras que tenía delante. Fritz, confundido entre la muchedumbre, estaba fuera de su vista. Con los hombres de las SS empujándolo, el hombre iba yendo y volviendo entre las filas, estudiando las caras de cerca. Llegó a la fila de Fritz. Él siguió mirando hacia delante fijamente, con el corazón latiéndole con fuerza. Los ojos magullados e inyectados en sangre lo miraron vacilantes, levantó una mano y lo señaló.

—Este.

Arrestaron a Fritz y los obligaron a ambos a caminar por delante de sus amigos y compañeros, de los ojos horrorizados de su padre, y a salir de la plaza.

בן

Lo metieron atado en la parte de atrás de un camión y se lo llevaron del campo. El camión recorrió unos cuantos kilómetros hasta Auschwitz I, pero, en lugar de entrar al recinto del campo, se paró delante del edificio de la Gestapo, que estaba fuera de la valla, en frente del hospital de las SS y al lado de una pequeña cámara de gas subterránea. Los sargentos Taute y Hofer lo condujeron por un pasillo y lo metieron en una sala grande.

Angustiado y aterrorizado, Fritz se fijó en el mobiliario austero de la sala. Había una mesa con correas y ganchos empotrados en el techo. Había vivido lo suficiente en un campo como para saber para qué servían aquellas cosas.

Al cabo de un rato, un oficial de las SS entró en la sala. Miró a Fritz con ojos vivos y sonrientes y una cara amable y noble. Prematuramente calvo y canoso, el teniente de las SS Maximilian Grabner no parecía nada amenazador, sino más bien un profesor de universidad o un clérigo simpático. En pocas ocasiones la apariencia de un hombre puede corresponderse menos con su carácter. Grabner, aparentemente afable, era el jefe de la Gestapo de Auschwitz y nadie superaba su reputación de instigador frío y despiadado de masacres, ni en aquel campo ni en ningún otro. Solía purgar el hospital y el búnker del campo a menudo —lo llamaba *quitar el polvo*— y mandaba a los reclusos a las cámaras de gas o al Muro Negro. Había instaurado un programa de exterminio de mujeres polacas embarazadas y se le atribuía la responsabilidad de más de dos mil asesinatos. Había pocos hombres en Auschwitz tan temidos como Maximilian Grabner.[13] Aterrorizaba hasta a las SS.

Estudió a Fritz un momento y habló. Su voz era siniestramente baja y su acento recordaba a las zonas rurales de alrededor de Viena, simple y basto.[14]

—Sé que tú, prisionero 68629 —dijo con calma—, estás involucrado en un plan de fuga masiva del campo Auschwitz-Monowitz y que lo has estado organizando en colaboración con el civil alemán que te ha señalado. Los hombres del sargento Taute lo han estado vigilando. Su comportamiento extraño llamó su atención, ¿no es cierto, sargento?

Taute asintió y Grabner volvió a dirigir su mirada amable hacia Fritz.

—¿Qué tienes que decir sobre eso?

Fritz no tenía ni idea de qué decir. No podía negar que conocía al civil, pero lo de la fuga era un completo misterio.

Grabner sacó una libreta y un lápiz.

—Ahora me darás los nombres de todos los prisioneros involucrados en la conspiración.

Tomó el silencio estupefacto de Fritz como una negativa e hizo una señal con la cabeza a Taute y Hofer.

El primer golpe del tolete de Hofer dobló a Fritz por la

mitad y lo dejó sin respiración; luego vinieron un segundo y un tercero.

No logró ninguna confesión. Grabner estaba sorprendido. Aunque era poco más que un niño, parecía que el prisionero 68629 sería más difícil de ablandar que el civil. En respuesta a un gesto de Grabner, los sargentos pusieron a Fritz boca abajo sobre la mesa a empujones y lo sujetaron. La vara se levantó, bajó como un rayo, zumbando, y lo golpeó en el trasero una y otra vez hasta que tuvo las nalgas laceradas y ardiendo de dolor. Incluso con aquel miedo y dolor extremos, contó los golpes: veinte impactos abrasadores antes de desatarlo y ponerlo de pie.

—Confiesa lo que has hecho —le dijo Grabner señalando la libreta—. Dame las identidades de los prisioneros a los que querías ayudar a escapar.

Fritz sabía que negarlo no tendría sentido, de modo que no dijo nada. Lo volvieron a obligar a acostarse boca abajo en la mesa, le volvieron a apretar las correas y la vara volvió a silbar por el aire.

Perdió la cuenta de cuántas veces lo ataron, pero contó obstinadamente los golpes: en total, sesenta marcas hinchadas en la piel.

Lo desataron y tiraron de él para ponerlo de pie. Apenas podía mantenerse derecho. Grabner lo estudió de cerca.

—Dime los nombres.

Tarde o temprano, llegaría el punto —como pasaba con cualquier ser humano atrapado en aquella pesadilla— en el que Fritz se desmoronaría y diría lo que fuera para que pararan, fuera verdad o mentira; daría lo mismo si hacía que la tortura terminara. Podría decir los nombres de sus amigos involucrados en la resistencia. Sería fácil y no sería humano si no sintiera la tentación de hacerlo: Stefan, Gustl, Jupp

Rusch y los otros miembros, sus amigos y mentores; podía condenarlos a la tortura y la muerte. Fritz todavía tenía el juicio suficiente como para saber que hacerlo no le salvaría la vida, pero, por lo menos, detendría aquel tormento.

No dijo nada. Grabner les hizo una con la cabeza a Taute y Hofer, y después señaló los ganchos del techo.

Agarraron a Fritz por las muñecas desde atrás y se las ataron con tanta fuerza que le cortaron la circulación. Pasaron el cabo más largo de la cuerda por uno de los ganchos y los dos sargentos tiraron de él. Los brazos se le doblaron hacia atrás y hacia arriba y, en una agonía indescriptible y cegadora, lo levantaron del suelo. Estaba colgado con los dedos de los pies a dos palmos del suelo y el peso de su propio cuerpo le retorcía los hombros y le llenaba la mente de un dolor atronador. Había visto a muchos pobres diablos suspendidos así del Roble de Goethe, pero experimentarlo era peor de lo que jamás hubiera imaginado.

—Dame los nombres —repitió Grabner una y otra vez. Fritz estuvo colgado casi una hora, pero de su boca solo salieron chillidos incoherentes y saliva—. No sobrevivirás —le susurró Grabner al oído—. Confiesa. Dame los nombres.

A una señal de Grabner, dejaron ir la cuerda y Fritz se estampó contra el suelo. Grabner repitió su frase una y otra vez: si le decía los nombres, aquello se acabaría. Fritz siguió sin decir nada. Lo pusieron de pie, volvieron a tirar de la cuerda y lo levantaron del suelo mientras gritaba.

Lo colgaron tres veces sin resultado. Grabner perdía la paciencia. Era sábado por la noche y tenía ganas de irse a casa. Aquel interrogatorio le estaba haciendo perder su precioso tiempo libre. Fritz había estado colgado una hora y media en total cuando lo dejaron caer y se estrelló contra el suelo por tercera vez. Apenas se dio cuenta de que Grabner salía de la sala y ordenaba a los dos sargentos que devolvieran al prisionero al campo. Retomarían el interrogatorio más adelante.[15]

בן

Cuando se llevaron a Fritz, Stefan Heymann y los otros miembros de la resistencia se preocuparon y hablaron de qué debían hacer. ¿Cuánto tiempo les quedaba hasta que Fritz se desmoronara y la Gestapo volviera por ellos? Debatieron toda la noche intentando planear cómo afrontarían la catástrofe que se avecinaba.

Gustl Herzog todavía estaba levantado cuando oyó que Fritz había vuelto al campo. Corrió a verlo y lo encontró por la calle en brazos de dos viejos amigos de Buchenwald: Fredl Lustig, un viejo compañero de Gustav de la columna de transporte, y Max Matzner, que casi había muerto por los infames experimentos con el tifus.

Fritz no se mantenía de pie y, además de los evidentes moretones y la sangre, sentía un dolor insoportable en las articulaciones y la espalda. Gustl le dijo a Lustig y a Matzner que lo llevaran al hospital y, después, se fue a buscar a los otros miembros de la resistencia.

El hospital ocupaba un grupo de barracones en la esquina noreste del campo. Tenía varios departamentos: el médico, el quirúrgico, el de enfermedades infecciosas y el de convalecencia. Aunque había un médico de las SS al mando del hospital, raramente aparecía por allí y los trabajadores eran principalmente prisioneros.[16] En comparación con los hospitales de otros campos de concentración, era un buen hospital, pero le faltaban muchos recursos médicos.

Llevaron a Fritz a una habitación del pabellón de medicina general. Estaba medio paralizado, con los brazos inútiles e insensibles, el trasero hinchado y sangrando y un dolor que le atravesaba todo el cuerpo. Un médico checo le dio unos calmantes fuertes y le masajeó los brazos.

Al cabo de un rato, llegó Gustl Herzog con Erich Eisler y Stefan Heymann. Los tres miraron a Fritz con pena y, a la vez, con miedo. Cuando se fue el médico, lo interrogaron con ansia sobre qué quería la Gestapo de él. Fritz les habló de las acusaciones de Grabner y del supuesto plan de fuga.

—¿Y le has dicho algo? —preguntó Stefan.

—Claro que no, no sé nada.

Aquella respuesta no los satisfizo más de lo que había satisfecho a la Gestapo.

—¿Les has dado nombres? ¿Alguno?

Fritz negó con la cabeza adolorido.

A pesar del estado en el que estaba, sus amigos lo interrogaron una y otra vez: ¿no había dado ningún nombre? Él insistió: no, no le había dicho nada a Grabner. Para ellos, era sospechoso que lo hubieran dejado volver al campo. Era posible que Grabner esperase que, de algún modo, Fritz traicionara sin querer a sus cómplices o podía ser que, simplemente, las celdas del Bloque de la Muerte de Auschwitz I estuvieran llenas (algo que era frecuente).

Finalmente, se convencieron de que Fritz no les había traicionado. Estaban a salvo —de momento—, pero Stefan y Erich estaban seguros de que Grabner no dejaría pasar aquel asunto. Reanudaría el interrogatorio al día siguiente y la tortura de Fritz continuaría hasta que confesara o muriera. Tenían que hacer algo.

De momento, hicieron que lo trasladaran al bloque de enfermedades infecciosas, donde tenían a los pacientes de tifus y disentería, un edificio adyacente a la morgue, justo en la esquina del campo. El médico de las SS y sus celadores apenas entraban allí. Pusieron a Fritz en una habitación de aislamiento. Siempre que no contrajera una infección, allí estaría a salvo por el momento. No obstante, no podía esconderse allí para siempre. Para que no iniciaran una búsqueda cuando no se presentara al recuento la mañana siguiente, tenían que apuntar su nombre en el registro del hospital, pero entonces la Gestapo volvería por él. Lo miraran como lo miraran, solo le encontraban una solución al problema: Fritz Kleinmann tenía que morir.

Así, Sepp Luger, el encargado de la administración del hospital de aquel campo, registró la muerte del prisionero 68629. No hacía falta dar detalles; el registro tenía una sola línea para cada paciente, donde iba el número de prisionero, el nombre, la fecha de ingreso y de salida, y la razón de la salida. Para esa última columna solo había tres opciones: *Entlassen* («alta»), *nach Birkenau* (para los que habían sido seleccionados para ir a las cámaras de gas) o el sello de una cruz negra (para los muertos). Gustl Herzog se aseguró de que la muerte de Fritz también quedara reflejada en el registro general de prisioneros.[17]

La verdad tenía que ser un secreto absoluto entre los conspiradores. La noticia de que Fritz había muerto por las lesiones tenía que comunicarse a todos sus amigos. Ni siquiera Gustav podía ser partícipe del secreto —era demasiado arriesgado—, por lo que le dieron la noticia devastadora, desgarradora, de que su querido Fritz había sido asesinado por la Gestapo. El dolor era tan grande que Gustav ni siquiera tuvo fuerzas para anotarlo en el diario, que no abrió durante semanas.

Mientras Gustav estaba de duelo, los conspiradores se enfrentaron al urgente asunto de qué hacer con el Fritz que seguía vivo. Mientras empezaba a recuperarse de las lesiones, lo dejaron en aislamiento en el hospital. Cada vez que el médico de las SS o su enfermero hacían una inspección, Jule Meixner, un viejo amigo de Fritz que trabajaba en la lavandería del hospital, lo ayudaba a salir de la cama y a esconderse en un almacén entre montones de lino.

Fritz no tenía ni idea de qué sería de él. Observaba a los pacientes con disentería arrastrarse hasta las cubetas que hacían las veces de letrinas en la habitación de fuera y a los pacientes con tifus retorciéndose febrilmente en sus camas empapadas en sudor y; sabía que no podía quedarse allí mucho más tiempo, estuviera herido o no.

Por fin, de la Gestapo de Monowitz llegó la noticia de que Grabner había cerrado la investigación porque Fritz había muerto. Era hora de pasar página.

Le dieron una nueva identidad, la de un paciente que había muerto de tifus. No recordaba el nombre del pobre hombre, solo que era un judío de Berlín que había llegado al campo hacía relativamente poco, por lo que su número de prisionero era mayor a 112 000. Era imposible borrar el tatuaje de Fritz o ponerle uno nuevo con el número del hombre muerto, de modo que le pusieron una venda en el antebrazo y esperaron que nadie le pidiera verlo. Stefan Heymann pasó mucho tiempo con él informándole de cómo tendrían que proceder y de las precauciones que deberían tomar a la hora de destinarlo a un nuevo destacamento de trabajo.

A Fritz le daba igual. Desde que había pasado aquel suplicio, una languidez se había apoderado de su alma y ya no le importaba mucho si lo descubrían o no. El dolor, el hambre y la desesperación que había tenido que soportar durante tanto tiempo habían conseguido desgastar su resistencia y había empezado a sentir la impotencia que llevaba a ser un *Muselmann.* Le confesó a Stefan que estaba pensando en terminar con todo lo antes posible. Era tan fácil como cruzar corriendo el cordón de centinelas cuando estuviera trabajando fuera o lanzarse contra la valla electrificada del campo. Un disparo —un solo instante efímero— y el dolor y la miseria terminarían del todo.[18]

Stefan no tenía paciencia con aquel tipo de pensamientos.

—¿Puedes imaginarte lo que supondría para tu padre que te suicidaras? —le dijo—. Ahora mismo cree que su hijo ha muerto, pero a su debido tiempo, quizá pronto, sabrá la verdad. Imagínate que descubre que has estado vivo todo este tiempo cuando te suicides... Piénsalo.

Fritz no tenía ningún argumento contra aquello. Después de todo lo que habían pasado juntos, que Fritz no solo se rindiera ante las SS, sino que dejara que fueran ellos los que lo mataran sería demasiado. «No pueden machacarnos así», decía siempre su padre. Aguantar lo era todo, la desgracia solo duraba un tiempo, la esperanza y el ánimo no morían.

Stefan prometió que haría todo lo que pudiera para que Fritz estuviera a salvo en el hospital. Cuando estuviera lo suficientemente en forma, le buscarían un puesto en algún destacamento de fuera en el que pudiera pasar desapercibido. La tasa de mortalidad y el volumen de muertos eran tan grandes que pocos tenían la oportunidad de conocer bien a los demás.

Fritz lo sabía y le confió su vida a Stefan, pero tenía dudas. La gente conocía su cara, también algunos guardias de las SS. Y, tarde o temprano, su padre tenía que enterarse. Por lo menos siete hombres de la resistencia conocían el secreto de Fritz y su padre también era amigo suyo. Gustav era importante en el campo y su posición haría que guardar un secreto tan explosivo fuera extremadamente peligroso.

Tres semanas después, Fritz estaba lo suficientemente

bien como para salir del hospital. Sus amigos lo metieron en secreto en el bloque 48, cuyo encargado, Chaim Goslawski, era miembro de la resistencia. Su barracón estaba habitado principalmente por alemanes y polacos que no conocían a Fritz.

Al día siguiente, fue a trabajar. Le habían encontrado un puesto en un almacén que estaba en una sección diferente a la del destacamento de cerrajeros. Uno de los kapos, un hombre que se llamaba Paul Schmidt, estaba enterado del secreto y cuidaba de Fritz. Al salir por la verja cada mañana y entrar por las noches, Fritz pasaba un terror asfixiante, esperando que lo reconociera un guardia o un kapo hostil. Se mantenía en el centro del grupo, marchando con los ojos fijos hacia delante y la cara inexpresiva mientras el corazón le latía con fuerza.

Cuando pasaron semanas y parecía que nadie reparaba en él, empezó a sentirse más cómodo en el trabajo. De momento, parecía que su secreto estaba a salvo.

אבא

Una noche, Gustav estaba sentado en la sala común del bloque 7 cuando uno de sus compañeros de barracón le tocó el hombro.

—Gustl Herzog está fuera —dijo—, quiere verte.

Gustav salió del barracón y encontró a su viejo amigo en un estado de entusiasmo contenido. Le indicó que lo siguiera y llevó a Gustav por el camino lateral del edificio, alejándose de la calle principal. Detrás de la primera hilera de barracones había algunos edificios más pequeños: letrinas, el búnker de la Gestapo y unas duchas pequeñas. Herzog lo guio hacia el bloque de duchas. Emergió una figura de la oscuridad del interior de la puerta y Gustav la reconoció como la del supervisor de las duchas, un joven veterano de Buchenwald que había sido amigo de Fritz. Este joven miró a un lado y al otro y, al ver que no había peligro, le hizo un gesto a Gustav para que entrara.

Intrigado, Gustav entró en el edificio solo, inhalando el olor familiar de humedad mohosa y sin una pizca de jabón. Con la poca luz que había, vio la silueta de un hombre entre las sombras del cuarto de calderas. La figura se acercó y aparecieron las facciones de Fritz.

Era increíble, milagroso. El asombro que sentía Gustav, que había convertido en una cuestión de fe no abandonar nunca la esperanza, a pesar de lo desesperado de las circunstancias, era indescriptible. Volver a tener a su hijo entre los brazos, inhalar su olor, oír su voz, sobrepasaba sus esperanzas, lo superaba todo.[19] Que hubieran sobrevivido todo aquel tiempo no había sido en vano, después de todo.

Tras aquella primera reunión, se volvían a encontrar cuando podían, siempre de noche y en las duchas. Ahora que se habían alejado el luto y la pérdida, la mente de Gustav volvía a estar inundada por todas las atenciones de la paternidad, multiplicadas porque Fritz corría mucho más peligro que nunca. Gustl Herzog y los demás le aseguraron que hacían todo lo posible para mantenerlo a salvo, pero ¿sería suficiente?

אב ובן

En otoño llegó una noticia maravillosa de Auschwitz I. Las SS habían cesado de repente a Maximilian Grabner de su puesto como jefe de la Gestapo del campo.

Era más que una simple destitución. Hacía tiempo que en Berlín tenían dudas sobre la conducta de Grabner. Hasta las SS discrepaban de las muertes que ordenaba, no tanto por el número de asesinatos como por la manera poco metódica en la que los cometía. En la cabeza de Himmler, la Solución Final —y matar, en general— era un asunto industrial, que tenía que llevarse a cabo de forma limpia, eficiente y sistemática. No era un juego o un fetiche personal. El sadismo y la sed de sangre de Grabner ya habían llamado la atención sobre él. Sin embargo, la estocada definitiva se la dio su corrupción.

Como muchos oficiales de alto rango de los campos de concentración, Grabner usaba su posición para enriquecerse con los objetos de valor de los judíos que asesinaban en Birkenau, de los que se suponía tenían que beneficiarse las SS. A diferencia de la mayoría, lo hacía en una escala enorme: mandaba a casa maletas enteras llenas del botín que había robado. La magnitud de su corrupción motivó una investigación de las SS. Lo destituyeron de su puesto y lo detuvieron junto con varios cómplices, entre los que estaba el apático asesino de masas Gerhard Palitzsch.[20] También cesaron a Rudolf Höss, el comandante de Auschwitz, que había ayudado y alentado a Grabner.

El nuevo comandante, Arthur Liebehenschel, lo relevó en noviembre de 1943.[21] Inició una reestructuración de todo el complejo de Auschwitz, hubo muchas sustituciones entre el personal y se redobló la disciplina dentro de las SS.

Lo importante para Fritz era que la amenaza más grave para su seguridad se había desvanecido inesperadamente. Grabner ya no estaba y, con toda aquella agitación, había pocas posibilidades de llamar mucho la atención de la Gestapo en Monowitz. Poco después, la noche del 7 de diciembre, se produjo un incendio en el edificio de la Gestapo de Auschwitz I que destruyó todos los archivos en los que estaban registrados los delitos de Grabner.[22]

Con el tiempo, cuando cayó un velo de oscuridad sobre todo el episodio de Grabner y la necesidad de esconderse se desvaneció, Fritz Kleinmann volvió discretamente a la vida. Se restituyó su entrada en el registro del campo y el judío de Berlín que había muerto de tifus fue olvidado.

A pesar de que la necesidad de un sigilo absoluto había pasado, Fritz todavía tenía que ir con cuidado. Si lo reconocía alguien de las SS que sabía que había muerto —especialmente los sargentos Taute y Hofer de la Gestapo—, tendría problemas. Sin embargo, entre los miles de prisioneros de Monowitz y, los cientos de miles que eran trasladados de aquí para allá en los campos de Auschwitz y las decenas de miles de asesinados, ¿quién se iba a dar cuenta de la discreta resurrección de un solo prisionero?

Cuando se acercaba el invierno, Gustav usó su posición para que transfiriesen a Fritz con él al bloque de los privilegiados. Ahora podían estar juntos por la noche sin tener que arriesgarse a salir. Era una situación socialmente complicada, pues, por su estatus inferior, Fritz no tenía permitido sentarse en la sala común del barracón cuando su padre iba allí a hablar con sus amigos y tenía que quedarse en su litera solo, algo que también era técnicamente ilegal porque las camas eran únicamente para dormir.

Fuera como fuese, no pasaba frío y estaba a salvo. Desde luego, era mejor que el lugar en el que había estado antes de morir. El encargado de su bloque, un hombre que se llamaba Paul Schäfer, no aguantaba el hedor de los cuerpos de los hombres en el dormitorio y dejaba todas las ventanas abiertas, sin importar el clima. Además, por simple sadismo, también apagaba la calefacción, de modo que las ropas empapadas de los prisioneros no se pudieran secar. Si sorprendía a alguien intentando calentarse durmiendo con el uniforme puesto, le pegaba y le quitaba la comida.

«Y así termina el año 1943», escribió Gustav. El invierno había llegado y empezó a nevar y a endurecerse el terreno. Ese sería el quinto invierno desde que se los habían llevado, a él y a Fritz, de su casa, el quinto año de pesadilla incesante. Y, por más que hubieran soportado y sufrido, lo peor aún estaba por llegar.

15

LA BONDAD DE LOS DESCONOCIDOS

אחים

—¡Atrápala!

Fritz saltó, estirándose para atrapar la pelota que le pasaban por encima de la cabeza. La pelota rebotó en uno de los puestos vacíos del mercado y rodó por la carretera. Corrió para atraparla y, cuando levantó la vista, vio a un policía que doblaba la esquina con Leopoldsgasse. El agente lo miró y Fritz se puso derecho y escondió la pelota —que, en realidad, era un montón de trapos enrollados— detrás de la espalda. Estaba prohibido jugar al fútbol en la calle. Cuando se hubo ido, Fritz se dio la vuelta y volvió corriendo al mercado, dejó caer la pelota y la chutó hacia sus amigos.

Se acababa el día y los campesinos que quedaban estaban recogiendo la mercancía que no habían vendido. Se subían a sus carros, agitaban las riendas y se alejaban con el sonido de cascos por la calle. Fritz y sus amigos corrían entre los puestos vacíos pasándose la pelota unos a otros. Solo quedaba en su puesto frau Capek, la verdulera; nunca recogía hasta que oscurecía. En verano, solía dar a los niños mazorcas de maíz. Muchos eran pobres y recogían todos los sobrantes gratuitos que podían: puntas de salchichas del carnicero, trozos de pan del herr König en la panadería Anker, crema batida de la pastelería de Grosse Sperlgasse, al doblar la esquina de la escuela...

Fritz paró la pelota que le habían pasado y estaba a punto de devolverla cuando oyeron el aullido distante de las sirenas: ni-no, ni-no... ¡El camión de bomberos salía por una emergencia! Corrieron alborotados esquivando a los transeúntes: a las amas de casa con las compras de última hora y a los judíos ortodoxos con sus abrigos negros y sus barbas que volvían con prisa a casa para dar comienzo al *sabbat* antes de que la luz empezara a irse.

—¡Esperen! —Fritz se dio vuelta y vio la pequeña figura dando zancadas, corriendo detrás de él. ¡Kurt! Se había olvidado completamente de él. Esperó a su hermano pequeño y, cuando este llegó, sus amigos ya habían desaparecido.

Kurt solo tenía siete años, era de una generación diferente a la de Fritz, que había cumplido catorce, pero mantenían una relación cercana. Fritz a menudo dejaba que fuera con ellos y que aprendiera sus juegos y cómo actuar en las calles. Kurt tenía su propio grupo de amiguitos y el grupo de Fritz los cuidaba.

Pasaron al lado de herr Löwy, que se había quedado ciego en la Primera Guerra Mundial y que ahora intentaba cruzar la calle llena de camiones y de carros pesados de vendedores de carbón y bebidas que traqueteaban tirados por enormes caballos pinzgauer. Fritz le tomó la mano al anciano, esperó a ver un hueco y lo ayudó a cruzar. Luego, haciéndole señas a Kurt para que lo siguiera, salió tras sus amigos.

Los encontraron volviendo por Taborstrasse con las caras llenas de crema batida y azúcar glas. No habían encontrado el incendio, pero habían pasado por la confitería Gross y se habían llevado un montón de pasteles que les habían sobrado. Leo Meth, un amigo de la escuela de Fritz, le había guardado un trozo de pastel de crema batida que compartió con Kurt.

Con las mejillas llenas de pasteles, volvieron hacia el Karmelitermarkt. Fritz había tomado la mano pegajosa y llena de azúcar de Kurt. Fritz disfrutaba teniendo un grupo de amigos; le gustaba que algunos de ellos fueran diferentes, que, mientras los padres de él iban poco a la sinagoga, los padres de esos amigos faltaran a la iglesia o que para ellos la Navidad significara algo más que para él. Parecían cosas insignificantes y nunca les pasó por la cabeza que él y Leo y los otros chicos judíos algún día estarían apartados de los demás por aquellas cosas triviales.

Era una tarde cálida y el día siguiente era sábado, quizá irían a nadar al canal del Danubio. O quizá se juntarían con las chicas para hacer teatro en el sótano del número 17. Frau Dworschak, la portera del edificio, que era la madre de Hans, uno de los compañeros de juegos de Fritz, a menudo les dejaba iluminar la sala con velas, y Herta y las otras chicas hacían una pasarela de modelos, desfilando de un lado a otro con ropa que habían encontrado. O quizá representarían una versión de *Guillermo Tell* para el público que pagara dos peniques por entrar. A Fritz le encantaban aquellas pantomimas.

Él y Kurt llegaron a casa con el cálido anochecer del verano. Había sido un buen día en una sucesión ininterrumpida de buenos días. Los niños de Viena recogían la alegría de la calle como si fueran manzanas de un árbol, solo tenían que levantar la mano y ahí estaba. La vida no se veía afectada por el tiempo, era inviolable.

בן

Fritz salió de un sueño agradable con el chillido estridente del silbato del encargado del campo. Abrió los ojos en la oscuridad y su nariz se despertó con el hedor de trescientos cuerpos sin bañar y trescientos uniformes mohosos y rancios por el sudor. Su cerebro, que había salido repentinamente de su estado de felicidad, asimiló la conmoción que le producía su situación como hacía todas las mañanas antes del alba.

El hombre de la litera de abajo se levantó y se puso el saco, junto con decenas de hombres más, a quienes les tocaba encargarse del café. Fritz se arropó con fuerza con la cobija y cerró los ojos, acomodándose en el colchón de paja e intentando recuperar los añicos de su sueño.

Una hora y cuarto más tarde, se volvió a despertar cuando las luces del dormitorio parpadearon y se encendieron.

—¡Levántense todos! —rugió el capataz del barracón—. ¡Vamos, vamos!

En un instante, de las trescientas literas de tres niveles brotaron piernas, brazos y rostros soñolientos que bajaban, se pisoteaban y se ponían uniformes a rayas. Fritz y su padre bajaron sus colchones, los sacudieron, doblaron las cobijas y lo colocaron todo en su sitio. Después de que los hombres se hubieran mojado y tallado las caras con agua helada en el bloque de aseo —a rebosar de los habitantes de los seis bloques que lo rodeaban— y de que se hubieran abrillantado los zapatos con el betún grasiento de un barril que habían conseguido en la Buna Werke, se pusieron en fila en el dormitorio para que les repartieran el café de bellota, que traían en unos enormes termos de treinta litros. Se lo bebieron de pie (estaba prohibido sentarse en las literas). Los que habían podido guardarse un poco de pan de la noche anterior se lo comieron en ese momento, haciéndolo bajar con el café dulce y tibio. El capataz revisó literas, uniformes y zapatos.

El ambiente era más agradable que en ningún barracón

en el que Fritz hubiera estado antes. Los *Prominenten* del bloque 7 se cuidaban bien.

A las seis menos cuarto, cuando aún no había luz, salieron del barracón y formaron filas delante del edificio. Por toda la calle, los prisioneros emergían de sus barracones para que los encargados de sus bloques los contaran. Ni siquiera los enfermos y los muertos podían faltar; normalmente, cada bloque sacaba uno o dos cadáveres cada mañana. Los traían en brazos y los dejaban en el suelo para que los contaran como a los demás.

Los miles de prisioneros marcharon por la calle y giraron para entrar en la plaza del recuento, iluminada con focos. Formaron filas ordenadas, cada hombre en el lugar que le correspondía dentro de su bloque, cada bloque en el lugar que le correspondía respecto a los demás. Llevaban a los enfermos y a los muertos y los ponían en la parte de atrás.

Los *Blockführers* de las SS patrullaban arriba y abajo entre las columnas, buscando hombres fuera de lugar y líneas torcidas, contando a los prisioneros de sus bloques y llevando la cuenta de los muertos. Cualquier infracción que perturbase la perfecta realización del ejercicio —especialmente si llevaba a un error en el recuento— terminaba en paliza. Cuando los *Blockführers* quedaban satisfechos, informaban al *Rapportführer,* que estaba delante en su podio. Mientras los prisioneros seguían de pie inmóviles —por mucho frío que hiciera y por mucho que lloviera—, el *Rapportführer* repasaba meticulosamente toda la lista.

Para cuando el teniente Schöttl llegó a la plaza, los prisioneros llevaban firmes alrededor de una hora. Fritz observó con cautela cómo Schöttl subía al podio; todavía tenía miedo de que lo reconocieran y lo señalaran, un miedo que nunca acabaría de desaparecer.

Ahora estaba más tenso que nunca por unos hechos que habían tenido lugar recientemente. En septiembre, durante las últimas semanas del mandato de Grabner, habían descubierto a un informador entre los prisioneros.[1] La Gestapo buscaba continuamente actividades subversivas y los miembros de la resistencia tenían que estar en alerta constante. Un prisionero que trabajaba en las oficinas de la Gestapo de Monowitz había identificado al kapo Bolesław Smoliński, *Bolek* —un fanático y antisemita con un odio especial hacia los comunistas— como un informador que trabajaba para el sargento de las SS Taute.

Los miembros de la resistencia discutieron aquella información vital. Curt Posener (conocido como Cupo), uno de los antiguos prisioneros de Buchenwald, señaló que Smoliński se llevaba bien con el encargado del campo responsable del hospital, un contacto muy importante para la resistencia. Aquello suponía una vulnerabilidad terrible. Cupo lo habló con Erich Eisler y Stefan Heymann. Eisler propuso que intentaran hablarlo con Smoliński para hacerle ver que estaba cometiendo un error. Stefan y Cupo se opusieron enérgicamente a aquella idea tan peligrosa. Sin embargo, Eisler ignoró sus advertencias y habló con él. La reacción fue inmediata. Smoliński fue directo a la Gestapo. Inmediatamente, Erich Eisler y Curt Posener fueron detenidos y llevados a Auschwitz I, junto con seis prisioneros más, entre los cuales estaban Walter Petzold y Walter Windmüller, ambos prisioneros funcionarios muy respetados y miembros de la resistencia. Los metieron en el búnker del Bloque de la Muerte y los sometieron a días de interrogatorios y torturas. Smoliński fue retenido con ellos.

Finalmente, Curt Posener y otro prisionero volvieron a Monowitz llenos de golpes y hechos polvo físicamente.

Como Fritz, habían resistido a la tortura y no habían dado ninguna información. También soltaron a Smoliński, que volvió a su puesto de kapo. Walter Windmüller sucumbió a sus heridas y murió en el búnker. El pobre Erich Eisler, que se había delatado de entrada como miembro de la resistencia al hablar con Smoliński, fue fusilado en el Muro Negro.[2] Eisler se había dedicado por completo al bienestar de la gente; incluso antes de ser apresado había trabajado para el Rote Hilfe (el Socorro Rojo), una organización socialista que ayudaba a las familias de los prisioneros.[3] Al final, había sido su carácter compasivo el que lo había condenado a pensar que podía convencer a un hombre como Smoliński de que se comportara con decencia.

—¡Atención! ¡Descúbranse! —gritó la voz de un sargento por el altavoz. Cinco mil manos agarraron su respectivo gorro, lo doblaron con cuidado y se lo pusieron debajo del brazo.

Se quedaron firmes mientras Schöttl repasaba las listas de prisioneros anotando las llegadas, las muertes, las selecciones y las tareas asignadas. Por fin:

—¡Cúbranse! ¡A los destacamentos de trabajo, vamos!

El desfile se convirtió en un caos mientras cada hombre iba hacia el destacamento que le correspondía y se agrupaba con los de su unidad, cada una supervisada por un kapo. Marcharon por la calle hasta la verja de la entrada, que se abrió. Muchos estaban débiles y aletargados, habían consumido sus últimas fuerzas; pronto serían seleccionados para ir a Birkenau o se encontrarían entre los cadáveres que llevaban en brazos al recuento.

Mientras pasaban las columnas, la orquesta de prisioneros tocaba marchas militares desde su pequeño edificio al lado de la entrada. Los músicos estaban dirigidos por un preso político holandés y había un gitano alemán al violín, el resto eran judíos de diferentes nacionalidades. A Fritz lo sorprendía que parecía que nunca tocaban marchas alemanas, solo austriacas de tiempos del Imperio. Su padre había marchado al ritmo de aquellas canciones en las plazas de armas de Viena y Cracovia, y había ido a la guerra acompañado por los mismos aires marciales. Los músicos de la orquesta del campo eran buenos y, a veces, algún domingo, Schöttl les permitía dar un concierto para los prisioneros más privilegiados. Era una estampa surrealista: el grupo heterogéneo de músicos tocando música clásica para un público de prisioneros de pie con los oficiales de las SS sentados a un lado.

El cielo empezaba a iluminarse cuando marchaban por la carretera en dirección al puesto de control de la entrada de la Buna Werke, cada columna custodiada por un sargento de las SS y varios centinelas. Dependiendo de en qué complejo de fábricas trabajaran, algunos todavía tenían que andar hasta cuatro kilómetros, completar la jornada de doce horas, volver a caminar cuatro kilómetros y aguantar varias horas más de recuento bajo la luz de los focos, la lluvia y el frío.

Fritz fue a trabajar al almacén y empezó otra jornada de traslado de materiales. Era una tarea aburrida, pero segura. Fritz no podía saber que ese día marcaría el comienzo de una transformación en su vida.

Estaba hablando con otro prisionero judío cuando un soldador, uno de los civiles alemanes que estaba cerca, se metió en su conversación.

—Qué bien oír hablar alemán —dijo—, no me he encontrado a muchos alemanes desde que vine a trabajar aquí. La mayoría son polacos o de otros países extranjeros.

Fritz lo miró sorprendido. Era bastante joven y caminaba cojo, con cierta dificultad. El hombre les miró los uniformes.

—¿Por qué los han encerrado? —les preguntó.

—¿Disculpa?

—¿Por qué delito?

—¿Delito? —dijo Fritz—. Somos judíos.

Tuvo que repetirlo varias veces para hacerse entender. El hombre estaba desconcertado.

—Pero el Führer nunca encerraría a nadie que no hubiera hecho nada malo —dijo.

—Esto es el campo de concentración de Auschwitz —dijo Fritz—. ¿Sabes qué es Auschwitz?

El hombre se encogió de hombros.

—He estado en el Ejército, en el frente oriental. No tengo ni idea de lo que ha pasado en el país. —Aquello explicaba su cojera, lo habían herido y lo habían licenciado por invalidez.

Fritz se señaló el distintivo del pecho.

—Esto es la *Judenstern,* la estrella judía.

—Ya sé lo que es, pero no te meten en un campo solo por eso.

Aquello era increíble y humillante.

—Claro que sí.

El hombre negó con la cabeza incrédulo. Fritz empezaba a perder la calma. Era increíble aquella ceguera, el hombre podía haberse perdido el recrudecimiento de la situación desde 1941 mientras estaba en el frente, pero ¿dónde había estado desde 1933, cuando había empezado la persecución de los judíos, o en 1938, durante la Noche de los cristales rotos? ¿Pensaba que todos los judíos habían emigrado por voluntad propia?

No era seguro discutir con un alemán, así que Fritz dejó de intentar convencerlo.

Ese mismo día más tarde, el hombre se le volvió a acercar.

—Todos tenemos que arrimar el hombro, ¿sabes? —le dijo—. Todos tenemos que defender la patria y trabajar por el bien común, hasta ustedes tienen su papel.

Fritz se mordió la lengua. El hombre siguió divagando sobre la actitud y el deber y la patria hasta que Fritz no pudo más.

—¿No ves lo que está pasando? —dijo enfadado, e hizo un gesto para señalar las fábricas, Auschwitz, el sistema entero. Después se marchó.

El civil, perplejo por la actitud de Fritz, no dejaba pasar el tema. Se pasó el día siguiendo a Fritz. El deber y la patria eran sus temas más recurrentes, junto con que los prisioneros seguramente lo eran por un buen motivo. A pesar de su insistencia, cada vez que lo repetía parecía menos seguro de sí mismo.

Al final, se quedó callado y, durante los días siguientes, estuvo soldando sin decir nada. Entonces, una mañana, se acercó a Fritz, le pasó a escondidas un trozo de pan y una salchicha grande y se alejó.

El pan era media hogaza de *Wecken*, un pan austriaco hecho con harina muy fina. Fritz arrancó un pedazo y se lo puso en la boca. Estaba delicioso, nada que ver con el *Kommisbrot* militar que les daban en el campo. Sabía a su hogar y al paraíso, y le traía recuerdos de los trozos que les daban a él y a sus amigos a la hora de cerrar en la panadería Anker. Lo guardó, junto con la salchicha, con la intención de meterlo a escondidas en el campo para compartirlo con su padre y con sus amigos.

Una hora o dos más tarde, el civil pasó por su lado de nuevo y se paró.

—Aquí no hay muchos alemanes —le dijo—, me gusta tener alguien con quien hablar. —Dudó. Tenía una mirada de preocupación que Fritz no le había visto antes—. He visto algo… —le dijo incómodo—. Esta mañana, cuando iba a trabajar… —Visiblemente afectado, le contó que había visto el cuerpo de un prisionero colgando de la valla electrificada del campo de Monowitz. Algo así había perturbado hasta a un veterano del frente oriental como él, que había visto atrocidades—. Me han dicho que se había suicidado, que pasa de vez en cuando.

Fritz asintió.

—Pasa a menudo. Las SS dejan los cuerpos colgados unos días para intimidarnos a los demás.

—Yo no luché por eso —le dijo con la voz temblando por la emoción. Tenía lágrimas en los ojos—. No por algo así. No quiero tener nada que ver con eso.

Fritz se quedó estupefacto, un soldado alemán llorando por la muerte de un recluso de un campo de concentración. Por lo que había visto Fritz, los alemanes —ya fueran soldados, policías, SS o prisioneros del triángulo verde— eran todos iguales. Las únicas excepciones eran los presos políticos socialistas, los demás eran despiadados, intolerantes y brutales.

El hombre empezó a contarle a Fritz su vida. Se llamaba Alfred Wocher, había nacido en Baviera, pero se había casado con una vienesa y vivían en Viena, de ahí el *Wecken.* Fritz no mencionó que él era vienés, se quedó escuchando mientras Wocher le hablaba de cómo sirvió en la Wehrmacht en el frente oriental, de que le dieron la Cruz de Hierro y de que alcanzó a ser sargento. Cuando lo hirieron de gravedad, lo mandaron a casa de permiso indefinido; no lo habían licenciado, pero nunca podría volver a servir. Como era un soldador cualificado, lo enviaron a la IG Farben para trabajar como civil.

Fritz pensó que Wocher podía ser un contacto útil. Cuando volvió al campo, fue al hospital y lo habló con Stefan Heymann. Le describió a Alfred Wocher y le repitió todo lo que había dicho. A Stefan no le dio buena espina aquel asunto. Le aconsejó que fuera con cuidado, no podía fiarse de los alemanes y menos de un veterano del Ejército de Hitler. Después de lo de Smoliński, la resistencia iba con más cautela que nunca con los posibles informadores. Además, la última vez que Fritz se había acercado a un civil casi le había costado la vida, sin mencionar todo el dolor que les había causado a sus amigos y a su padre.

Fritz lo entendía perfectamente. Sabía que no debía confiar en Wocher, pero, por algún motivo, quizá por el pan vienés o por la pena claramente sincera que había sentido por el prisionero muerto, Fritz no pudo evitarlo. Volvió a trabajar y, desoyendo el consejo de Stefan y su propio sentido común, siguió hablando con el exsoldado.

Era difícil evitarlo. Wocher lo buscaba, normalmente porque quería desahogarse o preguntarle algo sobre Auschwitz. A Fritz le pareció sospechoso, como si estuviera tanteando el terreno, y lo sensato hubiera sido darle la espalda y ni siquiera escucharlo, pero le contestaba, sin entrar en detalle, con datos sobre Auschwitz. Wocher le traía copias del *Völkischer Beobachter,* el periódico del partido nazi, para enseñarle a Fritz lo que pasaba en Alemania. A Fritz no le parecía mal, los periódicos tenían valor en el campo y cabía decir que limpiar el culo de los judíos era el mejor uso que uno podía imaginar para el *Beobachter.* Agradecía aún más el pan y las salchichas. Un día, sin venir a cuento, Wocher le ofreció mandar cartas por él. Si había alguien de fuera con quien quisiera comunicarse, Wocher le haría llegar los mensajes.

Allí estaba: la trampa. O eso parecía. La tentación de ponerse en contacto con los familiares que seguían en Viena —y, con suerte, saber qué había sido de su madre y de Herta— era fortísima. El instinto de Fritz era poner a aquel hombre a prueba, pero ¿para qué? Si Wocher era un informador nazi, ¿de qué le serviría averiguarlo? Acabaría en el búnker de todos modos.

Fritz volvió a discutir el asunto con Stefan Heymann. Él, sabiendo que Fritz haría siempre lo que quisiera, le dijo que era algo que tenía que decidir por sí mismo, no podía ayudarlo.

Poco después, Wocher comentó que se iba de permiso. Aquella era la oportunidad de Fritz. Wocher había mencionado que pasaría por Brno y Praga de camino a Viena, de modo que, al día siguiente, Fritz fue a trabajar con dos cartas con dos direcciones falsas en ambas ciudades checas y le dijo que tenía familia allí. Wocher las recibió con gusto y le prometió que las llevaría personalmente (no las mandaría por correo, porque el sistema postal estaba vigilado). Fritz supuso que Wocher le mentía, que no se molestaría en intentar llevar las cartas y no descubriría que las direcciones eran falsas.

Cuando Wocher volvió a trabajar unos días más tarde, estaba furioso. Había intentado entregar las dos cartas y no había podido encontrar ninguna de las dos direcciones. Dio por hecho que Fritz lo había engañado solo para burlarse de él y estaba dolido y enfadado. Fritz le pidió disculpas escondiendo su alegría y su alivio, estaba casi seguro de que Wocher no era un agente provocador.

Empezó a contarle más sobre cómo era Auschwitz en realidad. Le contó que los judíos llegaban en grupos desde Alemania, Polonia, Francia, los Países Bajos y las naciones del Este; le describió cómo eran las selecciones de Birkenau: los niños, los ancianos, los que no eran útiles y la mayoría de las mujeres iban a las cámaras de gas, mientras que los demás se convertían en esclavos. Wocher había visto fugazmente partes de todo aquello. Ahora entendía qué eran los largos trenes con vagones cerrados que había visto pasar al lado de Monowitz por las vías que venían del sureste en dirección a Oświęcim. En la fábrica oía a los civiles hablar de aquellas cosas y se dio cuenta de que se había perdido mucho cuando estaba en el frente.[4]

Era difícil no ver lo que estaba pasando. Como un cáncer en fase de metástasis, Auschwitz se extendía y crecía. Se habían iniciado grandes cambios y expansiones y Auschwitz III-Monowitz había pasado a ser el centro administrativo de un número creciente de subcampos que manaban como pústulas alrededor de la Buna Werke. Habían colocado a un comandante por encima de Schöttl, el director del campo. El nuevo comandante era un capitán pálido de ojos ausentes llamado Heinrich Schwarz que disfrutaba pegando y asesinando a los prisioneros, montando en cólera él solo mientras lo hacía. Schwarz estaba entregado a llevar a cabo la Solución Final y se enfurecía con Berlín cada vez que había una pausa en el flujo de judíos que llegaban a Auschwitz.[5]

Los trenes llenos de gente para los subcampos de la IG Farben habían empezado a llegar directamente a Monowitz y, por primera vez, Fritz fue testigo de lo que solo sabía de oídas: las personas perplejas que salían de los vagones de transporte de mercancías al terreno que había cerca del campo, cargados con maletas. Hombres, mujeres y niños que pensaban que los llevaban a una reubicación.[6] Muchos estaban asustados, otros felices de reencontrarse con amigos entre la muchedumbre después de pasar días en vagones asfixiantes. Separaban a los hombres y los obligaban a ir al campo, mientras que las mujeres, los niños y los ancianos tenían que volver a subir al tren, que iba a Birkenau.

En Monowitz, obligaban a los hombres a desnudarse en la plaza del recuento. Muchos intentaban quedarse con sus objetos valiosos, pero casi siempre se los encontraban. Se llevaban todos los objetos al almacén, conocido como Canadá (porque ese país se consideraba una tierra rica), para clasificarlos y examinarlos. Los hombres del destacamento de prisioneros responsable de procesar el botín bajo la atenta supervisión de las SS eran como buscadores de oro lavando tierra en la bandeja; abrían hasta las costuras para buscar objetos valiosos escondidos.[7]

Fritz se interesó particularmente por los recién llegados del gueto de Theresienstadt, muchos de los cuales eran vieneses. Les suplicó que le contaran cómo iban las cosas por casa, pero no tenían mucho que contar. Tuvo noticias más recientes cuando empezaron a llegar deportados directamente de Viena. Prácticamente todos los judíos que estaban registrados se habían marchado ya de la ciudad y las autoridades nazis habían empezado a deportar *Mischlinge*, personas nacidas de matrimonios entre judíos y arios y que, por lo tanto, eran ambas cosas y ninguna. Sin embargo, para frustración de Fritz, nadie pudo decirle nada sobre los familiares y amigos que le quedaban, si es que seguían vivos.

Cuando Alfred Wocher comentó que se iba a Viena de permiso unos días, Fritz vio su oportunidad. Sentía que podía confiar en él y esperaba que la confianza fuera recíproca. Le dio la dirección de su tía Helene, que vivía en Viena-Döbling, un barrio residencial pudiente al otro lado del canal del Danubio respecto a Leopoldstadt. Se había casado con un ario, se había convertido al cristianismo y estaba bautizada. El marido de Helene era un oficial de la Wehrmacht y, de momento, ella había estado a salvo de los nazis. Su hijo, Viktor, era el primo a quien Kurt le había robado el cuchillo de caza. En lugar de escribir una carta, Fritz le dio a Wocher un mensaje oral, para que la informara simplemente de que él y su padre seguían vivos y bien, y en el que le pedía que se lo dijera a otros familiares que hubieran sobrevivido. Wocher tomó la dirección y se marchó.

Volvió al cabo de unos días. Aquella misión no había sido mucho más fructífera que la anterior. La dirección sí era real, pero la mujer que le había abierto la puerta había sido decididamente antipática. Había negado conocer a ningún Kleinmann y le había cerrado la puerta de golpe en las narices a Wocher.

Fritz estaba desconcertado y le pidió a Wocher más detalles. ¿Estaba seguro de que había ido a la dirección correcta? Al final descubrió lo que había pasado. Lo que no había pensado era que, cuando no estaba en la fábrica, Alfred Wocher se volvía a poner el uniforme del Ejército. Al aparecer así en la puerta de su tía Helene, preguntándole por sus parientes judíos, debió de asustar terriblemente a la pobre mujer. En realidad, era peor de lo que Fritz se imaginaba. El marido de Helene había muerto en la guerra y, sin la protección que le daba su estatus de oficial, ella se sentía espantosamente expuesta.

Por lo menos había sacado algo en claro, podía confiar completamente en Wocher.

Cuando llegó la Navidad y Wocher volvió a marcharse a Viena a pasar las vacaciones, Fritz le dio algunas direcciones más de algunos amigos no judíos de su padre que vivían en la zona del Karmelitermarkt. También le dio la dirección del departamento de Im Werd y una carta para su madre.[8] A pesar de todo, Fritz no perdía del todo la esperanza. Necesitaba creer que ella y Herta estaban vivas. Alguien tenía que saber algo.

חברים

Leopoldstadt había perdido el corazón. Las antiguas tiendas de los judíos seguían desocupadas, los negocios estaban cerrados con tiras de madera y las casas, vacías. Cuando Alfred Wocher subió por las escaleras del edificio de Im Werd

11, la mitad de los departamentos estaban deshabitados.[9] En eso habían quedado las acusaciones de los nazis según las cuales los judíos ocupaban las pocas viviendas que había y que necesitaban los verdaderos alemanes.

Nadie contestó cuando llamó al número 16. Seguramente nadie había abierto la puerta desde que Tini Kleinmann había cerrado con llave en junio de 1942. Wocher acabó encontrando a un hombre que se llamaba Karl Novacek que había sido amigo de Gustav. Karl, que era proyeccionista de cine, era uno de los pocos amigos no judíos que había sido fiel a los Kleinmann durante la persecución de los nazis.[10] Estuvo encantado de oír que Gustav y Fritz seguían vivos.

No fue el único. Había más amigos de verdad que vivían en la misma calle: Olga Steyskal, una tendera que vivía en el edificio de al lado, y Franz Kral, un cerrajero. Sus reacciones fueron las mismas que la de Karl. Tan pronto como oyeron la noticia, los tres amigos corrieron al mercado y volvieron con canastas de comida para que Wocher se los llevara a Auschwitz. La noticia también le llegó a Karoline Semlak —Lintschi, como la llamaba la gente—, una prima de Fritz que vivía a unas calles de allí. Lintschi se había convertido en aria cristiana por su matrimonio, pero, a diferencia de la pobre tía Helene de Döbling, ella no tenía miedo de exponer sus conexiones con los judíos. Les hizo un paquete con comida y les escribió una carta con fotos de sus hijos. Olga —Olly para los amigos— también le escribió una carta a Gustav. Ella siempre le había tenido mucho cariño, igual que él a ella; si él no hubiera estado casado, habrían podido tener algo.

Era una situación extraña e improbable: un grupo de amigos arios y una judía convertida llenándole los brazos a un soldado bávaro con el uniforme de la Wehrmacht de regalos que le mandaban con mucho amor a dos judíos que estaban en Auschwitz. Era extrañamente bonito, pero era un problema para Wocher: los paquetes de comida llenaban dos maletas. Hacérselos llegar a Fritz de forma segura sería un reto.

Cuando volvió a Auschwitz, metió en secreto los regalos en la fábrica poco a poco y se los dio al chico. La comida era bienvenida, pero para Fritz eran aún más valiosas las noticias de Lintschi y de sus amigos. Preguntó con impaciencia por su madre y su hermana, pero Wocher negó con la cabeza. Todos con los que había hablado le habían dicho lo mismo: Tini Kleinmann y su hija se habían ido con los deportados al Ostland y no habían sabido nada más de ellas. La decepción de Fritz fue amarga, pero siguió aferrándose a la remota posibilidad de que no estuvieran muertas. Sus tías Jenni y Bertha también habían sido deportadas en uno de los últimos trenes que salieron de Viena a Minsk el septiembre anterior. Jenni no tenía familia, aparte de su gato, con el que hablaba, pero Bertha había dejado atrás a una hija, Hilda (que se había casado con un no judío), y a un nieto.[11]

Compartió la mayoría de la comida con los compañeros de trabajo y le llevó el resto y las cartas a su padre. A pesar de las noticias devastadoras sobre Tini y Herta, Gustav se animó al saber algo de sus queridos amigos. Su naturaleza se rebelaba contra la desesperanza y se alegró al pensar que podría escribirse con gente a la que quería.

En cambio, Fritz recibió una reacción mucho más desalentadora de Gustl Herzog y de Stefan Heymann cuando les contó lo que había hecho. A pesar de la confianza de Fritz en Alfred Wocher, Stefan estaba especialmente receloso. Le aconsejó a Fritz que no siguiera relacionándose con el alemán.

Fritz no dijo nada. Sentía un gran respeto por Stefan, pero la añoranza por el viejo mundo y por su familia era aún mayor.

16

LEJOS DE CASA

אבא

«Queridísima Olly», escribió Gustav.

> Recibo tu amable carta muy agradecido y debes perdonarme por dejarte tanto tiempo sin noticias mías ni de Fritzl, pero tengo que ir con mucho cuidado para no causarte problemas. Te doy mil gracias por tu amable paquete. [...] Me alegra mucho tener amigos tan cariñosos y buenos cuando estoy tan lejos de casa.[1]

Era el tercer día del año 1944 y había un leve toque de esperanza en el aire. El lápiz de Gustav iba a toda velocidad por el papel cuadriculado de dibujo.

> Créeme, querida Olly, durante todos estos años siempre he recordado las hermosas horas que pasé contigo y tus seres queridos y nunca te he olvidado. Para mí y para Fritz han sido unos años duros, pero le debo a mi fuerza de voluntad y a mi energía haber elegido siempre seguir adelante.
>
> La posibilidad de volver a contactar contigo y con tus seres queridos compensará lo que no he podido hacer:

> hace dos años y medio que no recibo noticias de mi familia. [...] Pero no me dejo llevar por la preocupación, porque nos reuniremos algún día. Por lo que a mí respecta, querida Olly, sigo siendo el mismo Gustl y pienso seguir igual. [...] Sea como fuere, querida, no dudes de que, esté como esté, sigo pensando en ti y en todos mis queridos amigos. Ahora me despido con los deseos y los besos más cariñosos.
>
> GUSTL Y FRITZ

Gustav dobló las hojas y las puso en un sobre. Fritz lo llevaría a escondidas a la fábrica el día siguiente y se lo pasaría a su amigo alemán. Una vez más, su hijo se había superado en valentía e iniciativa. No había forma de frenarlo; Gustav solo podía esperar que no volviera a meterse en líos.

Las semanas siguientes, Fritz le llevó cartas a Fredl Wocher de otros prisioneros vieneses, sobre todo de judíos con esposas arias en casa. Iban con cuidado y las escribían de un modo que no incriminara ni al remitente ni al destinatario en caso de que la Gestapo las interceptara.

בן

Las cartas no eran la única forma en que Fritz subvertía el sistema para beneficiar a sus compañeros. También hacía intercambio de incentivos.

Auschwitz había introducido hacía poco unos vales de incentivos para los trabajadores ejemplares. Solo podían conseguirlos los prisioneros no judíos con ocupaciones de un estatus alto[2] y podían intercambiarse por artículos de lujo como tabaco y papel higiénico en la cantina de los prisioneros. El sistema, que era idea de Himmler, pretendía incrementar la productividad, pero, en la práctica, los kapos solían usar los vales para agradecer favores especiales más que para premiar a los prisioneros por hacer un buen trabajo.[3]

Para muchos, la atracción principal de los vales era que se podían usar para pagar visitas al prostíbulo del campo. Aquellas instalaciones eran otra de las ideas de Himmler para premiar la productividad. Estaban cerca de las cocinas del campo, rodeadas por una valla de alambre de espino, y se las conocía eufemísticamente como *el bloque de las mujeres*.[4] Las mujeres eran prisioneras de Birkenau (alemanas, polacas, checas, pero ninguna judía) que se habían «presentado voluntarias» tras recibir la promesa de que las dejarían en libertad a su debido tiempo. Había lista de espera para los clientes del prostíbulo y solo podían pedir hora los prisioneros arios con vales de incentivos. Cuando entraban, ponían a los clientes una inyección contra las enfermedades venéreas y un hombre de las SS les asignaba una mujer y una sala. A veces, durante el día, cuando el prostíbulo estaba cerrado, se podía ver a las mujeres paseando fuera del campo, cada una vigilada por un *Blockführer*.

Como Gustav era oficialmente ario, recibía vales de incentivos, pero no les daba uso. Schöttl, el director del campo, que tenía gustos perversos, se excitaba indirectamente al escuchar las descripciones detalladas de las actividades de los prisioneros con las mujeres; pero, aunque intentó persuadir a Gustav para que fuera al prostíbulo, él siempre lo declinaba con la excusa de que, lamentablemente, estaba demasiado mayor (solo tenía cincuenta y dos años, pero, para ser un prisionero, era un auténtico anciano; casi nadie vivía tanto).

Como tampoco fumaba, no necesitaba los cupones para

nada en particular, de modo que se los daba a Fritz, quien contrabandeaba con ellos.

Fritz había cultivado su relación con los kapos a cargo de las cocinas y de Canadá, donde se almacenaban las pertenencias robadas a los prisioneros. Ambos eran profundamente corruptos y ambos eran adictos a ir al prostíbulo. A cambio de los cupones, Fritz recibía pan y margarina de la despensa y ropa muy valiosa de Canadá: suéteres, guantes, bufandas y cualquier cosa que calentara. Luego volvía con su botín al barracón y lo compartía con sus amigos y con su padre.

Le incomodaba saber que su intercambio se sustentaba en la explotación de las mujeres del prostíbulo. En un entorno tan hostil, la filantropía de unas personas tenía que darse a costa del sufrimiento de otras. Con el tiempo, sustituyeron a las mujeres por un grupo de chicas polacas más jóvenes. El primer grupo de mujeres, que había soportado meses de degradación porque les habían prometido la libertad, volvió a Birkenau. Nunca las dejaron libres.[5]

Durante la primavera y a principios de verano de 1944, el carácter de Auschwitz empezó a cambiar notablemente. Gustav apuntó en su diario que Monowitz recibía un torrente constante de prisioneros nuevos, casi todos judíos húngaros. Traían miradas vacías melancólicas y noticias del este que, para Gustav, indicaban que la guerra les iba muy mal a los alemanes.

En marzo, Alemania había invadido Hungría, su antiguo aliado. Alarmado porque las fuerzas alemanas en el frente oriental no dejaban de derrumbarse y era muy probable que llegara una invasión británica y estadounidense desde el noroeste de Europa, el Gobierno húngaro había empezado a hacer propuestas de paz a los aliados en secreto. A ojos de Alemania, aquello era una traición devastadora. Hitler había respondido inmediatamente con furia, invadiendo el país y apoderándose de su Ejército.

Hungría tenía una población de cerca de 765 000 judíos.[6] La exclusión y el antisemitismo les habían arruinado la vida, pero, hasta entonces, no les habían hecho daño. Y, de pronto, los lanzaron al pozo.

La persecución sistemática empezó el 16 de abril, el primer día de la Pascua judía, la celebración tradicional de la liberación divina de la esclavitud.[7] Unidades de Einsatzgruppe, reforzadas por los gendarmes húngaros, empezaron a llevar a cientos de miles de judíos a campos y guetos improvisados. Se hizo rápida, eficiente y brutalmente; las SS mandaron a sus dos oficiales más experimentados para que estuvieran al mando: Adolf Eichmann, que había ganado experiencia deportando a judíos de Viena, y Rudolf Höss, el antiguo comandante de Auschwitz.

Los primeros trenes salieron de Hungría hacia Auschwitz a finales de abril y llevaban a 3 800 hombres y mujeres judíos. Cuando llegaron, la mayoría fue a las cámaras de gas.[8] Fueron las primeras gotas de una marea de personas. Para aumentar la eficiencia, la vieja rampa de los judíos de Oświęcim se sustituyó por un ramal que llegaba hasta dentro del campo de Birkenau y tenía una rampa de descarga de casi medio kilómetro de largo.

Gustav llegó a conocer más tarde a algunas de las mujeres húngaras que llegaron a aquella rampa de Auschwitz y le contaron detalladamente lo que les había pasado.

El martes 16 de mayo, todo el campo de Birkenau se

cerró por completo. Los prisioneros quedaron encerrados en sus bloques y bajo vigilancia. Las únicas e incongruentes excepciones fueron el Sonderkommando y la orquesta del campo. Poco después, llegó un tren largo soltando vapor y chirriando por las vías, pasó por debajo de los arcos del edificio de ladrillo de la entrada y se detuvo al lado de la rampa. Las puertas corredizas se abrieron y de cada vagón emergieron unas cien personas: ancianos y jóvenes, hombres, mujeres, niños y bebés. Casi ninguno tenía la más remota idea de a qué clase de sitio habían llegado y muchos bajaron del tren despreocupados, cansados y desorientados, pero esperanzados.[9] Cuando los uniformes a rayas del Sonderkommando pasaron entre ellos, no tuvieron miedo. El sonido de la música de la orquesta ayudó a crear un ambiente de seguridad.

Después tocó la selección. Todos los que tenían más de cincuenta años, los que estaban cojos o enfermos, los niños y sus madres y las mujeres embarazadas fueron a un lado. Los hombres y mujeres sanos de entre dieciséis y cincuenta años —más o menos un cuarto del total— fueron hacia el otro. A lo largo del día, llegaron dos trenes más de Hungría. Dos selecciones más, miles de almas enviadas a la derecha o a la izquierda. Los que eran considerados útiles para trabajar fueron clasificados como «judíos en tránsito» y los mandaron a una sección del enorme campo. Los otros fueron llevados en rebaño a los edificios bajos que había entre los árboles al final de las vías, de cuyas chimeneas emanaba, día y noche, un humo pestilente.[10]

Aquel día, unos quince mil judíos húngaros entraron a Birkenau; nunca conoceremos el número exacto de asesinados, porque ninguno de ellos, ni los muertos ni los esclavizados, fueron registrados como prisioneros de Auschwitz ni recibieron un número.[11] No esperaban que duraran mucho ni siquiera los que destinaron a los campos de trabajo.

Era el principio de una escalada monstruosa que marcaría el zénit —o, más bien, el nadir— de Auschwitz como lugar de exterminio. Entre mayo y julio de 1944, la organización de Eichmann mandó 147 trenes a Auschwitz.[12] Llegaban a Birkenau a razón de cinco al día y desbordaban el sistema. Se volvieron a poner en marcha algunas cámaras de gas que habían quedado inactivas. Cuatro en total operaban las veinticuatro horas del día. Novecientos operativos de Sonderkommando agotados y traumatizados conducían los rebaños de mujeres, hombres y niños desnudos y alarmados a las cámaras de gas y cargaban con los cuerpos después. El destacamento de Canadá llenaba bloques y bloques de ropa, objetos de valor y maletas llenas. Los crematorios no daban abasto con la cantidad arrolladora de muertos y se cavaron fosas en donde quemar los cuerpos. En las SS se desató el frenesí. Tal era la fiebre por asesinar a cada grupo nuevo que solían abrir las cámaras de gas cuando algunas víctimas aún respiraban; las que se movían recibían un disparo o un toletazo y algunas caían a las fosas y se quemaban medio vivas.[13]

Muchos de los hombres y mujeres que superaban las selecciones llegaban a Monowitz. Gustav los veía llegar y se compadecía de ellos desolado. «Muchos ya no tienen padres, porque sus padres se han quedado en Birkenau», escribió. Solo una minoría eran como él y Fritz, padre e hijo juntos, o madre e hija. ¿Tendrían la fuerza y la suerte que Fritz y él habían tenido para sobrevivir? A juzgar por su estado desolado, no parecía muy probable. Muchos ya mostraban la depresión ausente sintomática de haberse convertido en *Muselmänner.* «Qué etapa tan triste», escribió Gustav.

A mediados de 1944, trasladaron el destacamento de tapizado de Gustav al recinto de la Buna Werke. El nivel de influencia del que disfrutaba era tal que había conseguido que trasladaran a Fritz para que trabajara para él.[14]

Los primeros meses del año habían sido duros: un invierno crudo con una gruesa capa de nieve y brotes de fiebre y disentería. Ambos habían enfermado y habían pasado un tiempo ingresados en el hospital, en peligro constante de ser seleccionados para la liquidación. Gustav fue el primero que cayó enfermo y lo ingresaron con decenas de prisioneros más en febrero. Estuvo allí ocho días y se recuperó justo a tiempo para evitar la selección en la que mandaron a las cámaras de gas a varios hombres que habían ingresado al mismo tiempo que él. Otro brote hizo que Fritz se quedara en el hospital más de dos semanas en marzo.[15]

Ahora que trabajaba en la fábrica, Gustav conoció por fin a Fredl Wocher, su benefactor, quien ahora tenía toda su confianza y la de Fritz.

Para Fritz, trabajar en el taller de tapizado de su padre supuso retomar su formación como tapicero, que había interrumpido el Anschluss en 1938. Trabajaban para un maestro civil de Ludwigshafen. «No es un mal tipo y nos ayuda siempre que puede. El hombre es de todo menos nazi», escribió Gustav.

La lealtad de los alemanes estaba sometida cada vez a más presión a medida que se desarrollaba la guerra y empezaban a enfrentarse a la posibilidad de la derrota y a la realidad de lo que había hecho el régimen nazi. El 6 de junio empezó la muy anticipada invasión de Francia por parte de las fuerzas aliadas. Mientras tanto, el Ejército Rojo atacaba sin tregua por el este.

En junio, los rusos entraron en el Ostland, cercaron Minsk y conquistaron la región en la que estaban los restos de Maly Trostenets. El pequeño campo se había desmantelado y derribado en octubre de 1943, una vez que hubo cumplido con su cometido. El 22 de julio, las unidades que avanzaban por el este de Polonia tomaron el enorme campo de concentración de Majdanek, a las afueras de Lublin; fue el primer campo a gran escala que cayó en manos de los aliados. Lo encontraron prácticamente intacto, con las cámaras de gas, los crematorios y los cuerpos de las víctimas. Las descripciones de los testigos volaron por el mundo y aparecieron en periódicos que iban desde el *Pravda* hasta *The New York Times*. En palabras de un corresponsal ruso, el horror que provocaba era «demasiado grande y demasiado espantoso para poder comprenderlo».[16]

Creció la presión para que los gobiernos aliados —que ya tenían información bastante detallada sobre los campos, incluyendo Auschwitz— hicieran algo para ayudar directamente a los prisioneros. Se pedía que bombardearan las instalaciones de los campos y las redes ferroviarias. Los líderes aliados consideraron y descartaron las peticiones; dijeron que no era un uso viable de los recursos, los cuales estaban consagrados, en su totalidad, a los bombardeos estratégicos y al apoyo aéreo de los ejércitos. Y no había más que hablar.[17]

Sin embargo, las SS eran conscientes de que algunos de los campos estaban situados al lado de instalaciones industriales que corrían un alto riesgo de ser bombardeadas, como la Buna Werke de Auschwitz, que estaba justo dentro del radio de los bombarderos de largo alcance de los aliados. Las SS de Auschwitz decidieron implementar algunas precauciones ante los bombardeos.[18] Se construyeron refugios en la Buna Werke y se implantó una política de oscuridad total por las noches en todo el complejo de Auschwitz. La tarea de preparar las fábricas para que no saliera luz recayó sobre Gustav Kleinmann, que dejó de hacer trabajos de tapicería y pasó a estar encargado de la fabricación de cortinas opacas. Le dieron un taller con máquinas de coser y un equipo de veinticuatro prisioneros, la mayoría de los cuales eran mujeres judías jóvenes, «toda gente muy bien educada y en la que se puede confiar». Mientras el equipo de Gustav hacía las cortinas, Fritz ayudaba a los instaladores civiles a colocarlas.

Gustav trabajaba para un maestro civil que se llamaba Ganz, un socialista, que pasaba por el taller para hablar un poco y compartir su comida. Ganz era bastante diferente de los otros encargados de aquella parte de la fábrica, que vivían asombrados y aterrorizados por las SS e insistían en que el Führer sabía lo que hacía. Algunos eran nazis convencidos que informaban al ingeniero jefe, otro hitleriano fiel, de cualquier fraternización.

Algunas de las mujeres polacas del taller de al lado, que se dedicaba al aislamiento de las fábricas, traían pan y papas para los prisioneros judíos del taller de cortinas. De dónde sacaban la comida era un misterio, porque sus propias raciones eran ya escasas. También traían regalos dos instaladores de cortinas checos que, como Alfred Wocher hacía por Fritz, ejercían de mensajeros para los judíos checos llevándoles cartas a sus amigos de Brno y trayendo regalos como manteca y tocino.

La generosidad era enorme, pero las cantidades, frente a la necesidad de miles de personas, eran diminutas. Todos, menos los judíos más ortodoxos, recibían el tocino y el resto de la comida que no era *kosher* con gratitud, pues hacía tiempo que habían abandonado los elementos más estrictos de su fe.[19] Algunos, como Fritz, habían abandonado del todo la religión porque les resultaba imposible mantener la fe en un Dios que no se preocupaba por los judíos.

Las mujeres del taller de Gustav, que habían estado en Birkenau, le contaron todo lo que pasaba allí. Cuatro sastres húngaros que estaban destinados en aquel destacamento de las cortinas le contaron cómo fueron las detenciones en Budapest. Fue como un tornado, mucho más rápido y violento que en Viena. Los judíos húngaros, a pesar de vivir bajo su propio Gobierno antisemita, habían podido guardar el *sabbat* y seguir yendo a la sinagoga y se habían convencido de que las historias de persecución que llegaban de Alemania eran exageraciones. Entonces habían llegado los nazis y lo habían vivido en carne propia.

Hacía casi dos años que Gustav iba asimilando las historias que salían de Birkenau, pero lo que pasaba en ese momento estaba en otro nivel de barbarie. «El hedor de los cadáveres incinerados llega hasta el pueblo», escribió. Cada día veía pasar por Monowitz los trenes que venían por las vías del sureste, con los vagones bien cerrados. «Sabemos todo lo que pasa. Son todos judíos húngaros... Y todo esto en el siglo XX.»

בן

Con la ayuda de Fritz, Schubert instaló la última cortina en la ventana de la oficina. Había intentado explicarle al gerente cómo usar las cortinas, pero había sido complicado; Schubert era un polaco de etnia alemana y hablaba muy mal el alemán.

Él y Fritz recogieron las herramientas. Mientras lo hacían, uno de los civiles le pasó unos pedazos de pan duro a

Schubert y saludó a Fritz con la cabeza. Schubert los agarró discretamente y los metió en la caja de herramientas de Fritz. Este se cargó el montón de cortinas al hombro y se fueron al siguiente edificio. Se llevaban bien, a pesar de las dificultades de comunicación. Schubert venía del pueblo de Bielitz-Biala, donde Gustav había trabajado como ayudante de panadero en los primeros años del siglo. A Fritz le gustaba ir de un lado para otro, era casi como probar un sorbito de libertad. Cada día, él y Schubert volvían al taller con las cajas de herramientas llenas de trozos de pan.

El siguiente edificio de la lista estaba cerca de la entrada principal del complejo, donde había un puesto de control atendido por un cabo de las SS que los prisioneros conocían por el nombre de Rotfuchs («Zorro Rojo»), por su pelo rojo encendido y su carácter a juego. Cuando pasaban por allí, Fritz vio que Rotfuchs miraba irritado a un grupo de judíos griegos que estaban dentro del recinto sin trabajar. Fritz sentía que estaba a punto de pasar algo y aminoró el paso. La ira se apoderó de Rotfuchs, que dejó su puesto, se dirigió hacia los griegos y empezó a gritarles que volvieran al trabajo. Ninguno hablaba alemán y no tenían ni idea de lo que decía. Él empezó a golpearlos salvajemente con la culata del fusil.

Fritz no pudo refrenarse. Lo dejó caer todo y corrió para interponerse entre Rotfuchs y sus víctimas.

—Tiene que volver al puesto de control —le dijo señalando la verja abierta de par en par—, se podrían escapar prisioneros.

Otros hombres de las SS hubieran parado en seco si les hubieran recordado sus deberes, incluso si el que lo hacía era un prisionero judío, pero Rotfuchs no. La cara pálida y pecosa se le puso roja de ira.

—¡Haré lo que me parezca! —gritó.

Se oyó el clic-clac del seguro de su fusil y la boca apuntó a Fritz.

Así acababa todo; después de tantos años, iba a terminar en un instante de ira ciega, todo por unos prisioneros que ni siquiera conocía.

En ese instante, cuando Rotfuchs estaba a punto de apretar el gatillo, apartó el fusil la mano de herr Erdmann, un ingeniero jefe que se había acercado al oír el alboroto. Sin dudar, Fritz dio media vuelta y entró con determinación a un almacén de materiales que había cerca. Era lo bastante sensato como para no quedarse vagando por allí.

Podían pasarle dos cosas, podía ser que lo fusilaran para castigarlo o que, por lo menos, le propinaran unos azotes, pero no pasó ninguna de las dos cosas. Herr Erdmann interpuso una queja formal contra Rotfuchs en la IG Farben y destinaron al cabo a otro lugar. Los prisioneros de Monowitz no volvieron a verlo.

Lo que había hecho Erdmann representaba lo que muchos alemanes sentían. La situación en la que Hitler había puesto a Alemania y que no dejaba de empeorar estaba erosionando el poco respeto que quedaba por el régimen nazi. Muchos alemanes tenían miedo de lo que sería de ellos y los que trabajaban en Auschwitz o cerca e iban conociendo lo que habían hecho realmente las SS cada vez podían digerirlo menos.

Como podía moverse por la Buna Werke para instalar las cortinas, Fritz llegó a encontrarse a menudo con Fredl Wocher. En una ocasión, le presentó a Fritz unos amigos que se encargaban de las baterías antiaéreas de la Luftwaffe instaladas por el perímetro. Tenían más raciones de comida de las que necesitaban y le dieron a Fritz varias latas de carne y pescado en conserva, mermelada y miel artificial.

Las donaciones de comida se habían vuelto más importantes que nunca. Alemania estaba en una época de escasez y todos los recursos se mandaban al frente; a los ciudadanos, en sus casas, les faltaba comida y a los prisioneros de los campos de concentración casi no les llegaba nada. El número de *Muselmänner* aumentó y las muertes por enfermedades e inanición se incrementaron vertiginosamente, igual que los seleccionados para las cámaras de gas. La comida donada no podía cubrir todas las necesidades, pero, por lo menos, ayudaba un poco. Fritz y sus compañeros mejor alimentados daban todas sus raciones del campo a los que estaban desnutridos.

Cómo compartir la comida entre una cantidad de personas tan grande era un motivo de preocupación constante para Fritz y lo atormentaban las decisiones difíciles que se veía obligado a tomar. «Si lo compartiéramos entre tanta gente, para cada uno no sería más que una gota de agua en una piedra caliente.» Dársela a un *Muselmann,* tan desnutrido que, de un vistazo, ya se sabía que iba a morir en unos días, parecía tirar la comida.[20]

Fritz levantó un muro en su corazón ante los que estaban demasiado débiles para sobrevivir y los que ya se estaban muriendo, y les dio la comida que le sobraba a los jóvenes. Había tres chicos en su barracón y los tres habían perdido a sus padres en las cámaras de gas. Uno de ellos era su antiguo compañero de juegos de Viena, Leo Meth. En un primer momento, lo habían mandado a Francia y había escapado de los nazis, pero cayó en su red cuando los alemanes se anexionaron el territorio de Vichy. Fritz les daba su ración de pan y sopa, y también trozos de salchicha y de pan que le entregaba la gente en las fábricas. Para él era como devolver la generosidad que había recibido de prisioneros más mayores cuando era un chico vulnerable de dieciséis años en Buchenwald.

Gustav también hacía lo que podía por los prisioneros jóvenes y los necesitados. Un día, cuando registraban a un grupo de recién llegados, oyó que llamaban a un tal Georg Koplowitz. La madre de Gustav trabajó para una familia judía que se apellidaba Koplowitz. Les tenía mucho cariño y siempre se acordó de ellos hasta que murió en 1928. Intrigado, Gustav localizó a aquel joven y descubrió que era el hijo de aquella misma familia, el único que había superado la selección en Birkenau. Gustav se convirtió en el protector de Georg, le daba lo que le sobraba de comida cada día y le consiguió un trabajo seguro como ayudante en el hospital.[21]

El círculo de bondad lo completaban los prisioneros de guerra británicos, a quienes obligaban a trabajar en las fábricas con los reclusos de Auschwitz. Venían del E715, un subcampo de trabajo del campo Stalag VIII-B. A pesar de estar en la zona de Auschwitz controlada por las SS, eran prisioneros de la Wehrmacht, y eran los soldados de la Wehrmacht los que los custodiaban de camino al trabajo y los que los vigilaban. Recibían paquetes de ayuda con cierta frecuencia gracias a la Cruz Roja Internacional y compartían algunos de los contenidos con los prisioneros de Auschwitz, así como noticias sobre la guerra que oían en la BBC desde radios que tenían escondidas en su campo. A Fritz le gustaba especialmente su chocolate, el té inglés y los cigarros Player's Navy Cut. Teniendo en cuenta el valor inestimable de aquellos artículos para los soldados británicos, era un acto de gran generosidad que los compartieran. Estaban horrorizados por los abusos que veían perpetrar a las SS y se quejaban con sus propios guardias de ello. «La actitud de los prisioneros de guerra ingleses hacia nosotros enseguida se convirtió en la comidilla del campo —recordó Fritz más adelante—, y la ayuda que nos prestaron fue muy valiosa.»

Aunque los prisioneros agradecían mucho las donaciones de comida, si los encontraban en posesión de alguna, se ganaban unos azotes o varios días sin comer en las celdas del búnker del Bloque de la Muerte, unas habitaciones diminutas, claustrofóbicas, en las que era imposible sentarse. Había un hombre de las SS en concreto con el que había que tener cuidado. El sargento Bernhard Rakers dirigía los destacamentos de trabajo de los prisioneros en la Buna Werke como si fuera su pequeño reino, llenándose los bolsillos, acosando sexualmente a las trabajadoras y repartiendo castigos brutales.[22] Fritz, que iba por ahí con comida de contrabando en la caja de herramientas, estaba en un riesgo constante de encontrarse con él. Rakers solía registrar a los prisioneros y, si descubría cualquier objeto de contrabando, le daba al culpable veinticinco latigazos allí mismo. No había informe oficial, el contrabando iba directo a los bolsillos del sargento.

Fritz y los demás buscaron formas nuevas y mejores de conseguir comida. Fueron dos judíos húngaros los que tuvieron la ingeniosa idea de fabricar y vender abrigos.

Jenö y Laczi Berkovits eran dos hermanos de Budapest, ambos sastres hábiles a los que habían destinado al destacamento de cortinas de Gustav.[23] Un día abordaron a Fritz muy agitados y le resumieron su osado plan. La tela negra con la que hacían las cortinas era gruesa y fuerte, y además impermeable por un lado. Con ella podrían fabricar abrigos impermeables que se venderían bien en el mercado de contrabando. Podían intercambiarlos por comida o incluso vendérselos a los civiles.

Fritz señaló el problema obvio: el inventario del material de las cortinas se controlaba muy de cerca y tenía que concordar con el número de cortinas que se fabricaban.

Hasta los retazos se tenían que entregar a herr Ganz. Jenö y Laczi no le dieron importancia a aquel problema, estaban seguros de que podrían desviar una parte de la tela. Un sastre hábil podría organizar el uso del material de modo que las prendas se pudieran fabricar con el porcentaje normal de sobra. Con la cantidad de cortinas que se fabricaban, tendrían muchos impermeables. Fritz lo consultó con su padre, quien accedió a intentarlo.

Los hermanos se las arreglaron para acabar entre cuatro y seis impermeables al día sin que se percibiera un incremento en el consumo total de material. Mientras tanto, en el taller de Gustav, los demás redoblaban los esfuerzos para que la producción no disminuyera.

El ardid apenas había empezado cuando tuvo que detenerse abruptamente. Los hermanos se dieron cuenta de que habían pasado por alto un factor importante: no tenían botones ni nada que pudiera sustituirlos. Preguntaron a sus conocidos y uno de los instaladores de cortinas checos se ofreció a traer botones la próxima vez que fuera a Brno. Con aquel problema resuelto, retomaron la producción.

La responsabilidad de la distribución recayó en Fritz. Había hecho amistad con dos civiles polacas del taller de aislamiento de al lado, Danuta y Stepa; ellas llevaban los impermeables terminados a su campo de trabajo y se los vendían a sus compañeras. Otros se vendían en las fábricas a los civiles. El precio por impermeable era o un kilo de tocino o medio litro de aguardiente, que se podía intercambiar por comida.

Los abrigos, que estaban bien hechos y eran prácticos, se pusieron de moda rápidamente, lo que implicaba un peligro creciente de que las SS se percataran de que todos los civiles de pronto llevaban aquella prenda negra inconfundible. El riesgo se redujo un poco cuando los ingenieros y gerentes alemanes empezaron a comprarlos. Aquellos hombres con influencia habían pasado a tener un interés personal en hacerse de la vista gorda con la operación. Por ello, el número de prisioneros a los que Fritz y sus amigos pudieron ayudar aumentó y lograron salvar más vidas.

17

RESISTENCIA Y TRAICIÓN

אח

A pesar de todo lo que hacía por salvar vidas, Fritz anhelaba una forma de resistencia más directa. Lo que de verdad quería hacer era luchar, y no era el único.

Formar una resistencia armada contra las SS era imposible sin ayuda. Tal como estaban las cosas, la única forma de conseguirlo era contactando con los guerrilleros polacos de las montañas Beskides. Mandarles mensajes sería bastante fácil, pero, para desarrollar una buena relación con ellos, haría falta que se reunieran en persona. Alguien tendría que escapar.

Se informó a los guerrilleros y, a principios de mayo, los líderes de la resistencia eligieron a los cinco prisioneros que tenían que fugarse. El primero era Karl Peller, un carnicero judío de treinta y cuatro años y antiguo prisionero de Buchenwald. También estaba Chaim Goslawski, el encargado del bloque 48 que había cuidado de Fritz después de su falsa muerte. Como había nacido en aquella zona, si alguien podía encontrar a los guerrilleros era él. En el equipo también había un judío de Berlín —Fritz nunca supo cómo se llamaba— y dos polacos que Fritz solo conocía como Szenek y Pawel, y que trabajaban en las cocinas del campo.[1]

Goslawski incluyó a Fritz en aquel plan. Su papel era el de conseguir ropa de paisano de los almacenes Canadá para los hombres que tenían que fugarse.

Todos los preparativos estaban listos cuando, una mañana, en la oscuridad de la madrugada, antes del recuento, Goslawski se acercó a Fritz y le dio un paquete pequeño, del tamaño de un pan.

—Dáselo a Karl Peller —le dijo bajito, y desapareció en la oscuridad.[2]

Fritz se escondió el paquete en el uniforme y se unió a sus compañeros de barracón, que iban a pasar el recuento. No formaba parte del núcleo que preparaba la fuga, pero se imaginó que era inminente.

Más tarde, cuando hacía sus rondas instalando cortinas, Fritz se inventó una excusa para visitar las obras de la Buna Werke donde Peller trabajaba y le pasó el paquete. Al mediodía, Szenek y Pawel llegaron a la Buna Werke con la sopa para los prisioneros. Fritz se percató de que Goslawski había encontrado un pretexto para acompañarlos. Todos los hombres que tenían que fugarse estaban ya en la Buna Werke, que estaba mucho menos vigilada que el campo.

Fritz siguió trabajando y no vio nada más. Aquella noche, en el recuento, faltaban los cinco hombres: Peller, Goslawski, Szenek, Pawel y el berlinés. Simplemente habían salido de la Buna Werke con la ropa de paisano que Fritz les había conseguido y habían desaparecido. Mientras las SS iniciaban la búsqueda, los prisioneros se quedaron bajo vigilancia en la plaza del recuento.

Pasaron las horas. Llegó y pasó la medianoche, las primeras horas de la madrugada corrieron y el alba los encontró todavía firmes, rodeados por un cordón de centinelas armados. Pasó la hora del desayuno. Corrió un murmullo agitado entre las filas: las SS no solo buscaban a los desaparecidos, sino también a un prisionero sin identificar al que habían visto hablar con Karl Peller en la obra aquella mañana.

A Fritz se le encogió el corazón en el pecho. Si lo identificaban, esta vez le tocaría a él ir al búnker y al Muro Negro. A pesar del miedo que tenía, se alegró. La fuga había sido un éxito.

Finalmente, ordenaron a los prisioneros que se fueran a trabajar. Y fueron con el estómago vacío, exhaustos, pero animados. Pasaron los días y, a pesar del rumor, nadie identificó a Fritz como la persona misteriosa que había hablado con Peller. Pasaron tres semanas sin saber nada más… Y, entonces, sin previo aviso, llegó el golpe.

Trajeron a los dos polacos —Szenek y Pawel— y al berlinés de vuelta al campo, magullados y desaliñados. Los líderes de la resistencia se enteraron de que los había detenido una patrulla de la policía de Cracovia.[3] Era desconcertante: Cracovia no estaba para nada cerca de las montañas Beskides, de hecho, estaba casi en dirección opuesta. ¿Y dónde estaban Goslawski y Peller? ¿Habían conseguido reunirse con los guerrilleros?

En el recuento de la tarde, pusieron a los tres hombres en el *Bock* y les dieron latigazos y, asombrosamente, aquel fue todo el castigo que recibieron. Un tiempo después, cuando hubo un traslado de polacos a Buchenwald, mandaron a Szenek y Pawel con ellos.[4] El judío de Berlín se quedó en Monowitz.

Con el tiempo, toda la historia salió a la luz. El berlinés, que había estado demasiado asustado cuando los dos polacos todavía estaban en el campo, le contó a un amigo lo que había pasado después de la fuga. El paquete que Fritz le había entregado a Karl Peller de parte de Goslawski había sido la causa de todo. Estaba lleno de dinero y joyas robadas de Canadá que tenían que ser un pago para asegurarse la ayuda de los guerrilleros. Se había concertado de antemano una reunión con ellos, pero Goslawski y Peller no llegaron a presentarse. La primera noche después de fugarse, Szenek y Pawel los asesinaron a ambos y se quedaron con el botín. El berlinés había tenido demasiado miedo como para intervenir.

En lugar de escaparse con el botín, los tres decidieron presentarse finalmente en la reunión. Cuando llegaron, los guerrilleros los estaban esperando. No estaban contentos, esperaban a cinco hombres, ¿dónde estaban los otros dos? Szenek y Pawel hicieron como que no sabían nada, pero los guerrilleros no quedaron satisfechos con sus excusas y evasivas. Los acogieron a los tres durante una semana, pero Goslawski y Peller no aparecieron, de modo que anularon el trato. Llevaron a los tres hombres hasta Cracovia y los dejaron allí tirados. Perdidos y sin amigos, vagaron por las calles hasta que los paró la policía.

La confesión del berlinés llegó a oídos del encargado del campo, que le pasó la información a la administración de las SS.

Unas semanas más tarde, Szenek y Pawel reaparecieron en Monowitz. Los habían traído de Buchenwald por órdenes de las SS. Apareció una horca en la plaza del recuento y ordenaron a los prisioneros que desfilaran hasta allí.

Fritz y sus compañeros entraron en la plaza y encontraron un cordón de soldados de las SS delante de la horca con los subfusiles preparados. Los prisioneros formaron filas y, durante el silencio que vino a continuación, el comandante Schwarz y el teniente Schöttl subieron al podio.

—¡Descubríos! —La orden se oyó por los altavoces. Fritz y ocho mil hombres más se pusieron el gorro debajo del brazo.

Por el rabillo del ojo, Fritz vio cómo hacían entrar a los dos polacos en la plaza. Schöttl leyó sus sentencias por el micrófono: ambos habían sido condenados a muerte por fuga y por dos asesinatos.

Primero hicieron subir a Szenek a la horca, después a Pawel. Como solían hacer las SS, no los dejaron caer; les pasaron un lazo de cuerda delgada por el cuello a cada uno y luego tiraron de la cuerda repentinamente para levantarlos del suelo mientras daban patadas y sus cuerpos se convulsionaban cada vez con menos fuerza. Pasaron los minutos y, finalmente, se quedaron inmóviles.[5] El comandante, después de haberles dado una lección instructiva a sus prisioneros, les dio permiso para romper filas.

Todo aquel desastroso asunto debilitó a la resistencia de Monowitz. No solo habían perdido a Goslawski y a Peller, sino que, además, todas las tensiones y la desconfianza entre los judíos polacos y los alemanes se reavivaron.

También volvió a las SS violentamente paranoicas. Poco después de aquello, aseguraron que habían descubierto un plan de fuga en el destacamento de techadores. Llevaron a los sospechosos al búnker de la Gestapo y los sometieron a torturas espantosas. Por orden del comandante Schwarz, colgaron a tres de ellos repitiendo exactamente el mismo ritual.[6] Hubo más ahorcamientos.

Aquella fue una de las temporadas más desalentadoras que Fritz pasó en Auschwitz, pero todavía no había visto lo peor.

אחים

La tarde del domingo 20 de agosto cayeron las primeras bombas de un cielo azul despejado. Ciento veintisiete bombarderos americanos que habían despegado de una base italiana pasaron un peine de estelas de vapor a ocho kilómetros de altura sobre Auschwitz y tiraron 1 336 bombas, cada una de un cuarto de tonelada de acero y explosivos.[7] Detonaron en el centro y el este de la Buna Werke.

Mientras los hombres de las SS estaban escondidos en sus búnkeres, los prisioneros tuvieron que jugársela al descubierto, entre el rugido titánico y las sacudidas de las explosiones. Las baterías antiaéreas respondieron con golpes secos y traqueteos. Los prisioneros que trabajaban en las fábricas se lanzaron al suelo para protegerse y se alegraron. «El día del bombardeo fue un día alegre para nosotros —recordaría uno de ellos—. Pensamos: "Saben que estamos aquí y se están preparando para liberarnos".» Otro dijo: «Nos gustó mucho el bombardeo. [...] Queríamos ver a un alemán muerto por una vez. Entonces podríamos dormir mejor, después de la humillación de no poder defendernos nunca».[8]

Las bombas dejaron el suelo de la Buna Werke y los terrenos de alrededor llenos de cráteres humeantes. Muchas no habían dado en el blanco, pero algunos edificios de las plantas de combustible sintético y aluminio estaban derruidos, junto con varios cobertizos, talleres y oficinas. Algunas bombas se desviaron y cayeron en los campos de concentración que había alrededor del complejo industrial, también en Monowitz. Setenta y cinco prisioneros murieron durante el bombardeo y más de ciento cincuenta resultaron heridos.[9]

Muchos prisioneros judíos se regocijaron al ver a los hombres de las SS aterrorizados, pero algunos sintieron lo contrario. El joven italiano Primo Levi, que había llegado a Monowitz en febrero, creía que el bombardeo había afianzado la voluntad de las SS y había hecho nacer la solidaridad entre ellos y los civiles alemanes de la Buna Werke.

Además, por los daños que habían causado las bombas, se interrumpió el suministro de agua y alimentos al campo.[10]

La resistencia se llevó una decepción. La aparición de bombarderos había hecho surgir la especulación de que los aliados podían empezar a lanzar soldados y armas en paracaídas, pero, aunque volvieron a ver aviones estadounidenses sobrevolando el campo en algunas ocasiones, no cayeron ni bombas ni paracaídas. Se trataba de vuelos de reconocimiento que fotografiaban las fábricas de la IG Farben y el complejo de Auschwitz minuciosamente.

Lo que realmente ocupaba los pensamientos y los debates de la resistencia era el avance sin tregua del Ejército Rojo por el este. Tenían motivos para pensar que, cuando llegara el momento, las SS llevarían a cabo la liquidación masiva de todo el campo y matarían a todos los prisioneros antes de que pudieran liberarlos. Lo habían hecho en Majdanek.

Siguieron los intentos de fuga. En octubre, cuatro prisioneros de un destacamento del exterior vencieron a su guardia de las SS, le quitaron el fusil y lo destruyeron antes de darse a la fuga.[11] Otro hombre salió del campo disfrazado con un uniforme de las SS robado. Consiguió llegar hasta Viena antes de que los nazis lo atrapasen y murió en un tiroteo con la Gestapo.

Las acciones individuales eran inspiradoras, pero la resistencia judía —incluyendo a Fritz— quería más. Ahora que las relaciones con los polacos se habían agriado, sería imposible ponerse en contacto con los guerrilleros, así que alguien propuso contactar con el Ejército Rojo. Para conseguirlo, necesitarían establecer una relación con los prisioneros de guerra rusos que estaban retenidos por separado en un recinto de Monowitz. Se podían acercar a ellos a través de los judíos rusos que conocía la resistencia. Sería difícil, porque no quedaban comunistas fieles ni judíos entre los prisioneros de guerra —los habían matado a tiros inmediatamente después de capturarlos—, de modo que tenían poco en común con ellos. Sin embargo, Fritz y los demás tenían que probar. Finalmente, uno de los judíos convertidos en arios consiguió escapar con un puñado de rusos. Todos esperaron ansiosamente a que se desarrollaran los acontecimientos y, cuando no tuvieron noticias, supusieron que habían conseguido evitar que los volvieran a capturar.

Esto le dio a la resistencia un atisbo de esperanza, pero era débil. Sentado en las reuniones, Fritz sentía una impaciencia creciente. Seguía pensando que deberían luchar cuando empezara la masacre final. Esperar la ayuda de los rusos le parecía vano e insuficiente. «Si van a matarnos, por lo menos deberíamos llevarnos a algunos hombres de las SS con nosotros», pensaba. Le dio vueltas y más vueltas a ese pensamiento, pero, como no tenía ni idea de cómo ponerlo en práctica, se lo guardó para él.

אבא

En septiembre, volvieron los bombarderos estadounidenses con el objetivo de destruir la planta de combustible de la Buna Werke. Algunos se apartaron de su ruta y lanzaron sus bombas sobre Auschwitz I, donde, por casualidad, cayeron en el cuartel de las SS. Algunas cayeron en Birkenau, causaron ligeros daños en las vías cerca de los crematorios y mataron a treinta trabajadores civiles.[12] Causaron muy pocos daños en la planta de combustible, pero unos trescientos prisioneros, que, como siempre, tenían prohibido entrar a los refugios, resultaron heridos.

Algunos prisioneros se alegraban de correr aquel riesgo. Las selecciones para las cámaras de gas eran semanales en ese momento y, a veces, llegaban a mandar a dos mil hombres de una sola vez desde Monowitz.[13] Las bombas estadounidenses parecían un presagio de la liberación. ¿Cuánto más podían tardar?

«Vuelve a acercarse el invierno, nuestro sexto invierno ya —escribió Gustav cuando empezaron las primeras heladas—, pero seguimos aquí, seguimos siendo los mismos.» Las noticias del exterior decían que los rusos se habían parado cerca de Cracovia. «No dejo de pensar que nuestra estancia aquí terminará pronto.»

¿Cuánto más podía alargarse?

בן

—Quiero que me consigas un arma.

Aquello desconcertó a Fredl Wocher. Él y Fritz solían verse a lo largo del día; normalmente, Wocher le daba a su amigo algo de comida y, rara vez, cuando había ido a Viena, una carta o un paquete.

—¿Que te consiga qué?

—Un arma. ¿Podrías hacerlo?

Wocher dudó, pero no preguntó para qué era, no quería saberlo.

—Tendré que pensármelo —dijo dubitativo—, es peligroso.

—Piensa en todo lo que has hecho por mí —respondió Fritz—, no será más peligroso que ninguna de esas cosas.

Wocher no estaba convencido. ¿Un soldado alemán condecorado pasándole armas a un prisionero judío? Eso no era solo peligroso, era una locura.

A pesar de las reservas de su amigo, Fritz siguió presionándolo. Si había una masacre final en Auschwitz —y cada vez parecía algo más probable—, quería, por lo menos, poder defenderse y defender a su padre. Si podía conseguir suficientes armas, hasta podría armar a toda la resistencia.

Unos días más tarde se volvieron a encontrar en un rincón tranquilo de las obras. Wocher parecía entusiasmado.

—¿La tienes? —preguntó Fritz ansioso.

Wocher negó con la cabeza.

—No, tengo una idea mejor. Deberíamos escapar juntos, tú y yo.

A Fritz se le cayó el alma a los pies, pero, antes de que pudiera objetar, Wocher siguió hablando a toda prisa. Lo tenía todo planeado. Una vez que hubieran salido del campo, irían rumbo al suroeste, hacia las montañas del Tirol austriaco. Como era bávaro, Wocher conocía la región y podía encontrar un refugio seguro entre los campesinos de las montañas. El Tirol estaba justo en la unión de los dos frentes aliados: los británicos y los estadounidenses estaban ejerciendo mucha presión sobre el norte de Italia, mientras que el Tercer Ejército de Patton se acercaba al Rin por el oeste. En breve, ambos avances llegarían al Tirol y liberarían a Fritz y a Fredl.

—Es mejor que quedarse aquí y esperar sobrevivir —razonó Wocher; había visto la violencia despiadada del frente oriental y sabía que la brutalidad del Ejército Rojo estaba a la altura de cualquier cosa que las SS fueran capaces de hacer.

Fritz vaciló por la fuerza del argumento de su amigo, pero negó con la cabeza.

—Ni me lo planteo.

—¿Por qué?

—No voy a dejar atrás a mi padre.

—Que venga con nosotros.

—Está demasiado mayor como para sobrevivir a una caminata así.

En realidad, Fritz no estaba seguro de eso, pero, incluso si era físicamente posible hacerlo, dudaba de que su padre accediera a irse; allí había demasiada gente que dependía de él y no los abandonaría. Había otro problema: si Fritz se iba, podían responsabilizar a Gustav, que era su kapo, de la fuga.

—Es imposible —dijo Fritz—. Lo que necesito es un arma. ¿Me la puedes conseguir?

El alemán acabó cediendo.

—Necesito dinero —dijo—. No me servirán *Reichsmarks*, tienen que ser dólares estadounidenses o francos suizos.

בן

La primera persona a la que Fritz tanteó como posible fuente de dinero fue Gustl Täuber, que trabajaba en el almacén Canadá. Era un lugar inquietante, sofocante, lleno de estanterías con abrigos y sacos, pantalones doblados, suéteres, camisas, envoltorios y montones de objetos sin clasificar, zapatos, maletas, cada una con un nombre y una dirección pintados: Gustav o Franz, Shlomo, Paul, Frieda, Emmanuel, Otto, Chaim, Helen, Mimi, Karl, Kurt; y los apellidos: Rauchmann, Klein, Rebstock, Askiew, Rosenberg, Abraham, Herzog, Engel; y una y otra vez: Israel y Sara. Cada una con una dirección abreviada de Viena, Berlín, Hamburgo o simplemente un número o una fecha de nacimiento. Cada pasillo entre las estanterías estaba inundado con sus olores, su sudor y sus perfumes, sus bolitas de alcanfor y sus pieles, su sarga y su moho.

Gustl Täuber era un antiguo preso de Buchenwald, de una edad cercana a la de su padre. Era un judío de Silesia* que había nacido en los días del Imperio alemán.[14] A Fritz nunca le gustó mucho Täuber: era uno de los pocos que no se sentía unido a sus compañeros prisioneros por la solidaridad y no se molestaba en hacer nada por los demás, pero era la mejor opción que tenía Fritz. Habían tenido una relación comercial desde hacía un tiempo basada en los vales de incentivos, que Täuber había usado para comprar vodka y (como era uno de los judíos convertidos en arios) para visitar el prostíbulo. Fritz sabía que, a menudo, encontraban dinero escondido en la ropa y que Täuber se embolsaba lo que podía. ¿Le sobraba un poco? El hombre negó con la cabeza. Fritz le rogó, pero Täuber fue inflexible; sabía que Fritz estaba involucrado en la resistencia y no estaba dispuesto a arriesgar sus privilegios. Fritz se indignó; Täuber se metía en negocios arriesgados alegremente si podía sacar una visita al prostíbulo o una botella de vodka.

Del almacén de ropa, Fritz fue a los baños principales. Llevaban allí a los nuevos prisioneros para desinfectarlos y afeitarlos y, a menudo, les quitaban el dinero y los objetos de valor que habían conseguido esconder de los registros de Canadá. El encargado de los baños era otro antiguo prisionero de Buchenwald, David Plaut, un viejo comerciante de Berlín.[15] A diferencia de Täuber, era un buen amigo. Aunque las ganancias de los baños se las llevaba el kapo del campo, Emil Worgul, Fritz pensó que Plaut, que era quien realmente hacía el trabajo, debía de conseguir desviar algo de dinero para él. Fritz se inventó una historia sobre tener que comprar vodka para sobornar a Worgul para que trasladara

* Parte de Polonia occidental.

a algunos de sus compañeros a destacamentos de trabajo más tranquilos. Funcionó. Plaut fue a su escondite y volvió con un rollito de billetes de dólares estadounidenses.

Fritz se reunió con Fredl Wocher al día siguiente y le dio el dinero. Después vinieron varios días de espera angustiosa. Y, una mañana, Wocher apareció en su punto de encuentro con una expresión que era a la vez de miedo y de triunfo.

De debajo del abrigo sacó una pistola, una Luger de las que usaba el Ejército. No le quiso contar cómo la había conseguido, pero Fritz se imaginó que sería de uno de sus amigos de las baterías antiaéreas de la Luftwaffe. Le enseñó a Fritz cómo funcionaba: cómo extraer el tambor y llenarlo de balas, cómo cargarla y cómo quitar el seguro. Traía, además, un par de cajas de munición.[16] Fritz la agarró con anticipación y entusiasmo, podía sentir el poder letal del arma en la palma de la mano.

Ahora tenía el problema de introducirla en el campo. La comida de contrabando era una cosa, las armas de fuego estaban en otro nivel. Retirándose a un lugar escondido, Fritz se bajó los pantalones y se ató la Luger al muslo. Se metió la munición en los bolsillos. Esa noche, cuando volvía al campo, le recorrían el cuerpo escalofríos.

Después del recuento, fue directo al hospital a ver a Stefan Heymann. Le indicó que lo siguiera, lo llevó detrás de una pila de ropa sucia y le enseñó la Luger.

Stefan se horrorizó.

—¿Estás loco? ¡Deshazte de eso! Si te sorprenden con eso no te matarán solo a ti, estás poniendo en riesgo toda la operación.

A Fritz aquello le dolió.

—Tú me has enseñado a ser así —le dijo indignado—. Siempre me has dicho que tenía que luchar por mi vida.

Stefan no tuvo una respuesta para aquello. Durante los días siguientes, hablaron una y otra vez. Fritz le explicó su razonamiento —la intensidad de la batalla que podía librarse allí, la conocida brutalidad de los rusos, la probabilidad de que las SS masacraran a los prisioneros— y, poco a poco, convenció a Stefan.

—Estoy seguro de que puedo conseguir más armas si tengo más dinero —se ofreció.

Stefan lo reflexionó.

—De acuerdo —dijo, por fin—, haré lo que pueda, pero tiene que estar bien organizado, no vayas más por tu cuenta.

Consiguieron reunir dos mil dólares, que Fritz le llevó a Fredl Wocher. Vino otro lapso de espera y, un día, Wocher llevó a Fritz hasta un lugar reservado de la fábrica y le enseñó dónde había escondido otra Luger y dos MP 40, los subfusiles característicos de los soldados alemanes de todas partes. Había varias cajas de munición para las tres armas.

Meterlas en el campo sería un reto mucho mayor. Fritz lo planeó cuidadosamente; le llevaría varios viajes. Consiguió uno de los contenedores enormes que se usaban para traer sopa para los prisioneros a mediodía y le construyó un falso fondo debajo del cual escondió la munición. Se volvió a atar la Luger al muslo, pero los subfusiles eran otra historia. Wocher le había enseñado a usarlos y mantenerlos en buen estado, así que supo desmontar uno y se ató tantas partes como pudo al pecho desnudo.

Como estaban entrando en el invierno y anochecía temprano, ya estaba oscuro cuando acababa el turno, de modo que era poco probable que los guardias repararan en su figura atípicamente voluminosa. De todos modos, se le revolvió el estómago al pasar de pie todas las horas del recuento con las partes pesadas del subfusil atadas al pecho.

En cuanto acabó, se fue rápidamente a la lavandería del hospital, donde Jule Meixner lo estaba esperando. Fritz se desprendió del uniforme deprisa, se quitó los componentes del arma de encima y se los dio a Jule, que los escondió. Por seguridad, no le dijo a Fritz dónde, partiendo del principio de que no puedes revelar un secreto durante una tortura si directamente no sabes el secreto. Durante los días siguientes, repitió la peligrosa operación hasta que las tres armas y su munición estuvieron dentro del campo.

Fritz se sentía satisfecho. Al haber colado la Luger en el campo, había forzado la mano a Stefan. La resistencia nunca lo habría hecho sin él. Ahora, si se repetía lo de Majdanek allí, podrían derramar, a cambio, algo de sangre de las SS.

אבא

Durante el mes de diciembre, el taller de Gustav siguió produciendo cortinas opacas y abrigos a la vez. Al no estar directamente involucrado en la resistencia, no tenía ni idea de la peligrosa aventura en la que se había embarcado Fritz. Gustav esperaba con ganas la Navidad, pues Wocher haría otra de sus visitas a Viena.

Un lunes por la tarde trabajaban en el taller a toda velocidad, como siempre, y sobre el suave y alegre traqueteo de las máquinas de coser, percibieron el chillido creciente de las sirenas antiaéreas.[17] En cuestión de segundos, oyeron puertas que se abrían de golpe, carreras y voces que gritaban. Los civiles y los hombres de las SS corrían a los refugios. Los trabajadores de Gustav lo miraron. Él les dio permiso para ir a esconderse a los refugios improvisados que quisieran.

Gustav se quedó donde estaba. Esconderse no serviría de nada si les caía una bomba cerca.

Unos minutos después, con los últimos pasos alarmados ahogándose en la distancia, llegó el rugido de los aviones y el martilleo de las baterías antiaéreas. El sonido iba *in crescendo* y, entonces, empezaron las primeras sacudidas demoledoras de las bombas. Gustav se tumbó, aquel horror no le era nuevo: había pasado meses en las trincheras bajo los bombardeos y había aprendido a sentarse y esperar a que pasara o a que una bomba, por azar, lo encontrara y lo hiciera desaparecer. Entrar en pánico era improductivo y peligroso. Su mayor miedo era Fritz, que había salido a instalar cortinas. Gustav sabía que su hijo tenía un escondite entre unos edificios donde, por lo menos, estaría a salvo de los restos que saltaran por los aires.

De nuevo, los bombarderos tenían como objetivo la planta de combustible sintético, pero parecía que muchas de las explosiones se esparcían aleatoriamente, algunas lejos, otras inquietantemente cerca. De pronto, una detonación titánica sacudió el suelo debajo de Gustav. Se rompió el cristal de las ventanas y hubo una cacofonía de chasquidos de metal y de cemento. Gustav se tapó la cabeza y esperó. Los temblores se fueron apagando. Había polvo flotando en el ambiente y, más allá de la burbuja de silencio que lo envolvía, Gustav oyó gritos y chillidos en la distancia, el martilleo de los disparos se detuvo y el zumbido de los bombarderos disminuyó. La señal que indicaba que el espacio aéreo estaba despejado empezó a aullar.

Cuando se puso de pie, Gustav encontró su taller hecho un desastre: las máquinas de coser se habían soltado con los temblores y habían caído de sus bases, las sillas estaban tumbadas, había polvo por todas partes, esquirlas de vidrio de las ventanas rotas... Los hombres y mujeres que se habían quedado con él se levantaron también, tosiendo y parpadeando.

Tan pronto como se hubo asegurado de que nadie estaba herido, el primer pensamiento de Gustav fue para Fritz. Salió del taller y encontró un caos de humo y llamas. Algunos edificios se habían derrumbado y había prisioneros muertos esparcidos por el suelo y entre los escombros. Los hombres y mujeres heridos recibían la ayuda de sus compañeros.[18]

No había ni rastro de Fritz. Gustav corrió entre el humo hacia el escondite de su hijo, consumido por un mal presagio que iba creciendo en su interior. Al doblar la esquina llegó al sitio. Ya no estaba. En su lugar simplemente había una pila de escombros y de metales doblados. Gustav se quedó mirándolos impactado e incrédulo.

Al cabo de un rato, retornó deambulando, aturdido por el dolor. Su Fritzl, su orgullo y su alegría, su querido, bueno y leal Fritzl, ya no estaba.

Los hombres de las SS y los civiles salían de los refugios. Casi ninguno se había quedado en su puesto. Las vallas habían caído en algunos puntos y varios prisioneros habían escapado. Gustav se quedó un momento parado mirando cómo las SS intentaban reinstaurar el orden. Estaba a punto de irse cuando vio a dos figuras a rayas caminando hacia él entre el humo. Una de ellas llevaba una caja grande de herramientas y tenía unos andares familiares. Gustav no creía lo que veía. Corrió y tomó a Fritz entre sus brazos.

—Fritzl, hijo mío, ¡estás vivo! —dijo entre sollozos besándole la cara al chico desconcertado y abrazándolo. Y repitió una y otra vez—: ¡Estás vivo, hijo mío! ¡Es un milagro!

Tomó a Fritz por el brazo y lo llevó ante los restos humeantes de su escondite.

—¡Es un milagro! —repetía.

La fe de Gustav en la buena suerte que tenían y en su fortaleza, que los había ayudado a seguir vivos tanto tiempo, volvía a estar justificada.

אב ובן

La Buna Werke recibió otro bombardeo el segundo día de Navidad. Los estadounidenses la habían fijado como un objetivo principal y estaban decididos a arrasarla, pero cada vez que lo intentaban solo lograban derruir unos pocos edificios, herir a unos cuantos nazis, herir o matar a cientos de prisioneros y reducir la productividad. Grupos de esclavos quitaban los escombros y reparaban y reconstruían los edificios. Saboteaban lo que podían y trabajaban lo más despacio que se atrevían a trabajar y, entre ellos y las bombas, se aseguraron de que la Buna Werke no produjera nunca goma y de que sus otras fábricas nunca llegaran a la máxima productividad.

El 2 de enero de 1945, Fredl Wocher volvió de Viena con cartas y paquetes de Olly Steyskal y Karl Novacek. «Saber que todavía tenemos amigos en casa nos da la mayor de las alegrías», escribió Gustav en el diario.

Y no solo eso, Fritz y él tenían al mejor de los amigos en el mismo Fredl Wocher. Se lo había demostrado incontables veces y de muchas formas distintas. Ahora que el Ejército Rojo se encontraba justo al otro lado de Cracovia, Fritz intentó persuadirlo para que desapareciera antes de que los rusos llegaran allí y descubrieran lo que estaba pasando.

Wocher no lo veía necesario.

—Tengo la conciencia limpia —dijo—, más que limpia. Y solo soy un civil, un trabajador. No me pasará nada.

Fritz no estaba convencido. Le recordó a Wocher el

odio que sentían los rusos hacia los alemanes, algo que Wocher sabía de sobra porque había servido en el frente. Además, había miles de prisioneros rusos en Auschwitz que tendrían sed de venganza y la llevarían a cabo cuando pudieran. Wocher no podía depender de que le perdonaran la vida en la ola de venganza que barrería los campos, pero era testarudo, nunca había huido y no iba a empezar ahora.

Fritz veía claro que el final podía llegar en cualquier momento. Llevaba preparándose dos meses. Gracias a él, la resistencia estaba armada. Además de eso, Fritz había tomado la precaución extra de equiparse y equipar a su padre para huir. Aunque había desestimado la idea de ir al Tirol, tenía que aceptar que luchar podía no ser una opción. Con lo cual, por iniciativa de Fritz, él y su padre habían estado evitando el afeitado de pelo semanal para que les creciera hasta una longitud normal. El recuento era el único momento en el que los prisioneros se quitaban el gorro rutinariamente delante de las SS y, en los meses de invierno, eso siempre pasaba durante las horas de oscuridad. Fritz también había conseguido un contrabando de ropa gracias a David Plaut, que trabajaba en los baños, y lo había escondido en un cobertizo dentro del campo. Había suficientes sacos y pantalones para él, para su padre y para algunos de sus compañeros más cercanos.

El 12 de enero, el Ejército Rojo lanzó su esperada ofensiva de invierno en Polonia, un asalto colosal y bien planeado a lo largo del frente en el que intervinieron tres ejércitos con 2.25 millones de hombres. Aquella era la ofensiva final, diseñada para hacer retroceder a los alemanes hasta su territorio nacional. La Wehrmacht y las Waffen-SS, superadas por más de cuatro hombres a uno, se retiraron ante aquella arremetida y aguantaron solo en un puñado de ciudades polacas fortificadas. Para la frustración de los prisioneros, el frente cerca de Cracovia se movía más despacio que la mayoría. Todos los días, los prisioneros de Auschwitz oían el estruendo lejano de las armas rusas, como un reloj que contaba los segundos que quedaban para la liberación.

El 14 de enero, Alfred Wocher se despidió de Gustav y de Fritz. Lo habían llamado para servir en el Volkssturm, una milicia de hombres mayores, menores de edad y veteranos discapacitados que se había creado a toda prisa como último recurso para defender el Reich. Al final, los rusos no lo encontrarían en Auschwitz. Estaba contento de poder cumplir con aquel último deber por su patria. Fueran los que fueran sus sentimientos respecto a los crímenes del país, se trataba de Alemania, su casa, una tierra llena de mujeres y niños, y los rusos iban a destruirla sin piedad si se lo permitían.

Conforme iban adentrándose en el invierno, el clima empeoraba. Había una capa de nieve gruesa y, el lunes 15 de enero, Auschwitz se despertó bajo una niebla espesa. Los prisioneros de Monowitz tuvieron que estar de pie varias horas tras el recuento, hasta que la niebla se dispersó lo suficiente como para que las SS pudieran llevarlos a trabajar de forma segura.[19]

En las fábricas, trabajaban a toda velocidad. La noche anterior, un avión estadounidense las había sobrevolado y había iluminado la zona con bengalas para fotografiarla. Las fotos que habían tomado veinticuatro horas antes mostraban casi mil cráteres de bombas en el complejo industrial y cuarenta y cuatro edificios destrozados, pero las imágenes nocturnas revelaron que las reparaciones ya estaban avanzadas y que la planta de combustible sintético estaba prácticamente intacta.[20]

El miércoles, volvieron a retener a los prisioneros después del recuento. Pasaron toda la mañana a la espera y, por la tarde, les hicieron ir a las fábricas, pero después de dos horas y media trabajando los volvieron a llevar al campo.

En las SS estaban inquietos. Cada mañana, el retumbar de la artillería sonaba un poco menos lejano. Cuando atardeció el día 17, sonaba aún más cerca y el comandante de Auschwitz y comandante de las SS, Richard Baer, dio, finalmente, la orden de que empezaran a evacuar los campos. Dejarían atrás a los inválidos, y cualquier prisionero que se resistiera, que retrasara la evacuación o que huyera recibiría un disparo inmediatamente.[21] El líder de la resistencia de Auschwitz I alertó a sus contactos de la guerrilla de Cracovia: «Estamos viviendo la evacuación. Caos. Pánico entre las SS borrachas».[22]

Aquella noche, los médicos hicieron una revisión de todos los pacientes del hospital de Monowitz. Tacharon de la lista de pacientes a aquellos que estaban lo suficientemente bien como para andar y los devolvieron a su barracón. El resto —unos ochocientos— se quedaron a cargo de diecinueve voluntarios del personal médico.[23]

El día siguiente, el jueves 18 de enero, los ocho mil prisioneros de Monowitz tuvieron que pasar todo el día de pie en la plaza del recuento soportando un frío que hacía que les dolieran los huesos. Fritz y Gustav, que sabían que el final era inminente, se habían vestido de paisano debajo del uniforme, preparados para huir cuando tuvieran la ocasión. Por lo menos, con las capas de más que llevaban, estaban algo más abrigados que sus compañeros. La oscuridad empezó a cerrarse sobre ellos.

Finalmente, a las cuatro y media de la madrugada, los guardias de las SS empezaron a ordenar a los prisioneros en columnas. Con las extremidades adormecidas y las articulaciones agarrotadas, los fueron organizando como a la división de un ejército: en compañías de unos cien hombres y estas en batallones de unos mil, que, a su vez, formaban tres unidades más grandes de hasta tres mil hombres. De cada uno de los grupos se encargaban oficiales, *Blockführers* y guardias de las SS.[24] Como se preveían problemas, cada hombre de las SS iba con su pistola, su fusil o su subfusil cargado y sin el seguro. Fritz pensó en sus armas, lamentándose de que estuvieran escondidas en algún lugar de la lavandería del hospital. En ese momento era imposible siquiera acercarse a ellas.

Inquietantemente, el infame sargento de las SS Otto Moll estaba por allí. No era parte del batallón de guardia de Monowitz —había sido director de las cámaras de gas de Birkenau—, pero allí estaba, pasando entre las columnas que seguían a la espera mientras les repartían las raciones para el camino. Él iba repartiendo golpes mientras les daban el pan, la margarina y la mermelada. Moll, un hombre bajo y fornido con un cuello de toro, una cabeza tan ancha como alta y la sangre de decenas de miles de personas en las manos, era una presencia profundamente perturbadora en aquellas circunstancias. Se paró al lado de Gustav, atraído por su apariencia, lo miró de arriba abajo y le dio dos bofetadas en la cara, en la mejilla izquierda y en la derecha. Gustav se quedó pasmado y se recuperó. Moll siguió caminando sin decir nada.[25]

Finalmente, se dio la orden y las columnas empezaron a moverse. Ya cansados de haber estado de pie todo el día, salieron de la plaza, de cinco en cinco desde el fondo, y giraron a la izquierda por la calle principal del campo. Pasaron por el lado de los barracones, las cocinas, el pequeño edificio vacío en el que había estado la orquesta del campo, y salieron por la verja abierta por última vez.

Dejaban un lugar que, para unos pocos, había sido su hogar durante más de dos años. Los supervivientes más veteranos, como Gustav y Fritz —sobre todo Fritz—, habían ayudado a construirlo sobre unos prados cubiertos de hierba; la sangre de sus compañeros se había derramado por levantar aquellos edificios, y el dolor y el terror habían sido las constantes de aquel lugar desde entonces. Y, sin embargo, era su hogar, por el simple instinto animal de pertenencia, de sentirse ligado al sitio en el que se come, se duerme y se caga. Por mucho que lo odiaran, era donde estaban sus amigos y donde cada piedra y cada viga les eran familiares.

Desconocían adónde iban. Lejos de los rusos, eso era todo lo que sabían. Todos los subcampos de Monowitz se habían puesto en marcha: más de 35 000 hombres y mujeres[26] salían a las carreteras cubiertas de nieve hacia el oeste alejándose de la ciudad de Oświęcim.

PARTE IV

—

SUPERVIVENCIA

18

EL TREN DE LA MUERTE

אב ובן

Fritz estaba sentado en el suelo, pegado a su padre, temblando convulsivamente. A su alrededor se hallaban sus amigos. Eran las primeras horas del día y hacía más frío de lo que uno se pueda imaginar. No tenían lugar donde refugiarse, ni comida ni fuego; solo se tenían los unos a los otros. Estaban casi muertos de agotamiento y congelación. Algunos nunca se volverían a poner de pie cuando se acabara aquel descanso.

Durante los primeros kilómetros después de salir de Monowitz, Fritz, Gustav y los otros prisioneros suficientemente sanos habían ayudado a sus compañeros más débiles a avanzar. Si alguien se quedaba atrás, los de las SS le pegaban culatazos con el fusil y lo hacían seguir. Si alguien caía en medio de la manada, los caminantes semiconscientes que iban detrás lo pisoteaban. Fritz y los demás hicieron lo que pudieron, pero el compañerismo tenía un límite. Apenas habían salido de Oświęcim cuando se quedaron sin fuerzas y tuvieron que dejar que los más débiles se las arreglaran como pudieran. Se abrigaron con los sacos y cerraron las orejas a los disparos esporádicos que llegaban del final de la columna, donde asesinaban a los rezagados.

Para Fritz y Gustav fue como repetir la marcha forzada por el Camino de la Muerte hacia Buchenwald de hacía tantos años, pero esto era infinita e inconcebiblemente peor. Se mantuvieron juntos para protegerse, padre e hijo, con las cabezas bajas, poniendo un pie delante del otro sobre la nieve compacta y el hielo, con la mente y el alma anestesiadas, una hora tras otra por la oscuridad llena de copos blancos que se arremolinaban. Cerca de Fritz marchaba un *Blockführer* con la pistola en la mano; Fritz notaba el terror que sentía el hombre por los rusos que les pisaban los talones y la violencia que llevaba dentro.

Según los cálculos de Gustav, habían recorrido cuarenta kilómetros cuando llegaron a las afueras de una ciudad a la luz del alba. Sacaron a la columna del camino y los llevaron a una fábrica de ladrillos abandonada. Los guardias de las SS necesitaban descansar casi tanto como los prisioneros a su cargo. Refugiándose como pudieron entre las pilas de ladrillos, los prisioneros se sentaron juntos para darse calor. Fritz y su padre se quedaron despiertos, a pesar de su fatiga creciente, porque supusieron que quien se quedara dormido no volvería a despertar. Hablaron con algunos compañeros que habían estado en partes diferentes de la columna y descubrieron que algunos polacos —entre los que había tres amigos de Fritz— habían escapado.

—Deberíamos hacerlo —le dijo Gustav a Fritz—. Deberíamos huir. Yo hablo polaco, no tendríamos problemas para orientarnos. Podemos buscar a los partisanos o simplemente irnos a casa.

A pesar de todos los preparativos y su determinación de resistir, el corazón de Fritz se estremeció al pensarlo. Había un problema enorme: él no hablaba polaco. Si se separaban, estaría perdido.

—Deberíamos esperar a llegar al territorio alemán, papá —le dijo—. Así los dos hablaremos el idioma.

Su padre negó con la cabeza.

—De aquí a Alemania hay un largo trecho —miró alrededor, a sus compañeros exhaustos—, ¿quién sabe si llegaremos? Eso si es que las SS piensan llevarnos hasta allí.

La orden para que se pusieran en marcha interrumpió la discusión. Cuando se pusieron de pie, algunos de los hombres que se habían quedado dormidos permanecieron donde estaban. La hipotermia se los había llevado y sus cuerpos ya empezaban a congelarse. Otros seguían vivos, pero estaban demasiado débiles como para levantarse. Los hombres de las SS pasaron entre ellos dándoles patadas, metiéndoles prisa y disparando a los que no podían levantarse.[1]

La columna siguió con la ardua marcha. Iba dejando a su paso una pesadilla de nieve pisoteada y cuerpos esparcidos que conducía hasta el mismo Auschwitz, donde todavía se llevaban a cabo las últimas evacuaciones. Allí obligaban a los judíos que estaban demasiado débiles como para marcharse a quemar las pilas de cadáveres que había alrededor de las cámaras de gas. Los crematorios se dinamitaron y los funcionarios de las SS quemaron los registros. Algunos robaron en los almacenes Canadá, donde las incriminadoras montañas del botín también se estaban quemando. Al final, el simple peso de los crímenes que se habían cometido resistiría todos los intentos de eliminar las pruebas.

Esa noche, la columna llegó a la ciudad de Gleiwitz,* donde había varios subcampos que pertenecían al sistema de Auschwitz. Metieron al rebaño de prisioneros de Monowitz en un recinto que se había construido para tan solo

* Actual Gliwice, Polonia.

mil reclusos. Los prisioneros de aquel subcampo habían sido evacuados el día anterior.[2] A los recién llegados no les dieron nada de comer, pero estaban agradecidos de tener, por lo menos, un refugio en el que poder dormir.

Pasaron dos días y dos noches en Gleiwitz mientras las SS organizaban la próxima etapa del viaje. A diferencia de la mayoría de las pobres personas que salieron de Auschwitz, los prisioneros de Monowitz seguirían en tren.

Les hicieron salir bruscamente de los barracones y los condujeron a la zona de carga de la estación de la ciudad, donde los esperaban los trenes. En lugar de los vagones de mercancías cerrados, los cuatro largos trenes estaban formados por vagones sin techo que, normalmente, se usaban para transportar carbón y grava. Repartieron raciones de comida —media hogaza de pan y un trozo de salchicha— y empezaron a cargar los vagones. Fritz y Gustav se subieron a un vagón junto con ciento treinta hombres más; tuvieron que trepar por las paredes sin ninguna ayuda y dejarse caer. El suelo de acero resonaba con un ruido metálico que, con cada par de pies, era más sordo, hasta que los últimos prisioneros se tuvieron que abrir un sitio entre los demás.

Uno de cada dos vagones tenía una garita de frenos, una caseta que se alzaba por encima de los vagones. En cada una había apostado un guardia de las SS armado con un fusil o un subfusil.

—El que saque la cabeza por los lados recibirá un disparo —les advirtió el *Blockführer* encargado de que subieran a los vagones.

El tren empezó a vibrar. El vapor y el humo de la locomotora llenaron el aire gélido con una niebla espesa. Finalmente, con los golpes metálicos de los acoples y los chirridos de las ruedas, el tren se movió, arrastrando su carga de cuatro mil almas.[3] Cuando ganó velocidad, el viento, a veinte grados bajo cero, rugió por los vagones descubiertos.

אבא

El Holocausto fue un crimen perpetrado a base de viajes de un lado a otro de Europa, acompañados por una banda sonora sin melodía de quejidos de maquinaria. Las ruedas chirriaban contra las vías, los acoples gemían y chocaban; los silbidos y chirridos y golpes y quejidos de aquellas cajas con ruedas de acero sobre vías de metal eran la música infinita de la pesadilla.

El cuerpo de Gustav se mecía de un lado a otro con el movimiento del tren. Estaba sentado con las rodillas contra el pecho, abrazándose para protegerse de aquel frío espantoso, con Fritz sentado cerca.

Después de salir de Gleiwitz, aquel tren se había separado de los otros tres y se había encaminado hacia el sur, mientras que los demás habían ido hacia el oeste. A la mañana siguiente, se detuvo para recoger a cientos de prisioneros más evacuados del subcampo de Charlottengrube[4] antes de entrar en Checoslovaquia. A pesar de la advertencia del *blockführer,* Gustav miraba por encima del vagón de vez en cuando, estimando cómo progresaba el viaje, tomando nota de por qué ciudades pasaban. El tren nunca se paraba, pero iba exasperantemente lento y tardaron dos noches gélidas y un día en cruzar Checoslovaquia.

Les habían dicho que los llevaban al campo de concentración de Mauthausen. Aquello era, a la vez, emocionante y aterrador para los austriacos; la reputación de la violencia de Mauthausen era alarmante, pero estaba en Austria, en las bonitas colinas que había cerca de Linz. ¡Austria! Pronto Gustav y Fritz estarían en su tierra por primera vez desde hacía más de cinco años.

Y allí, sin duda, morirían. En Mauthausen no tendrían el sistema de apoyo que habían construido en Auschwitz y los someterían a un régimen aún más severo.

Eso si llegaban hasta allí, porque, cuando Gustav estaba dándoles vueltas a aquellos pensamientos, hubo algo de revuelo entre sus compañeros. Había muerto otro. El agotamiento, la enfermedad y la hipotermia los habían estado matando incesantemente. Un amigo del muerto quitó el saco y los pantalones del cadáver y se los puso por encima de los suyos en un intento de aislarse del frío. Se fueron pasando el cuerpo por el vagón y lo apilaron en un rincón con los demás, todos en ropa interior y completamente congelados. Aquel rincón también hacía las veces de letrina e, incluso con aquel frío, el hedor era abominable.

Por lo menos las muertes dejaban más espacio para sentarse. Gustav miró las caras demacradas que tenía alrededor, con sombras oscuras debajo de los ojos y los pómulos tallados por la desnutrición. Algunos habían conseguido dosificarse las raciones y, en aquel cuarto día de viaje, mordisqueaban los últimos pedazos de pan. A Gustav y a Fritz no les quedaba nada. Gustav ya sentía cómo se le escapaba la fuerza; como una marea menguante que le erosionaba la voluntad. Ahora solo tenía un pensamiento en mente: escapar.

—Tenemos que irnos pronto —le dijo en voz baja a Fritz—, si no, será demasiado tarde. —Podían pasar por encima de la pared del vagón durante la noche, podía ser que los guardias no repararan en ellos. Pronto estarían en Austria y el idioma no sería un problema. Podían volver a Viena de paisanos y encontrar un escondite—. Olly o Lintschi nos ayudarán.

—De acuerdo, papá —dijo Fritz.

Esa noche, probaron la vigilancia de los guardias. Con la ayuda de un par de amigos, cargaron un cuerpo del montón, lo levantaron hasta el borde de la pared y lo arrojaron. Mientras se alejaba agitándose en la oscuridad, esperaron oír un grito de la caseta y una ráfaga de disparos, pero no llegó nada. Sería fácil. Solo tenían que esperar a cruzar la frontera con Austria.

Por la mañana, el tren llegó a Lundenburg,* a pocos kilómetros de la frontera. Allí, para su frustración, se detuvo. Pasó una hora tras otra y no ocurrió nada. Con una ojeada por encima del vagón vieron que todo el tren estaba rodeado por hombres de las SS. Se había hecho de noche cuando, por fin, se volvieron a poner en marcha y el paisaje checo dejó paso a Austria. Había llegado el momento. Con cada kilómetro que avanzaban, la situación dentro del vagón empeoraba. Algunos de sus compañeros habían llegado al punto de estrangular a un amigo por un bocado de pan. Con el frío, el hambre y los asesinatos, los cadáveres se apilaban en el rincón a un ritmo de ocho o diez al día.

Fritz le dio un codazo a su padre.

—¡Papá, despierta! Es hora de irnos.

Gustav se despertó por la sacudida e intentó levantarse. No pudo, tenía los músculos helados y demasiado débiles. Miró la cara impaciente de Fritz.

—No puedo —dijo.

—Tienes que hacerlo, papá. Tenemos que huir mientras podamos.

* Actual Břeclav, República Checa.

Pero nada de lo que Fritz dijera podía hacer que se levantara.

—Tienes que irte solo —dijo Gustav sin fuerzas—. Déjame y vete.

A Fritz le horrorizaba pensarlo. «Si quieres seguir viviendo, tienes que olvidarte de tu padre», le había dicho Robert Siewert aquel día en Buchenwald. Entonces le fue imposible y también lo era ahora.

—Tienes que irte —insistió Gustav—. Yo no puedo. Estoy viejo y no me quedan fuerzas. Vete ahora... Por favor.

—No, papá, no me iré. —Volvió a sentarse y rodeó a su padre con los brazos.

Cuando llegó el amanecer se encontraron en un paisaje campestre cubierto de nieve cerca de Viena. El tren pasó soltando vapor por la orilla norte del Danubio y, a plena luz del día, avanzó por las afueras de la zona norte y cruzó el río hasta llegar a Leopoldstadt. Apenas se atrevieron a asomarse cuando pasaron por allí, tan dolorosamente cerca de casa. Siguieron por el extremo oeste del Prater y, entonces, el tren cruzó con estruendo el canal del Danubio y las afueras del oeste de la ciudad y volvió a rodar por el campo.

Tarde por la mañana, atravesaron la ciudad de Sankt Pölten y, por la tarde, llegaron a Amstetten, donde el tren paró. Estaban a poco más de cuarenta kilómetros de Mauthausen.

Cuando oscureció, retomaron el viaje.

Gustav volvió a suplicarle a Fritz que escapara.

—Debes irte, antes de que sea demasiado tarde. Por favor, Fritzl, vete. Por favor.

Fritz cedió. El dolor que sintió nunca lo abandonaría: «Después de cinco años de compartir nuestro destino, tenía que separarme a la fuerza del lado de mi padre», recordaba angustiado.

El tren había alcanzado la máxima velocidad. Fritz se puso de pie y se quitó el odiado uniforme a rayas con la *Judenstern* y el número de prisionero y se despojó del gorro. Abrazó a su padre por última vez y lo besó. Luego, con la ayuda de un amigo, trepó por la pared.

Toda la fuerza del viento gélido le atravesó el cuerpo como si fuera una lanza. El tren se agitaba y retronaba. Miró angustiado hacia la caseta de frenos. La luna brillaba más ese día que cuando habían probado la vigilancia de los guardias: estaban a dos días de la luna llena, un resplandor inquietante iluminaba el paisaje blanco y los árboles que pasaban por su lado a toda velocidad.[5]

Gustav sintió un último apretón en la mano y, luego, Fritz se lanzó al vacío. En un instante, había desaparecido.

Sentado solo en el suelo del vagón, a la luz de la luna, Gustav escribió en su diario: «Que Dios, Nuestro Señor, proteja a mi hijo. Yo no puedo irme, estoy demasiado débil. No le han disparado. Espero que mi hijo lo consiga y encuentre refugio con nuestros seres queridos».

El tren siguió corriendo, martilleando y rechinando, como si la locomotora misma estuviera desesperada por que aquel espantoso viaje acabara. Pasó por Linz en la oscuridad, cruzó el Danubio y volvió hacia el este en dirección a la pequeña ciudad de Mauthausen.

בן

Fritz cayó y perdió toda noción de tiempo y espacio durante un instante. El suelo lo golpeó con violencia, sacudiéndole los huesos y dejándolo sin aliento. Rodó y rodó por la gruesa capa de nieve y, cuando paró, las ruedas del tren le pasaron por delante de la cara haciendo un gran estruendo y no se atrevió a mover ni un músculo.

El último vagón pasó a toda velocidad por su lado y desapareció en la distancia. Se quedó solo, en silencio, bajo la bóveda estrellada. Miró a su alrededor. Estaba sobre un montículo que había amortiguado la caída. A pesar de los dolores que tenía en las extremidades, no se había roto nada. Se sacudió y empezó a caminar hacia Amstetten por las vías por las que había llegado.[6]

Cuando se estaba acercando a la población, los nervios le fallaron. No estaba preparado para enfrentarse a entrar a una ciudad, ni siquiera por la noche. Bajó arrastrándose por el terraplén y empezó a andar por campo abierto. Era difícil caminar con la nieve que le llegaba a la cadera, pero, finalmente, llegó a un callejón estrecho a las afueras. Estaba desierto. Lo siguió con cautela.

Consiguió rodear la pequeña ciudad por el norte sin cruzarse con nadie y pronto llegó a una carretera rural que llevaba al este, paralela a las vías del tren. Pasó por varios pueblecitos y aldeas y fue volviendo, poco a poco, hacia Sankt Pölten. Era lento ir por aquella carretera resbaladiza y empezaba a flaquear.

Después de varias horas, llegó al pueblecito de Blindenmarkt, donde la carretera convergía con las vías. El tren había pasado por allí el día anterior. Había una pequeña estación en la que paraban los trenes entre Viena y Linz. Estaba cansado y llevaba algunos *Reichsmarks* en el bolsillo, su pequeña reserva de dinero de emergencia que había conseguido en Buchenwald. ¿Debería arriesgarse?

Sin pensarlo, Fritz salió del camino principal y fue andando hasta la estación. Todavía estaba oscuro, así que, cuando encontró un vagón de transporte de animales vacío en las vías, se metió dentro. Hacía demasiado frío como para dormir, pero, por lo menos, estaba resguardado del viento.

Cuando empezaba a amanecer, se encendieron las luces del edificio de la estación. Fritz esperó unos minutos y, armándose de valor, salió del vagón.

El edificio estaba en silencio y había un solo empleado detrás de la ventanilla de venta de boletos. Fritz dudó; no estaba seguro de cuál era el procedimiento oficial en aquel momento. ¿Le pedirían que enseñara los papeles? Se acercó a la ventanilla y, con la mayor naturalidad que pudo, pidió un boleto para Viena. El empleado, que no estaba acostumbrado a que la gente viajara tan temprano, lo miró con algo de sorpresa (y a Fritz le pareció que con recelo), pero tomó el dinero de Fritz sin decir nada y le dio el boleto.

Fritz entró en la sala de espera desierta y se sentó. Unos minutos después, entró el empleado y encendió la estufa. Fritz se sentó más cerca de ella; era el primer calor que sentía desde que había salido de Monowitz. El frío le había calado en los huesos y la sensación de la vida y el calor entrándole en el cuerpo era placentera y, a la vez, una tortura; le llenaba los nervios de cosquilleos y despertaba los dolores del viaje.

Adormilado por la fatiga, no tenía ni idea de cuánto tiempo había estado allí cuando el tren de Viena por fin se paró resoplando al otro lado de la ventana. Fritz salió al andén. Seguía siendo el único que había por allí y se metió en uno de los vagones de tercera clase.

Cuando cerró la puerta tras él, le dio un vuelco el corazón, horrorizado, porque el vagón estaba lleno de soldados alemanes. No había ni un solo civil, solo una multitud de uniformes del gris de campaña de la Wehrmacht. Por suerte, estaban demasiado ocupados hablando, fumando, jugando a las cartas y cabeceando para reparar en él. Era demasiado tarde para bajarse, así que encontró un sitio y se sentó.

Mientras el tren se alejaba de la estación, Fritz miró disimuladamente a su alrededor. Se sentía como un extranjero en su propio país. No tenía ni idea de las leyes ni del protocolo y muy poca de cómo comportarse como un civil corriente. Los soldados apenas lo miraron. Al escucharlos hablar supuso que volvían del frente de permiso.

Después de un par de horas y unas cuantas paradas más (en las que no subió nadie más), el tren llegó a Sankt Pölten, donde se detuvo. Subieron dos soldados alemanes, ambos con la característica placa de acero de la Feldgendarmerie, la policía militar de la Wehrmacht.

Avanzaron por el pasillo pidiendo los boletos. Los soldados que estaban cerca de Fritz sacaron el documento de identidad y el boleto del bolsillo del pecho. Fritz sacó el boleto, que era todo lo que tenía. Los soldados juntaron todos sus documentos y se los entregaron a la vez al policía que estaba más cerca. Fritz aprovechó la oportunidad y metió su boleto entre los de los soldados.

El policía miró uno por uno a los soldados y les devolvió sus documentos. Miró a Fritz con un ademán impaciente.

—Los papeles, por favor —le dijo.

Con el corazón latiéndole con fuerza, Fritz se rebuscó exageradamente por los bolsillos. Se encogió de hombros en un gesto de impotencia.

—Los he perdido.

El policía frunció el ceño.

—Muy bien, será mejor que vengas con nosotros.

A Fritz se le cayó el alma a los pies, pero sabía que lo mejor era no discutir. Se levantó y bajó del tren detrás de los gendarmes.

—Por favor, necesito llegar a Viena —les dijo mientras se lo llevaban.

—No podemos dejarte ir hasta que no hayamos esclarecido tu identidad.

Lo hicieron salir de la estación y lo llevaron a una comisaría de la Wehrmacht que había cerca. Un sargento lo interrogó con dureza, pero sin ser agresivo.

—¿Por qué has subido a ese tren?

—Tengo que ir a Viena.

—Pero ¿por qué a ese tren en concreto? Sabías que era un tren especial que venía del frente, ¿no? Pasaba uno normal poco después.

—Yo... no lo sabía.

—Un joven de paisano sin papeles en un tren de soldados. No es normal, ¿no? ¿Cómo te llamas, muchacho?

—Kleinmann. Fritz Kleinmann. —No vio por qué mentir. Era un nombre alemán perfectamente aceptable y bastante común.

—¿Por qué no tienes papeles?

—Los habré perdido.

—¿Tu dirección?

Sin pensar, Fritz le dio una dirección falsa de un pueblo cerca de Weimar. El sargento la apuntó.

—Quédate aquí —le dijo, y salió de la sala.

Tardó mucho en volver y, cuando apareció, iba acompañado por un superior.

—Hemos comprobado la dirección y no existe. Dinos, ¿dónde vives realmente?

—Lo siento —les dijo Fritz—, la memoria me juega malas pasadas.

Les dio otra dirección.

Se fueron y volvieron a descubrir que era falsa. En aquel

momento, Fritz solo intentaba conseguir más tiempo desesperadamente. Los gendarmes hicieron el intento una vez más y descartaron una tercera dirección antes de perder la paciencia.

Llamaron a dos guardias.

—Lleven a herr Kleinmann al cuartel —ordenó el sargento—, al cuerpo de guardia.

Lo introdujeron en un vehículo y lo arrastraron por la calle hasta un pequeño cuartel formado por unos cuantos edificios. Lo metieron en uno que parecía una cárcel, en el que había una oficina y celdas.

Un oficial miró la nota de la Feldgendarmerie y le pidió a Fritz que se identificara correctamente.

—Si me mientes, te encerraré.

¿Qué más podía hacer Fritz? Dio una cuarta dirección imaginaria. La comprobaron y lo detuvieron formalmente. El oficial estaba tranquilo, no gritó ni montó en cólera ni amenazó con torturarlo. Simplemente ordenó a sus hombres que encerraran a herr Kleinmann en una celda.

—Puede que allí te venga la verdad a la cabeza —le dijo en un tono inquietante.

La celda era grande y ya estaba ocupada por tres prisioneros —todos soldados— que estaban a la espera de comparecer ante el tribunal militar por delitos menores. Lo miraron con curiosidad y Fritz entabló una conversación errática en la que, simplemente, les contó que era un civil que había perdido los papeles y estaba esperando a que comprobaran su identidad.

En la celda hacía un calor agradable. Había una cama para cada hombre, una mesa, sillas y, en un rincón, había un lavabo y un excusado. Hacía años que Fritz no vivía con tantas comodidades. Cuando un carcelero les trajo la cena —la primera comida caliente de Fritz desde hacía casi una semana y la primera comida completa de la que se acordaba— tuvo que obligarse a comer a bocados normales y no engullir como un perro famélico.

Después de la cena, cuando levantó la cobija de la cama, casi no se lo podía creer: había sábanas debajo. ¡Sábanas! ¿Qué tipo de celda era esa? Meter el cuerpo exhausto en aquella cama fue poco menos que estar en el paraíso, y durmió profunda y felizmente toda la noche.

La mañana siguiente fue mejor si cabe. El carcelero trajo el desayuno y, por muy simple que fuera, hizo que a Fritz le diera vueltas la cabeza. Había café de verdad, caliente, pan, margarina, salchichas y todo en grandes cantidades. Mientras sus compañeros de celda charlaban distraídos, Fritz mantuvo la cabeza baja y se concentró en llenarse el estómago.

Al cabo de un rato, lo volvieron a llevar delante del oficial, que le pidió que le dijera quién era realmente. A medida que lo interrogaba, Fritz empezó a darse cuenta de que tenía la teoría de que era un desertor. Tenía mucho sentido. Su edad, su apariencia y su acento encajaban con aquella teoría, igual que las circunstancias en las que lo habían detenido. Pensando que había sorprendido a su detenido cometiendo una falta menor, el oficial no había sospechado que era algo mucho mayor, que aquel joven con las facciones esculpidas, vestido de paisano y con acento vienés podía ser, en realidad, un judío huyendo de las SS.

Fritz se negó a contestar más preguntas y lo devolvieron a la celda. Allí estaba a gusto, se sentía seguro, estaba caliente y lo alimentaban bien. La comida del mediodía fue un estofado muy simple, pero muy bueno, y un trozo de pan. Sí, era suficiente para sentirse a gusto.

No obstante, a pesar de aquellos lujos, la parte del cerebro de Fritz que lo había mantenido con vida en los campos de concentración era plenamente consciente del peligro que corría. Tarde o temprano descubrirían la verdad. El día pasaba y Fritz se exprimía el cerebro buscando una solución. Después de cenar aquella noche, mientras sus compañeros de celda estaban ocupados hablando, robó la barra de jabón para afeitar de uno de ellos y se la comió. A la mañana siguiente estaba violentamente indispuesto: con fiebre, sudando y con una diarrea terrible.[7] Sus compañeros de celda avisaron al guardia y se lo llevaron de allí.

Lo trasladaron a un hospital militar. Durante el examen médico, que sirvió para poco más que para descubrir que tenía dolor de barriga y alta temperatura, tuvo cuidado de esconder el tatuaje de Auschwitz. Lo pusieron en una habitación para él solo y lo mantuvieron en observación.

Todavía era mejor que la celda: ropa de cama blanca almidonada y enfermeras que le traían tés y medicinas. Poco después pudo empezar a comer, aunque la diarrea no paró. Era el pequeño precio que tenía que pagar por posponer su interrogatorio. El médico que lo visitó el tercer día comentó que había un centinela en la puerta con un subfusil, así que era mejor que no intentara escapar.

Finalmente, la fiebre pasó y la diarrea desapareció. Lo devolvieron inmediatamente al cuerpo de guardia. Allí se encontró con el oficial, cuya paciencia se estaba terminando.

—Es hora de cerrar esta investigación —le dijo—. Si no confiesas, te entregaré a la Gestapo.

Parecía esperar que aquella amenaza terrorífica amedrentara al prisionero, pero Fritz no dijo nada. Furioso por la frustración, el oficial lo mandó de vuelta a su celda.

—¡Dos días —le prometió— y habré terminado contigo!

Vinieron dos días de comodidad exquisita y, entonces, volvieron a llevar a Fritz a la sala de interrogatorios.

—Creo que ya sé quién eres —dijo el agente, y Fritz se alarmó—. No eres un desertor. Creo que eres un agente enemigo y llevas a cabo una misión para los británicos. Te han dejado caer en paracaídas e ibas a participar en operaciones encubiertas —después de dejar caer aquel juicio sorprendente, el oficial dijo, sin más—: Serás tratado como un espía.

Fritz estaba horrorizado. Aquello era peor que si lo hubieran identificado como un fugitivo de un campo de concentración. Negó la acusación rotundamente, pero el oficial no quiso escucharlo. Para él, solo un agente enemigo podía querer viajar como Fritz lo había hecho, mezclándose con soldados alemanes. Y solo un espía entrenado podía resistirse a un interrogatorio durante tanto tiempo. Un desertor no podría.

A pesar de que lo negó, lo obligaron a volver a la celda. De repente, ya no parecía tan agradable. ¿Debería confesar? No, lo devolverían a las SS y lo ejecutarían; pero, si pensaban que era un espía, el resultado sería el mismo. Por otra parte, si confesaba a esas alturas, ¿le creerían? El oficial tenía la idea fija de que era un emigrado austroalemán y parecía tan impresionado con él mismo por haber atrapado a un espía británico que, aunque le viera el tatuaje, pensaría que era parte del disfraz de Fritz.

Al día siguiente lo volvieron a llevar delante del oficial. Había tres soldados armados a su lado.

—Estoy harto de tus negativas —le anunció— y me lavo las manos. Irás a Mauthausen, que las SS se encarguen de ti.

19

MAUTHAUSEN

בן

Fritz sintió la presión del acero alrededor de las muñecas cuando se cerraron las esposas.

—Si intentas escapar —dijo el oficial—, te dispararán inmediatamente.

Su escolta de tres hombres —un suboficial y dos soldados rasos— lo llevó hasta la estación, donde subieron a un tren que iba a Linz. Por tercera vez, recorrió aquella ruta que ya le era familiar: de Sankt Pölten a Blindenmarkt y a Amstetten. En algún momento pasaron por el lugar en el que había saltado del tren, inidentificable a la luz del día, porque la nieve estaba deshaciéndose. Qué vívido lo tenía en el recuerdo, pero no más que el placentero interludio en Sankt Pölten. Como unas felices vacaciones, siempre lo recordaría como si hubiera durado poco más de una semana, cuando, en realidad, fueron casi tres.[1] Tres semanas de comer bien, de descansar sintiéndose a salvo y de recuperar la salud.

En Linz subieron a un tren local para hacer el corto viaje hasta Mauthausen, un pueblecito agradable enclavado en una curva del Danubio bajo unas colinas verdes ondulantes con parcelas de campos y bosques. Hicieron andar a

Fritz por el pueblo dos pasos por delante de su escolta mientras le apuntaban con los fusiles. Los habitantes, acostumbrados a vivir en la sombra del campo que había en las montañas que se levantaban por encima del pueblo, no les prestaron atención.

Una carretera serpenteante subía por el valle. Cuando Fritz tuvo delante aquel lugar, pensó que no se parecía a ninguno de los campos de concentración que había visto; le pareció más bien una fortaleza, con murallas de piedra altas y tan gruesas que tenían un puente, cubiertas con plataformas de tiro. En un punto, la muralla giraba noventa grados y allí había un edificio de entrada flanqueado por una torre circular ancha y baja a un lado y por una torreta cuadrangular de cuatro plantas al otro lado. En algún lugar dentro de aquellos muros estaban su padre y sus amigos. O eso esperaba. Era fácil imaginar lo duras que serían las selecciones en un campo así, pero Fritz tenía fe en la fortaleza de su padre; en el fondo, estaba seguro de que se reunirían mucho antes de lo que esperaban. Desde luego, Fritz tenía mucho que contarle.

En lugar de hacerlo pasar por aquella entrada imponente, los guardias giraron y lo hicieron caminar en paralelo a esa muralla exterior hasta pasar un campo de frutales. En la esquina, el camino giraba a la derecha bruscamente y a un lado había una caída abrupta, la pared vertical de un gran desfiladero.

Lo que Fritz estaba viendo era lo que le había dado a Mauthausen su terrible segundo nombre: la cantera de granito. Era más grande y mucho más profunda que la cantera de piedra caliza de Buchenwald y, al fondo de la caída, se veía el bullicio de una colmena de esclavos y se oía el eco de los picos y los cinceles golpeando la piedra. A lo lejos había una escalera ancha y empinada tallada en la roca, cuyos 186 escalones ascendían formando una curva desde el fondo de la cantera hasta el borde del acantilado. Por ella subían cientos de prisioneros, cada uno cargando un bloque de granito en la espalda. La llamaban la Escalera de la Muerte y era el símbolo de todo lo horroroso que tenía Mauthausen.

El granito que extraían de allí serviría para llevar a cabo los monumentales proyectos de construcción de Hitler, unas visiones grandiosas que requerían cantidades colosales de roca. Miles de prisioneros habían muerto extrayéndola. La Escalera de la Muerte era el paradigma de la forma de pensar de las SS: ¿para qué instalar una cinta transportadora mecánica más eficiente si la mano de obra de delincuentes y judíos era tan barata y el proceso era un castigo tan satisfactorio? Las lesiones y los accidentes mortales eran constantes; el menor paso en falso por la escalera hacía que un hombre y su bloque de granito cayeran sobre otros y provocaba un efecto dominó que rompía extremidades y aplastaba cuerpos.

Fritz y los guardias siguieron por el camino que iba por el borde del acantilado y llegaron a un grupo de barracones bajos de madera. Allí, los soldados de la Wehrmacht lo entregaron a las SS y se marcharon.

Fritz esperaba un interrogatorio y una paliza, pero no recibió ni lo uno ni lo otro. Todavía no estaban seguros de qué hacer con él. Un sargento de las SS se lo llevó al edificio de la entrada principal, otra construcción titánica de granito con dos torres coronadas por puestos de vigilancia equipados con focos y ametralladoras. Aquella era la entrada principal a la parte del campo de los prisioneros, la puerta que Fritz había visto en la parte delantera de la muralla conducía a las cocheras de las SS.

Una vez que hubo atravesado la muralla, Fritz se dio cuenta de que el interior era sorprendentemente pequeño y ordinario. Era más compacto que Monowitz y estaba lleno de barracones de madera corrientes ordenados a un lado y otro de la estrecha plaza del recuento. El sargento desapareció dentro del edificio y le ordenó a Fritz que lo esperara al lado del muro.

Había algunos prisioneros por allí. Uno se acercó y estudió la ropa de paisano de Fritz.

—¿Quién eres? —le preguntó—. ¿Por qué te han traído aquí?

—Me llamo Fritz Kleinmann, soy de Viena.

El hombre asintió y se alejó. Poco después volvió con otro prisionero, que tenía aires de autoridad, era claramente algún tipo de funcionario.

—Eres de Viena —dijo—, yo también. Llevo años aquí. —Estudió a Fritz—. Este lugar es terrible, pero lo que menos quieres ser aquí es judío. Los judíos no duran nada.

Y con eso, se marchó.

Al cabo de un rato, el sargento salió del edificio y, para sorpresa de Fritz, le preguntó si llevaba un tatuaje de Auschwitz. Habían llegado unos cuantos trenes de Auschwitz últimamente y estaban buscando a algunos fugitivos.

—No —dijo Fritz. Se subió la manga derecha—. Mire, nada.

El pelo largo y la apariencia sana fueron lo suficientemente convincentes y el sargento pareció satisfecho. Puso a Fritz bajo la custodia de un prisionero funcionario que lo llevó a los baños.

Allí se volvió a encontrar con el prisionero vienés. Esa vez, se presentó. Se llamaba Josef Kohl, aunque todo el mundo lo llamaba Pepi. Claramente, era un hombre importante. Más tarde, Fritz supo que era el líder de la resistencia de Mauthausen. Fritz, que se sintió cómodo con él al momento, confesó, por fin, la verdad. O una parte: que había estado en Buchenwald y Auschwitz, y la historia de cómo se había escapado del tren hasta que lo habían detenido. Eso fue todo. Dijo que era un preso político. Cualquier esperanza de sobrevivir allí dependía de que escondiera que era judío.

Por tercera vez, Fritz pasó por el ritual de ser un nuevo prisionero: el baño, la ropa y las pertenencias confiscadas... Cuando le pasaron la maquinilla por la cabeza y los mechones del pelo que acababa de crecerle cayeron, supo que había vuelto definitivamente a la pesadilla.

—Estás pagando el precio de no querer dar tu dirección —le dijo el funcionario de la Gestapo cuando anotaba sus datos. Fritz lo miró inquisitivamente—. Es la única razón por la que estás aquí —le dijo el funcionario señalando con la cabeza la nota del oficial de la Wehrmacht que tenía en la mesa. Al ver la expresión de Fritz, añadió—: Ya es demasiado tarde, muchacho.

¿Todavía pensaban que era un espía? Fritz tenía un dilema espantoso. Si confesaba la verdad, no habría forma de encontrar una salida a su situación. Al ver aquella cantera había confirmado todo lo que había oído sobre la reputación de Mauthausen de ser un lugar diabólico, pero, si no decía nada, lo torturarían y seguramente le pegarían un tiro.

Decidió que lo más seguro era confesar y contar la misma media verdad que le había contado a Pepi Kohl. Admitió que se había fugado del tren que venía de Auschwitz y se subió la manga izquierda para mostrar el tatuaje.

—¿Motivo del encarcelamiento? —le preguntó el funcionario.

—Custodia protectora —respondió Fritz—. Ario alemán, preso político.

El funcionario no se inmutó. Añadió a Fritz al registro y le asignó su tercer número de prisionero: 130039.[2] Aunque la Gestapo hubiera querido averiguar más sobre él, no podría. Auschwitz ya no existía; el 27 de enero, el mismo día que Fritz se había subido al tren de soldados en Blindenmarkt, el Ejército Rojo se había hecho con el campo. Las únicas almas que habían encontrado en Monowitz habían sido los espectros que estaban medio muertos en el hospital, muchos de los cuales no vivieron mucho tiempo tras la liberación.[3]

Fritz dio el nombre de su prima Lintschi —que era oficialmente aria— como el de su pariente más cercano y su dirección de Viena como su dirección real. Por lo que le había dicho Fredl Wocher, allí no vivía nadie que pudiera estar en peligro si lo asociaban con él. Respecto a su oficio, calculó su respuesta. Había adquirido muchas habilidades en los campos, pero ¿cuál debía revelar? No parecía que allí necesitaran muchos albañiles y supuso que los trabajadores que sobraban acababan en la cantera, de modo que dijo que era técnico de calefacción.[4] Era medio verdad, había ayudado a construir y equipar la calefacción de varios edificios y había aprendido de su padre lo fácil que era engañar a la gente para ejercer un oficio.

Aunque su intento de fuga había fracasado, por lo menos le había dado un respiro en el que había podido recuperar la salud y la fuerza. Sabía bien que aquello era una gran ventaja a la hora de sobrevivir. Lo que no sabía era lo crucial que sería. Aunque había pasado toda su vida adulta en un infierno en la Tierra, lo peor estaba por llegar.

A Fritz le asignaron un barracón que estaba inquietantemente cerca del búnker del campo, el cual tenía una cámara de gas y un crematorio adjuntos. En la sección del campo que tenía al lado, separada por un muro, había retenidos cientos de prisioneros de guerra soviéticos en unas condiciones pésimas, desnutridos y sujetos a tareas homicidas. Había habido una gran fuga hacía dos semanas. Los rusos habían usado cobijas mojadas para provocar un cortocircuito en la valla eléctrica. A muchos les alcanzaron las balas de las ametralladoras, pero cuatrocientos escaparon. Cuatro días más tarde, los lugareños habían oído tiros por el bosque; estaban dando caza a los rusos y ejecutándolos.[5]

El campo estaba superpoblado. Los bloques, pensados para trescientos prisioneros, alojaban muchas veces esa cantidad. Como todos los campos en el territorio del Reich, Mauthausen estaba desbordado por los evacuados de Auschwitz.

Fritz tenía ganas de reunirse con su padre y con sus amigos, que debían de estar entre aquella multitud, pero cuando preguntó a la gente, no encontró a nadie que supiera dónde estaban ni que reconociera sus nombres. Por la información que pudo reunir, aunque habían llegado traslados de Auschwitz, nadie sabía de ninguno que hubiera llegado hacia el 26 de enero.

Al final, tuvo que concluir que su padre simplemente no estaba allí y nunca había estado, pero, en ese caso, ¿dónde podía estar? Fritz había oído hablar de las atrocidades que se habían cometido en Polonia y en el Ostland: trenes enteros de judíos asesinados en los bosques. ¿Era aquello lo que le había pasado al tren de prisioneros de Auschwitz? ¿Era ese el destino del que Fritz había escapado?

Gustav estaba sentado con la espalda apoyada en la pared del vagón. Fritz se había ido, se había lanzado desde el tren y se había perdido en la noche helada. Dios, ojalá encontrara el camino a casa y pudiera estar a salvo. Gustav estaba desesperadamente débil y cansado. Hacía días que no tenía comida y solo bocados de nieve para hidratarse. «Los hombres se matan por un trozo de pan —escribió—. Somos verdaderos artistas del hambre, [...] pescamos nieve con una taza atada a un hilo que cuelga del vagón.»

Más tarde, esa misma noche, el tren, con su cargamento de hombres moribundos, se detuvo en la rampa de Mauthausen. Un cordón de hombres de las SS los rodeó. Pasaron las horas, llegó el amanecer y pasó la mañana. Dentro de los vagones, los hombres que seguían conscientes se preguntaban qué pasaba. Parecía que había algún tipo de disputa.

Un equipo de prisioneros del campo llegó y repartió pan y comida en conserva. Había poca: media hogaza de pan y una lata para cada cinco hombres. La devoraron con una ferocidad aterradora.

Finalmente, cuando la noche volvía a caer, el tren empezó a emitir gemidos y a moverse y volvió por donde había venido. El comandante de Mauthausen, que tenía el campo lleno hasta los topes, se había negado a acogerlos.[6] El tren volvió a cruzar el Danubio y giró hacia el oeste, en dirección a la frontera con Alemania. En cuestión de horas estaban en Baviera y, si el tren seguía en línea recta, llegarían a Múnich. Eso solo podía querer decir una cosa: Dachau.

Gustav oyó unas voces que se levantaban en un debate urgente. Una docena de sus compañeros —entre los que había varios de los antiguos prisioneros de Buchenwald—, inspirados por el ejemplo de Fritz, estaban hablando de escapar. Se lo propusieron a Gustav y a Paul Schmidt, que había sido el kapo de Fritz en la Buna Werke y había ayudado a esconderlo después de su falsa muerte. Gustav no podía afrontar la fuga más de lo que había podido cuando Fritz había intentado persuadirlo y Schmidt también declinó la propuesta. Cuando el tren salió de Linz, doce hombres escalaron la pared y saltaron. A pesar de la magnitud del éxodo, no hubo tiros. Parecía que las SS no se daban cuenta. Si más prisioneros hubieran tenido fuerzas, el tren habría llegado a su destino vacío, a excepción de los cadáveres.

Al entrar en Baviera giraron hacia el norte, por lo que no debían de ir a Dachau. El día siguió a la noche y luego otro y otro, y Gustav siguió aferrándose a la vida. El quinto día desde que habían salido de Mauthausen, llegaron a la provincia alemana de Turingia, no muy lejos de Weimar. El tren siguió soltando vapor y dirigiéndose al norte y, el domingo 4 de febrero —dos semanas después de haber salido de Gleiwitz—, se detuvo en la zona de carga de Nordhausen, una ciudad industrial al sur del macizo del Harz.[7]

Lo recibieron guardias de las SS y un Sonderkommando del campo de concentración de Mittelbau-Dora, que estaba cerca. Gustav trepó por la pared del vagón con una enorme dificultad. Una vez que los vivos se hubieron ayudado a bajar, el Sonderkommando bajó a los muertos. Cuando hubieron terminado de descargar el tren, había 766 cadáveres apilados en la rampa de carga.

Gustav había visto cosas horribles, pero aquella era de las peores. «Muertos de hambre y asesinados —escribió en su diario—, algunos muertos por congelación, aquello era indescriptible.» Muchos de los supervivientes apenas estaban en mejores condiciones que los muertos. Unos seiscientos murieron durante los dos días siguientes a su llegada, de más de tres mil que habían sobrevivido al viaje.[8]

El campo de concentración de Mittelbau-Dora, metido en un pliegue de la montaña que había al norte de la ciudad, era del tamaño de Buchenwald. Estaba abarrotado, con más de diecinueve mil prisioneros amontonados en los barracones.

Los recién llegados pasaron por el proceso de registro. A Gustav le dieron su número de prisionero: 106498.[9] Los distribuyeron en barracones y, por fin, les dieron de comer. «La primera comida caliente desde que empezamos nuestra odisea de catorce días», apuntó Gustav. Cada hombre recibió media hogaza de pan, un trozo de margarina y otro de salchicha. «Caímos sobre la comida como lobos hambrientos.»

Gustav estuvo en el campo solo dos días y entonces lo seleccionaron para el traslado a uno de los campos satélite más pequeños. No había medios de transporte, así que tuvieron que hacer todo el camino a pie, por la falda de la montaña en la que habían construido el campo principal y, después, al noroeste por el valle hasta llegar a la aldea de Ellrich. Una caminata de catorce kilómetros.

El campo de concentración de Ellrich fue, por mucho, lo peor que Gustav había vivido. No era grande, pero albergaba a unos ocho mil prisioneros en condiciones miserablemente insalubres. A pesar de que llegaban prisioneros de otros campos, la población no dejaba de disminuir por los estragos de la inanición y las enfermedades.

No había instalaciones para lavar la ropa y los piojos eran una epidemia. Ese mismo otoño, un programa de desparasitación fallido había destrozado cientos de uniformes de los prisioneros y nunca les dieron otros. Cuando Gustav y sus compañeros llegaron, se toparon con reclusos sucios, muchos con uniformes harapientos, algunos en ropa interior, casi desnudos. Los «desvestidos» no tenían que trabajar y solo recibían la mitad de las raciones de comida, por lo que se estaban muriendo de hambre rápidamente.[10]

Al grupo de Gustav le dieron dos días de descanso y luego lo pusieron a trabajar.

Debilitado por la edad y el desgaste de cinco años y medio en campos de concentración, además del tormento del viaje desde Auschwitz, Gustav quedó hecho polvo por el infierno total y absoluto que era Ellrich. Aquel campo lo afectó de un modo que no lo había afectado ningún otro.

Cada día, el toque de diana era a las tres de la madrugada, que, en pleno invierno, suponía despertarse en mitad de la noche.[11] El motivo de aquello enseguida quedó claro. Después de un recuento interminable, como todos, los destacamentos de trabajo tenían que ir hasta las vías que pasaban cerca del campo y subir a un tren que iba hasta la aldea de Woffleben, donde trabajaban la mayoría de los prisioneros en una serie de túneles que penetraban en la base de las montañas.[12]

Alemania, que vivía bombardeos aéreos constantes, había trasladado una gran parte de su producción de armamento bajo tierra. En los túneles de Woffleben —excavados gracias a la mano de obra de los prisioneros y con un costo humano terrible— fabricaban misiles V-2, las armas secretas más avanzadas y más terroríficas de Hitler. El lugar parecía una cantera, con paredes verticales escalonadas excavadas en la ladera de la montaña. En la base habían excavado grandes aberturas que parecían entradas a un hangar. Toda la zona exterior del complejo de túneles estaba cubierta por andamios elaboradamente cubiertos con telas de camuflaje. El trabajo que se hacía en el interior, en las profundidades de la Tierra, era totalmente secreto y, para los trabajadores forzados, un infierno inimaginable.

A Gustav lo destinaron a un destacamento de trabajo que excavaba túneles nuevos justo al oeste del complejo principal. Lo pusieron en un grupo que estaba formado, principalmente, por prisioneros de guerra rusos y que llevaba a cabo la tarea extenuante de construir vías en los túneles. Los kapos y los técnicos trataban a los prisioneros como esclavos, con verdadera perversión, y daban bastonazos a cualquiera que llamara su atención. Gustav no había visto algo así desde que estuvo en la cantera de Buchenwald. Aquello era peor, porque tenía que sufrirlo sin amigos y con unas raciones que no sustentarían ni a un impedido postrado en una cama: dos tazones de sopa aguada cada día y un trozo de pan. Durante dos semanas enteras, el abastecimiento de pan se detuvo y tuvieron que arreglárselas solo con la sopa aguada para soportar una jornada laboral que duraba desde el amanecer hasta las siete y media de la tarde. Vivía entre la porquería y, en cuestión de semanas, ya estaba tan consumido y lleno de piojos como los demás.

Ellrich estaba dirigido por el sargento de las SS Otto Brinkmann, un hombrecito de poco fiar que era a la vez muy sádico y muy mal líder. El comandante de Mittelbau-Dora usaba Ellrich como vertedero y mandaba allí a todo el personal de las SS que no quería y a los prisioneros que tenían menos probabilidades de sobrevivir. Durante el recuento de la noche, cuando los prisioneros estaban a punto de caer de agotamiento, Brinkmann los obligaba a hacer ejercicios acostados sobre las piedras puntiagudas de la plaza sin asfaltar.

Gustav calculaba que entre cincuenta y sesenta personas morían cada día de hambre y a causa de los abusos —«la trituradora perfecta»—, pero había una fuerza en él que ni así se rendía. «Uno apenas puede seguir arrastrándose —escribió—, pero he acordado conmigo mismo que sobreviviré hasta el final. Tomo a Gandhi, el luchador indio que defiende la libertad, como ejemplo. Está muy flaco y, aun así, vive. Y cada día me recito una oración: "No desesperes. Aprieta los dientes. Los asesinos de las SS no deben vencerte".»

Pensó en los versos de su poema «Caleidoscopio de la cantera», que había escrito hacía cinco años:

¡Zas! De un golpe cae al suelo,
no quiere morir el perro.

Recordando aquella imagen de resistencia, escribió: «Me digo a mí mismo que los perros resistiremos hasta el final». Su fe en aquel desenlace era dura como una roca, tan firme como la creencia de que su hijo estaba a salvo. Estaba seguro de que Fritz ya debía de haber llegado a Viena.

בן

Fritz miró la comida desanimado: un trozo de pan no mucho más grande que su mano y un tazón pequeño de estofado de nabo aguado. Con eso y una taza de café de bellota tenía que aguantar todo el día de trabajo. A veces le daban un poco más de estofado, pero eso no ayudaría a que su alma se quedara en su cuerpo mucho más tiempo. Había pasado poco más de un mes desde que había llegado allí, pero ya tenía las muñecas visiblemente más delgadas y podía sentir cómo se le iban marcando los huesos de la cara. Nunca se había sentido tan abandonado, tan falto de amistad y de apoyo. Ya no tenía los lazos que lo habían ayudado a sobrevivir en Buchenwald y Auschwitz, los había cortado cuando había saltado del tren.

Ahora estaba en un subcampo en la aldea de Gusen, a cuatro kilómetros de Mauthausen. Las circunstancias que lo habían llevado a trabajar allí eran, a su manera, más extrañas que las que lo habían llevado a Mauthausen. Alemania estaba debatiéndose por vivir y necesitaba soldados desesperadamente, de modo que el comandante del campo, el coronel de las SS Franz Ziereis, había anunciado que los prisioneros alemanes y austriacos de sangre aria podían ganarse la libertad presentándose voluntarios para trabajar para las SS. Formarían unidades especiales, les darían uniformes y armas, y lucharían junto a los hombres de las SS por la supervivencia de la patria.[13]

En una reunión de la resistencia de Mauthausen, Pepi Kohl y los otros líderes acordaron que algunos deberían presentarse voluntarios. Suponían que las SS intentarían usar aquellas unidades como carne de cañón o volverlas en contra de sus compañeros prisioneros.[14] Si infiltraban a miembros de la resistencia entre sus filas, el plan de las SS se les volvería en contra; en el momento indicado, los voluntarios levantarían las armas contra las SS.

Entre los ciento veinte «voluntarios» que Pepi eligió estaba Fritz. Era oficialmente ario, estaba bien de salud y tenía pinta de luchador. Fritz era muy reacio —solo con pensar en vestir un uniforme de las SS para lo que fuera, se ponía enfermo—, pero Pepi insistió y no era el tipo de hombre al que es fácil decirle que no. De modo que Fritz Kleinmann, un judío vienés, había ido hasta la oficina de la comandancia y se había apuntado a un grupo especial de las Unidades de la Calavera.[15]

Llevaron a los voluntarios a un centro de formación de las SS que había cerca, donde empezaron un programa rápido de adoctrinamiento e instrucción. Mientras que los demás se centraban en su objetivo y así podían aceptar lo que estaban haciendo, Fritz se dio cuenta de que no podía. Todo aquello le parecía tan profundamente mal que decidió que tenía que marcharse. Renunciar era imposible, así que empezó a comportarse mal con la esperanza de que lo echaran. Era una táctica peligrosa y podía llevarlo a acabar con una bala en la nuca. Finalmente, después de varios castigos por infracciones leves, lo echaron de la unidad. Volvió a ser prisionero y lo mandaron de nuevo al campo. Su carrera en las SS terminaba antes de haber empezado.

Lo trasladaron al subcampo de Gusen. Era uno más en un grupo de 284 trabajadores de varios oficios, todos perfectos desconocidos a los que no se sentía muy ligado. Conformaban una selección cosmopolita, había judíos y presos políticos de todo el Reich: polacos, franceses, austriacos, griegos, rusos, holandeses; y eran electricistas, ensambladores, fontaneros, pintores, herreros y mecánicos en general, además de un ucraniano solitario que ejercía de mecánico de aviones.[16]

Gusen II albergaba a unos diez mil prisioneros, muchos de los cuales eran técnicos que trabajaban en fábricas secretas de aeronaves que había en los túneles excavados debajo de las montañas.[17] Destinaron a Fritz al batallón de trabajo Ba III, un nombre en clave para una subunidad que operaba en la fábrica de aeronaves B8 Bergkristall, que se encontraba en los túneles que había cerca de Sankt Georgen y en la que Messerschmitt construía fuselajes para sus ultraavanzados aviones de combate Me 262.[18]

Fritz sentía que no tenía amigos y que estaba completamente solo. Lo invadió el desaliento, como le había pasado brevemente en Monowitz. Apenas sintió el paso de los días de marzo y abril; se le quedaron en la memoria como un infierno borroso.

Los prisioneros de los túneles se consumían por la desnutrición y, mientras, las SS y los kapos con el triángulo verde los asesinaban a voluntad. Solo durante el mes de marzo casi tres mil fueron declarados no aptos para trabajar y los despacharon a Mauthausen, donde la mayoría murieron. Cuando llegó un camión de comida del Comité Internacional de la Cruz Roja al campo, las SS lo desvalijaron y se quedaron con lo mejor; luego agujerearon los botes de comida y de leche condensada que quedaban y, riendo, lanzaron las latas chorreantes a los prisioneros. A pesar de la tasa de mortalidad, la población crecía rápidamente conforme iban llegando más y más marchas de la muerte de los campos evacuados de toda Austria.[19] Morían por miles y sus cuerpos sin enterrar se apilaban por los campos.

Fritz cambió tanto física como mentalmente. Las condiciones de Mauthausen-Gusen erosionaron en dos meses a aquel joven delgado que había salido del cuartel de la Wehrmacht de Sankt Pölten, le tallaron la carne hasta que, a finales de abril, parecía uno de los *Muselmänner*, espectral y esquelético. El mundo en el que vivía era el peor que había visto en su vida. Nada más que el tiempo —y poco, además— lo separaba de convertirse en otro cadáver huesudo entre los que estaban apilados.

Sin embargo, por más deprimido que estuviera, seguía sin rendirse del todo como los *Muselmänner*. Se vislumbraba un final que podía llegar si conseguía aguantar lo suficiente. Los ruidos de la guerra se acercaban. Se oía el estruendo familiar de la artillería a lo lejos. Los estadounidenses estaban en camino.

Las SS ya se habían preparado para aquello. Los nazis no tenían ninguna intención de dejar que tomaran su fábrica de aviones de combate de alto secreto, ni tampoco a sus miles de prisioneros. El 14 de abril, Heinrich Himmler mandó un telegrama a todos los comandantes de los campos de concentración: «Ningún prisionero puede caer con vida en manos del enemigo».[20] Para Himmler, eso quería decir que los evacuaran, y el telegrama lo dejaba claro, pero el comandante de Mauthausen Franz Ziereis entendió que Himmler pedía la aniquilación total e hizo planes para cumplir con la orden.

La mañana del 28 de abril, retuvieron a todos los prisioneros de Gusen y no los llevaron al trabajo. A las once menos cuarto, sonaron las sirenas antiaéreas. Al momento, los hombres de las SS y los kapos empezaron a llevar al rebaño de decenas de miles de prisioneros hacia los túneles de Kellerbau, el segundo complejo de túneles de Gusen.[21] Entraron por uno de los tres accesos, una boca enorme tan alta y ancha como un túnel para trenes.

Dentro, las paredes de granito y cemento estaban más frías y húmedas que la arenisca de los túneles de la Bergkristall. Por los costos de excavar una piedra tan dura y el hecho de que fueran vulnerables a las inundaciones, los túneles de Kellerbau nunca se terminaron,[22] pero eran útiles como refugios antiaéreos de los campos.

Fritz se quedó de pie en aquel ambiente fresco y húmedo y aguardó, esperando escuchar los sonidos de los bombarderos y el estruendo de las explosiones. Pasaron los minutos, pero no se oía nada.

Nunca había estado en los túneles de Kellerbau, pero puede que algunos de los que sí habían estado allí se dieran cuenta cuando entraban de que habían tapiado dos de las tres entradas y solo habían dejado abierta aquella. Ni los más observadores eran conscientes de que, después de que hubieran entrado, los ametralladores de las SS habían tomado posiciones fuera. Los prisioneros tampoco sabían que, durante los días anteriores, habían minado aquella entrada con explosivos por orden de Ziereis. La operación tenía el nombre en clave de Feuerzeug, «Encendedor».

Paul Wolfram, el civil encargado de la construcción de los túneles, era el que había llevado a cabo la tarea. A él y a sus compañeros les habían asegurado que sus vidas y las de sus familiares corrían peligro si hacían una estupidez o si desvelaban el secreto.[23] Wolfram había puesto todos los explosivos que tenía en la entrada. No habría sido suficiente, por lo que añadió unas veinte bombas aéreas y todas las bombas marinas que le cupieron en dos camiones. Durante la noche anterior a la alerta antiaérea, les habían puesto los cables a las bombas.

Ahora, con todos los prisioneros dentro del túnel y las ametralladoras preparadas para evitar las fugas, todo estaba listo para hacer estallar la entrada del túnel. Los reclusos, que quedarían atrapados dentro, morirían ahogados.

20

EL FIN DE LOS DÍAS

אבא

A finales de marzo, cuando llevaba más o menos un mes y medio en Ellrich, las cosas le iban un poco mejor a Gustav; lo suficiente para nutrir su voluntad y mantener unidos el cuerpo y el alma.

Ya no construía vías y lo habían destinado a trabajar en los túneles como carpintero. Su kapo era un buen hombre llamado Erich que tenía fuentes secretas de comida y le daba su ración de sopa a Gustav,[1] lo que le servía para volver más lento, aunque no revertir, el proceso de desnutrición. Cada día que pasaba, Gustav estaba más sucio y más infestado de piojos.

Pasaba los días bajo tierra. Era como el cuarto círculo del infierno de Dante: la mayoría de los esclavos que trabajaban allí estaban al borde de la muerte y los más fuertes vivían a costa de los débiles, robándoles sus irrisorias raciones. Lo único que abundaba eran cadáveres y se habían dado casos de canibalismo. Más de mil prisioneros habían muerto en marzo y mandaron a mil seiscientos esqueletos andantes a un cuartel del Ejército que había en Nordhausen, que hacía de vertedero para los que estaban destrozados y eran inútiles.[2]

En abril, las fuerzas estadounidenses estaban a unos días de distancia y las SS empezaron el cierre. Detuvieron los trabajos e iniciaron los preparativos para la evacuación. Esa misma noche, la RAF lanzó bombas incendiarias sobre Nordhausen, que alcanzaron el cuartel y mataron a cientos de prisioneros enfermos. La noche siguiente volvieron a pasar por allí, arrasaron la ciudad y añadieron más prisioneros al recuento de muertos.[3]

La evacuación de Ellrich llevó dos días. Hicieron subir a Gustav y a todos los demás prisioneros que estaban lo suficientemente en forma como para marcharse a unos vagones de transporte de ganado. Cuando el último tren se preparaba para salir de allí el 5 de abril, los últimos hombres de las SS que salieron del campo mataron a tiros a los poco más de diez prisioneros enfermos que quedaban. Cuando la 104.ª División de Infantería de Estados Unidos llegó a Ellrich una semana después, no encontró ni un alma.[4]

אבא

Gustav se acordó del viaje desde Auschwitz. Esta vez, las temperaturas eran mucho más templadas, tenían espacio para sentarse y hasta llevaban algo de comida. Sin embargo, ni de cerca era todo lo que les tenían que haber dado de comer; habían añadido vagones de víveres al final del tren cuando este salió de Ellrich, pero, en algún momento, los habían desacoplado. Tuvieron un pequeño alivio cuando el tren paró en una ciudad en la que había una fábrica de pan.[5] Un prisionero de guerra británico le dio a Gustav dos kilos de pan blanco y un pan de centeno, lo suficiente como para que él y sus compañeros más cercanos vivieran tres días.

El tren había avanzado mucho hacia el norte de Alemania, había dejado atrás Hanóver y el 9 de abril había llegado a su último destino: el pueblo de Bergen, el lugar donde descargaban los trenes que llevaban gente al campo de concentración de Bergen-Belsen.

Con el cerco enemigo cada vez más cerrado, Himmler estaba decidido a aferrarse a los prisioneros que habían sobrevivido. Pensaba usarlos con un último propósito: como rehenes. Bergen-Belsen era uno de los últimos campos de concentración que quedaban en el territorio controlado por Alemania. Cuando Gustav llegó allí, el campo, pensado para tan solo unos pocos miles de prisioneros, estaba más lleno de lo que era su capacidad. Y, a pesar de los miles de muertes que había cada mes por la desnutrición y las enfermedades —siete mil en febrero, dieciocho mil en marzo, nueve mil durante los primeros días de abril—, la población viva superaba las sesenta mil almas y vivía entre pilas de cadáveres por enterrar, en una atmósfera llena de tifus. Himmler, que tenía una mente peculiar, consideraba que los estaba salvando. Con ello pretendía ganarse el favor de los aliados mostrándose como un hombre compasivo con los judíos y no como el arquitecto de su masacre.[6]

A aquel hervidero de humanidad llegaron Gustav y los demás supervivientes de Ellrich.

Muchos no habían sobrevivido al viaje y el cargamento habitual de cadáveres tenía que bajarse del tren. Cuando los supervivientes iban camino de la estación al campo, pasó algo que fue a la vez terrible y maravilloso. Aquella columna de espectros se encontró con otra que caminaba en la misma dirección; eran judíos húngaros; hombres, mujeres y niños hambrientos y destrozados. Muchos de los supervivientes de Ellrich también eran húngaros y, para el asombro de Gustav, primero una persona y luego otra y otra de una columna reconocieron a familiares de la otra columna. Rompieron filas y corrieron hacia ellos llamándolos. Amigos, madres, hermanas, padres e hijos que hacía mucho que se habían separado y que pensaban que sus seres queridos estaban muertos se reencontraron en el camino hacia Belsen. Era a la vez alegre y desgarrador, y Gustav no encontró las palabras para describir lo quc había visto: «Uno no puede más que imaginarse un reencuentro así». Qué no daría por reunirse con Tini y Herta y Fritz, pero allí no, no en aquel lugar.

Ya no les quedaban anclas, piedras angulares ni certezas; hasta el sistema de campos había caído. Con Belsen lleno a reventar, los quince mil que llegaron de los campos de Mittelbau fueron rechazados. Sus escoltas de las SS les encontraron alojamiento cerca de allí, en un centro de adiestramiento de la Wehrmacht para operar Panzers que había entre Belsen y Hohne. Sus barracones empezaron a funcionar como campo de concentración para dar cabida al exceso de prisioneros y pasó a ser el segundo campo de Belsen, bajo el mando del capitán de las SS Franz Hössler, que había llegado con los trasladados.[7] Antes de trabajar en Mittelbau, Hössler, que era un hombre de aspecto rufián, con la barbilla prominente y la boca hundida, había dirigido una de las secciones de mujeres de Auschwitz-Birkenau y había participado en las selecciones, las masacres en las cámaras de gas y en incontables asesinatos individuales. Había sido él quien había seleccionado a las «voluntarias» para trabajar en el prostíbulo de Monowitz.[8]

El centro de adiestramiento fue un cambio físicamente agradable para los prisioneros: edificios blancos, limpios y espaciosos situados alrededor de plazas asfaltadas esparcidas por un bosque. El personal de la Wehrmacht —que en ese momento era un regimiento húngaro— ayudó a las SS a controlar a los prisioneros.

La calidad de las raciones mejoró, pero las cantidades eran patéticamente insuficientes. Gustav y sus compañeros llegaron a rebuscar cáscaras de papa y nabo en los botes de basura de fuera de las cocinas: «Lo que sea por aliviar el hambre», apuntó en el diario.

En todo el tiempo que había pasado en los campos, Gustav nunca había estado rodeado por tanta gente tan apelotonada ni había visto aquella irremediable hambruna a una escala tan grande. Después de todo lo que había soportado, fue allí, en Belsen, donde la fe en sí mismo que lo había mantenido con vida empezó a flaquear. ¿Qué tenía él de especial? ¿Por qué tenía que aguantar él hasta el final si tantos millones habían muerto y morirían?

A su manera, los soldados húngaros eran tan brutales como las SS. La mayoría de los oficiales iban bien arreglados, con gel en el pelo, y les habían inculcado a sus hombres, la mayoría analfabetos, una ideología fascista y antisemita que estaba a la altura de cualquier cosa que pudieran inculcar las SS. Eran crueles y solían matar reclusos por gusto. Su deber principal era proteger las cocinas; se plantaban en la plaza que había entre los barracones, disparaban a los prisioneros que iban a buscar restos de comida en la basura y los mataban a decenas.[9] Algunos sentían una devoción mística por la causa nazi. Uno le dijo a una mujer judía que era una pena que la tarea de exterminar a su pueblo no se hubiera terminado y le aseguró que Hitler volvería. «Y volveremos a luchar codo con codo», dijo.[10]

Gustav pasó la primera noche en Belsen 2 en vela, en la última planta de su edificio. Al sur vio un resplandor naranja en el cielo oscuro. Le pareció que una ciudad —posiblemente Celle, a unos veinte kilómetros de distancia— estaba en llamas. Y vio fogonazos y erupciones explosivas. Aquello no eran bombas aéreas, era el frente de batalla.[11]

El ánimo, que tenía por los suelos, empezó a levantársele. «Ahora me digo que los liberadores llegarán pronto y vuelvo a tener fe. Aún pienso que Dios, Nuestro Señor, no nos abandona.»

Dos días más tarde, los comandantes de la Wehrmacht de la zona establecieron contacto con las fuerzas británicas y negociaron la rendición pacífica de Bergen-Belsen. Con el objetivo de contener la epidemia de tifus, un área de varios kilómetros a la redonda alrededor del campo se convertiría en territorio neutral.

En los barracones, Gustav reparó en que la mayoría de los soldados húngaros habían empezado a llevar brazaletes blancos en señal de neutralidad y hasta algunos de los hombres de las SS habían empezado a hacer lo mismo. Entre ellos estaba el líder del campo, el cabo de las SS Sommer, a quien Gustav conocía de Auschwitz como «uno de los sabuesos». Parecía que entregarían a los prisioneros a los británicos sin derramar sangre. «Ya era hora —escribió Gustav—. Las SS querían hacer con nosotros una masacre de San Bartolomé antes de que llegaran los británicos, pero el coronel húngaro no quería tener nada que ver con eso y nos han dejado en paz.»

El 14 de abril, Gustav vio los primeros tanques británicos a lo lejos. Corrió la voz por los barracones; los prisioneros se alegraron y las celebraciones duraron toda la noche.

חברים

El capitán Derrick Sington se esforzó por hacerse oír por encima del convoy de tanques que rechinaban y rugían por la ciudad de Winsen. Después de ir a toda prisa para alcanzar a los vehículos blindados del 23.º Regimiento de Húsares, Sington había encontrado al oficial de inteligencia del regimiento y estaba intentando informarle de su misión especial por encima del estruendo del tráfico militar.

Derrick Sington era el comandante de la 14.ª Unidad de Ampliación del Cuerpo de Inteligencia del Ejército Británico. Equipada con camiones ligeros con altavoces, el papel de la unidad era difundir información y propaganda. Tenía órdenes de acompañar la avanzada del 63.º Regimiento Antitanques, que iba a establecer la zona neutral alrededor del campo de Bergen-Belsen. No podían dejar salir de la zona a los prisioneros —o *reclusos,* como los llamaban oficialmente los británicos— debido a la enfermedad. La misión urgente del capitán Sington era localizar el campo y divulgar los anuncios necesarios. Como hablaba alemán, también haría de intérprete para el teniente coronel Taylor, del 63.º Regimiento, que estaría al mando de toda la zona.[12]

Gritando a todo pulmón por encima del estrépito de las orugas de los tanques y del rugido de los motores, Sington explicó todo aquello al oficial de los Húsares, que tenía medio cuerpo fuera de la torreta del tanque y una mano detrás de la oreja para escucharle mejor. Asintió y le dijo a Sington que se uniera a sus filas. Sington volvió a sentarse, le hizo un gesto a su conductor y se unió a la corriente de tanques.

Tras haber dejado Winsen atrás, la columna pasó por campo abierto y este dio paso a un bosque espeso de abetos, cuyo potente aroma se mezcló con el humo que expulsaban los vehículos y el hedor de la quema: la infantería estaba quemando el bosquecillo a ambos lados del camino con lanzallamas. No iban a arriesgarse a que hubiera armas antitanques o francotiradores alemanes escondidos.

No muy lejos, Sington vio las primeras advertencias —«peligro, tifus»— que marcaban el perímetro de la zona neutral. Dos oficiales alemanes le entregaron una nota escrita en inglés en la que lo invitaban a reunirse con el comandante de la Wehrmacht en Bergen-Belsen.

Cuando el camino giró hacia el este, Sington vio el campo: un cercado de vallas altas de alambre de espino y torres de vigilancia en medio del bosque, a un lado y otro del camino. En la entrada los esperaba un grupo de oficiales enemigos bien vestidos: uno con el uniforme gris de campaña de la Wehrmacht, un capitán húngaro muy condecorado con el uniforme caqui y un oficial de las SS corpulento, con la cara algo hinchada, una mandíbula simiesca y una cicatriz en la mejilla, que resultó ser el capitán de las SS Josef Kramer, quien había sido comandante del campo.

Mientras aguardaban a que llegara el coronel Taylor, Sington se puso a hablar educadamente con Kramer. Le preguntó cuántos prisioneros había en el campo; Kramer respondió que cuarenta mil, y quince mil más en el campo 2 que estaba siguiendo por la carretera. ¿Y qué tipo de prisioneros eran?

—Delincuentes reincidentes y homosexuales —dijo Kramer mirando furtivamente al inglés.

Sington no dijo nada, pero más tarde apuntó que tenía «razones para creer que era una afirmación incompleta».[13]

Afortunadamente, la llegada del *jeep* del coronel Taylor interrumpió la conversación. Este ordenó a Sington que entrase y difundiese su anuncio y luego siguió hacia Bergen. Invitado por Sington, Kramer subió al estribo del camión con altavoces y entraron por la verja.

Sington había intentado imaginar muchas veces cómo sería el interior de un campo de concentración, pero no se parecía en nada a las ideas que se había hecho. Había una carretera que pasaba por el centro y recintos separados a cada lado de la calle, cada uno lleno de barracones de madera. El lugar estaba impregnado con «el olor de una jaula de monos» de un zoo; «un triste humo azul flotaba como una neblina entre los edificios bajos». Los reclusos entusiasmados «se agolpaban contra las vallas de alambre de espino [...] con las cabezas rapadas y los obscenos uniformes penitenciarios a rayas, los cuales eran muy deshumanizadores». Sington había sido testigo de la gratitud de muchos pueblos liberados desde que había llegado a Normandía, pero de los vítores de aquellos espectros consumidos y esqueléticos dijo: «Con su terrible diversidad, [...] habían sido oficiales polacos, campesinos ucranianos, médicos de Budapest y estudiantes franceses, me suscitaron una emoción mayor y tuve que contener las lágrimas».[14]

Fue parando el camión cada cierto tiempo y en los altavoces resonaban los anuncios que decían que la zona del campo estaba en cuarentena y la administraban los británicos; las SS habían entregado el control y se retirarían; el regimiento húngaro se quedaría, pero sería bajo las órdenes directas del Ejército británico; los prisioneros no debían salir de la zona por el riesgo de propagar el tifus; estaban trayendo al campo comida y suministros médicos a toda prisa.

Los prisioneros, alegres, salieron de los recintos y rodearon el camión. Kramer se alarmó y un soldado húngaro empezó a disparar directamente por encima de las cabezas de los prisioneros. Sington saltó del camión.

—¡Deja de disparar! —ordenó sacando el revólver.

El soldado bajó el fusil, pero, inmediatamente después de que parara, un grupo de hombres vestidos con uniformes de prisionero y armados con toletes fueron corriendo hacia la masa de gente y empezaron a azotarlos con una brutalidad espantosa.

—Vaya infierno que montaron —le dijo Sington a Kramer cuando llegaban de nuevo a la entrada.[15]

Su breve visita le había mostrado solo la multitud de supervivientes, y pasarían uno o dos días hasta que finalmente descubriera las fosas, el crematorio y las zonas con miles de cadáveres desnudos y escuálidos, amontonados y desparramados.

Al salir por la verja, giró el volante y se dirigió al campo 2 para repetir su ronda de anuncios.

אבא

Había pasado un día desde que Gustav había visto los tanques a lo lejos. Al fin, la columna británica llegó por la carretera principal de Bergen y pasó de largo. No parecía que ocurriera nada. Entonces llegó el camión con los altavoces al campo 2. Los prisioneros se acercaron para oír el anuncio del oficial británico, que quedó ahogado por los vítores.

Aunque el estado de los prisioneros del campo 2 era lamentable, no era ni de cerca tan penoso como el de los prisioneros del campo principal. Les quedaban fuerzas y estaban rabiosos. Tan pronto como se hubo marchado el camión del capitán Sington empezaron los linchamientos.

Cientos de hombres, exaltados por la ira y por su superioridad numérica, señalaron a los individuos que les habían torturado. Gustav —que tenía el alma más buena y dulce que se pueda imaginar— observó sin emoción cómo los guardias de las SS y los encargados de los bloques, hombres del triángulo verde, morían ahorcados o de una paliza. Vio morir, por lo menos, a dos asesinos de Auschwitz-Monowitz y no sintió pena ni remordimiento. Los soldados húngaros no hicieron nada por interceder. Esa tarde, cuando terminaron los asesinatos, obligaron a los soldados de las SS que quedaban vivos a llevarse los cuerpos y al día siguiente tuvieron que enterrarlos con sus propias manos.

Los británicos fueron tomando el control de la administración y registraron a todos los prisioneros supervivientes ordenándolos por nacionalidad. Bergen-Belsen se convirtió en un campo de desplazados y prepararon a los reclusos para ser repatriados. Gustav se quedó con los judíos húngaros; había hecho buenos amigos entre ellos y lo habían elegido encargado del dormitorio.

Fue una liberación y, al mismo tiempo, no lo fue. Los reclusos ya no estaban bajo el yugo de las SS, los británicos les trajeron comida y suministros médicos y empezaron a comer bien y a recuperar la salud (aunque, en el campo principal, los reclusos estaban en unas condiciones tan malas que miles murieron durante las semanas posteriores a la liberación). No obstante, seguían siendo prisioneros. Los soldados húngaros tenían órdenes de los británicos de no dejar salir a nadie y se las tomaban muy en serio. En el campo 2, aquella cuarentena era absurda, allí no había tifus y no había necesidad de seguir reteniendo a los prisioneros. Gustav empezó a impacientarse, deseoso de poder experimentar de nuevo la libertad después de tantos años.

La liberación de Belsen salió en los titulares de todo el mundo; hablaban de ella las proyecciones de noticiarios y los reportajes radiofónicos, y también llenó los periódicos. Por toda Europa, el Reino Unido y Estados Unidos, los familiares de las personas capturadas por los nazis pidieron información. Periódicamente, el camión con altavoces del capitán Sington pasaba por el campo 2 difundiendo los nombres de las personas por quienes sus familiares habían preguntado.[16]

Gustav pensó en Edith y en Kurt. No había visto a su hija desde que se había marchado a Inglaterra en 1939 y no sabía nada de ella desde que había empezado la guerra. Y las noticias de Kurt también habían dejado de llegar en diciembre de 1941. Gustav le escribió un mensaje a Edith con los detalles de su paradero y su número de bloque y se lo confió —junto a los miles de mensajes de otros reclusos— a la administración británica.[17]

En el campo principal, el personal médico trabajaba para salvar tantas vidas como fuera posible. Era un lugar sobrecogedor. Había miles de cadáveres amontonados y los que estaban medio vivos y medio muertos se movían entre ellos como si solo fueran desperdicios, les pasaban por encima y se sentaban a comer lo que podían apoyados en las pilas de cuerpos.[18] Cavaron fosas profundas, de decenas de metros de largo. Los guardias de las SS tuvieron que llevar a los muertos a las fosas cargando con ellos, abucheados e insultados por los supervivientes; algunos de los hombres de las SS intentaron huir por el bosque, pero les dispararon y sus compañeros tuvieron que arrastrar sus cuerpos de nuevo hasta el campo y meterlos en las fosas, junto a sus víctimas.[19] Finalmente, la tarea resultó demasiado grande; había demasiados cuerpos y unos *bulldozers* tuvieron que empujar los cuerpos en descomposición hasta las fosas. Les llevó casi dos semanas poder enterrar a los últimos.[20]

Los supervivientes del campo 1 fueron trasladados a los edificios limpios y robustos del campo 2, que se había convertido en un hospital. A medida que los barracones de madera insalubres del campo principal se vaciaban, los iban quemando con lanzallamas.

Una enfermera inglesa que formaba parte del personal médico se sintió avergonzada y arrepentida porque, aunque había oído hablar de la existencia de aquellos campos ya en 1934, nunca había pensado —y no había querido pensar— que pudieran ser así. Ella y sus compañeros estaban «trastornados y llenos de ira fría contra los primeros responsables de aquello, los alemanes, una ira que crecía cada día en Belsen».[21] Otros estaban conmocionados al ver cómo los abusos y la humillación habían reducido a muchos supervivientes a un estado animal en el que se peleaban por los alimentos y comían en los mismos cuencos que también usaban como orinales, después de lo cual solo los limpiaban con un trapo.[22]

La afluencia de personas que venían del campo principal supuso un problema para Gustav y los supervivientes de Mittelbau: les trajo el tifus más cerca. Los edificios en los que se alojaban los enfermos estaban acordonados, pero su mera presencia incrementaba el riesgo de que la enfermedad se propagara por todo el cuartel.

Gustav cada vez estaba más desesperado por salir de aquel lugar terrible y maldito.

Diez días después de la liberación, los primeros repatriados pudieron irse a casa. Los elegidos fueron franceses, belgas y holandeses. Para volver a casa cruzarían países liberados. Los que venían de Alemania, Austria u otros países que fueran zonas de combate o que siguieran en manos alemanas tendrían que esperar. Gustav vio marchar a los repatriados anhelante y, a medida que pasaban los días, iba perdiendo la paciencia. Daba igual que fuera irracional, que Austria todavía no fuera libre, estaba seguro de que podría llegar a casa de algún modo. Creía que Fritz estaría en Viena esperándolo. Gustav necesitaba volver con él. Por lo menos quería dejar de estar retenido.

Esperó el momento y, la mañana del 30 de abril, se fue. Tomó sus pocas pertenencias y algo de comida y salió de su edificio. Fue por el camino asfaltado y se dirigió a la carretera.

Un soldado húngaro se le puso delante con el fusil en alto.

—¿Dónde crees que vas?

—A casa —dijo Gustav—, me voy.

Gustav había visto cientos de veces la mirada de aquel soldado en los ojos de los guardias de las SS, eran los ojos de un antisemita que miraba a un prisionero judío. Dos semanas antes, ese soldado había estado luchando junto con los nazis. Gustav siguió andando para dejarlo atrás. El soldado blandió la culata del fusil y golpeó a Gustav en el pecho. Gustav se tambaleó respirando con dificultad.

—Vuelve a intentarlo y te pego un tiro —le dijo el soldado.

Gustav había visto lo suficiente como para saber que no dudaría en hacerlo. Su intento de ser libre había terminado; estaba atrapado.

Con una mano sobre las costillas magulladas, volvió a su barracón. Salir de Belsen sería más complicado de lo que pensaba. Lo habló con Josef Berger, un compañero vienés que también estaba desesperado por irse a casa.

Esa tarde, los dos hombres salieron de su barracón en silencio y se quedaron observando a los centinelas. El momento que estaban esperando llegó cuando un turno de guardias fue relevado por el siguiente. Mientras los soldados estaban distraídos, Gustav y Josef echaron a correr. Aquella vez no fueron hacia la carretera, sino hacia el bosque que rodeaba la zona noroeste del campo.

Cuando pasaban entre puestos de vigilancia, oyeron un grito en húngaro y el estallido de un fusil. La bala les pasó por encima de la cabeza. Otra bala pasó zumbando por su lado y ambos se lanzaron al suelo. Las balas impactaban contra las hierbas que tenían alrededor. Gustav y Josef siguieron avanzando cuerpo a tierra. Tan pronto como los disparos cesaron, se pusieron de pie y corrieron hacia el bosque esquivando árboles. Cruzaron corriendo la sección rusa del campo y entraron al bosque que había al otro lado.

בן

Los minutos pasaban en la caverna fría y llena de goteras de Kellerbau, pero no se oían aviones ni explosiones; alrededor de Fritz solo se oía el susurro del eco de decenas de miles de prisioneros respirando y murmurando.

Siguió pasando el tiempo. Fuera del túnel, los ametralladores de las SS observaban y esperaban la inminente explosión.

Lentamente, los minutos se volvieron horas. Los prisioneros, acostumbrados a estar de pie en los recuentos que se hacían tan largos como aquella espera, no le dieron mucha importancia. Posiblemente había sido una falsa alarma. Por lo menos no tenían que trabajar. La mayoría nunca sabría el motivo por el que los metieron en los túneles y nunca se enteraría de las complicaciones que los mantuvieron allí de pie durante tanto tiempo. Estaban teniendo lugar acontecimientos de los que no tenían ni idea, cubiertos por un velo de oscuridad que nunca terminaría de levantarse.

Las cargas explosivas colocadas alrededor de la entrada no habían detonado. Paul Wolfram, el encargado, aseguraría más adelante que había saboteado el plan de asesinato ordenándoles a sus hombres que colocaran las bombas y las minas sin detonadores, pero eso no explicaba por qué los otros explosivos tampoco estallaron. El comandante Ziereis —que pasó una gran parte de aquella época borracho— aseguró que tenía reservas sobre el asunto. Sin embargo, circuló una historia entre algunos de los supervivientes que decía que un prisionero polaco llamado Władvsława Palonka, un electricista, había descubierto los cables de las bombas y los había cortado.[23]

A las cuatro de la tarde sonó el aviso de que el cielo estaba despejado y los prisioneros, que habían entrado andando a su tumba sin saberlo, volvieron a salir —sin tener aún ni idea de la sentencia de muerte que se cernía sobre ellos— y marcharon hasta los campos. Si el plan hubiera funcionado, habría matado a más de veinte mil personas y habría sido uno de los actos individuales de asesinato masivo más grandes de la historia de Europa.[24]

Retomaron la rutina de los recuentos y del trabajo, pero, el martes 1 de mayo, no los mandaron a trabajar. Fritz sintió que el estado de ánimo de las SS se asemejaba al de Monowitz a mediados de enero. Aquella vez el pánico era mayor. A las SS ya no les quedaba Reich hacia el cual recurrir. No habría evacuación de Mauthausen.

Dos días después, todos los guardias desaparecieron del campo. Los nazis fanáticos que había entre ellos pretendían luchar en las montañas, en un intento desesperado de defenderse, mientras que el resto abandonó los uniformes y fue a esconderse entre la población civil de las ciudades. El mando de Mauthausen-Gusen se transfirió oficialmente a las fuerzas policiales de Viena y la administración del campo recayó en la Luftwaffe. Reclutaron a un destacamento del cuerpo de bomberos de Viena que había llegado al campo en calidad de presos políticos en 1944 para que los ayudaran.[25]

Por el sur, tropas formadas por estadounidenses, británicos, polacos, indios, neozelandeses y una brigada judía hacían fuerza para avanzar por la frontera montañosa que había entre Italia y Austria.

Por el este, el Ejército Rojo cruzó la frontera austriaca y el 6 de abril había rodeado Viena. Las fuerzas alemanas que quedaban allí eran totalmente insuficientes para defender la ciudad y el sitio no duró mucho. El 7 de abril, las tropas soviéticas habían llegado a la parte sur del centro de la ciudad y, tres días más tarde, los alemanes evacuaron Leopoldstadt. Los rusos se apoderaron de los puentes del Danubio, y el 13 de abril la última unidad de tanques de las SS abandonó la ciudad.[26] Viena fue liberada casi exactamente siete años después de que Hitler llevara a cabo el plebiscito e hiciera efectivo el Anschluss. En ese momento estaba encerrado en su búnker de Berlín y su gran Reich había quedado reducido a un tocón pequeño y sangrante.

La tercera punta de lanza de los aliados llegaba desde el noroeste. Las fuerzas estadounidenses cruzaron el tramo bávaro del Danubio el 27 de abril. Patton mandó a su 12.º Cuerpo a Austria por el norte del río. Tuvieron intensos enfrentamientos contra alemanes fanáticos que se habían dedicado a colgar a los desertores de los árboles al lado de las carreteras.[27] Cuando las tropas estadounidenses bajaban por el valle del Danubio, en la mismísima punta de la lanza había una patrulla del 41.º Escuadrón de Caballería de Reconocimiento y un pelotón del 55.º Batallón Acorazado de Infantería. Penetrando por el este de Linz, llegaron a los pueblos de Sankt Georgen y Gusen, donde, por primera vez, vieron los campos.

Mauthausen y Gusen competían con Bergen-Belsen en cuanto al puro horror que provocaban. Ambos eran botes en los que habían desaguado los campos de concentración.

La tasa de mortalidad de Mauthausen había escalado a más de nueve mil personas cada mes. Los estadounidenses encontraron a aquellos cadáveres andantes que les dieron la bienvenida cuando fueron a liberarlos viviendo entre decenas de millones de muertos sin enterrar, medio enterrados o medio desenterrados. La pestilencia que desprendían se les quedó grabada en la memoria a los soldados estadounidenses. «El olor y el hedor de los muertos y de los moribundos, el olor y el hedor de los que se morían de hambre —se acordó un oficial—. Sí, es el olor, la peste del campo de exterminio, lo que te quema en las fosas nasales y en la memoria. Siempre podré oler Mauthausen.»[28]

Tanques de color verde oliva marcados con la estrella blanca estadounidense, estropeados y llenos de cicatrices, entraron en los recintos del campo. En Gusen I, un sargento se puso de pie encima de su Sherman y gritó en inglés a la muchedumbre de prisioneros emancipados:

—¡Hermanos, son libres![29]

Del gentío brotaron los cánticos de varios himnos nacionales y el oficial del Volkssturm que estaba al mando de los guardias alemanes le ofreció su espada al sargento.

Fritz, que estaba al lado, en Gusen II, vio llegar a los estadounidenses con alivio y satisfacción, pero sin aquella alegría abrumadora. Estaba demasiado débil y desmoralizado como para celebrarlo. Había llegado allí solo moderadamente sano y había soportado tres meses en aquel infierno en el que la esperanza de vida, incluso para los recién llegados más fuertes, era solamente de cuatro meses. Estaba vivo a duras penas, era poco más que huesos envueltos en piel y estaba lleno de magulladuras y heridas. No tenía amigos en Mauthausen-Gusen, solo compañeros que sufrían como él. «Allí acabé completamente destruido», escribió más tarde.[30] Estaba demasiado débil y enfermo como para irse a casa, eso si le quedaba una casa a la que ir. Sobre todo, echaba de menos a su padre, pero no tenía ni la menor idea de qué había sido de él.

אבא

Después de más o menos un kilómetro, Gustav y Josef pararon para recuperar el aliento. Pusieron la oreja, pero no oyeron sonidos de persecución, solo cantos de pájaros y el silencio ahogado del bosque. Se sentaron a descansar. Gustav miró a su alrededor, levantó la mirada al cielo e inhaló el aire fresco. El olor lo alegró, era el aroma de la libertad. «¡Por fin libres! —escribió en el diario—. El aire que nos rodea es indescriptible.» Por primera vez en años, el ambiente no estaba contaminado por los olores de la muerte y el trabajo y las hordas de personas sin lavar.

Aún no estaban a salvo, las líneas del frente quedaban al este, así que, de momento, Gustav y Josef le dieron la espalda a su tierra y siguieron andando hacia el noroeste por el bosque.

Caminaron toda la tarde y la noche, pasando por varias aldeas diminutas esparcidas por el bosque, por casas alemanas en las que no se atrevieron a pedir ayuda. Finalmente, después de unos veinte kilómetros, salieron del bosque y llegaron al pequeño pueblo de Osterheide. En las afueras había un gran campo de prisioneros de guerra, Stalag XI, que los británicos habían liberado un día después que Belsen.[31] Lo habían evacuado hacía unos días, pero todavía quedaba un grupo de prisioneros de guerra rusos que les dieron a los caminantes vieneses una cama y comida aquella noche.

La mañana siguiente, Gustav y Josef llegaron a Bad Fallingbostel, un pueblo muy agradable con un balneario y lleno a rebosar de refugiados y soldados. Los dos hombres se presentaron ante las autoridades británicas, pero les dijeron que no podían hacer nada por ellos de momento, tendrían que ir a uno de los campos de desplazados. Les fue mejor en el ayuntamiento alemán, donde les asignaron habitaciones en un hotel y les dieron una ración de comida.

Gustav encontró trabajo por una semana como talabartero con un tapicero del lugar que se apellidaba Brokman. El sueldo era decente y, por primera vez desde hacía siete años, lo trataron como a un ciudadano. Empezó a recuperarse de su sufrimiento. En su habitación del hotel sacó la pequeña libreta verde que lo había acompañado desde los primeros días. En la primera página estaba la entrada que decía: «He llegado a Buchenwald el 2 de octubre de 1939 después de dos días de viaje en tren. De la estación de ferrocarriles de Weimar, vinimos corriendo al campo...».

Así inició la crónica de su cautiverio. Entonces empezó a documentar su libertad.

«Por fin soy un hombre libre y puedo hacer lo que me plazca —escribió—. Lo único que me molesta es la incertidumbre de no saber cómo está mi familia en casa.»

Aquello seguiría carcomiéndole mientras quedaran restos del régimen nazi aún luchando en la zona que lo separaba de su tierra.

21

—

EL LARGO CAMINO HASTA CASA

משפחה

Edith estaba de pie delante de la ventana que daba a la calle viendo al cartero subir la colina pedaleando en la bicicleta. Las elegantes casas victorianas de tres plantas reconvertidas en departamentos y grandiosamente bautizadas como Spring Mansions estaban en la esquina de Gondar Gardens, en Cricklewood, desde donde se podía ver la extensión de medio Londres: las vías y, más allá, Kilburn High Road dibujando una línea recta hasta Westminster.

El pequeño Peter estaba detrás de ella mirando el paisaje. Acababa de volver junto a sus padres después de haber sido evacuado de una granja cerca de Gloucester. Durante su ausencia, sus padres y su hermana recién nacida, Joan, se habían marchado de Leeds y se habían mudado a aquel departamentito de Londres. Peter era casi un desconocido para su madre: completamente británico de nacimiento y por el acento. Edith y Richard, conscientes de la hostilidad hacia todo lo alemán en el país, solo hablaban inglés en casa.

El cartero dejó la bicicleta apoyada en el seto y metió un fajo de cartas en el buzón. Edith bajó las escaleras y las recogió del tapete. Entre los sobres dirigidos a los otros inquilinos encontró uno dirigido a «Fr. Edith Kleinmann». Había varias direcciones tachadas, empezando por la de la señora Brostoff en Leeds. Rasgó el sobre para abrirlo.

Peter oyó a su madre subir las escaleras corriendo, llamando a su padre casi sin aliento. Peter no entendía a qué venía aquel entusiasmo; su madre no paraba de repetir que su padre estaba vivo. ¡Vivo!

Era casi increíble. Durante todo aquel tiempo no había tenido ni idea de lo que había sido de su familia. Kurt le había dicho que su padre y Fritz habían ido a Buchenwald, pero eso era todo. Todo el mundo había visto las espantosas proyecciones de noticiarios sobre Belsen y lo había oído por la radio en la BBC. ¡Y pensar que su padre había estado allí y había sobrevivido!

Edith le escribió a Kurt inmediatamente. De su parte, el juez Sam Barnet usó todos sus contactos políticos para intentar abrir una vía de comunicación con su padre.[1] Pasaron las semanas y no supieron nada más de Gustav. Era como si, de pronto, después de haber revelado su presencia, hubiera desaparecido.

בן

Después de la liberación del campo, el Ejército de Estados Unidos trajo asistencia médica para los supervivientes de Mauthausen y de Gusen. Miles ya no podían ser salvados y murieron aquellos primeros días.

Fritz Kleinmann estaba entre los que aún tenían fuerzas para aferrarse a la vida, a pesar de su estado lamentable. Cuando empezaron los reconocimientos médicos, lo entrevistó un oficial del Ejército estadounidense que le contó que él también había nacido en Viena, en Leopoldstadt. Contento por aquella conexión que había encontrado, el oficial le encontró una plaza prioritaria en una evacuación de emergencia.

Lo llevaron a Ratisbona, al sur de Baviera, una bonita ciudad antigua en la que habían establecido un hospital militar estadounidense. Su llegada coincidió con la noticia de la rendición de Alemania. Hitler y Himmler estaban muertos y la guerra había terminado en Europa.

El 107.º Hospital de Evacuación estaba albergado en tiendas de campaña y edificios a la orilla del río Regen, en el lugar en el que desemboca el Danubio.[2] Cuando ingresaron a Fritz, se mantenía vivo a duras penas. Anotaron que pesaba treinta y seis kilos. La abominable, milagrosa y azarosa serie de acontecimientos que le había permitido esquivar la muerte durante cinco años y medio casi acabó con él al final.

Mientras descansaba en su catre dentro del hospital de campaña, era consciente de que el suplicio que había empezado aquel día de marzo de 1938, cuando la Luftwaffe había dejado caer el temporal de folletos sobre Viena, había terminado.

Sin embargo, no era del todo cierto. El viaje que había empezado aquel día no terminaría hasta que no volviera a Viena y descubriera si seguía siendo su casa y, sobre todo, si su padre había sobrevivido. La pesadilla, en cambio, no acabaría nunca mientras hubiera vida y memoria. Los muertos seguirían muertos, los vivos estaban llenos de cicatrices y sus números e historias vivirían para siempre como homenaje.

Fritz dejó que el futuro se fuera arreglando solo de momento y se centró en recuperar las fuerzas. Los médicos le dieron una dieta de galletas, flan de leche y un brebaje fortalecedor cuyos ingredientes nunca llegó a saber. En dos semanas había ganado diez kilos. Aún era mucho menos de lo que debería pesar, pero se sentía con fuerzas suficientes para viajar y sentía la llamada de su casa. Estaban recogiendo el hospital para trasladarlo a otra ubicación y aceptaron su petición de alta. Fue al ayuntamiento de Ratisbona, donde le dieron ropa de paisano y lo apuntaron para el traslado a Austria.

Fue hacia finales de mayo cuando Fritz cruzó Linz y llegó a la línea que separaba la zona estadounidense de la soviética en la orilla sur del Danubio, al otro lado de Gusen y Mauthausen. En Sankt Valentin tomó un tren. Viajó una vez más por las vías que pasaban por Amstetten, Blindenmarkt y Sankt Pölten. Aquella vez no se topó con ningún obstáculo.

Finalmente, el lunes 28 de mayo de 1945, Fritz pisó Viena cinco años, siete meses y veintiocho días después de haber salido de allí en el tren que lo llevaba a Buchenwald. El tren lo dejó en Westbahnhof, la misma estación de la que había salido. Fritz descubriría más tarde que, de los 1 035 hombres judíos que habían viajado en aquel tren, solo veintiséis estaban vivos.

Viena no había sufrido tanto como Berlín en los recientes enfrentamientos. El sitio a la ciudad había sido breve y no hubo destrucción a gran escala. Había partes de la ciudad que apenas tenían daños. Sin embargo, la suerte quiso que la ruta que siguió Fritz para ir de la estación a la ciudad fuera una de las más afectadas y tuvo la impresión de que Viena había quedado totalmente destrozada.

Era tarde y la oscuridad de la noche veraniega caía sobre las calles cuando llegó al canal del Danubio. Los edificios de la parte de Leopoldstadt estaban muy dañados por las bombas, y el puente de Salztor, que había sido un puente magnífico, no era más que un troncón abrupto que salía de la orilla. Fritz cruzó por otro puente y, finalmente, llegó al Karmelitermarkt.

Habían retirado los puestos, el empedrado estaba vacío y le pareció como si fuera una de aquellas noches de hacía tanto tiempo en las que él y sus amigos jugaban allí dándole patadas a la pelota de trapo, vigilando por si venía la policía, recibiendo regaños de los faroleros por subirse a las farolas. Se acordaba de los pasteles de crema batida, los barquillos Manner con el envoltorio rosa, los pedazos de pan y las puntas de salchicha, de los tenderos y vendedores, judíos y no judíos, ejerciendo su oficio juntos, prosperando sin odios ni hostilidades y sus hijos jugando en un solo grupo que corría y reía. Ahora, la mitad de lo que le daba vida a aquel lugar había desaparecido: eran cenizas de los hornos de Auschwitz que flotaban por el Vístula, huesos en la tierra debajo de las hojas del pinar de Maly Trostenets o que estaban repartidos por el mundo, en Palestina, Inglaterra, todo el continente americano y el Lejano Oriente. Aparte de unos pocos como Fritz, los demás ya no volverían al Karmelitermarkt.[3]

Cuando llegó al viejo edificio de Im Werd, encontró la puerta de la calle cerrada. Las autoridades soviéticas habían impuesto un toque de queda que empezaba a las ocho de la tarde. Tocó a la puerta y la abrió la figura familiar de frau Ziegler, la portera del edificio. Lo saludó asombrada. Todo el mundo pensaba que su padre y él estaban muertos.

Lo dejó entrar, pero no lo dejó subir al viejo departamento. Ahora vivían allí personas que se habían quedado sin casa por las bombas. Allí ya no vivían los Kleinmann.

La primera noche que pasó en Viena durmió en el suelo de casa de frau Ziegler. Cuando se despertó al día siguiente y salió a la calle, se encontró con que la noticia de su vuelta se le había adelantado.

—Ha vuelto el chico de los Kleinmann —se decían los unos a los otros estupefactos.

Aquella mañana, no vio a Olga Steyskal ni a ninguno de los otros amigos de su padre, pero sí que se topó con Josefa Hirschler, la portera del edificio de Olly. Lo saludó calurosamente y lo invitó a tomar su primer desayuno vienés con ella y sus hijos, que eran viejos amigos suyos. Estaba sucio por el viaje que había hecho por Austria, así que Josefa lo mandó al patio trasero a asearse. Encontró una tinaja llena de agua caliente esperándolo.

Mientras se lavaba la cara y se frotaba el cuello, sintió que empezaba una nueva vida, pero era una nueva vida solo, sin familia. Su hermano pequeño estaba en Estados Unidos; su hermana, en Inglaterra; su madre y Herta habían desaparecido y casi seguro que estaban muertas en el este... Y, respecto a su padre, no parecía que hubiera muchas esperanzas; parecía casi muerto cuando se separaron. «Tienes que olvidarte de tu padre...». ¿Finalmente las palabras de Robert Siewert se harían realidad allí, al final del camino? Si, por algún milagro, su padre había sobrevivido, ¿dónde demonios estaba?

אבא

Gustav llevaba una buena vida en Bad Fallingbostel; tenía trabajo y comía bien. Se había hecho amigo de una alemana de Aachen que le daba algo de comida extra. Hizo mochilas para algunos oficiales del Ejército serbio que habían sido prisioneros de guerra. Parecieron muy satisfechos y le dieron muchos cigarros.[4]

«Me siento mucho más fuerte —escribió— [pero] Dios

mío, ojalá estuviera en Viena con mi hijo.» Nunca había dudado que Fritz había llegado a casa después de saltar del tren.

Varios vieneses más fueron llegando a Fallingbostel y formaron una pequeña comunidad. Cuando, finalmente, la guerra terminó, Gustav y sus amigos emprendieron a pie el largo camino hasta casa.

Iban despacio, encontrando comida y refugio donde podían, atravesando la zona de bosque montañoso del sur de Hildesheim. Gustav agradeció la lentitud del viaje y disfrutó de la libertad y del bonito paisaje. En la ciudad de Alfeld, se topó con un viejo amigo que había sido preso político en Buchenwald y ahora era nada más y nada menos que el jefe de policía. Al enterarse del viaje que Gustav tenía por delante, le dio una bicicleta.

El ritmo de la marcha aumentó y el 20 de mayo el grupo de viajeros llegó a la ciudad de Halle, en Sajonia, donde Gustav se reencontró con muchos más compañeros tanto de Monowitz como de Buchenwald. Entre los últimos estaba el buen amigo y mentor de Fritz, Robert Siewert, que había sobrevivido hasta el final y había vuelto a su viejo hogar, donde empezó a reconstruir el Partido Comunista.

Halle resultó ser un lugar de reunión para los supervivientes de los campos de concentración y Gustav decidió quedarse un tiempo. Los cuidaban bien y les daban mucha comida. Además, había un comité austriaco establecido allí. Robert Siewert dio una conferencia sobre las condiciones en Buchenwald y así empezó una tarea que llevaría a cabo el resto de su vida: ayudar a mantener viva la memoria.

Después de pasar un mes en Halle, se reanudó el viaje. Gustav disfrutó de la belleza de la naturaleza pedaleando por Baviera. «Esta zona es magnífica —escribió en una de las frecuentes paradas—. No hay más que montañas por todos lados. Me siento como si hubiera vuelto a nacer.»

A finales de junio llegaron a Ratisbona y, el 2 de julio, Gustav pasó en bicicleta por el puente del Danubio de Passau y entró en Austria. Le dieron la bienvenida las campanas de las iglesias repicando al mediodía.

Los exiliados austriacos llegaron a Linz cuando ya había oscurecido y llovía a cántaros. Era demasiado tarde para encontrar alojamiento, así que pasaron la noche en un refugio antiaéreo. Les dieron cartillas de racionamiento y pasaron varios días en la ciudad.

Aunque estaba en su tierra y Viena se hallaba tan solo a un viaje en tren, Gustav volvió a bajar el ritmo. Después de haber viajado tan lejos, de pronto no sentía ninguna urgencia por llegar a casa. Estaba disfrutando y, aunque nunca se lo confesó al diario, puede que, en el fondo, sintiera una angustia perturbadora por si allí le esperaban malas noticias. No solo toda la verdad sobre lo que les había pasado a Tini y a Herta: ¿y si su fe lo engañaba y Fritz no estaba allí?

Sobre todo, saboreaba la libertad. Por primera vez —no solo desde que había entrado en un campo, sino por primera vez en la vida—, Gustav disfrutaba de una libertad total, sin responsabilidades, preocupaciones ni miedos; era libre de ir donde quisiera y tomarse el tiempo que quisiera, empapándose de las vistas y oliendo las flores.

Un día, aprovechando el buen clima, hizo una excursión por las montañas con uno de sus compañeros.[5] Sin pensarlo, fueron al pueblo de Mauthausen, donde otro compañero de los campos, Walter Petzold, era jefe de policía. Subieron la montaña y echaron un vistazo al campo de concentración, a aquella fortificación de piedra ahora desierta. Gustav tenía curiosidad por ver el lugar en el que habían rechazado al tren que venía de Auschwitz. Si hubiera sabido que Fritz había pasado tres meses allí y casi había muerto, lo habría mirado con otros ojos.

El 11 de julio, Gustav cruzó la «frontera verde» por primera vez del lado estadounidense al lado soviético. Los rusos fueron «muy atentos con nosotros, los supervivientes de los campos de concentración», escribió. Pasó el resto de julio y agosto vagando por el centro de Austria y, solo cuando el verano empezó a declinar, se dispuso a recorrer con la bicicleta el último tramo del camino a casa.

Un día de septiembre, Gustav Kleinmann entró en Viena. Vio la destrucción, las torres antiaéreas de hormigón alzándose imponentes sobre los bonitos parques y también los lugares que le eran familiares. El Karmelitermarkt seguía allí, y los edificios de Im Werd custodiándolo a un lado y su viejo taller en los bajos del número 11. Entró al número 9, a la segunda planta, y llamó al departamento de Olly. Allí estaba ella, su amiga más querida y más fiel, mirándolo completamente anonadada, recuperándose de la conmoción y dándole alegremente la bienvenida a casa.

Solo le faltaba una cosa y se resolvió rápidamente. Gustav encontró a la persona a la que más deseaba ver con vida habitando solo en un departamento de aquel mismo edificio. Su orgullo y su alegría, su querido hijo. Gustav abrazó a Fritz y juntos lloraron de alegría.

Estaban en casa y juntos de nuevo.

EPÍLOGO

—

SANGRE JUDÍA

Viena, junio de 1954

Un soldado estadounidense estaba de pie mirando hacia Leopoldstadt, que quedaba al otro lado del canal del Danubio. Iba vestido de uniforme, con el distintivo de soldado de primera en la manga. La insignia que llevaba cosida indicaba que pertenecía a la 1.ª División de Infantería, cuyos soldados fueron de los primeros que llegaron a la playa de Omaha el Día D. Aquel soldado era demasiado joven como para haber estado allí ese día; en 1944 habría sido un estudiante. Ahora había crecido y era la viva imagen de un soldado estadounidense. Lo habían destinado a Baviera y había aprovechado un permiso de una semana para ir a ver Viena, la ciudad en la que había nacido.

Le resultaba familiar, pero era diferente; estaba volviendo a la vida, curándose las heridas. El soldado se acercó al puesto de control soviético y mostró su identificación. Lo saludaron y lo dejaron pasar. Cruzó el ancho puente de Augarten bajo la sombra del Rossauer Kaserne, el gran cuartel imperial en el que sus padres se habían casado en 1917.

Muchos de los edificios que le eran familiares estaban maltrechos, algunos cubiertos por un andamio todavía estaban siendo reparados, pero Leopoldstadt aún era reconocible, seguía tan vivo en su mente como el día que se había marchado. Cuánto había cambiado su vida desde aquel día y cuánto había cambiado él. Después de terminar el bachillerato, había ido a la universidad a estudiar Farmacología y, en 1953, lo habían llamado al servicio militar —el soldado Kurt Kleinmann—. Ahora, había vuelto.

Entonces, Kurt ya era tan hijo de Estados Unidos como lo era de Viena. Su familia estaba allí, no solo los Barnet, que se habían convertido en su familia en todos los sentidos excepto en el apellido, sino también Edith, que vivía en Connecticut. Ella y Richard se habían quedado en Londres tres años después de que acabara la guerra, pero, al final, se marcharon de la sombría y empobrecida Inglaterra para siempre. Los Paltenhoffer se habían adaptado rápidamente a la vida en Estados Unidos. Cuando llegaron, Peter y Joan, de ocho y seis años, eran niños ingleses con «acento de Oxford», según el periódico de New Bedford, pero no les duró mucho. Decididos a encajar, Richard y Edith se cambiaron el apellido de Paltenhoffer a Patten, y ese mismo año, mientras Kurt estaba en el Ejército al otro lado del charco, se habían convertido en ciudadanos estadounidenses.[1]

Paseando por Obere Donaustrasse y Grosse Schiffgasse, Kurt se sorprendió de lo bien que se acordaba de todo: los giros familiares a la derecha y a la izquierda, el Karmelitermarkt abierto ante él, los puestos colocados en hilera, el reloj sobre su fino pie en el centro, las tiendas y los edificios de Leopoldsgasse e Im Werd a los dos lados... Igual que siempre.

Por muy conocido que le resultara todo, ahora era un extraño allí. La sensación de ser extranjero era casi palpable, ya ni siquiera hablaba alemán.

Kurt subió por las escaleras y llamó a la puerta del departamento de Olga. Abrió su padre. Gustav estaba más viejo, tenía más arrugas y el pelo más gris, pero seguía llevando la misma sonrisa de siempre en aquella cara delgada con el bigote recortado. Y estaba la misma Olga, la leal y maravillosa Olly. Ahora era frau Kleinmann, la madrastra de Kurt.

Los visitó muchas veces aquel verano. Sentados en la mesa de la cocina, los cuatro —Gustav y Olly, Kurt, con su uniforme del Ejército que desentonaba allí, y Fritz— hablaban como podían. Conforme pasaba el tiempo, Kurt vio cómo un poco del alemán le volvía a la memoria: lo suficiente para hacerse entender, pero no para tener una conversación decente.

Era difícil recuperar los años perdidos. Su padre no quería hablar del tiempo que había pasado en los campos y la relación de Kurt con Fritz había cambiado por completo. A Kurt, que había crecido como el típico chico estadounidense, le consternaban las simpatías comunistas de su hermano. Fritz había conformado sus ideas a partir de la herencia socialista de su padre y de los héroes de los campos como Robert Siewert y Stefan Heymann. La vida como trabajador en la Austria controlada por los soviéticos en la posguerra había validado sus creencias. También había diferencias religiosas. Nadie en la familia, aparte de Kurt, había sido nunca muy devoto y Fritz había abandonado su fe por completo en el camino que llevaba a Auschwitz.[2]

—No hablemos de política ni de religión —decretó Gustav, y se ciñeron a temas menos conflictivos.

Cuando volvieron a Viena en 1945, Gustav y Fritz tuvieron problemas para adaptarse. Incluso encontrar un lugar donde vivir había sido un reto en la ciudad dañada por las bombas y dirigida por los soviéticos. Gustav se quedó en el departamento de Olly Steyskal hasta que se casaron en 1948, el mismo año que consiguió reabrir su negocio de tapicería.

Seguía habiendo antisemitismo, pero ahora estaba oculto, relegado a murmullos e insinuaciones. De los 183 000 judíos que vivían en Viena en marzo de 1938, más de dos tercios habían emigrado: casi 31 000 al Reino Unido, 29 000 a Estados Unidos, 33 000 a América del Sur, Asia y Australia, y poco más de 9 000 a Palestina. Los más de 21 000 que habían emigrado a países europeos habían caído bajo el dominio nazi y casi todos terminaron en campos de concentración junto con los miles que, como Fritz y Gustav, fueron a Dachau y Buchenwald. Además, 43 321 judíos fueron deportados directamente de Viena a Auschwitz, Łodz, Theresienstadt y Minsk.[3]

Viena después de la Shoá seguía teniendo una comunidad judía, que fue recuperando poco a poco su identidad y conservó su patrimonio, pero era una pequeña parte de lo que había sido. Las sinagogas habían sido completamente destruidas o estaban en ruinas. Solo terminaron reconstruyendo unas pocas. El Stadttempel del antiguo barrio judío, donde Kurt cantaba cuando era niño, fue una de ellas.

Al principio, Fritz no pudo trabajar por su mala salud y vivió durante un tiempo gracias a una pensión de discapacidad. Él y su padre hablaron de qué debían hacer con Kurt. ¿Deberían traerlo a casa? Aún era menor y lo echaban de menos, pero ¿qué le quedaba allí? Su madre estaba muerta y su padre era pobre y envejecía. Concluyeron que estaba mejor donde estaba, de modo que Gustav y Fritz siguieron adelante juntos, solos, apoyándose el uno al otro como habían hecho para superar tantos problemas.

Una de las alegrías de aquellos años de posguerra fue la reunión con Alfred Wocher. Aquel alemán, fuerte y valiente, había sobrevivido al infierno de la última defensa del Reich y había localizado a sus viejos amigos en Viena. Los visitó muchas veces. «Wocher había más que cumplido con su deber con los prisioneros de los campos de concentración —recordó Fritz—. Con su conducta nos dio valor y fe, y así contribuyó decisivamente a que sobreviviésemos a Auschwitz. Nadie se lo recompensó y los supervivientes estamos en deuda con él.»

Su padre intentó olvidar lo que había visto y sufrido en los campos, pero Fritz tenía un carácter completamente diferente. Lo recordaba con rabia vívida y deliberadamente. Albergaba un odio encendido hacia los antiguos nazis que aún vivían en Viena. Oía a los viejos murmurando sobre su padre —«mira, el judío Kleinmann vuelve a estar por aquí»— y, mientras que su padre intentaba vivir en paz al lado de los colaboracionistas, Fritz no le hablaba a nadie que se hubiera puesto de parte de los nazis. A ellos los desconcertaba.

—¡Tu hijo ni nos saluda! —se quejó con Gustav uno de los vecinos que los habían traicionado y denunciado a las SS.

La ignorancia voluntaria sobre la Shoá estaba tan arraigada que aquel hombre ni siquiera podía comenzar a comprender la maldad que había en lo que había hecho.

Hubo represalias ocasionales contra colaboracionistas por parte de jóvenes judíos y Fritz se involucró en ellas. Un vecino ario, Sepp Leitner, que había sido miembro de la 89.ª Standarte de las SS, había participado en la destrucción de las sinagogas durante la Kristallnacht. Fritz se enfrentó con él y le dio una paliza. La policía lo detuvo por agresión, pero las autoridades soviéticas, que estaban a favor de los juicios sumarios, ordenaron su puesta en libertad.

Fritz no podía aceptar en qué se había convertido su país. En Buchenwald, había escuchado a los *Prominenten* debatir sobre el futuro de la nación cuando se fueran, imaginando una utopía democrática socialista, y Fritz deseaba que llegara. Las cosas mejoraron en 1955, cuando Austria recobró la independencia, pero el paraíso de los trabajadores nunca se materializó. Fritz fue a la escuela nocturna y se volvió activo en el sindicato de su empresa. Su vida familiar fue inestable. Tuvo dos matrimonios de los que salieron un hijo, Peter, y un hijastro, Ernst.

Mientras tanto, Gustav estaba contento de haber vuelto a su viejo oficio y de estar casado con Olly. En 1964, se jubiló después de haber trabajado hasta la avanzada edad de setenta y tres años. Olly y él visitaron Estados Unidos. Aunque apenas entendía una palabra de inglés, tenía ya cinco nietos estadounidenses. Posó para las fotografías con los pequeñitos en su regazo, radiante de satisfacción, rodeado de nuevo de amor y familia.

Gustav Kleinmann murió el 1 de mayo de 1976, el día anterior a su octogésimo quinto cumpleaños. Llevaba gravemente enfermo un tiempo, aunque su prodigiosa fuerza interior lo ayudó a seguir adelante durante sus últimos días.

Dos años después, Fritz, que solo tenía algo más de cincuenta años, tuvo que solicitar la jubilación anticipada. La tortura que había aguantado en el calabozo de la Gestapo de Auschwitz le había dejado lesiones de espalda permanentes que, a pesar de las operaciones de columna, acabaron causándole una parálisis parcial. No obstante, tenía la resistencia de su padre y vivió una vida larga. Murió el 20 de enero de 2009 a la edad de ochenta y cinco años.

Mientras que su padre intentó olvidar la Shoá, Fritz Kleinmann se preocupó constantemente por asegurarse de que el mundo no la olvidase. Después de que terminara la guerra, los aliados llevaron a los tribunales a los nazis de alto rango en Núremberg en 1945 y 1946, y en Dachau de 1945 a 1947. Muchos fueron ejecutados o encarcelados y los conceptos de *genocidio* y *crímenes contra la humanidad* entraron en las leyes del derecho internacional.

Sin embargo, una vez que pasaron aquellos juicios, cayó la oscuridad sobre las atrocidades de los nazis, especialmente en la misma Alemania. Los que las habían vivido y habían colaborado con ellas querían correr un velo ante el pasado. A finales de los cincuenta, toda una generación de alemanes había crecido sobre un colchón de mentiras: que la mayoría de los judíos simplemente había emigrado, que hubo atrocidades por ambas partes durante la guerra y que las que había cometido Alemania no eran peores que las de los aliados. Los jóvenes alemanes casi no sabían nada sobre el Holocausto y los nombres de Auschwitz y Sobibor, Buchenwald y Belsen les resultaban extraños y desconocidos. La mayoría de los asesinos de las SS quedaron libres; muchos aún vivían en Alemania.

Aquello cambió en 1963, cuando Fritz Bauer, un fiscal de Fráncfort que había ayudado a localizar a Adolf Eichmann en Argentina, abrió procesos judiciales contra antiguos hombres de las SS acusados de cometer atrocidades en Auschwitz. Los testigos de los juicios de Fráncfort incluyeron a más de doscientos reclusos supervivientes, de los cuales noventa eran judíos.[4] Entre ellos estaban Gustav y Fritz Kleinmann, que proporcionaron testimonios por escrito a la acusación en abril y mayo de 1963.[5] También testificaron con ellos Stefan Heymann, Felix Rausch y Gustav Herzog. Entre los enjuiciados había miembros de la Gestapo del campo, *Blockführers* y administradores. Algunos fueron absueltos y otros recibieron sentencias que iban desde tres años hasta la cadena perpetua.

Sin embargo, más importante que las sentencias individuales fue que los juicios de Fráncfort —junto con el juicio a Eichmann en Jerusalén en 1961— obligaron a Alemania a abrir los ojos y se aseguraron de que el país y el mundo no olvidaran el Holocausto.

Fritz Kleinmann siguió esforzándose. En 1987, un amigo suyo, el politólogo austriaco Reinhold Gärtner, lo invitó a dar una conferencia sobre sus experiencias ante un grupo de estudiantes que iba a hacer un viaje didáctico a Auschwitz-Birkenau. Fritz sería uno de los supervivientes que hablarían. «Pasé las noches anteriores sin poder dormir; las imágenes de mi encarcelamiento en los campos de concentración brotaban con más intensidad que nunca.» La conferencia —que incluía la lectura de extractos del diario de su padre a cargo de un actor vienés— emocionó profundamente a Fritz y abrumó al público. Volvió y dio la conferencia una y otra vez a nuevos grupos durante una década.

Decidido a explorar más sus recuerdos, Fritz escribió unas memorias cortas que más adelante se publicarían en un libro.[6] Aunque habían pasado décadas, aún estaba encendido de indignación y de rabia por las atrocidades que habían sufrido él y su pueblo, pero su ira se topaba con el amor que todavía sentía por los que lo habían ayudado a sobrevivir: Robert Siewert, Stefan Heymann, Leo Moses y todos los demás. Leyó atentamente el puñado de documentos que había conservado. Aún tenía la fotografía que le habían tomado en 1939 para su *J-Karte* y la que le habían hecho en Buchenwald en 1940, que su madre le había dado a un familiar antes de subir al tren que la llevó a Maly Trostenets.

Y también estaba el diario. Su padre le había revelado su existencia poco después de que se reencontraran en Viena. Al abrir la tapa desgastadísima, estaba la primera página, amarillenta, cubierta con los trazos angulares de la escritura de su padre que, después de tantos años, empezaban a desvanecerse. «He llegado a Buchenwald el 2 de octubre de 1939...». La intensidad de las imágenes le quemó en sus adentros. La cantera, tirar de los vagones cargados de piedra para subir por la ladera, los cadáveres en el barro, un hombre que cruzaba corriendo el cordón de centinelas y caía al suelo con una bala en la espalda, estar colgado del gancho en el búnker de la Gestapo, con los brazos tan retorcidos que se le desencajaban los hombros, el peso de la Luger en su mano, el frío atroz del vagón sin techo en el trayecto de Gleiwitz a Amstetten... Y el poema de su padre, «Caleidoscopio de la cantera», con su imagen central inolvidable:

Repica incesante la trituradora,
pica y repica y rompe la roca.
Muele la grava y, hora tras hora,
traga paladas por su ávida boca.
Los que con penas y esfuerzo la cargan
saben que come y no se llena nunca;
lo mismo piedra que hombres tritura.

No los había triturado a todos. Algunos, como el prisionero alto del poema, habían conseguido aguantar más que la máquina, seguir adelante hasta que la máquina, con todo su estruendo, había parado, había fallado, se había ahogado sola, por su propia gula.

Al final, la familia Kleinmann no solo había sobrevivido, sino que había prosperado. Con valor, amor, solidaridad y pura suerte, sobrevivieron a la gente que había intentado destruirla. Ellos y sus descendientes habían crecido y se habían multiplicado, y habían perpetuado en las generaciones posteriores el amor y la unidad que los había ayudado a ellos a superar los tiempos más oscuros. Retuvieron el pasado, conscientes de que los vivos deben recoger la memoria de los muertos y llevarla con ellos y mantenerla a salvo en el futuro.

BIBLIOGRAFÍA Y FUENTES

Entrevistas

Llevadas a cabo por el autor

Kurt Kleinmann: marzo-abril de 2016, julio de 2017
Peter Patten: abril de 2016, julio de 2017

De archivo

Fritz Kleinmann, febrero de 1997: entrevista 28129, Archivo de Historia Visual, Shoah Foundation, Universidad del Sur de California

Archivos y fuentes no publicadas

ALA Adolph Lehmanns Adressbuch: Wienbibliothek Digital, <www.digital.wienbibliothek.at/wbrobv/periodical/titleinfo/5311> (recuperado el 20 de mayo de 2017)

BWM Belohnungsakten des Weltkrieges 1914-1918: Mannschaftsbelohnungsanträge núm. 45348, caja 21, Archivos Estatales Austriacos, Viena

CJA Archivos del Comité Judío Americano de Distribución Conjunta, Nueva York

DFK Cartas, fotografías y documentos del archivo de Fritz Kleinmann

DKK Cartas y documentos en posesión de Kurt Kleinmann

DPP Documentos y fotografías en posesión de Peter Patten

DRG Documentos y fotografías en posesión de Reinhold Gärtner

FDR Biblioteca Presidencial de Franklin Delano Roosevelt, Hyde Park, Nueva York

FVN Findbuch de Víctimas del Nacionalsocialismo, Austria: <findbuch.at/en> (recuperado el 21 de febrero de 2017)

GRO Registros de nacimientos, casamientos y muertes de Inglaterra y Gales: General Register Office, Southport, Reino Unido

IKV Archivos del Israelitischen Kultusgemeinde, Viena

ITS Documentos sobre las víctimas de la persecución nazi: Archivo Digital del Servicio Internacional de Búsqueda, Servicio Internacional de Búsqueda (International Tracing Service, ITS), Bad Arolsen, Alemania

JAE Juicio de Adolf Eichmann: sesiones del tribunal del distrito, Ministerio de Justicia del Estado de Israel, disponible en línea en <nizkor.org> (recuperadas el 19 de marzo de 2016)

JFA Archivos de los juicios de Fráncfort, Auschwitz: Fritz Bauer Institut, Fráncfort del Meno, Alemania

JRCC Jewish Refugee Committee de Leeds: correspondencia y papeles, Colección 599, Wiener Library, Londres

JRCE Jewish Refugee Committee de Leeds: expedientes: WYL 5044/12, West Yorkshire Archive Service, Leeds, Reino Unido

KWL Testimonios de la Kristallnacht: Wiener Library, Londres, disponibles en línea en <wienerlibrarycollections.co.uk/novemberpogrom/testimonies-and-reports/overview> (recuperados el 19 de febrero de 2017)

MAB Archivos del Museo de Auschwitz-Birkenau, Oświęcim, Polonia

MIR Ministerio del Interior del Reino Unido: Departamento de Extranjería, Índice de internados, 1939-1947, HO 396, Archivos Nacionales del Reino Unido, Kew, Londres

NARA Archivos Nacionales y Administración de Documentos (National Archives and Records Administration, NARA), Washington D. C.

PGB Archivo del registro de prisioneros: KZ-Gedenkstätte Buchenwald, Weimar

PGD Archivo del registro de prisioneros: KZ-Gedenkstätte Dachau, Dachau

PGM Archivo del registro de prisioneros: Centro de investigación del KZ-Gedenkstätte Mauthausen, Viena

PNY Listas de pasajeros de embarcaciones que llegaban a Nueva York: publicación en microfilm M237, 675, NARA

RAV Archivo de la Resistencia Austriaca, Viena: algunos archivos disponibles en línea en <www.doew.at/personensuche> (recuperados el 14 de abril de 2017)

TMT Correspondencia de los testigos de Maly Trostenets, 1962-1967: Colección del Congreso Mundial Judío, caja C213-05, American Jewish Archives, Cincinnati

YVD Papeles y documentos: Yad Vashem, Jerusalén, algunos disponibles en <www.yadvashem.org>

YVV Base Central de Datos de Nombres de Víctimas de la Shoá: Yad Vashem, Jerusalén, disponible en línea en <yvng.yadvashem.org> (recuperada el 14 de abril de 2017)

Libros y artículos

Aarons, Mark, *War Criminals Welcome: Australia, a Sanctuary for Fugitive War Criminals Since 1945,* Black Inc., Melbourne, 2001.

Arad, Yitzhak, Israel Gutman y Abraham Margaliot, *Documents on the Holocaust,* 8.ª ed., University of Nebraska Press y Yad Vashem, Lincoln (Nebraska) y Jerusalén, 1999 (trad. cast: *El Holocausto en documentos: selección de documentos sobre la destrucción de los judíos de Alemania y Austria, Polonia y la Unión Soviética,* Yad Vashem, Jerusalén, 1996).

Bardgett, Suzanne, y David Cesarani (eds.), *Belsen 1945: New Historical Perspectives,* Vallentine Mitchell, Londres, 2006.

Barton, Waltraud (ed.), *Ermordet in Maly Trostinec: die österreichischen Opfer der Shoa in Weißrussland,* New Academic Press, Viena, 2012.

Bentwich, Norman, «The Destruction of the Jewish Community in Austria 1938-1942», en Josef Fraenkel (ed.), *The Jews of Austria,* Vallentine Mitchell, Londres, 1970, pp. 467-478.

Berkley, George E., *Vienna and Its Jews: The Tragedy of Success, 1880s-1980s,* Abt Books, Cambridge (Massachusetts), 1988.

Browning, Christopher, *The Origins of the Final Solution,* Arrow, Londres, 2005.

Burkitt, Nicholas Mark, *British Society and the Jews,* tesis doctoral, Universidad de Exeter, 2011.

Cesarani, David, *Eichmann: His Life and Crimes,* Vintage, Londres, 2005.

— *Final Solution: The Fate of the Jews 1933-49,* Macmillan, Londres, 2016.

Czech, Danuta, *Auschwitz Chronicle: 1939-1945,* I. B. Tauris, Londres, 1990.

Czeike, Felix, *Historisches Lexikon Wien,* 6 vols., Kremayr & Scheriau, Viena, 1992-1997.

Długoborski, Wacław, y Franciszek Piper (eds.), *Auschwitz 1940-1945: Studien der Geschichte des Konzentrations-und Vernichtungslagers Auschwitz,* 5 vols., Verlag des Staatlichen Museums Auschwitz-Birkenau, Oświęcim, 1999.

Dobosiewicz, Stanisław, *Mauthausen-Gusen: obóz zagłady,* Wydawn, Varsovia, 1977.

Dror, Michael, «News from the Archives», en *Yad Vashem Jerusalem,* 81, octubre de 2016, p. 22.

Dutch, Oswald, *Thus Died Austria,* E. Arnold, Londres, 1938.

Fein, Erich, y Karl Flanner, *Rot-Weiss-Rot in Buchenwald,* Europaverlag, Viena, 1987.

Foreign Office, *Papers Concerning the Treatment of German Nationals in Germany, 1938-1939,* HMSO, Londres, 1939.

Friedländer, Saul, *Nazi Germany and the Jews,* vol. 1: *The Years of Persecution, 1933-1939,* Weidenfeld and Nicolson, Londres, 1997 (trad. cast.: Saul Friedländer, *El Tercer Reich y los judíos [1933-1939]: los años de la persecución,* Galaxia Gutenberg, Barcelona, 2015).

Friedman, Saul S., *No Haven for the Oppressed: United States Policy Toward Jewish Refugees, 1938-1945,* Wayne State University Press, Detroit, 1973.

Frieser, Karl-Heinz, *The Eastern Front, 1943-1944,* Clarendon Press, Oxford, 2017.

Gärtner, Reinhold, y Fritz Kleinmann, *Doch der Hund will nicht krepieren: Tagebuchnotizen aus Auschwitz,* Innsbruck University Press, Innsbruck, 1995, 2012.

Gedye, G. E. R., *Fallen Bastions: The Central European Tragedy,* Gollancz, Londres, 1939.

Gemeinesames Zentralnachweisbureau, *Nachrichten über Verwundete und Kranke Nr 190 ausgegeben am 6.1.1915; Nr 203 ausgegeben am 11.1.1915,* k. k. Hof und Staatsdockerei, Viena, 1915.

Gerhardt, Uta, y Thomas Karlauf (eds.), *The Night of Broken Glass: Eyewitness Accounts of Kristallnacht,* Polity Press, Cambridge, 2012.

Gerlach, Christian, *Kalkulierte Morde: Die deutsche Wirtschafts- und Vernichtungspolitik in Weißrußland 1941 bis 1944,* Hamburger Edition, Hamburgo, 1999.

Gilbert, Martin, *Auschwitz and the Allies,* Michael Joseph, Londres, 1981.

— *The Holocaust: The Jewish Tragedy,* Collins, Londres, 1986.

— *The Routledge Atlas of the Holocaust,* 3ª ed., Routledge, Londres, 2002.

Gillman, Peter, y Leni Gillman, *Collar the Lot! How Britain Interned and Expelled Its Wartime Refugees,* Quartet, Londres, 1980.

Gold, Hugo, *Geschichte der Juden in Wien: Ein Gedenkbuch,* Olamenu, Tel Aviv, 1966.

Goltman, Pierre, *Six Mois en enfer,* Éditions Le Manuscrit, París, 2011.

Gottwaldt, Alfred, y Diana Schulle, *Die 'Judendeportationen' aus dem Deutschen Reich 1941-1945,* Marix Verlag, Wiesbaden, 2005.

Grenville, Anthony, «Anglo-Jewry and the Jewish Refugees from Nazism», en *Association of Jewish Refugees Journal,* diciembre de 2012, disponible en línea en <ajr.org.uk/index.cfm/section.journal/issue.Dec12/article=11572> (recuperado el 18 de julio de 2017).

Gutman, Yisrael, y Michael Berenbaum (eds.), *Anatomy of the Auschwitz Death Camp,* Indiana University Press, Bloomington (Indiana), 1994.

Hackett, David A. (ed.), *The Buchenwald Report,* Westview Press, Boulder, 1995.

Haunschmied, Rudolf A., Jan-Ruth Mills y Siegi Witzany-Durda, *St Georgen-Gusen-Mauthausen: Concentration Camp Mauthausen Reconsidered,* Books on Demand, Norderstedt, 2007.

Hayes, Peter, *Industry and Ideology: IG Farben in the Nazi Era,* Cambridge University Press, Cambridge, 2001.

Hecht, Dieter J., «"Der König rief, und alle, alle kamen": Jewish military chaplains on duty in the Austro-Hungarian army during World War I», en *Jewish Culture and History,* 17/3 (2016), pp. 203-216.

Heimann-Jelinek, Felicitas, Lothar Höbling e Ingo Zechner, *Ordnung muss sein: Das Archiv der Israelitischen Kultusgemeinde Wien,* Jüdisches Museum Wien, Viena, 2007.

Heller, Peter, «Preface to a Diary on the Internment of Refugees in England in the Year of 1940», en Lauren Levine Enzie (ed.), *Exile and Displacement,* Peter Lang, Nueva York, 2001, pp. 163-179.

Horsky, Monika, *Man muß darüber reden. Schüler fragen KZ-Häftlinge,* Ephelant Verlag, Viena, 1988.

Jones, Nigel, *Countdown to Valkyrie: The July Plot to Assassinate Hitler,* Frontline, Londres, 2008.

Keegan, John, *The First World War,* Hutchinson, London, 1998.

Kershaw, Roger, «Collar the lot! Britain's Policy of Internment During the Second World War», blog de los Archivos Nacionales del Reino Unido, 2 de julio, 2015, <blog.nationalarchives.gov.uk/blog/collar-lot-britains-policy-internment-second-world-war> (recuperado el 18 de julio de 2017).

K.u.k. Kriegsministerium, *Verlustliste Nr 209 ausgegeben am 13.7.1915,* k. k. Hof und Staatsdockerei, Viena, 1915.

— *Verlustliste Nr 244 ausgegeben am 21.8.1915,* k. k. Hof und Staatsdockerei, Viena, 1915.

Kurzweil, Edith, *Nazi Laws and Jewish Lives,* Transaction, Londres, 2004.

Langbein, Hermann, *Against All Hope: Resistance in the Nazi Concentration Camps, 1938-1945,* Constable, Londres, 1994.

—*People in Auschwitz,* University of North Carolina Press, Chapel Hill (Carolina del Norte), 2004.

Le Chêne, Evelyn, *Mauthausen: The History of a Death Camp,* Chivers, Bath, 1971.

Levi, Primo, *Survival in Auschwitz and The Reawakening: Two Memoirs,* Summit, Nueva York, 1986 [1960, 1965] (trad. cast.: *Si esto es un hombre,* Península, Barcelona, 2014; y *La tregua,* Península, Barcelona, 2014).

Loewenberg, Peter, «The Kristallnacht as a Public Degradation Ritual», en Michael Marrus (ed.), *The Origins of the Holocaust,* Meckler, Londres, 1989, pp. 582-596.

London, Louise, *Whitehall and the Jews, 1933-1948: British Immigration Policy, Jewish Refugees and the Holocaust,* Cambridge University Press, Cambridge, 2000.

Lowenthal, Marvin, *The Jews of Germany,* L. Drummond, Londres, 1939.

Lucas, James, *Fighting Troops of the Austro-Hungarian Army, 1868-1914,* Spellmount, Tunbridge Wells, 1987.

Maier, Ruth, *Ruth Maier's Diary: A Young Girl's Life under Nazism,* Harvill Secker, Londres, 2009 (trad. cast.: Ruth Maier, *El diario de Ruth Maier: la vida de una joven bajo el nazismo,* Debate, Barcelona, 2010).

Makarenko, Anton, *Road to Life: An Epic of Education (A Pedagogical Poem),* vol. 2, c. 1. Texto en inglés disponible en <www.marxistsfr.org/reference/archive/makarenko/works/road2/ch01.html>, recuperado el 2 de mayo de 2017 (trad. cast.: Anton Makarenko, *Poema pedagógico,* Akal, Barcelona, 2008).

Mazzenga, Maria (ed.), *American Religious Responses to Kristallnacht,* Palgrave Macmillan, Nueva York, 2009.

Megargee, Geoffrey P. (ed.), *The United States Holocaust Memorial Museum Encyclopedia of Camps and Ghettos, 1933-1945,* 4 vols., Indiana University Press, Bloomington (Indiana), 2009.

Pelt, Robert Jan van, *The Case for Auschwitz: Evidence from the Irving Trial,* Indiana University Press, Bloomington (Indiana), 2016.

— y Debórah Dwork, *Auschwitz: 1270 to the Present,* CT: Yale University Press, New Haven, 1996.

Pendas, Devin O., *The Frankfurt Auschwitz Trial, 1963-1965,* Cambridge University Press, Cambridge, 2006.

Phillips, Raymond, *Trial of Josef Kramer and Forty-Four Others: The Belsen Trial,* W. Hodge, Londres, 1949.

Plänkers, Tomas, *Ernst Federn: Vertreibung und Rückkehr. Interviews zur Geschichte Ernst Federns und der Psychoanalyse,* Diskord, Tubinga, 1994.

Pukrop, Marco, «Die SS-Karrieren von Dr. Wilhelm Berndt und Dr. Walter Döhrn. Ein Beitrag zu den unbekannten KZ-Ärzten der Vorkriegszeit», en *Werkstatt Geschichte,* 62, 2012, pp. 76-93.

Rabinovici, Doron, *Eichmann's Jews: The Jewish Administration of Holocaust Vienna, 1938-1945*, Polity Press, Cambridge, 2011.

Rees, Laurence, *The Holocaust: A New History*, Viking, Londres, 2017 (trad. cast.: *El Holocausto: las voces de las víctimas y de los verdugos*, Crítica, Barcelona, 2017).

Rosenkranz, Herbert, «The Anschluss and the Tragedy of Austrian Jewry 1938-1945», en Josef Fraenkel (ed.), *The Jews of Austria*, Valentine Mitchell, Londres, 1970, pp. 479-545.

Sagel-Grande, Irene, H. H. Fuchs y C. F. Rüter, *Justiz und NS-Verbrechen: Sammlung Deutscher Strafurteile wegen Nationalsozialistischer Tötungsverbrechen 1945-1966: Band xix*, University Press Amsterdam, Ámsterdam, 1978.

Schindler, John R., *Fall of the Double Eagle: The Battle for Galicia and the Demise of Austria-Hungary*, University of Nebraska Press, Lincoln (Nebraska), 2015.

Silverman, Jerry, *The Undying Flame: Ballads and Songs of the Holocaust*, Syracuse University Press, Siracusa (Nueva York), 2002.

Stein, Harry (comp.), *Buchenwald Concentration Camp 1937-1945*, Wallstein Verlag, Gotinga, 2004.

Taylor, Melissa Jane, *Experts in Misery? American Consuls in Austria,.Jewish Refugees and Restrictionist Immigration Policy*, 1938-1941, tesis doctoral, Universidad de Carolina del Sur, 2006.

Teichova, Alice, «Banking in Austria», en Manfred Pohl (ed.), *Handbook on the History of European Banks*, Edward Elgar, Aldershot, 1994, pp. 3-10.

Trimble, Lee, y Jeremy Dronfield, *Beyond the Call*, Berkley, Nueva York, 2015.

Wachsmann, Nikolaus, *KL: A History of the Nazi Concentration Camps,* Little Brown, Londres, 2015 (trad. cast.: *KL: historia de los campos de concentración nazis,* Crítica, Barcelona, 2015).

Wagner, Bernd C., *IG Auschwitz: Zwangsarbeit und Vernichtung von Häftlingen des Lagers Monowitz 1941-1945,* K. G. Saur, Múnich, 2000.

Wallner, Peter, *By Order of the Gestapo: A Record of Life in Dachau and Buchenwald Concentration Camps,* John Murray, Londres, 1941.

Walter, John, *Luger: The Story of the World's Most Famous Handgun,* History Press, Stroud, 2016.

Wasserstein, Bernard, *Britain and the Jews of Europe, 1939-1945,* Leicester University Press, Londres, 1999.

Watson, Alexander, *Ring of Steel: Germany and Austria-Hungary at War, 1914-1918,* Penguin, Londres, 2014.

Weinzierl, Erika, «Christen und Juden nach der NS-Machtergreifung in Österreich», en *Anschluß 1938,* Verlag für Geschichte und Politik, Viena, 1981, pp. 175-205.

Werber, Jack, y William B. Helmreich, *Saving Children,* Transaction, Londres, 1996.

Wünschmann, Kim, *Before Auschwitz: Jewish Prisoners in the Prewar Concentration Camps,* Harvard University Press, Cambridge (Massachusetts), 2015.

Wyman, David S., *America and the Holocaust,* 13 vols., Garland, Londres, 1990.

Zalewski, Andrew, *Galician Portraits: In Search of Jewish Roots,* Thelzo Press, Jenkintown (Pensilvania), 2012.

Zucker, Bat-Ami, *In Search of Refuge: Jews and US Consuls in Nazi Germany,* 1933-1941, Vallentine Mitchell, Londres, 2001.

AGRADECIMIENTOS

Este libro no habría podido escribirse sin el material de sus fuentes principales: el diario de los campos de concentración de Gustav Kleinmann y las memorias de Fritz Kleinmann, que me llegaron a través del profesor Reinhold Gärtner de la Universidad de Innsbruck. Reinhold ayudó a Fritz a publicar ambos documentos en el libro *Doch der Hund will nicht krepieren* (*Pero no quiere morir el perro,* Innsbruck University Press, 2012) y me brindó una cooperación indispensable en la investigación inicial para escribir este libro, por lo cual le doy las gracias.

Le estoy profundamente agradecido a Kurt Kleinmann, que vivió el Anschluss y la ocupación nazi de Viena, por tantas horas de entrevistas y meses de correspondencia. Sin la ayuda generosa e incansable de Kurt, esta narración habría sido mucho menos rica en su profundidad y detalles. Peter Patten, el nieto de Gustav, también ha contribuido muy amablemente con entrevistas y correspondencia. También le estoy agradecido a Rachel Schine, que me ayudó a ponerme en contacto con la rama estadounidense de la familia. El lado austriaco también me ha apoyado. El apoyo de Peter Kleinmann, Victor Zehetbauer y su padre, Ernst, así como el de Richard Wilczek, ha sido indispensable.

Un borrador de la traducción al inglés de *Doch der Hund* que preparó John Rie fue el primer contacto que tuve con esta historia y me proporcionó unos cimientos vitales para crear mi propia traducción del diario de Gustav y las memorias de Fritz. En cuanto a la preparación de los títulos en hebreo, le doy las gracias a Keren Joseph-Browning por su asesoramiento experto. La corrección de estilo meticulosa de Richenda Todd me ha salvado de muchas meteduras de pata pequeñas, pero incómodas.

Muchos archivos y sus archivistas me han proporcionado asesoramiento, documentos e imágenes y han solucionado mis dudas con paciencia. Les doy las gracias a todos. Son el Archivo Estatal de Austria, Viena, por los documentos sobre el expediente de Gustav Kleinmann durante la Primera Guerra Mundial; Douglas Ballman y Georgiana Gomez, la encargada del archivo de video de la Shoah Foundation-Institute for Visual History and Education de la Universidad del Sur de California, por la transcripción de la entrevista a Fritz Kleinmann en 1997 y la ayuda con las fotografías; Ewa Bazan, directora de la Agencia de Antiguos Prisioneros del Museo Estatal Auschwitz-Birkenau; Johannes Beermann, archivista del Fritz Bauer Institut, de la Universidad Goethe de Fráncfort, por los testimonios de Fritz y Gustav para los juicios de Fráncfort Auschwitz; la Biblioteca de la Universidad de Cambridge; Judy Farrar, bibliotecaria de archivos y colecciones especiales, Biblioteca Claire T. Carney, Universidad de Massachusetts, Dartmouth, por la información sobre Samuel Barnet; Harriet Harmer, ayudante de archivo del Servicio de Archivos de West Yorkshire, Leeds (Reino Unido), por los documentos sobre Edith Kleinmann y Richard Paltenhoffer; Elisa Ho, archivista y coordinadora de proyectos especiales del Jacob Rader Marcus Center, American Jewish Archives, Cincinnati, por los documentos sobre Maly Trostenets; Katharina Kniefacz, del centro de investigación de KZ-Gedenkstätte Mauthausen, por el expediente de prisionero de Fritz Kleinmann; Albert Knoll, archivista, del KZ-Gedenkstätte Dachau, por la información sobre Richard Paltenhoffer; Kimberly Kwan, voluntaria del Gedenkstätte Buchenwald, por la información sobre los Kleinmann y Richard Paltenhoffer; Heike Müller, del Servicio Internacional de Búsqueda, Bad Arolsen (Alemania), por los documentos relacionados con la encarcelación de los Kleinmann en diferentes campos de concentración; Susanne Uslu-Pauer, directora de departamento del Archivo del Israelitischen Kultusgemeinde, Viena; y la Wiener Library, Londres.

Para terminar, le doy las gracias a mi agente literario, Andrew Lownie, por ser el primero que me habló de la historia de los Kleinmann, y a Dan Bunyard y Zennor Compton de Penguin Books, por creer en el libro y aportar su entusiasmo al proyecto. Como siempre, mi compañera, Kate, me ha proporcionado el apoyo moral constante y paciente que me ha dado fuerzas para terminar todos los libros que he escrito.

Jeremy Dronfield, junio de 2018

NOTAS

Prólogo

1. Datos de la fase lunar de <www.timeanddate.com/moon/austria/amstetten?month=1&year=1945>.

1. «Cuando la sangre judía gotea del cuchillo...»

1. Publicado en *Die Stimme,* 11 de marzo de 1938, p. 1. Véase también G. E. R. Gedye, *Fallen Bastions: The Central European Tragedy,* 1939, pp. 287-289, donde hay un relato de un testigo presencial de los acontecimientos que tuvieron lugar en Viena ese día.

2. El Frente Patriótico de Schuschnigg era fascista y había eliminado al partido nazi y al Partido Socialdemócrata, pero no era especialmente antisemita. Sobre el número de judíos de Austria, véanse Martin Gilbert, *The Routledge Atlas of the Holocaust,* 2002, p. 22, y Norman Bentwich, «The Destruction of the Jewish Community in Austria 1938-1942», en Josef Fraenkel (ed.), *The Jews of Austria,* 1970, p. 467.

3. *Die Stimme,* 11 de marzo de 1938, p. 1.

4. Algunas personas de ascendencia judía se consideraban completamente germanos. Peter Wallner, un vienés, dijo: «Yo nunca fui judío, a pesar de que mis cuatro abuelos lo eran». Cuando llegaron los nazis, fue perseguido como los demás. «Porque, según las Leyes de Nuremberg, soy judío» (Peter Wallner, *By Order of the Gestapo: A Record of Life in Dachau and Buchenwald Concentration Camps,* 1941, pp. 17-18). Según las Leyes de Nuremberg de 1935,

una persona se consideraba judía, independientemente de su religión, si tenía más de dos abuelos judíos.

5. *Die Stimme,* 11 de marzo de 1938, p. 1.

6. *Jüdische Presse,* 11 de marzo de 1938, p. 1.

7. Las escenas de este día fueron descritas por George Gedye, *Fallen Bastions,* pp. 287-296, un periodista británico de *The Daily Telegraph* y *The New York Times* que vivió en Viena.

8. Por eso Schuschnigg había decretado que la edad mínima para votar en el plebiscito fuera de veinticuatro años. La mayoría de los nazis eran más jóvenes.

9. *The Times,* 11 de marzo de 1938, p. 14; véase también *Neues Wiener Tagblatt (Tages-Ausgabe),* 11 de marzo de 1938, p. 1.

10. Gedye, en *Fallen Bastions,* pp. 290-293, describe las escenas conforme avanza la tarde.

11. *Ibid.,* p. 290; *The Times,* 12 de marzo de 1938, p. 12.

12. Citado en Gedye, *Fallen Bastions,* pp. 10 y 293, y *The Times,* 12 de marzo de 1938, p. 12. Según *The Times,* los periódicos de Berlín afirmaban esa tarde que Alemania había aplastado la «traición» de las «ratas marxistas» del Gobierno de Austria, el cual había estado cometiendo «crueldades horrorosas» contra el pueblo, que huía en masa hacia la frontera con Alemania. Con estas falsedades los nazis justificaron su invasión de Austria.

13. La sinagoga, esa tarde, se describió como *überfüllt,* «abarrotada», «hasta los topes» (Hugo Gold, *Geschichte der Juden in Wien: Ein Gedenkbuch,* 1966, p. 77; Erika Weinzierl, «Christen und Juden nach der NS-Machtergreifung in Österreich», en *Anschluß, 1938,* 1981, pp. 197-198).

14. Gedye, *Fallen Bastions,* p. 295. La hostilidad hacia los católicos provenía de la discordia por temas como los intentos de los nazis de eliminar el Viejo Testamento y desjudaizar el cristianismo, así como el reconocimiento por parte de las iglesias de conversos no arios y la condena del Vaticano al racismo (David Cesarani, *Final Solution: The Fate of the Jews 1933-49,* 2016, pp. 114-116, 136).

15. Citado en Cesarani, *Final Solution,* p. 148.

16. Gedye, *Fallen Bastions,* p. 295.

17. Oswald Dutch, *Thus Died Austria,* 1938, pp. 231-232; véanse también *Neues Wiener Tagblatt,* 12 de marzo de 1938, p. 3; *Banater Deutsche Zeitung,* 13 de marzo de 1938, p. 5; *The Times,* 14 de marzo de 1938, p. 14.

18. *Neues Wiener Tagblatt,* 12 de marzo de 1938, p. 3.

19. Gedye, *Fallen Bastions,* p. 282.

20. *Arbeitersturm,* 13 de marzo de 1938, p. 5; *The Times,* 17 de abril de 1938, p. 14.

21. No se sabe con certeza de qué comisaría se trata. La más probable es la de Leopoldsgasse, una comisaría de la Schutzpolizei Gruppenkommando Ost, la policía uniformada del Reich (*Reichsamter und Reichsbehörden in der Ostmark,* p. 207, FVN).

22. Basado en las memorias de Fritz Kleinmann: Reinhold Gärtner y Fritz Kleinmann, *Doch der Hund will nicht krepieren: Tagebuchnotizen aus Auschwitz,* 2012; y también en el testimonio de Kurt Kleinmann y en el del hijo de Edith, Peter Patten; detalles adicionales de diferentes fuentes contemporáneas.

23. Pruebas de Moritz Fleischmann, vol. 1, sesión 17, JAE; George E. Berkeley, *Vienna and Its Jews: The Tragedy of Success, 1880s-1890s,* 1988, p. 259; Marvil Lowental, *The Jews of Germany,* 1939, p. 430. Véase también *The Times,* 31 de marzo de 1938, p. 13; 7 de abril de 1938, p. 13.

24. Gedye, *Fallen Bastions,* p. 354.

25. *The Times,* 8 de abril de 1938, p. 12; 11 de abril de 1938, p. 11; también en Gedye, *Fallen Bastions,* p. 9.

26. *The Times,* 11 de abril de 1938, p. 12. Hasta la misma papeleta era una obra propagandística, con un círculo grande en el centro para el «sí» (al Anschluss) y uno pequeño a un lado para el «no».

27. *Ibid.,* 12 de abril de 1938, p. 14.

28. *Ibid.,* 9 de abril de 1938, p. 1.

29. *Ibid.,* 23 de marzo de 1938, p. 13; 26 de marzo de 1938, p. 11.

30. Bentwich, «Destruction», p. 470.

31. *Ibid.;* Herbert Rosenkranz, «The Anschluss and the Tragedy of Austrian Jewry 1938-1945» en Josef Fraenkel (ed.), *The Jews of Austria,* 1970, p. 484.

32. Dachau, que se creó en 1933 en una fábrica abandonada, fue el primer campo de concentración especializado. En verano de 1938, había cuatro campos operativos importantes en Alemania (y algunos más pequeños): Dachau, Buchenwald, Sachsenhausen y Flossenbürg. Poco después abrieron varios más, entre los que estaban Mauthausen en Austria, que abrió en agosto de 1938. Véanse Nikolaus Wachsmann, *KL: A History of the Nazi Concentration Camps,* 2015 (trad. cast.: *KL: historia de los campos de concentración nazis,*

2015); Cesarani, *Final Solution;* Laurence Rees, *The Holocaust* (trad. cast.: *Holocausto: las voces de las víctimas y de los verdugos,* 2017).

33. XXXIII Reglamento del Ministerio del Interior del Reich, 17 de agosto de 1938, en Yitzhak Arad, Israel Gutman y Abraham Margaliot, *Documents on the Holocaust,* 8.ª ed., 1999, pp. 98-99 (trad. cast.: *El Holocausto en documentos,* 1996).

34. Testigo B.306, KWL.

35. Testigo B.95, KWL.

36. Esta era la historia según el corresponsal de *The Times* en Bruselas (27 de octubre de 1938, p. 13). Associated Press, a través del *Chicago Tribune* (27 de octubre de 1938, p. 15), incorporó el detalle de la cámara, elevó el número de nazis implicados a cuatro y añadió la declaración anónima de que habían derribado a los nazis y les habían dado patadas.

37. *Neues Wiener Tagblatt,* 26 de octubre de 1938, p. 1.

38. *Völkischer Beobachter,* 26 de octubre de 1938, p. 1, citado en Peter Loewenberg, «The Kristallnacht as a Public Degradation Ritual», en Michael Marrus (ed.), *The Origins of the Holocaust,* 1989, p. 585.

39. *Neues Wiener Tagblatt,* 8 de noviembre de 1938, p. 1.

40. Telegrama de Reinhard Heydrich a todas las comisarías de policía, 10 de noviembre de 1938, en Arad *et al., Documents on the Holocaust,* pp. 102-104.

41. Cónsul general del Reino Unido en Viena, carta del 11 de noviembre de 1938, en el Ministerio de Relaciones Exteriores (Reino Unido), *Papers Concerning the Treatment of German Nationals in Germany 1938-1939,* 1939, p. 16.

2. Traidores del pueblo

1. La Polizeiamt Leopoldstadt, la comisaría central de la policía uniformada de la ciudad, estaba en Ausstellungstrasse, 171 (FVN, *Reichsamter und Reichsbehörden in der Ostmark,* p. 204).

2. Narración basada en las memorias de Fritz Kleinmann, en Gärtner y Kleinmann, *Doch der Hund,* p. 188; detalles adicionales: testigos presenciales B.24 (anón.), B.62 (Alfred Schechter), B.143 (Carl Löwenstein), KWL; también de los testimonios de Siegfried Merecki (manuscrito 166 [156]) y Margarete Neff (manuscrito 93

[205]), en Uta Gerhardt y Thomas Karlauf (eds.), *The Night of Broken Glass: Eyewitness Accounts of Kristallnacht*, 2012; Wallner, *By Order of the Gestapo.*

3. Cónsul general del Reino Unido en Viena, carta del 11 de noviembre de 1938, en el Ministerio de Relaciones Exteriores (Reino Unido), *Papers Concerning the Treatment of German Nationals in Germany, 1938-1939*, 1939, p. 16.

4. El número exacto de detenciones documentadas es de 6 547 (Melissa Jane Taylor, *'Experts in Misery?' American Consuls in Austria, Jewish Refugees and Restrictionist Immigration Policy*, 1938-1941, 2006, p. 48).

5. B.62 (Alfred Schechter), KWL. En aquel momento, el campo de Mauthausen estaba destinado a los convictos; los judíos no eran encarcelados allí antes de la guerra, pero entonces se pensaba que sí (véanse *The Scotsman*, 14 de noviembre de 1938; y Kim Wünschmann, *Before Auschwitz: Jewish Prisoners in the Prewar Concentration Camps*, 2015, p. 183).

6. B.146 (Carl Löwenstein), KWL.

7. *The New York Times*, 15 y 26 de noviembre de 1938, p. 1.

8. Citado en el *National Zeitung* suizo, 16 de noviembre de 1938.

9. *The Spectator*, 18 de noviembre de 1938, p. 836.

10. *Westdeutscher Beobachter* (Colonia), 11 de noviembre de 1938.

11. *Ibid.*

12. Periódico alemán anónimo, citado por el cónsul general del Reino Unido en Viena, 11 de noviembre de 1938, en el Ministerio de Relaciones Exteriores, *Papers*, p. 15.

13. Cesarani, *Final Solution*, p. 199.

14. *The Spectator*, 18 de noviembre de 1938, p. 836.

15. David Cesarani, *Eichmann: His Life and Crimes*, 2005, pp. 60 y ss.

16. Heydrich, citado en Cesarani, *Final Solution*, p. 207.

17. Doron Rabinovici, *Eichmann's Jews: The Jewish Administration of Holocaust Vienna*, 1938-1945, 2011, pp. 50 y ss.; Cesarani, *Final Solution*, pp. 147 y ss.

18. *The Spectator*, 29 de julio de 1938, p. 189.

19. *Ibid.*, 19 de agosto de 1938, p. 294.

20. Adolf Hitler, discurso al Reichstag, 30 de enero de 1939,

citado en *The Times,* 31 de enero de 1939, p. 14; también en Arad *et al., Documents on the Holocaust,* p. 13.

21. *Daily Telegraph,* 22 de noviembre de 1938; también en Cámara de los Comunes, *Hansard,* 21 de noviembre de 1938, vol. 341, pp. 1428-1483.

22. *Ibid.*

23. Testigo B.226, KWL.

24. *The Times,* 3-12 de diciembre de 1938.

25. Fritz Kleinmann, entrevista en 1997.

26. *Manchester Guardian,* 15 de diciembre de 1938, p. 11; 18 de marzo de 1939, p. 18.

27. Carta del Leeds JRC a Overseas Settlement Department, JRC, Londres, 7 de junio de 1940, JRCE.

28. *The Times,* anuncios clasificados, 1938-1939, *passim.*

29. Louise London, *Whitehall and the Jews, 1933-1948: British Immigration Policy, Jewish Refugees and the Holocaust,* 2000, p. 79.

30. *The Times,* anuncios clasificados, 1938-1939, p. 4.

31. El sistema solo tenía capacidad para investigar a un número limitado de solicitantes. Las mujeres que pedían irse para ser sirvientas eran más fáciles de investigar que los hombres, de modo que más de la mitad de los judíos que entraron en el Reino Unido en 1938-1939 eran mujeres (Cesarani, *Final Solution,* p. 158). El Ministerio del Interior aceleró el proceso haciendo que las organizaciones de ayuda a los refugiados judíos procesaran las solicitudes, lo que aumentó el ritmo a cuatrocientas por semana (*ibid.*, p. 214).

32. Carta del cónsul general del Reino Unido en Viena, 11 de noviembre de 1938, en el Ministerio de Relaciones Exteriores, *Papers,* p. 15.

33. Este edificio, en Wallnerstrasse 8, alberga hoy la Bolsa de Viena.

34. M. Mitzmann, «A Visit To Germany, Austria and Poland in 1939», documento 0.2/151, YVD.

35. Harry Stein (comp.), *Buchenwald Concentration Camp 1937-1945,* Gedenkstätte Buchenwald, 2004, pp. 115-116; Gärtner y Kleinmann, *Doch der Hund,* pp. 80-81.

36. Fritz recordaba (en una entrevista de 1997) que el tercer hombre se llamaba Schwartz, aunque no se ha encontrado ningún registro de una persona con ese apellido que viviera en Im Werd 11.

Fritz no recordaba cómo se llamaba el cuarto miembro del grupo (el líder nazi del edificio).

37. El diálogo está sacado de una entrevista que dieron Fritz y Kurt Kleinmann. Ambos recordaban estas escenas con bastante claridad.

38. Ficha de prisionero de Buchenwald 1.1.5.3/6283389, ITS.

3. Sangre y piedra: Konzentrationslager Buchenwald

1. Esta narración se basa, principalmente, en el diario de Gustav Kleinmann y en los recuerdos de Fritz, con detalles circunstanciales adicionales de otras fuentes (por ejemplo, Jack Werber y William B. Helmreich, *Saving Children,* 1996, pp. 1-3, 32-36; Stein, *Buchenwald,* pp. 115-116; testigos B.82, B.192, B.203, KWL).

2. Fritz Kleinmann (en Gärtner y Kleinmann, *Doch der Hund,* p. 12) da una cifra de 1 048 judíos vieneses en ese traslado, pero otras fuentes (Stein, *Buchenwald,* p. 116) dicen que fueron 1 035.

3. Stein, *Buchenwald,* pp. 27-28.

4. Véase, por ejemplo, el testigo B.203, KWL.

5. Gärtner y Kleinmann, *Doch der Hund,* p. 15n.

6. Stein, *Buchenwald,* p. 35.

7. Fichas de prisioneros de Buchenwald 1.1.5.3/6283376, 1.1.5.3/6283389, ITS. No había tatuajes. Esta práctica empezó en Auschwitz en noviembre de 1941 y no se usaba en ningún otro campo (Wachsmann, *KL,* p. 284).

8. Werber y Helmreich, *Saving Children,* p. 36.

9. Testigo B.192, KWL.

10. El distintivo básico en los campos de concentración era un triángulo invertido, el color del cual indicaba una categoría: rojo para los presos políticos, verde para los delincuentes, rosa para los homosexuales, etc. Para los prisioneros judíos, la insignia que indicaba la categoría se combinaba con un segundo triángulo amarillo para formar una estrella de David; si el prisionero judío no entraba en ninguna de las otras categorías, los dos triángulos eran amarillos.

11. Emil Carlebach, en David A. Hackett (ed.), *The Buchenwald Report,* 1995, pp. 162-163.

12. No es el mismo «campo pequeño» que se montó en 1943 al norte de los barracones (Stein, *Buchenwald,* pp. 149-151). Hay una

descripción detallada del campo pequeño original, de 1939 a 1940, del recluso Felix Rausch en Hackett, *Buchenwald Report*, pp. 271-276.

13. Hackett, *Buchenwald Report*, pp. 113-114. Después de la Kristallnacht, los ingresos en el campo llegaron a 10 098. Hubo 9 000 salidas por puestas en libertad, traslados o muertes (unas 2 000 muertes en total en 1938-1939, sin contar a los que cayeron entre Weimar y el campo; *ibid.*, p. 109). La población de presos de Buchenwald disminuyó abruptamente entre 1938 y 1939 y volvió a dispararse con los ingresos del otoño de 1939 (8 707 entre septiembre y octubre).

14. Fritz escribió más adelante: «No sé por qué mi padre arriesgó la vida con este diario. Ninguno de los otros presos lo animaba a hacerlo, porque no se ponía en peligro solo a él, sino a todos nosotros. E, incluso hoy, quedan muchas preguntas sin responder: ¿dónde escondía mi padre el diario?, ¿cómo consiguió pasarlo por los controles? (Gärtner y Kleinmann, *Doch der Hund*, pp. 12-13). Gustav sí que reveló que, durante un tiempo, cuando era capataz de su barracón, lo escondía dentro de las literas y, cuando trabajaba fuera, lo llevaba encima (Fritz Kleinmann, entrevista de 1997).

15. Esta narración se basa, principalmente, en el diario de Gustav Kleinmann y en los recuerdos de Fritz, con detalles circunstanciales adicionales de otras fuentes (por ejemplo, Hackett, *Buchenwald Report;* Stein, *Buchenwald;* testigo B.192, KWL).

16. Este era el deber del kapo en palabras de Himmler: «Asegurarse de que se hace el trabajo [...]. En el momento en el que no estemos satisfechos con él, deja de ser un kapo y vuelve con los otros reclusos. Él sabe que lo matarán de una paliza la primera noche que vuelva» (citado en Rees, *Holocaust*, p. 79).

17. El peso se ha calculado teniendo en cuenta el tamaño del vagón y la densidad de la piedra caliza rota (1 554 kg/m^3). Las diferentes fuentes dan números distintos respecto a la cantidad de hombres que tiraban de cada vagón, entre dieciséis y veintiséis.

18. Gustav se refiere a este lugar como *Todes-Holzbaracke* («Barracón de la Muerte»). Seguramente ese era el nombre que recibía el edificio en el que ingresaban los judíos enfermos después de que les prohibieran la entrada a la enfermería de los prisioneros (el bloque 2, que se encontraba en la parte suroeste del campo y daba a la plaza del recuento) en septiembre de 1939 (véase Emil Carlebach, en Hackett, *Buchenwald Report*, p. 162).

19. Stein, *Buchenwald*, p. 96.

20. Stefan Heymann, en Hackett, *Buchenwald Report*, p. 253.

21. Nigel Jones, *Countdown to Valkyrie: The July Plot to Assassinate Hitler*, 2008, pp. 103-105.

22. Wachsmann, *KL*, p. 220.

23. Hackett, *Buchenwald Report*, p. 51; Stein, *Buchenwald*, p. 119.

24. Hackett, *Buchenwald Report*, pp. 231, 252-253; Wachsmann, *KL*, p. 220.

25. Fritz Kleinmann, citado en Monika Horsky, *Man muß darüber reden. Schüler fragen KZ-Häftlinge*, 1988, pp. 48-49, reproducido en Gärtner y Kleinmann, *Doch der Hund*, p. 16n.

26. Stein, *Buchenwald*, pp. 52, 108-109; testigo B.192, KWL.

27. Más adelante, Heller ejerció de médico en Auschwitz. Sobrevivió al Holocausto y emigró a Estados Unidos. «Era un hombre muy respetable. Si podía ayudar a alguien, lo hacía», recordó uno de sus compañeros del campo (obituario, *Chicago Tribune*, 29 de septiembre de 2001).

28. Hackett, *Buchenwald Report*, pp. 60-64.

29. Prisionero Walter Poller, citado en Marco Pukrop, «Die SS-Karrieren von Dr. Wilhelm Berndt und Dr. Walter Döhrn. Ein Beitrag zu den unbekannten KZ-Ärzten der Vorkriegszeit», *Werkstatt Geschichte*, 62, 2012, p. 79.

30. En su narración de este episodio (Gärtner y Kleinmann, *Doch der Hund*, p. 48), Fritz parece insinuar que su voz «llorosa y desesperada» *(weinender und verzweifelter)* era fingida.

31. En este punto, el diario de Gustav es difícil de interpretar: «(Am) nächsten Tag kriege (ich) einen Posten als Reiniger im Klosett, habe 4 Öfen zu heizen». *Klosett* podría hacer referencia a las letrinas del campo pequeño o, quizá, a las de los barracones del campo grande, que habían estado fuera de servicio debido a la escasez de agua (Stein, *Buchenwald*, p. 86). Los *Öfen* («hornos», «estufas») son más difíciles de ubicar. Lo más probable es que fueran parte de las cocinas o del bloque de duchas. No eran hornos crematorios, que Buchenwald no adquirió hasta 1942 (*ibid.*, p. 141).

4. La trituradora de piedra

1. Nota de empleo, sin datar, JRCE; censo de Inglaterra y Gales, 1911; descripción y detalles en la lista de pasajeros del SS

Carinthia, 2 de octubre de 1936, PNY; General Register Office, 1939 Register, Archivos Nacionales del Reino Unido, Kew. Morris y Rebecca nacieron en Białystok (que ahora forma parte de Polonia) alrededor de 1878 y emigraron al Reino Unido antes de 1911. En 1939 vivían en el número 373 de Street Lane.

2. Ficha de registro 46/01063-4, MIR. No se ha encontrado ninguna ficha de registro de Richard Paltenhoffer de esa época, pero es de suponer que lo pusieron también en la categoría C.

3. Wachsmann, *KL*, pp. 147-151; Cesarani, *Final Solution*, pp. 164-165; Wünschmann, *Before Auschwitz*, p. 186.

4. Cuando llegó a Dachau el 24 de junio de 1938, Richard Paltenhoffer era el prisionero 16 865 (registro de prisioneros, PGD). Lo trasladaron a Buchenwald el 23 de septiembre de 1938, donde se le asignó el número 9 520 y lo destinaron, en primer lugar, al bloque 16 y, más tarde, al bloque 14 (registro de prisioneros, PGB).

5. Wachsmann, *KL*, pp. 181-184.

6. *Ibid.*, p. 186.

7. A. R. Samuel, carta a David Makovski, 25 de mayo de 1939, JRCC; certificado de matrimonio, GRO; Montague Burton, carta a David Makovski, 26 de febrero de 1940, JRCE; Nicholas Mark Burkitt, *British Society and the Jews*, 2011, p. 108. La empresa era Rakusen Ltd., que todavía existe hoy en día. El primer alojamiento de Richard fue en Brunswick Terrace 9.

8. Historia biográfica, JRCC: Anthony Grenville, «Anglo-Jewry and the Jewish Refugees from Nazism», *Association of Jewish Refugees Journal* (diciembre de 2012). El JRC de Leeds estaba dirigido por David Makovski, que tenía un negocio de confección en la ciudad. Se le conocía por su temperamento a veces irascible y por considerar que cada persona debía conocer su lugar en la sociedad y ceñirse a él.

9. B. Neuwirth, carta a Richard Paltenhoffer, 16 de febrero de 1940; Comité de Control, carta al registrador de matrimonios, 20 de febrero de 1940, JRCE.

10. Gustav registró todas estas imprecaciones en su poema «Caleidoscopio de la cantera» (véase más adelante, en este capítulo).

11. En total, 1 235 prisioneros murieron en Buchenwald en 1939, la mayoría en el último trimestre del año (Hackett, *Buchenwald Report*, p. 114).

12. El diario de Gustav y los recuerdos de Fritz difieren respecto a la secuencia de acontecimientos de este periodo (incluyendo la

asignación exacta a los barracones). La narración que se hace aquí aúna las dos versiones.

13. El Roble de Goethe sufrió daños por una bomba aliada en 1944 y lo cortaron. Sin embargo, el troncón todavía está allí.

14. Fritz Kleinmann, entrevista de 1997. El simple hecho de ser judío no fue razón suficiente para que enviaran a alguien a un campo hasta mucho después; en ese momento, el régimen nazi se centraba en obligar a los judíos a emigrar, incluso a los que estaban retenidos en los campos, a quienes soltaban si obtenían los papeles necesarios para emigrar.

15. De «Caleidoscopio de la cantera», de Gustav Kleinmann. He traducido el alemán de Gustav lo más fielmente que he podido:

Klick-klack Hammerschlag,
klick-klack Jammertag.
Sklavenseelen, Elendsknochen,
dalli und den Stein gebrochen.

16. El original de Gustav:

Klick-klack Hammerschlag,
klick-klack Jammertag.
Sieh nur diesen Jammerlappen
winselnd um die Steine tappen.

17. Tanto Gustav como Fritz afirman que el nombre de Herzog era Hans, pero, según Stein (*Buchenwald,* p. 299), era Johann. Para leer otras narraciones de los testigos acerca del carácter y el comportamiento de Herzog, véanse los testimonios que se reproducen en Hackett, *Buchenwald Report,* pp. 159, 174-175, 234. Aunque se rumoreó que lo había asesinado más tarde un antiguo prisionero, Herzog siguió viviendo y desarrolló una larga carrera en la delincuencia.

18. El original de Gustav:

Klatsch — er liegt auf allen Vieren,
doch der Hund will nicht krepieren!

19. El original de Gustav está estructurado con una mayor perfección que mi traducción:

Es rattert der Brecher tagaus und tagein,
er rattert und rattert und bricht das Gestein,
zermalt es zu Schotter und Stunde auf Stund'
frißt Schaufel um Schaufel sein gieriger Mund.
Und die, die ihn füttern mit Müh und mit Fleiß,
sie wissen er frißt nur - doch satt wird er nie.
Erst frißt er die Steine und dann frißt er sie.

5. *Poema pedagógico*

1. Edith Kurzweil, *Nazi Laws and Jewish Lives,* 2004, p. 153.

2. Informe en Arad *et al.*, *Documents on the Holocaust,* pp. 143-144.

3. Rabinovici, *Eichmann's Jews,* pp. 87 y ss.

4. Lista de pasajeros, SS *Veendam,* 24 de enero de 1940, PNY; censo de Estados Unidos, 1940, NARA; Alfred Bienenwald, solicitud del pasaporte estadounidense, 1919, NARA. Los primos de Tini eran Bettina Prifer y su hermano Alfred Bienenwald. Parece que su madre, Netti, que había nacido en Hungría, era hermana de la madre de Tini, Eva Schwarz —este es su apellido de soltera— (Bettina Bienenwald, registro de nacimiento, 20 de octubre de 1899, Geburtsbuch y Geburtsanzeigen, IKV).

5. Censo de Estados Unidos, 1940, NARA.

6. Circular del Departamento de Estado de Estados Unidos, 26 de junio de 1940, en David S. Wyman, *America and the Holocaust,* 1990, vol. 4, p. 1; también *ibid.*, p. v.

7. Fritz y Gustav nunca entendieron de dónde sacaba Tini el dinero, dado que no podía trabajar. En realidad, consiguió algunos trabajos esporádicos (cartas a Kurt Kleinmann, 1941, DKK) y es de suponer que, por lo demás, dependía de familiares con más dinero.

8. Gärtner y Kleinmann, *Doch der Hund,* p. 69; ficha de prisionero de Buchenwald 1.1.5.3/6283376, ITS; registro de nacimiento de Jeanette Rothenstein, 13 de julio de 1890, Geburtsbuch, IKV.

9. Trasladaron a Fritz al destacamento del huerto el 5 de abril de 1940 (ficha de prisionero 1.1.5.3/6283377, ITS).

10. Stein, *Buchenwald,* pp. 44-45, 307; Hackett, *Buchenwald Report,* p. 34. El nombre de pila de Hackmann varía según la fuente: Hermann o Heinrich. Más adelante, las SS lo condenaron por malversación.

11. Gärtner y Kleinmann, *Doch der Hund,* pp. 47, 49. Fritz dice que en ese momento medía 1.45 metros, pero en la fotografía de familia de 1938, cuando tenía catorce años, era solo ligeramente más bajo que Edith, que era adulta (y medía 1.57 metros según su pasaporte: DPP). Probablemente había crecido un poco en los dieciocho meses siguientes, así que debía de medir más de 1.50 a finales de 1939.

12. Gustav Herzog nació en Viena el 12 de enero de 1908 (entrada de Gustav Herzog, 68485, AMP).

13. Stefan Heymann nació en Mannheim (Alemania), el 14 de marzo de 1896 (entrada de Stefan Heymann, 68488, AMP).

14. Anton Makarenko, *Road to Life: An Epic of Education (A Pedagogical Poem),* vol. 2, cap. 1. [Texto en inglés disponible en línea en <www.marxistsfr.org/reference/archive/makarenko/works/road2/ch01.html>, recuperado el 2 de mayo de 2017; trad. cast.: *Poema pedagógico,* libro II, c. 1.]

15. Fritz Kleinmann en Gärtner y Kleinmann, *Doch der Hund,* p. 54.

16. Hackett, *Buchenwald Report,* pp. 42, 336; Gärtner y Kleinmann, *Doch der Hund,* p. 55.

17. Stein, *Buchenwald* (edición alemana), p. 78.

18. *Ibid.,* pp. 78-79.

19. *Ibid.,* p. 90.

20. Gärtner y Kleinmann, *Doch der Hund,* p. 57. El temperamento general de Schmidt y sus hábitos están documentados por muchos testimonios citados en Hackett, *Buchenwald Report.*

6. Una resolución favorable

1. Aunque decían que hablaban en nombre «del pueblo», realmente la mayoría de los británicos no sabía qué era la quinta columna hasta que el *Daily Mail* empezó su campaña (Peter Gillman y Leni Gillman, *«Collar the Lot!» How Britain Interned and Expelled Its Wartime Refugees,* 1980, pp. 78-79). El término *quinta columna* tiene su origen en la guerra civil española (1936-1939), cuando un general le dijo a la prensa que tenía cuatro columnas de soldados y una quinta columna dentro del territorio enemigo. [La expresión se atribuye al general Mola, quien preguntado por un periodista sobre

el avance de las tropas nacionales a Madrid respondió que disponía de cuatro columnas del Ejército que se dirigían a la capital, pero que había una quinta formada por los simpatizantes del golpe de Estado que vivían en Madrid y que trabajaban en la clandestinidad por su victoria, *N. de la T.*]

2. Roger Kershaw, «Collar the Lot! Britain's Policy of Internment During the Second World War», blog de los Archivos Nacionales de Reino Unido, 2015. La mayoría de los refugiados judíos estaban clasificados en la categoría C (exentos de ser internados) aunque 6700 estaban en la B (sujetos a algunas restricciones) y 569 se consideraron una amenaza y fueron encarcelados. De hecho, sí que había espías y saboteadores trabajando en el Reino Unido y, finalmente, decenas de ellos fueron detenidos y condenados, pero la mayoría eran ciudadanos británicos nacidos allí, no inmigrantes.

3. Gillman, *«Collar the Lot!»*, p. 153; Kershaw, «Collar the Lot!».

4. Winston Churchill, Cámara de los Comunes, 4 de junio de 1940, *Hansard*, vol. 364, col. 794.

5. Gillman, *«Collar the Lot!»*, p. 1167 y ss., 173 y ss.; Kershaw, «Collar the Lot».

6. Bernard Wasserstein, *Britain and the Jews of Europe, 1939-1945*, 1999, p. 108.

7. *Ibid.*, p. 83.

8. La dirección era el número 15 de Reginald Terrace (diversas cartas, JRCE). Cuando se casaron, Richard se alojaba en el número 4 (certificado de matrimonio, GRO). Las casas victorianas de Reginald Terrace se demolieron en los años ochenta.

9. JRC de Leeds, carta al Ministerio del Interior, 18 de marzo de 1940, JRCE. La señora Green vivía en el número 57 de St. Martin's Garden.

10. JRC de Leeds y Londres, cartas, 7 y 13 de junio de 1940, JRCE.

11. Gillman, *«Collar the Lot!»*, pp. 113, 133. Edith se había provisto de un certificado de su médico, el doctor Rummelsberg (24 de abril de 1940, JRCE), presumiblemente para alguna finalidad relacionada con su trabajo o con la solicitud de emigración.

12. London, *Whitehall*, p. 171.

13. No hay documentos que indiquen dónde recluyeron a Richard Paltenhoffer. Parece que su expediente, como la mayoría, fue destruido rutinariamente por el Ministerio del Interior (<discovery.

nationalarchives.gov.uk/details/r/C9246>, recuperado el 30 de septiembre de 2017).

14. Secretario adjunto, carta a Edith Paltenhoffer, 30 de agosto de 1940, JRCE.

15. *Ibid.*, 4 de septiembre de 1940, JRCE.

16. Ministerio del Interior, carta al JRC de Leeds, 16 de septiembre de 1940, JRCE.

17. Victor Cazlet, Cámara de los Comunes, 22 de agosto de 1940, *Hansard,* vol. 364, col. 1534.

18. Rhys Davies, Cámara de los Comunes, 22 de agosto de 1940, *Hansard,* vol. 364, col. 1529.

19. Ministerio del Interior, carta al JRC de Leeds, 23 de septiembre de 1940, JRCE. La liberación de Richard se había aprobado el 16 de septiembre (ficha 270/00271, MIR).

20. Citado en Jerry Silverman, *The Undying Flame: Ballads and Songs of the Holocaust,* 2002, p. 15.

21. Citado en *ibid.*, p. 15.

22. Manfred Langer en Hackett, *Buchenwald Report,* pp. 169-170.

23. Citado en Silverman, *Undying Flame,* p. 15. Leopoldi sobrevivió al Holocausto, pero Löhner-Beda fue asesinado en Auschwitz en 1942.

24. Hackett, *Buchenwald Report,* p. 42.

25. Al parecer, trasladaron a Fritz al destacamento de construcción el 20 de agosto de 1940, después de que pasara cuatro meses en el huerto (ficha de prisionero 1.1.5.3/6283377, ITS).

26. En Gärtner y Kleinmann, *Doch der Hund,* p. 72.

27. Los *Prominenten* del bloque 17 tenían un estatus medio. El régimen nazi mantenía a los presos políticos de más alto rango —antiguos primeros ministros, presidentes y monarcas de países conquistados— en aislamiento, a menudo en instalaciones secretas dentro de los campos de concentración. En Buchenwald esas instalaciones eran un recinto amurallado en el bosquecillo de abetos delante del cuartel de las SS.

28. Gedenkstätte Buchenwald, <www.buchenwald.de/en/1218/>, recuperado el 14 de mayo de 2017; Ulrich Wienzierl, *Die Welt,* 1 de abril de 2005. Trasladaron a Fritz Grünbaum a Dachau en octubre de 1940 y murió allí el 14 enero de 1941.

29. Tomas Plänkers, *Ernst Federn: Vertreibung und Rückkehr: Interviews zur Geschichte Ernst Federns und der Psychoanalyse,* 1994, p. 158.

Ernst Federn sobrevivió en Buchenwald hasta su liberación en 1945; continuó con su carrera como psicoanalista y murió en 2007.

30. En Gärtner y Kleinmann, *Doch der Hund*, p. 59.

31. Wachsmann, *KL*, pp. 224-225.

32. *Ibid.*, p. 225. La ley judía prohíbe la incineración y los restos incinerados no pueden enterrarse en los cementerios. Sin embargo, se hacen excepciones para los que fueron incinerados contra su voluntad y las cenizas que llegaron de los campos de concentración pudieron enterrarse en los cementerios judíos desde el primer momento.

33. Tini Kleinmann, carta al German Jewish Aid Committee, Nueva York, marzo de 1941, DKK.

34. Margaret E. Jones, carta al American Friends Service Committee (AFSC), noviembre de 1940, en Wyman, *America*, vol. 4, p. 3.

35. Los mismos cónsules, que no tenían que tratar con los solicitantes, solían ser insensibles y hasta apoyaban las restricciones antisemitas a la inmigración a pesar de hablar públicamente en contra del antisemitismo nazi (Bat-Ami Zucker, *In Search of Refuge: Jews and US Consuls in Nazi Germany*, 1933-1941, 2012, pp. 172-174). En el consulado de Viena eran más compasivos que en la mayoría y estaban dispuestos a saltarse un poco las normas (*ibid.*, p. 167).

36. Tini Kleinmann, carta al German Jewish Aid Committee, Nueva York, marzo de 1941, DKK.

7. El nuevo mundo

1. Este episodio se basa, en parte, en entrevistas con Kurt Kleinmann, narraciones que él mismo escribió y cartas de Tini Kleinmann, julio de 1941, DKK; notas de Fritz Kleinmann, DRG; y también datos de la lista de pasajeros y tripulantes del SS Siboney, 27 de marzo de 1941, PNY.

2. Hay una narración de una salida de Viena como esta en Ruth Maier, *Ruth Maier's Diary: A Jewish Girl's Life in Nazi Europe, 2009,* pp. 112-113 (trad. cast.: *Diario de Ruth Maier: la vida de una joven bajo el nazismo,* 2010). Si el tren de Kurt salió por la tarde, Tini y Herta no pudieron acompañarlo ni siquiera a la estación por el toque de queda; un amigo o familiar que no fuera judío debió de ir con él.

3. Lista de pasajeros y tripulantes del SS Siboney, 27 de marzo de 1941, PNY.

4. Tanto el autor de este libro como el mismo Kurt y la organización One Thousand Children han intentado localizar a Karl Kohn y a Irmgard Salomon, pero no han encontrado ninguna información sobre su vida después del viaje.

5. Descripción: registros del Sistema de Servicio Selectivo, Grupo de Registro núm. 174: NARA.

8. No merecían vivir

1. En ninguna de las fuentes que narran este asesinato (diario de Gustav Kleinmann; Emil Carlebach, Herbert Mindus en Hackett, *Buchenwald Report,* pp. 164, 171-172; Erich Fein y Karl Flanner, *Rot-Weiss-Rot in Buchenwald,* 1987, p. 74) se menciona qué detonó las acciones de Abraham.

2. Cesarani, *Final Solution,* p. 317; Stein, *Buchenwald,* pp. 81-83; Fritz Kleinmann en Gärtner y Kleinmann, *Doch der Hund,* pp. 77-79.

3. Herbert Mindus (en Hackett, *Buchenwald Report,* pp. 171-172) afirma que Hamber estaba en el destacamento de construcción y da a entender que el incidente tuvo lugar en las cocheras de las SS. Sin embargo, esa información se escribió cuatro años más tarde, mientras que el diario de Gustav Kleinmann es contemporáneo y probablemente más fiel, aunque menos detallado; Gustav afirma que Hamber estaba en la columna de transporte (véase también Fein y Flanner, *Rot-Weiss-Rot,* p.74) y que el incidente ocurrió en unas excavaciones que había en el Departamento de Asuntos Económicos. En algunas narraciones (Stein, *Buchenwald,* p. 288) se dice que el incidente se remonta a finales de 1940; en realidad, tuvo lugar en la primavera de 1941.

4. Parece que el nombre con el que Eduard estaba inscrito en el registro era Edmund (Stein, *Buchenwald,* p. 298), pero todo el mundo lo conocía como Eduard (véase Fritz Kleinmann en Gärtner y Kleinmann, *Doch der Hund,* p. 81; Herbert Mindus, en Hackett, *Buchenwald Report,* p. 171).

5. Lo cuenta Emil Carlebach en Hackett, *Buchenwald Report,* p. 164.

6. *Ibid.*

7. Stein, *Buchenwald,* p. 298.

8. Aquí Gustav es enigmático, usa la palabra *Aktion,* que es una «campaña» u «operación especial», lo que da a entender que pensa-

ba en algún tipo de resistencia organizada por parte de la columna de transporte, liderada por Eduard Hamber. Sin embargo, su redacción es extremadamente elíptica, seguramente porque, aunque escribir un diario supondría, sin duda, morir si se lo encontraban, las consecuencias todavía serían peores si contenía pruebas de actividades anti-SS.

9. Tini Kleinmann, carta a Kurt Kleinmann, 15 de julio de 1941, DKK.

10. Orden del 14 de mayo de 1941, citada en Gold, *Geschichte der Juden*, pp. 106-107.

11. Cesarani, *Final Solution*, p. 443.

12. Rabinovici, *Eichmann's Jews*, p. 136.

13. Cesarani, *Final Solution*, p. 418.

14. Tini Kleinmann, carta a Kurt Kleinmann, 5 de agosto de 1941, DKK.

15. Tini Kleinmann, carta a Kurt Kleinmann, 15 de julio de 1941, DKK.

16. Tini Kleinmann, cartas a Kurt Kleinmann, julio-agosto de 1941, DKK.

17. Fichas de prisioneros 1.1.5.3/6283389, 1.1.5.3/6283376, ITS. El registro indica que firmaron por la recepción de cuatro paquetes durante 1941; uno para cada uno el 3 de mayo, uno para Fritz el 22 de octubre y uno para Gustav el 16 de noviembre. Todos contenían ropa.

18. Gustav escribe: *Wir sind die Unzertrennlichen*, «Somos los inseparables».

19. William L. Shirer, citado en Cesarani, *Final Solution*, p. 285.

20. Stein, *Buchenwald*, pp. 124-126; Wachsmann, *KL*, pp. 248-258; Cesarani, *Final Solution*, pp. 284-286.

21. Médico de las SS Waldemar Hoven, citado en Stein, *Buchenwald*, pp. 124.

22. Gustav dice que fue en agosto de 1941. Normalmente, el diario es completamente de fiar en lo que respecta a las fechas, pero parece que Gustav describió los acontecimientos de la primavera y el verano de 1941 retrospectivamente —seguramente a finales de año—, y su cronología y datos son algo menos fiables durante ese periodo.

23. Stein, *Buchenwald*, p. 59.

24. Otto Kipp en Hackett, *Buchenwald Report*, p. 212.

25. Enfermero de las SS Ferdinand Römhild, citado en Stein, *Buchenwald*, p. 126.

26. Es cierto que muchos de los revolucionarios bolcheviques más destacados de 1917 eran judíos y también es cierto que el régimen soviético había liberado a los judíos rusos de la represión antisemítica de los zares, pero la supuesta conexión entre el judaísmo y el comunismo era solo una fantasía salida de las mentes de los ideólogos nazis, un equivalente moderno banal de los libelos de sangre.

27. Wachsmann, *KL*, p. 260.

28. El diario de Gustav Kleinmann dice que esto ocurrió el 15 de junio, algo imposible, puesto que la guerra entre Alemania y la Unión Soviética no empezó hasta el 22 de junio. Es otro ejemplo de sus errores a la hora de datar acontecimientos debido a que escribía sobre ellos de memoria (ver nota 22 más arriba). Aparte de la fecha, todos los demás detalles de su historia están corroborados por múltiples fuentes.

29. Stein, *Buchenwald*, pp. 121-124; Hackett, *Buchenwald Report*, pp. 236 y ss.; Wachsmann, *KL*, pp. 258 y ss. «Comando 99» era una referencia al número de teléfono de los establos.

30. Stein, *Buchenwald*, p. 85; Wachsmann, *KL*, pp. 277 y ss.

31. Stein, *Buchenwald*, pp. 121-123.

32. Gustav emplea la palabra *Justifizierungen* —un eufemismo que se usaba a veces para el asesinato judicial— para la que no hay equivalente exacto en español; «ajuste», «sentencia», «adjudicación» o «fallo» son traducciones que se acercan a su significado.

33. Fritz Kleinmann en Gärtner y Kleinmann, *Doch der Hund*, p. 21n.

34. Wachsmann, *KL*, pp. 270-271. Se observó un efecto similar entre los escuadrones de la muerte de los Einsatzgruppen del frente oriental. Disparar a grandes grupos de víctimas a poca distancia durante largos periodos de tiempo traumatizaba incluso a hombres duros y entregados a las SS (Cesarani, *Final Solution*, p. 390). Este era uno de los motivos que había detrás del uso de cámaras de gas en los campos de concentración y de obligar a grupos de prisioneros —los Sonderkommandos— a encargarse de las víctimas.

35. Stein, *Buchenwald*, pp. 58-59; declaraciones de los testigos de Hackett, *Buchenwald Report*, pp. 71, 210, 230; Wachsmann, *KL*, p. 435.

36. Stein, *Buchenwald*, p. 58.

37. *Ibid.*, pp. 200-203; Wachsmann, *KL*, p. 435. El suero con

tifus que les inyectaron estaba siendo desarrollado por las SS en colaboración con la empresa química IG Farben y las Wehrmacht con el fin de crear una vacuna para los soldados alemanes que servían en Europa del Este, donde el tifus era endémico.

38. Fritz Kleinmann en Gärtner y Kleinmann, *Doch der Hund,* pp. 79-80.

39. *Völkischer Beobachter,* citado en Cesarani, *Final Solution,* p. 421.

40. Rees, *Holocaust,* p. 231; Cesarani, *Final Solution,* pp. 421 y ss.; notas sobre la adquisición núm. 2005.506.3, Museo Estadounidense Conmemorativo del Holocausto <collections.ushmm.org/search/catalog/irn523540> (recuperadas el 30 de mayo de 2017).

41. Rabinovici, *Eichmann's Jews,* pp. 110-111.

42. Tini Kleinmann, carta a Samuel Barnet, 19 de julio de 1941, DKK.

43. Fritz Kleinmann en Gärtner y Kleinmann, *Doch der Hund,* p. 83.

44. Rees, *Holocaust,* p. 231; Cesarani, *Final Solution,* pp. 421 y ss.

45. Orden de Heinrich Müller, RSHA, 23 de octubre de 1941, en Arad *et al., Documents,* pp. 153-154.

9. Mil besos

1. Michael Dror, «News from the Archives», *Yad Vashem Jerusalem,* 81, 2016, p. 22. Arnold Frankfurter murió en Buchenwald bien el 14 de febrero (Felix Czeike, *Historisches Lexikon Wien,* 1992-1997, vol. 2, p. 357) o bien el 10 o 19 de marzo (Felicitas Heimann-Jelinek, Lothar Hölbling e Ingo Zechner, *Ordnung muss sein: Das Archiv der Israelitischen Kultusgemeinde Wien,* 2007, p. 152). Casó a Gustav Kleinmann y Tini Rottenstein en Viena el 8 de mayo de 1917 (Dieter J. Hecht, «"Der König rief, und alle, alle kamen": Jewish military chaplains on duty in the Austro-Hungarian army during World War I», *Jewish Culture and History,* 17/3, 2016, pp. 209-210).

2. Fritz Kleinmann en Gärtner y Kleinmann, *Doch der Hund,* p. 82.

3. Cesarani, *Final Solution,* pp. 445-449.

4. Stein, *Buchenwald,* p. 128.

5. Hermann Einziger en Hackett, *Buchenwald Report,* p. 189.

6. Gustav especifica que Greuel era el sargento de las SS involucrado. Es confuso, porque parece que dice que el incidente tuvo

lugar «cuando transportaban grava de la trituradora». Sin embargo, escribe sobre ello en el contexto del transporte de troncos desde el bosque. Es de suponer que su equipo hacía ambos trabajos alternativamente. El hecho de que algunos de los hombres de Gustav no llevaran peso esa vez sugiere que fue transportando troncos y no grava (lo que se habría hecho con un remolque).

7. Robert Siewert y Josef Schappe en Hackett, *Buchenwald Report,* pp. 153, 160.

8. Fritz dice que Leopold Moses se fue a Natzweiler en 1941 (Gärtner y Kleinmann, *Doch der Hund,* p. 50). Sin embargo, en aquel momento, Natzweiler tenía solamente un número muy pequeño de prisioneros (trasladados de Sachsenhausen); empezó a recibir grupos grandes en 1942 (Jean-Marc Dreyfus en Geoffrey P. Megargee [ed.], *The United States Holocaust Memorial Museum Encyclopedia of Camps and Ghettos, 1933-1945,* 2009, vol. 1B, p. 1007).

9. Fritz Kleinmann, en Gärtner y Kleinmann, *Doch der Hund,* p. 82 (la carta original de Tini, que Fritz nunca vio, no se conservó).

10. El antiguo territorio soviético bajo el dominio alemán se dividía en el Reichskommissariat Ostland y el Reichskommissariat Ukraine. Más allá de estas regiones había una zona de guerra todavía más grande en la retaguardia del frente alemán.

11. Las instrucciones para los deportados del Altreich y el Ostmark al Ostland están resumidas en Cesarani, *Final Solution,* p. 428; Christopher Browning, *The Origins of the Final Solution,* 2005, p. 381; y una circular en Arad *et al., Documents,* pp. 159-161. El folleto de instrucciones que se imprimió para los supervisores de los traslados de Viena se cita entero en Gold, *Geschichte,* pp. 108-109. La narración de un deportado se puede encontrar en el testimonio del superviviente vienés Wolf Seiler (deportado el 6 de mayo de 1942), documento 854, RAV.

12. El traslado de los judíos al Ostland empezó en noviembre de 1941; salieron siete trenes ese mes desde diferentes ciudades alemanas, entre los cuales hubo uno que salió de Viena (Alfred Gottwaldt, «Logik und Logistik von 1300 Eisenbahnkilometern», en Waltraud Barton [ed.], *Ermordet in Maly Trostinec: die österreichischen Opfer der Shoa in Weißrussland,* 2012, p. 54). El programa se interrumpió por demandas logísticas de la Wehrmacht y se retomó en mayo de 1942; entre entonces y octubre, salieron nueve trenes de Viena, uno cada semana a finales de mayo y en junio (*ibid.,* véase también

Alfred Gottwaldt y Diana Schulle, *Die «Judendeportationen» aus dem Deutschen Reich 1941-1945,* 2005, pp. 230 y ss.; Irene Sagel-Grande, H. H. Fuchs y C. F. Rüter, *Justiz und NS-Verbrechen: Sammlung Deutscher Strafurteile wegen Nationalsozialistischer Tötungsverbrechen 1945-1966: Band 19,* 1978, pp. 192-196).

13. Gärtner y Kleinmann, *Doch der Hund,* p. 69; ficha de prisionero de Buchenwald 1.1.5.3/6283376, ITS.

14. El marido de Bertha había muerto en la Primera Guerra Mundial y ella no se volvió a casar (registro de nacimiento de Bertha Rottenstein, 29 de abril de 1887, Geburtsbuch, IKV; *Lehmann's Adressbuch* de Viena de 1938, ALA; informes de bajas, *Illustrierte Kronen Zeitung,* 4 de junio de 1915, p. 6; K.u.k. Kriegsministerium, *Verlustliste Nr 209 ausgegeben am 13.7.1915,* 1915, p. 54).

15. No se sabe cuánto tiempo estuvieron retenidas Tini y Herta Kleinmann en el *Sammellager* («centro de detención»); algunos deportados esperaban una semana o más, pero, como los números de deportadas de Tini y Herta eran altos (ver nota más abajo), probablemente les notificaron que iban a deportarlas bastante tarde y no estuvieron allí retenidas mucho tiempo.

16. Cargar el tren podía llevar más de cinco horas (véase el informe policial sobre el traslado Da 230, octubre de 1942, RAV).

17. Los deportados aparecen en la lista de partida del traslado 26 de la Gestapo (Da 206), 9 de junio, 1.2.1.1/11203406, ITS; también hay datos limitados en la Erfassung der Österreichischen Holocaustopfer (base de datos de víctimas austriacas del Holocausto), RAV y YVS.

18. Tini Rottenstein nació el 2 de enero de 1893 en un departamento del número 6 de Kleine Stadtgutgasse, cerca de Praterstern (Deburtsbuch 1893, IKV).

19. Aspangbahnhof se demolió en 1976. Ahora, en su lugar, hay una pequeña plaza, la Platz der Opfer der Deportation («plaza de las Víctimas Deportadas»), y un monumento en honor a los miles de deportados que salieron de aquella estación.

20. La ruta aparece en Alfred Gottwaldt, «Logik und Logistik von 1300 Eisenbahnkilometern», en Barton, *Ermordet,* pp. 48-51. Los tiempos son una estimación realizada a partir del informe de la policía de Viena sobre el traslado Da 230, octubre de 1942, RAV.

21. Cuando empezó la guerra, las SS-Totenkopfverbände («Unidades de la Calavera») pasaron a estar bajo el mando de las

Waffen-SS. Mandaron a los guardias veteranos a luchar en el frente oriental. En los campos, los sustituyeron nuevos voluntarios y reclutas. Todos los hombres de las SS llevaban la insignia de la calavera en la gorra, pero solo los SS-TV la llevaban también en el cuello del uniforme.

22. SiPo-SD era el nombre informal de las unidades combinadas de las SS Sicherheitspolizei (SiPo, «policía de seguridad») y el Sicherheitsdienst (SD, «inteligencia»). La SiPo, que era una combinación de la Gestapo y la policía criminal, ya había desaparecido entonces, absorbida por la Oficina Central de Seguridad del Reich (conocida por sus siglas en alemán: RSHA), pero el nombre todavía se usaba para denominar a las unidades de policía y SD que operaban en los territorios del este.

23. Testimonio del superviviente Wolf Seiler (deportado el 6 de mayo de 1942), documento 854, RAV; testimonio de Isaak Grünberg (deportado el 5 de octubre de 1942), citado en Alfred Gottwaldt, «Logik und Logistik von 1300 Eisenbahnkilometern», en Barton, *Ermordet*, p. 49.

24. Alfred Gottwald, «Logik und Logistik von 1300 Eisenbahnkilometern», en Barton, *Ermordet*, p. 51.

25. El registro indica que el tren que salió de Viena el martes 9 de junio llegó a Minsk o bien el sábado 13 o bien el lunes 15; los registros ferroviarios indican la primera fecha, mientras que el informe del teniente Arlt (16 de junio de 1942; archivo 136 M.38, YPV) indica la última. Los negacionistas del Holocausto consideran que esta discrepancia pone en duda las masacres de Maly Trostenets. En realidad, la discrepancia se debe a las relaciones laborales. Desde mayo de 1942, los trabajadores de los ferrocarriles de Minsk libraban los fines de semana y los trenes que llegaban un sábado se aparcaban en la estación de Kojdanów, a las afueras de la ciudad, hasta el lunes siguiente por la mañana (Alfred Gottwald, «Logik und Logistik von 1300 Eisenbahnkilometern», en Barton, *Ermordet*, p. 51).

26. Carta de Tini Kleinmann a Kurt Kleinmann, 5 de agosto de 1941, DKK.

27. Las fuentes que se usan aquí incluyen fuentes secundarias (Sybille Steinbacher, «Deportiert von Wien nach Minsk», en Barton, *Ermordet*, pp. 31-38; Sagel-Grande *et al.*, *Justiz*, pp. 192-196; Christian Gerlach, *Kalkulierte Morde: Die deutsche Wirtschafts-und Vernichtungspolitik in Weißrußland 1941 bis 1944*, 1999, pp. 747-760; Pe-

tra Rentrop, «Maly Trostinez als Tatort der "Endlösung"», en Barton, *Ermordet,* pp. 57-71; Mark Aarons, *War Criminals Welcome: Australia, a Sanctuary for Fugitive War Criminals Since 1945,* 2001, pp. 71-76), informes oficiales (teniente de las SS Arlt, 16 de junio de 1942: archivo 136 M.38, YVD) y testimonios personales de supervivientes (Wolf Seiler, documento 854, RAV; Isaak Grünberg, mencionado en varias de las citas anteriores).

28. Petra Rentrop, «Maly Trostinez als Tatort der "Endlösung"», en Barton, *Ermordet,* p. 64.

29. Cesarani, *Final Solution,* pp. 356 y ss.

30. Sybille Steinbacher, «Deportiert von Wien nach Minsk», en Barton, *Ermordet,* pp. 31-38; Sagel-Grande *et al., Justiz,* pp. 192-196; Christian Gerlach, *Kalkulierte Morde,* pp. 747-760; Petra Rentrop, «Maly Trostinez als Tatort der "Endlösung"», en Barton, *Ermordet,* pp. 57-71. El campo de concentración de Maly Trostenets se menciona pocas veces en las historias sobre el Holocausto; ni siquiera los cuatro enormes volúmenes de la *United States Holocaust Memorial Museum Encyclopedia of Camps and Ghettos* (ed. Megargee) tienen una entrada sobre él, solo algunas referencias en la entrada sobre el gueto de Minsk (vol. 2B, pp. 1.234, 1.236). Hay muchas variantes de la escritura del nombre en la literatura —en bielorruso moderno es *Mały Tros´cieniec;* otras variantes son *Trostinets, Trostinec, Trostenez, Trastsianiets, Trascianec.* En alemán a veces se le llama *Klein Trostenez.*

31. Testimonio de Wolf Seiler, documento 854, RAV.

32. Sagel-Grande *et al., Justiz,* p. 194.

33. Aarons, *War Criminals,* pp. 72-74.

34. Sagel-Grande *et al., Justiz,* p. 194.

35. Aarons, *War Criminals,* pp. 72-74.

36. Petra Rentrop, «Maly Trostinez als Tatort der "Endlösung"», en Barton, *Ermordet,* p. 65. De hecho, podría ser que hubiera hasta ocho camiones de gas en Bielorrusia, pero parece que en Maly Trostenets solo se usaban tres o cuatro (Gerlach, Kalkulierte Morde, pp. 765-766).

37. Sagel-Grande *et al., Justiz,* pp. 194-195.

38. Teniente de las SS Arlt, 16 de junio de 1942: archivo 136 M.38, YVD.

39. Tini habla de ese viaje en bote y de su propia niñez en su última carta a Kurt, 15 de julio de 1941, DKK.

40. En total, según el Dokumentationsarchiv des österreichischen Widerstandes (www.doew.at), unos nueve mil judíos fueron deportados de Viena a Maly Trostenets. Solo se conoce a diecisiete supervivientes. El número total de personas que murieron allí no se sabe con certeza, pero se estima que más de veinte mil judíos alemanes, austriacos y bielorrusos, y prisioneros de guerra soviéticos fueron asesinados entre 1941 y 1943, cuando se cerró el campo (Martin Gilbert, *The Holocaust: The Jewish Tragedy*, 1986, p. 886 n. 38).

10. Un viaje hacia la muerte

1. El prisionero Hermann Einziger contó este incidente después de la guerra (en Hackett, *Buchenwald Report*, p. 189) y afirmó que tuvo lugar en abril y que el destacamento de trabajo llevaba los troncos cargando hasta el campo. Sin embargo, el diario de Gustav (que vuelve a su fiabilidad cronológica habitual en 1942) sugiere que fue más adelante (a mediados o finales de verano) y que estaban cargando los troncos en un vagón. Einziger dice que Friedmann era de Manheim; Gustav dice que era de Kassel. Ninguno ofrece más detalles sobre él.

2. La prohibición de que los judíos ingresaran en la enfermería se había levantado en algún momento; no se conoce la fecha exacta.

3. Stein, *Buchenwald*, pp. 138-139; Ludwig Scheinbrunn en Hackett, *Buchenwald Report*, pp. 215-216.

4. Stein, *Buchenwald*, pp. 36-37; Hackett, *Buchenwald Report*, p. 313.

5. Orden del 5 de octubre de 1942, citada en Stein, *Buchenwald*, p. 128.

6. Stein, *Buchenwald*, pp. 128-129.

7. Aquello ocurrió una semana después de que redactaran el borrador de la lista (Stefan Heymann en Hackett, *Buchenwald Report*, p. 342).

8. Fritz no explica este hecho en sus memorias. Las SS no necesitaban tal confirmación, por lo que quizá fue para Siewert, por si lo acusaban de ser cómplice o de obligar a Fritz a marcharse.

9. Fritz (en Gärtner y Kleinmann, *Doch der Hund*, p. 86) dice que había ochenta hombres en cada vagón; sin embargo, el comandante Pister había pedido un tren de la compañía ferroviaria com-

puesto por diez vagones de transporte de ganado o mercancías y un vagón de pasajeros para el personal de las SS (Stein, *Buchenwald Report,* pp. 128-129). Fritz dice que la fecha de partida fue el 18 de octubre y la llegada a Auschwitz el 20 de octubre, se equivocó por un día.

10. Gustav usa la expresión *Himmelfahrtskommando,* que se traduce literalmente como «misión viaje al cielo» y es el equivalente alemán de «misión suicida» o «misión kamikaze».

11. Una ciudad llamada Oświęcim

1. En el Imperio austrohúngaro convocaban a los hombres a prestar el servicio militar en la primavera del año en que cumplían veintiún años, servían durante tres años y pasaban diez años en la reserva (James Lucas, *Fighting Troops of the Austro-Hungarian Army, 1868-1914,* 1987, p. 22). Gustav Kleinmann cumplió los veintiuno el 2 de mayo de 1912. El kaiserlich und königlich (k.u.k.) Armee (Ejército Imperial y Real) estaba conformado por soldados de todo el Imperio.

2. Lucas, *Fighting Troops,* pp. 25-26.

3. La 12.ª División de Infantería formaba parte de las fuerzas de apoyo del Primer Ejército y estaba anexada al Cuerpo X para el avance.

4. John R. Schindler, *Fall of the Double Eagle: The Battle for Galicia and the Demise of Austria-Hungary,* 2015, p. 171. En 1914, el norte y el oeste de lo que ahora es Polonia formaban parte del Imperio alemán y el sur (donde se encontraba Galitzia) pertenecía al Imperio austrohúngaro. La parte central de lo que actualmente es Polonia (incluyendo Varsovia) formaba parte del Imperio ruso. Por lo tanto, la frontera de Austria con Rusia estaba en el noreste.

5. *Ibid.,* pp. 172 y ss.

6. *Ibid.,* pp. 200-239.

7. Alexander Watson, *Ring of Steel: Germany and Austria-Hungary at War, 1914-1918,* 2014, pp. 193-195.

8. *Ibid.,* pp. 205-206.

9. John Keegan, *The First World War,* 1998, p. 192.

10. Gemeinesames Zentralnachweisbureau, *Nachrichten über Verwundete und Kranke Nr 190 ausgegeben am 6.1.1915,* 1915, p. 24; *Nr 203 ausgegeben am 11.1.1915,* 1915, p. 25. Se desconocen las circuns-

tancias exactas en las que hirieron a Gustav, solo que le dispararon. Los dos informes citados indican, respectivamente, que le dispararon en la parte baja de la pierna (*linken Unterschenkel,* 6 de enero, Biala) y en el antebrazo izquierdo (*linken Unterarm,* 11 de enero, Oświęcim). Las heridas simultáneas en el brazo y la pierna izquierdos solían ocurrir cuando el soldado estaba arrodillado para disparar el fusil. Unas heridas de ese tipo probablemente se produjeron durante un asalto o un ataque y no en las trincheras.

11. Robert Jan van Pelt y Debórah Dwork, *Auschwitz: 1270 to the Present,* 1996, p. 59.

12. *Ibid.*

13. El informe en el que se describía la actuación de Gustav (solicitud de condecoración, 3 Feldkompanie, Infanterieregiment 56, 27 de febrero de 1915, BWM) indica que fue absolutamente por iniciativa de Gustav y Aleksiak, lo que hace pensar que su sargento y/o oficial del pelotón estaba ausente, probablemente muerto durante el asalto.

14. Informe del Ejército austrohúngaro, 26 de febrero de 1915, *Amtliche Kriegs-Depeschen,* vol. 2 (Berlín: Nationaler Verlag, 1915): reproducido en línea en <stahlgewitter.com/15_02_26.htm> (recuperado el 1 de octubre de 2017).

15. Solicitud de condecoración, 3 Feldkompanie, Infanterieregiment 56, 27 de febrero de 1915, BWM.

16. *Wiener Zeitung,* 7 de abril de 1915, pp. 5-6. En total, diecinueve hombres del 56.º Regimiento recibieron una Medalla de Plata al Valor de primera clase *(Silberne Tapferkeitsmedaille erster Klasse)* mientras que noventa y siete recibieron la de segunda clase.

17. K.u.k. Kriegsministerium, *Verlustliste Nr 244 ausgegeben am 21.8.1915,* 1915, p. 21. La lista oficial no especifica dónde fue herido Gustav ni cómo (ni en qué hospital estuvo ingresado); simplemente aparece como *verwundeten.* La historia oral de la familia dice que fue en el pulmón.

18. Esa era la base de los discursos del rabino Arnold Frankfurter en aquella época, también en las bodas, como se ve en la cita de Hecht en «Der König rief», pp. 212-213, donde se menciona específicamente la boda de Gustav y Tini.

19. Watson, *Ring of Steel,* pp. 503-506.

20. Cuando llegó a Auschwitz, registraron a Grünberg como aprendiz de albañil (lista de llegadas, 19 de octubre de 1942, MAB).

21. Antes de 1944, momento en el que se construyeron el ramal corto y la rampa de carga del campo de Birkenau, los prisioneros que llegaban a Auschwitz bajaban en un ramal cerca de Auschwitz I y, antes, en la estación de la ciudad. Desde allí, iban a pie hasta los campos.

22. Danuta Czech, *Auschwitz Chronicle: 1939-1945,* 1990, p. 255.

23. Había cuatrocientos cinco hombres en la lista del traslado, pero solo cuatrocientos cuatro entraron en Auschwitz (*ibid.*, p. 255). Presumiblemente, uno habría muerto de camino.

24. Más tarde, Auschwitz I contó con un edificio especialmente construido para los ingresos de prisioneros fuera de la entrada del campo (Van Pelt y Dwork, *Auschwitz,* pp. 222-225; Czech, *Auschwitz Chronicle,* p. 601). Antes, solo estaban los edificios corrientes de dentro del campo.

25. Los primeros asesinatos con gas en Alemania, en camiones y cámaras de gas, habían tenido lugar en 1939, como parte del programa de eutanasia T4 (Cesarani, *Final Solution,* pp. 283-285). Los primeros asesinatos experimentales con Zyklon B en Auschwitz se llevaron a cabo en agosto de 1941 en el campo de Auschwitz I; las cámaras de gas y crematorios grandes y especializados empezaron a usarse en Auschwitz-Birkenau a principios de 1942 (Wachsmann, *KL,* pp. 267-268, 301-302; Franciszek Piper en Megargee, *USHMM Encyclopedia,* vol. 1A, pp. 206, 210). A finales de 1942, los rumores sobre las cámaras de gas se habían esparcido por todo el sistema de campos de concentración y entre la población local.

26. *Eine Laus dein Tod:* este mensaje estaba pintado en las paredes de todo el complejo de Auschwitz.

27. Desparasitaban los uniformes con Zyklon B. Ese era el propósito original para el gas venenoso, que las SS adaptaron para las matanzas en las cámaras de gas. Para ello, le pidieron al fabricante (una filial de IG Farben) que eliminara el olor que solía añadírsele al producto para avisar de su nocividad (Peter Hayes, *Industry and Ideology: IG Farben in the Nazi Era,* 2001, p. 363).

28. Los primeros que recibieron números tatuados fueron los prisioneros de guerra soviéticos en otoño de 1941. Las SS experimentaron con una máquina para marcarlos, pero no había funcionado muy bien (Wachsmann, *KL,* p. 284). Ningún otro campo de concentración usaba tatuajes.

29. Lista de llegadas, 19 de octubre de 1942, MAB.

30. La numeración de Auschwitz I, II y III no se adoptó hasta

noviembre de 1943 (Florian Schmaltz en Megargee, *USHMM Encyclopedia,* vol. 1A, p. 216), pero aquí se usa por motivos de claridad y coherencia.

31. Franciszek Piper en Megargee, *USHMM Encyclopedia,* vol. 1A, p. 210. Auschwitz-Birkenau (Auschwitz II) empezó a construirse en octubre de 1941 y estaba en funcionamiento a principios de 1942.

32. Gustav usa la expresión *schwarze Mauer* en lugar de la más usada, *schwarze Wand.* Ambas significan lo mismo. El nombre provenía del panel pintado de negro que protegía el ladrillo de los impactos de las balas.

33. Czech, *Auschwitz Chronicle,* p. 259.

34. Höss, citado en Hermann Langbein, *People in Auschwitz,* 2004, pp. 391-392.

35. Citado en Langbein, *People,* p. 392. Por esa época, el sargento de las SS Gerhard Palitzsch se fue volviendo más y más inestable debido a la muerte de su esposa. Vivían en una casa cerca del campo y Palitzsch, que estaba involucrado en la corrupción, tomaba ropa robada a los prisioneros de Birkenau. En octubre de 1942, su esposa contrajo el tifus —probablemente por los piojos que llevaba esa ropa— y murió. Palitzsch empezó a beber en grandes cantidades y su comportamiento se volvió errático (*ibid.,* pp. 408-410).

36. Czech, *Auschwitz Chronicle,* pp. 255-260.

37. *Ibid.,* p. 261. Las 186 mujeres de Ravensbrück fueron declaradas útiles y se les dio trabajo separadas de los hombres (*ibid.,* pp. 261-262).

38. En Gärtner y Kleinmann, *Doch der Hund,* p. 90, Fritz dice que se quedaron una semana en Auschwitz I y en sus declaraciones en los juicios de Fráncfort, tanto él como Gustav afirmaron que habían sido ocho días (Abt 461 Nr 37638/84/15904-6; Abt 461 Nr 37638/83/ 15661-3, JFA); en realidad fueron once días (Czech, *Auschwitz Chronicle,* pp. 255, 260-261).

39. La verdad sobre este hecho es incierta. Había una fuerte demanda de trabajadores para construir el nuevo campo de Monowitz y los documentos sugieren que la intención desde el principio había sido la de mandar a los prisioneros a trabajar allí (Czech, *Auschwitz Chronicle,* p. 255). Sin embargo, esa intención no queda clara y Fritz y Gustav tenían la impresión de que iban a ejecutarlos a todos. Ciertamente, ese era el propósito de la selección en Buchenwald, por eso se quedaron allí los trabajadores de la construcción.

12. Auschwitz-Monowitz

1. En ese momento el campo se llamaba oficialmente campo de trabajo de Buna (o Campo IV, como lo llamaban en la dirección de IG Farben; véase Bernd C. Wagner, *IG Auschwitz: Zwangsarbeit und Vernichtung von Häftlingen des Lagers Monowitz 1941-1945*, 2000, p. 96). Más adelante pasó a conocerse como campo de concentración de Monowitz o Auschwitz III. Aquí se usan los dos últimos por motivos de claridad y coherencia.

2. A principios de septiembre de 1942, ya se había hecho todo el trazado del campo de Monowitz, pero la construcción no había ido más allá de un pequeño grupo de los barracones (entre dos y ocho, según las fuentes). Las obras del resto de los edificios del campo se habían pospuesto con el objetivo de acelerar la construcción de la Buna Werke. El campo abrió oficialmente para el ingreso de prisioneros el 28 de octubre (*ibid.*, pp. 95-97).

3. La goma buna, el caucho sintético que iba a producirse allí, era lo que daba nombre a la fábrica; entre otras aplicaciones, era vital para la fabricación de aviones y vehículos, para los neumáticos y otros componentes amortiguadores. [Por su parte, *Werke* significa «fábrica» en alemán, *N de la T.*].

4. Florian Schmaltz en Megargee, *USHMM Encyclopedia*, vol. 1A, pp. 216-217; Gärtner y Kleinmann, *Doch der Hund*, p. 92. Al final, los reclusos del campo serían, más o menos, un tercio de los trabajadores de la Buna Werke; el resto eran trabajadores asalariados de Alemania o de los países ocupados (Hayes, *Industry*, p. 358), muchos de los cuales eran reclutados en planes de trabajo forzado como el Service du Travail Obligatoire de Francia.

13. El fin de Gustav Kleinmann, judío

1. Wachsmann, *KL*, pp. 49-52; Joseph Robert White en Megargee, *USHMM Encyclopedia*, vol. 1A, pp. 64-66. Esterwegen y los otros campos de Emsland se cerraron en 1936.

2. Listín de direcciones de Lehmann, 1891, ALA; Alice Teichova, «Banking in Austria», en Manfred Pohl (ed.), *Handbook on the History of European Banks*, 1994, p. 4.

3. Wagner, *IG Auschwitz*, p. 107.

4. La expresión también se usaba en otros campos; se desconoce su origen (véanse Yisrael Gutman, en Yisrael Gutman y Michael Berenbaum (eds.), *Anatomy of the Auschwitz Death Camp,* 1994, p. 20; Wachsmann, *KL,* pp. 209-210, 685 n. 117; Wladyslaw Fejkiel, citado en Langbein, *People,* p. 91). Cuando se liberaron los campos de concentración, la mayoría de los prisioneros que llevaban allí más tiempo se habían convertido en *Muselmänner* y se volvieron representativos de las víctimas del Holocausto, pero existían en los campos ya en 1939.

5. Hayes, *Industry,* p. 358.

6. Herzog trabajó allí desde mediados de 1943 y dirigió la oficina de enero a octubre de 1944 (Herzog, declaración en los juicios de Fráncfort, Abt 461 Nr 37638/84/ 15891-2, JFA).

7. Planos detallados de los edificios de Irena Strzelecka y Piotr Setkiewicz, «Bau, Ausbau und Entwicklung des KL Auschwitz», en Wacław Długoborski y Franciszek Piper (eds.), *Auschwitz 1940-1945: Studien der Geschichte des Konzentrations-und Vernichtungslagers Auschwitz,* 1999, vol. 1, pp. 128-130.

8. Wachsmann, *KL,* p. 210.

9. Primo Levi, que fue prisionero de Monowitz desde febrero de 1944, dijo sobre el bloque 7 que «nunca ha entrado ningún *Häftling* [«prisionero»] corriente», en Primo Levi, *Survival in Auschwitz and The Reawakening: Two Memoirs,* 1986, p. 32 (trad. cast.: *Si esto es un hombre,* 2014, y *La tregua,* 2014).

10. Wagner, *IG Auschwitz,* pp. 117, 121-122; Langbein, *People,* pp. 150-151.

11. Citado en Wachsmann, *KL,* p. 515.

12. Wagner, *IG Auschwitz,* pp. 121-122.

13. *Ibid.,* p. 117.

14. Freddi Diamant, citado en Langbein, *People,* p. 151.

15. Irena Strzelecka y Piotr Setkiewicz, «Bau, Ausbau und Entwicklung des KL Auschwitz», en Wacław Długoborski y Franciszek Piper (eds.), *Auschwitz 1940-1945: Studien der Geschichte des Konzentrations-und Vernichtungslagers Auschwitz,* vol. 1, p. 135.

16. A finales de 1943, Auschwitz tenía tres campos satélite dedicados a la minería de carbón: Fürstengrube, Janinagrube y Jawischowitz. Estaban a una distancia de entre quince y cien kilómetros del campo principal de Auschwitz (entradas en Megargee, *USHMM Encyclopedia,* vol. 1A, pp. 221, 239, 253, 255).

17. Wagner, *IG Auschwitz,* p. 118. Windeck, que siempre había

sido un líder astuto y le gustaba a las SS, se las arregló para conseguir el puesto de encargado del campo de hombres de Birkenau en pocas semanas.

14. Resistencia y colaboración: la muerte de Fritz Kleinmann

1. Wachsmann, *KL*, pp. 206-207.

2. Fritz Kleinmann, en Gärtner y Kleinmann, *Doch der Hund*, p. 108.

3. Fritz Kleinmann describe detenidamente los detalles siguientes en *ibid.*, pp. 108-112.

4. Langbein, *People*, p. 142; Irena Strzelecka y Piotr Setkiewicz, «Bau, Ausbau und Entwicklung des KL Auschwitz», en Długoborski y Piper, *Auschwitz 1940-1945*, vol. 1, p. 128.

5. Hayes, *Industry*, pp. 361-362.

6. Fritz Kleinmann, en Gärtner y Kleinmann, *Doch der Hund*, p. 112.

7. Florian Schmaltz, en Megargee, *USHMM Encyclopedia*, vol. 1A, p. 217.

8. Henryk Świebocki, «Die Entstehung und die Entwicklung der Konspiration im Lager», en Długoborski y Piper, *Auschwitz 1940-1945*, vol. 4, pp. 150-153.

9. Pierre Goltman, *Six Mois en enfer*, 2011, pp. 89-90.

10. Fritz dice que trabajaba de *Transportarbeiter*, literalmente, «trabajador de transporte» (Gärtner y Kleinmann, *Doch der Hund*, p. 113), pero no lo aclara. Esta era una etiqueta bastante genérica y seguramente implica que recogía y transportaba materiales para los técnicos cerrajeros de la fábrica.

11. Hermann Langbein, en Gutman y Berenbaum, *Anatomy*, pp. 490-491; Henryk Świebocki, «Die Entstehung und die Entwicklung der Konspiration im Lager», en Długoborski y Piper, *Auschwitz 1940-1945*, vol. 4, pp. 153-154.

12. Florian Schmaltz, en Megargee, *USHMM Encyclopedia*, vol. 1A, p. 217.

13. Langbein, *People*, p. 329.

14. *Ibid.*, pp. 31, 185, 322, 329-335.

15. En sus memorias y su entrevista, Fritz dice que lo llevaron al departamento político, sin especificar si era en la sede principal, que estaba en Auschwitz I, o en el subdepartamento de Monowitz. El hecho de que Grabner estuviera involucrado y la seriedad de los

cargos sugieren que fue, probablemente, en la sede principal. Sin embargo, cuenta que, al final del interrogatorio, Grabner «volvió a Auschwitz con el civil» (Gärtner y Kleinmann, *Doch der Hund,* p. 114); pero también escribe que Taute y Hofer lo «devolvieron al campo» *(ibid.),* lo que vuelve a sugerir que el escenario de la tortura fue Auschwitz I. El total de los indicios decanta la balanza hacia este último campo. En su declaración de 1963 para los juicios de Fráncfort (Abt 461 Nr 37638/83/15663, JFA), Fritz afirmó que aquel incidente tuvo lugar en junio de 1944; como Grabner se fue de Auschwitz a finales de 1943, es probable que se trate de una mala transcripción de «junio de 1943».

16. Wagner, *IG Auschwitz,* pp. 163-192; Irena Strzelecka y Piotr Setkiewicz, «Bau, Ausbau und Entwicklung des KL Auschwitz», en Długoborski y Piper, *Auschwitz 1940-1945,* vol. 1, p. 128.

17. La entrada en la que se registró la muerte de Fritz Kleinmann no ha salido a la luz; presumiblemente se encontraba entre la mayoría de los registros de Auschwitz que se destruyeron antes de la liberación del campo. Sobrevivieron algunos registros del hospital (y tienen el formato que se ha descrito), pero parece que el que nos incumbe se perdió.

18. En sus memorias publicadas, Fritz no menciona sus pensamientos suicidas de aquella época, pero en la entrevista de 1997 los describe con detalle y presa de una fuerte emoción.

19. Fritz no deja claro cuánto tiempo pasó hasta que le dijeron a su padre que había sobrevivido. En sus memorias, da a entender que fue poco después de que lo trasladasen del hospital al bloque 48, mientras que en la entrevista de 1997 es impreciso y da a entender que, por necesidad, guardaron el secreto mucho tiempo.

20. Czech, *Auschwitz Chronicle,* pp. 537, 542.

21. Langbein, *People,* p. 40; Wachsmann, *KL,* pp. 388-389; Czech, *Auschwitz Chronicle,* pp. 537, 812.

22. Informe sobre la resistencia de los prisioneros, 9 de diciembre de 1943, citado en Czech, *Auschwitz Chronicle,* p. 542.

15. La bondad de los desconocidos

1. La versión de este incidente que da Fritz Kleinmann difiere en algunos detalles de la del diario de Gustav y ambas contrastan

con los registros de la Gestapo (citados en Czech, *Auschwitz Chronicle*, pp. 481-482). Lo que se cuenta aquí es una síntesis de las tres versiones.

2. Gustav apuntó en su diario que tanto Eisler como Windmüller fueron fusilados (véase Czech, *Auschwitz Chronicle*, p. 482); parece ser que aquella fue la historia que llegó a Monowitz.

3. No hay que confundirlo con el Rote Hilfe e. V., una organización socialista de socorro fundada en 1975. El Rote Hilfe original se fundó en 1921 como una filial del Socorro Rojo Internacional. Los nazis lo prohibieron y se disolvió. Muchos de sus activistas terminaron en campos de concentración.

4. No se sabe exactamente de qué se encargaba Alfred Wocher en el frente oriental ni en qué unidad estaba, pero es difícil creer que no estaba al tanto de las masacres de judíos que se perpetraban allí. Las Waffen-SS y los Einsatzgruppen no eran, ni mucho menos, las únicas organizaciones implicadas en ellas; las unidades de la Wehrmacht también participaban y, aunque Wocher no hubiera estado cerca cuando tenían lugar esas masacres, seguro que había oído historias.

5. Langbein, *People*, pp. 321-322.

6. Nunca hubo rampa en Monowitz y las vías no pasaban por dentro del campo. Desde 1942, el procedimiento estándar era que los trenes fueran a la vieja rampa de los judíos de la estación de trenes de Oświęcim o a un ramal corto que terminaba cerca de Auschwitz I y, desde 1944, a la rampa del interior de Birkenau. Sin embargo, Fritz Kleinmann (Gärtner y Kleinmann, *Doch der Hund*, pp. 129-130) da a entender que algunos trenes paraban y dejaban a los pasajeros en Monowitz o cerca de allí, presumiblemente en algún campo, y que los hombres seleccionados para quedarse en Monowitz llevaban equipaje.

7. En Birkenau había dos secciones enteras del campo dedicadas al almacenamiento de objetos de los prisioneros. Estaban formadas por un total de treinta y seis bloques, y eran conocidas en la jerga del campo como Canadá I y II. Oficialmente, los destacamentos que clasificaban los objetos se llamaban *Aufräumungskommando* («comando de limpieza»), pero el nombre no oficial de *Kanada Kommando* arraigó tanto que las SS lo usaban también (Andrzej Strezelecki, en Gutman y Berenbaum, *Anatomy*, pp. 250-252).

8. Aunque no lo menciona en sus memorias, Fritz dice en la

entrevista de 1997 que esperaba que Wocher encontrara a su madre y le dio una carta para ella.

9. Había treinta y dos departamentos en el número 11 de Im Werd; en 1941 y 1942, solo doce estaban ocupados (listín de direcciones de Lehmann, Im Werd, 1938, 1941-1942, ALA).

10. *Ibid.*, 1942, ALA. No se sabe si Karl Novacek era familiar de Friedrich Novacek, que vivía en el mismo edificio y era uno de los amigos que traicionó a Gustav y Fritz en 1938 y 1939.

11. Lista de traslado, Da 227, 14 de septiembre de 1942, RAV. El traslado Da 227 llegó a Minsk dos días más tarde y, como de costumbre, llevaron a los deportados directamente a Maly Trostenets y los asesinaron (Alfred Gottwaldt, «Logik und Logistik von 1300 Eisenbahnkilometern», en Barton, *Ermordet,* p. 54). La hija de Bertha, Hilda, estaba casada con Viktor Wilczek; su hijo Richard era el buen amigo y primo medio judío de Kurt Kleinmann.

16. Lejos de casa

1. Gustav Kleinmann, carta a Olga Steyskal, 3 de enero de 1944, DFK.

2. Aquella restricción solo existía en Monowitz, en el resto de Auschwitz todas las categorías de prisioneros podían conseguir los vales.

3. Langbein, *People,* p. 25; Fritz Kleinmann, en Gärtner y Kleinmann, *Doch der Hund,* pp. 129-130.

4. Fritz Kleinmann, en Gärtner y Kleinmann, *Doch der Hund,* pp. 129-130; Wagner, *IG Auschwitz,* pp. 101, 103; Levi, *Survival,* p. 32.

5. Fritz Kleinmann en Gärtner y Kleinmann, *Doch der Hund,* p. 132; Wagner, *IG Auschwitz,* p. 101.

6. Cesarani, *Final Solution,* p. 702. Entre los judíos de Hungría, unos 320 000 habían sido antes ciudadanos de países vecinos, hasta que Alemania se había apoderado de partes de estos y se las había dado a su aliado húngaro.

7. *Ibid.*, p. 707.

8. Danuta Czech, «Kalendarium der wichtigsten Ereignisse aus der Geschichte des KL Auschwitz», en Długoborski y Piper, *Auschwitz,* vol. 5, p. 201; Czech, *Auschwitz Chronicle,* p. 618.

9. Rees, *Holocaust,* pp. 381-382.

10. Danuta Czech, «Kalendarium der wichtigsten Ereignisse aus der Geschichte des KL Auschwitz», en Długoborski y Piper, *Auschwitz,* vol. 5, p. 203; Wachsmann, *KL,* pp. 457-461; Cesarani, *Final Solution,* pp. 707-711; Rees, *Holocaust,* pp. 381-385; Czech, *Auschwitz Chronicle,* p. 627.

11. Danuta Czech, «Kalendarium der wichtigsten Ereignisse aus der Geschichte des KL Auschwitz», en Długoborski y Piper, *Auschwitz,* vol. 5, p. 203.

12. Cesarani, *Final Solution,* p. 710.

13. Wachsmann, *KL,* pp. 460-461.

14. Parece que esto ocurrió en mayo de 1944, ya que Gustav lo refiere inmediatamente después de su descripción de los judíos húngaros. En las memorias de Fritz, este da a entender que pasó antes de la Navidad de 1943, pero parece que el diario nos hace desestimar esa posibilidad.

15. Listado de ingresos del hospital, febrero-marzo de 1944, pp. 288, 346, MAB. La enfermedad de Gustav no se menciona en el registro (en el que solo aparecen el nombre, el número, las fechas y el alta, la muerte o *nach Birkenau*) y no cuenta ese acontecimiento en el diario, que pasa directamente de octubre de 1943 a mayo de 1944.

16. Konstantin Simonov, citado en Rees, *Holocaust,* p. 405. Hubo otros campos de exterminio de la zona, como Sobibór y Treblinka, que se desmantelaron en octubre de 1943 igual que Maly Trostenets.

17. Las otras razones prácticas eran que los bombardeos aéreos no eran lo suficientemente precisos como para ser efectivos. Si el objetivo hubieran sido las cámaras de gas de Auschwitz, por ejemplo, se habría requerido usar una cantidad de bombas tan grande en un área tan extensa que, probablemente, miles de prisioneros de Birkenau hubieran muerto y ni siquiera así habrían tenido la seguridad de alcanzar el objetivo. Bombardear las líneas ferroviarias que llevaban a los campos era igualmente problemático. Las vías eran difíciles de alcanzar desde una altitud elevada y, cuando las destruían como parte de una campaña estratégica, los alemanes desviaban la circulación y solían repararlas y tenerlas operativas de nuevo en veinticuatro horas. Para leer resúmenes de los argumentos de ambas partes, véase Martin Gilbert, *Auschwitz and the Allies,* 1981; David S. Wyman, «Why Auschwitz Wasn't Bombed», en Gutman y Berenbaum, *Anatomy,* pp. 569-587; Wachsmann, *KL,* pp. 494-496.

En cuanto a la pregunta de por qué los aliados no hicieron algo para parar el Holocausto, este autor considera que sí lo hicieron: declararon y, finalmente, ganaron una guerra sin cuartel —que costó la vida a millones de aliados— para destruir el Estado que perpetraba el Holocausto.

18. Las precauciones ante los ataques aéreos, entre las que estaba la imposición de la oscuridad total durante la noche, se discutieron en una reunión del mando del campo el 9 de noviembre de 1943, pero parece ser que no se hizo nada para implementarlas hasta bien entrado 1944 (Robert Jan van Pelt, *The Case for Auschwitz: Evidence from the Irving Trial,* 2016, p. 328).

19. Algunos de los judíos más estrictos cambiaban la comida que no era *kosher* por pan si podían y había rabinos jasídicos que se negaban a comer cualquier cosa que no fuera *kosher* y morían rápidamente de hambre (historia oral del Wollheim Memorial: en línea en <wollheim-memorial.de/en/juedische_religion_und_zionistische_aktivitaet_en>; recuperado el 4 de julio de 2017).

20. «Hoy en día me sigue atormentando», dijo Fritz muchos años después recordando lo que hizo.

21. Fritz menciona este encuentro en Gärtner y Kleinmann, *Doch der Hund* (p. 142) sin identificar más específicamente al joven. Parece que era el prisionero 106468, que se puede encontrar en el registro del hospital de Auschwitz III-Monowitz (MAB), pero no está en ninguno de los otros registros de Auschwitz que han sobrevivido. Ese número de serie era uno de los que se asignaron el 6 de marzo de 1946 a un grupo de judíos deportados de Alemania (Czech, *Auschwitz Chronicle,* p. 347).

22. Wagner, *IG Auschwitz,* p. 108.

23. Fritz solo los identifica por el nombre, Jenö y Laczi. Los registros que han sobrevivido de Auschwitz muestran que los hermanos judíos llegaron juntos en un tren desde Hungría por aquella época: Jenö y Alexander Berkovits (números de prisioneros A-4005 y A-4004; registro del hospital y de trabajo de Monowitz, MAB).

17. Resistencia y traición

1. Sin dar ninguna explicación, Fritz señala que a Pawel también lo llamaban Tadek. Parece que estos nombres eran falsos. Los

nombres reales de los polacos eran Zenon Milaczewski (número 10433) y Jan Tomczyk (número 126261), aunque no está claro quién era Szenek y quién era Pawel. El «berlinés» parece ser Riwen Zurkowski (de número desconocido), que había nacido en Polonia, pero, presumiblemente, había vivido en Berlín (Czech, *Auschwitz Chronicle*, p. 619).

2. Fritz no explica por qué Goslawski no le podía dar el paquete directamente a Peller durante el recuento. Posiblemente, los trabajadores de la construcción estaban sujetos a un mayor escrutinio cuando entraban al recinto de las fábricas. La fecha de los hechos varía según las fuentes entre el 4 de mayo de 1944 *(ibid.)* y el 3 de mayo (registro de prisioneros de Jan Tomczyk, MAB).

3. Notificación a la oficina del comandante de Monowitz en Czech, *Auschwitz Chronicle*, p. 634.

4. Fecha desconocida. Trasladaron a Buchenwald a trece polacos el 1 de junio de 1944 (Czech, *Auschwitz Chronicle*, p. 638) y hubo varios traslados de prisioneros polacos más entre agosto y diciembre de 1944 (Stein, *Buchenwald*, pp. 156, 166; Danuta Czech, «Kalendarium der wichtigsten Ereignisse aus der Geschichte des KL Auschwitz», en Długoborski y Piper, *Auschwitz*, vol. 5, p. 231).

5. La fecha de la ejecución no está clara. Pudo haber sido incluso en diciembre. En el libro de muertes del hospital de Monowitz (MAB) se dice que la fecha de la muerte de Zenon Milaczewski (el nombre real de uno de ellos —véase nota 1 más arriba—) fue el 16 de diciembre de 1944.

6. Fritz dice que colgaron a dos hombres, pero, según Gustav Herzog, los ahorcados fueron tres (declaración en los juicios de Fráncfort, Abt 461 Nr 37638/84/15893, JFA).

7. Gilbert, *Auschwitz and the Allies*, p. 307. Gilbert afirma que el bombardeo empezó a las 10:32 de la noche, pero parece altamente improbable, pues los bombardeos estadounidenses normalmente se llevaban a cabo a la luz del día. Czech (*Auschwitz Chronicle*, p. 692) indica que el momento había sido «a última hora de la tarde».

8. Arie Hassenberg, citado en Gilbert, *Auschwitz and the Allies*, p. 308.

9. Gilbert, *Auschwitz and the Allies*, p. 308; testimonio de Siegfried Pinkus, Tribunal Militar de Núremberg: NI-10820, documentos de Núremberg, citados en Wollheim Memorial, <wollheim-memorial.de/en/luftangriffe_en>, (recuperado el 5 de julio de 2017).

10. Levi, *Survival*, pp. 137-138.

11. Czech, *Auschwitz Chronicle*, p. 722.

12. Gilbert, *Auschwitz and the Allies*, pp. 315 y ss.

13. *Ibid.*, p. 326.

14. Número de prisionero 68705, lista de llegadas, 19 de octubre de 1942, MAB; registro del hospital de Monowitz, MAB.

15. Número de prisionero 68615, lista de llegadas, 19 de octubre de 1942, MAB.

16. Fritz no identifica el arma como una Luger, pero es casi seguro que lo era. En Gärtner y Kleinmann, *Doch der Hund* (p. 158), la describe como una «pistola de 0.8 mm», lo que es, claramente, un error. El número de modelo de la Luger que usaba el Ejército era P.08, lo que puede haber inducido el fallo de memoria de Fritz. Las unidades de la Luftwaffe recibieron las Luger bien entrada la Segunda Guerra Mundial, cuando las unidades del Ejército y de las SS de un estatus superior se habían pasado a la Walther P.38 (John Walter, *Luger: The Story of the World's Most Famous Handgun*, 2016, c. 12).

17. En sus memorias, Fritz comete un error al decir que la fecha de aquel bombardeo fue el 18 de noviembre. No hubo bombardeo aquel día. En total hubo cuatro en 1944: uno el 20 de agosto, uno el 13 de septiembre y otros dos el 18 y el 26 de diciembre (Gilbert, *Auschwitz and the Allies*, pp. 307-333).

18. Aunque muchas de las bombas cayeron en campo abierto y unas pocas en los campos de concentración de los alrededores, el bombardeo del 18 de diciembre sí que dañó gravemente varias fábricas (Gilbert, *Auschwitz and the Allies*, pp. 331-332).

19. Czech, *Auschwitz Chronicle*, p. 780.

20. *Ibid.*, pp. 778-779.

21. *Ibid.*, pp. 782-783.

22. Jósef Cyrankiewicz, 17 de enero de 1945, citado en Czech, *Auschwitz Chronicle*, p. 783.

23. Czech, *Auschwitz Chronicle*, pp. 785, 786-787.

24. El diario de Gustav Kleinmann indica que los grupos eran de cien personas, mientras que otras fuentes especifican que el tamaño de los grupos era de mil prisioneros (Czech, *Auschwitz Chronicle*, p. 786), y en las memorias de Fritz Kleinmann se hace mención a tres grupos de unas tres mil personas; de todo esto se infiere que las unidades se organizaban jerárquicamente, al estilo militar.

25. Gustav identifica específicamente a Moll. Estaba destinado

en Birkenau y no se ha encontrado ningún registro de que estuviera presente en Monowitz en aquel momento. Posiblemente fue una visita fugaz para supervisar la evacuación.

26. El 15 de enero de 1945, el número total de prisioneros de Auschwitz III-Monowitz y en los subcampos era de 33 037 hombres y 2 044 mujeres (Czech, *Auschwitz Chronicle*, p. 779).

18. El tren de la muerte

1. En total, dispararon a cincuenta prisioneros durante la marcha (Czech, *Auschwitz Chronicle*, p. 786n).

2. Irena Strzelecka en Megargee, *USHMM Encyclopedia*, vol. 1A, pp. 243-244.

3. Aquel día salieron cuatro trenes de Gleiwitz que transportaban a prisioneros de varios subcampos de Auschwitz, además de Monowitz. Separaron a los prisioneros de Monowitz en varios trenes con destinos distintos: Sachsenhausen, Gross-Rosen, Mauthausen y Buchenwald (Czech, *Auschwitz Chronicle*, p. 797).

4. *Ibid.*, p. 791.

5. Datos de la fase lunar de <www.timeanddate.com/moon/austria/amstetten?month=1&year=1945>.

6. En la entrevista que dio en 1997, Fritz dijo que se había deshecho del uniforme del campo después de saltar, pero en sus memorias dice que fue antes. Esto último parece más probable, porque su uniforme sería valioso para que los otros prisioneros no pasaran frío.

7. Comer simplemente jabón seguramente no hubiera tenido mucho efecto (aunque el jabón con fenol que se usaba en aquella época quizá sí). La crema de afeitar, sin embargo, suele contener hidróxido de potasio, que es altamente tóxico y provoca síntomas graves de gastroenteritis si se ingiere.

19. Mauthausen

1. Lista de llegadas a Mauthausen, 15 de febrero de 1945, 1.1.26.1/1307365, ITS. Fritz saltó del tren el 26 de enero de 1945 (según el diario de Gustav, que concuerda, con un día de diferencia, con el registro de la llegada del tren a Mauthausen: AMM-Y-Kar-

teikarten, PGM) y lo introdujeron en el registro de Mauthausen el 15 de febrero (lista de traslados a Mauthausen, AMM-Y-50-03-16, PGM), once días después de cuando él pensaba que había salido de Sankt Pölten.

2. Ficha del registro de prisioneros AMM-Y-50-03-16, PGM; lista de llegadas a Mauthausen, 15 de febrero de 1945, 1.1.26.1/1307365, ITS. Mauthausen no recibió ninguna información de Auschwitz sobre el traslado de prisioneros (por razones que se desvelan más adelante en el capítulo), por eso Fritz pudo hacerse pasar por ario. En la ficha apuntaron que tenía un tatuaje como rasgo distintivo, pero el número, que allí no tenía ningún sentido, no se anotó.

3. La liberación de Auschwitz no captó mucho la atención de la prensa, a pesar de los intentos soviéticos por divulgarla. Se vio como una repetición de las revelaciones del verano anterior en Majdanek y fue eclipsada por la cobertura que le dieron a la Conferencia de Yalta del 4 al 11 de febrero. El 16 de febrero (el día después de que Fritz Kleinmann entrase a Mauthausen), los oficiales soviéticos le hicieron una visita guiada por Birkenau al primer aliado occidental que veía el interior de Auschwitz, el capitán Robert M. Trimble del Comando Oriental de las Fuerzas Aéreas de Estados Unidos (Lee Trimble con Jeremy Dronfield, *Beyond the Call*, 2015, pp. 63 y ss.).

4. Ficha del registro de prisioneros AMM-Y-Karteikarten, PGM; lista de llegadas a Mauthausen, 15 de febrero de 1945, 1.1.26.1/1307365, ITS.

5. Testimonio del sacerdote local Josef Radgeb, citado en la guía del museo, en <mauthausen-memorial.org/en/Visit/Virtual-Tour#map||23>, (recuperado el día 10 de julio de 2017).

6. Czech, *Auschwitz Chronicle*, p. 797.

7. Según una crónica citada en Czech, *Auschwitz Chronicle*, p. 797n, el tren llegó a Nordhausen el 28 de enero. Eso parece altamente improbable debido a que había llegado a Mauthausen el 26 de enero y pasó allí un día entero. Gustav Kleinmann dice que la fecha fue el 4 de febrero, lo que es mucho más probable.

8. La cifra de 766 proviene del diario de Gustav; las otras cifras se han sacado de Czech, *Auschwitz Chronicle*, p. 797n.

9. Lista de prisioneros de Mittelbau-Dora, p. 434, 1.1.27.1/2536866, ITS.

10. Michael J. Neufeld en Megargee, *USHMM Encyclopedia*, vol. 1B, pp. 979-981.

11. Según Neufeld (*ibid.*, p. 980), aquella hora tan temprana para ponerse en marcha se imponía durante los meses de verano, pero, en el diario, Gustav Kleinmann afirma que él lo vivió de febrero a marzo de 1945.

12. En aquel momento ya se había establecido un pequeño campo en Woffleben (el campo B-12) para ahorrarles el tiempo del viaje a los trabajadores de Ellrich (*ibid.*, p. 981); sin embargo, Gustav y la mayoría de los prisioneros no estaban entre los que habían sido trasladados, y siguieron desplazándose hasta allí y volviendo cada día.

13. Langbein, *Against All Hope: Resistance in the Nazi Concentration Camps, 1938-1946*, 1994, pp. 374-375.

14. Una teoría es que las SS querían usar a los voluntarios como cebos para atraer el fuego enemigo mientras las verdaderas SS escapaban (Evelyn Le Chêne, *Mauthausen: The History of a Death Camp*, 1971, p. 155).

15. Fritz no menciona este acontecimiento ni en sus memorias escritas ni en la entrevista de 1997, y no parece que le hablara a su familia sobre él. Sin embargo, sí que trató el tema en una entrevista en 1976 con Hermann Langbein, un compañero austriaco superviviente de Auschwitz y miembro de la resistencia (Hermann Langbein, *Against All Hope*, p. 374).

16. Ficha del registro de prisioneros AMM-Y-Karteikarten, PGM; lista de traslados a Gusen II, 15 de marzo de 1945, 1.1.26.1/1310718; lista de traslados a Mauthausen, 15 de marzo de 1945, 1.1.26.1/1280723; registro de prisioneros de Gusen II, p. 82, 1.1.26.1/1307473, ITS. Las fuentes de Langbein (*Against All Hope*, p. 384) indican que el plan de infiltrarse en las unidades de las SS se puso en marcha hacia «la mitad de marzo» de 1945, pero estos hechos debieron de tener lugar a principios de marzo, antes de que trasladaran a Fritz a Gausen el 15 de marzo.

17. Robert G. Waite en Megargee, *USHMM Encyclopedia*, vol. 1B, pp. 919-921.

18. Lista de traslados a Gusen II, 15 de marzo de 1945, 1.1.26.1/1310718, ITS; Rudolf A. Haunschmied, Jan-Ruth Mills y Siegi Witzany-Durda, *St Georgen-Gusen-Mauthausen: Concentration Camp Mauthausen Reconsidered*, 2007, pp. 144, 172. En sus memorias (Gärtner y Kleinmann, *Doch der Hund*, p. 170), que son muy incompletas para este periodo, Fritz identifica erróneamente el avión como un Me 109.

19. Haunschmied *et al.*, *St Georgen-Gusen-Mauthausen*, pp. 198, 210-211.

20. Citado en Stanisław Dobosiewicz, *Mauthausen-Gusen: obóz zagłady*, 1977, p. 384.

21. Dobosiewicz, *Mauthausen-Gusen*, p. 386. Los únicos prisioneros que dejaron fueron setecientos impedidos que se quedaron en el hospital, demasiado enfermos como para trasladarlos.

22. Haunschmied *et al.*, *St Georgen-Gusen-Mauthausen*, pp. 134 y ss.

23. *Ibid.*, pp. 219 y ss.

20. El fin de los días

1. Gustav no da más detalles sobre Erich ni sobre sus fuentes de comida; lo más probable es que viniera de los civiles empleados en la fabricación de armamento en el complejo de túneles.

2. Michael J. Neufeld en Megargee, *USHMM Encyclopedia*, vol. 1B, p. 980.

3. *Ibid.*, p. 970.

4. *Ibid.*, p. 980.

5. Gustav dice que se trata de Schneverdingen, al norte de Münster. Eso parece improbable, porque habría hecho falta girar hacia el sur inmediatamente para llegar al destino final. Sin embargo, dada la naturaleza caótica de las evacuaciones de los campos en aquel momento, no se puede descartar.

6. David Cesarani, «A Brief History of Bergen-Belsen», en Suzanne Bardgett y David Cesarani (eds.), *Belsen 1945: New Historical Perspectives*, 2006, pp. 19-20.

7. Derrick Sington, *Belsen Uncovered*, 1946, pp. 14, 18, 28; Raymond Phillips, *Trial of Josef Kramer and Forty-Four Others: The Belsen Trial*, 1949, p. 195.

8. Langbein, *People*, p. 406.

9. Josef Rosenhaft, citado en Sington, *Belsen Uncovered*, pp. 180-181; testimonio de Harold le Druillenec en Phillips, *Trial*, p. 62.

10. Citado en Sington, *Belsen Uncovered*, p. 182.

11. Celle fue liberada por las fuerzas británicas el 12 de abril de 1945.

12. Testimonio del capitán Derrick A. Sington en Phillips, *Trial*, pp. 47-53; Sington, *Belsen Uncovered*, pp. 11-13.

13. Testimonio del capitán Derrick A. Sington en Phillips, *Trial,* pp. 47, 51; Sington, *Belsen Uncovered,* pp. 14-15.

14. Sington, *Belsen Uncovered,* p. 16.

15. *Ibid.,* p. 18.

16. *Ibid.,* p. 187.

17. El mensaje original no se ha conservado, pero Edith lo recibió. Decía poco más que su padre estaba vivo y que se encontraba en el bloque 83 de Bergen-Belsen (Samuel Barnet, carta al senador Leverett Saltonstall, 1 de junio de 1945, War Refugee Board 0558, carpeta 7: Peticiones de Ayuda Específica, FDR).

18. Molly Silva Jones, en «Eyewitness Accounts», en Bardgett y Cesarani, *Belsen 1945,* p. 57.

19. Comandante Dick Williams, «The First Day in the Camp», en Bardgett y Cesarani, *Belsen 1945,* p. 30.

20. Ben Shepard, «The Medical Relief Effort at Belsen», en Bardgett y Cesarani, *Belsen 1945,* p. 39.

21. Molly Silva Jones, en «Eyewitness Accounts», en Bardgett y Cesarani, *Belsen 1945,* p. 55.

22. Gerald Raperport, en «Eyewitness Accounts», en Bardgett y Cesarani, *Belsen 1945,* pp. 58-59.

23. Haunschmied *et al., St Georgen-Gusen-Mauthausen,* pp. 219 y ss.; Dobosiewicz, *Mauthausen-Gusen,* p. 387.

24. No está claro a cuántos prisioneros llevaron a los túneles de Kellerbau, en parte por las cifras tan variables del número de prisioneros que había en el complejo de Mauthausen en aquel momento. Se han dado cifras de la población total de prisioneros de Mauthausen y Gusen que van desde los veintiún mil (Robert G. Waite en Megargee, *USHMM Encyclopedia,* vol. 1B, p. 902) hasta los cuarenta mil (Haunschmied *et al., St Georgen-Gusen-Mauthausen,* p. 203) y los 63.798 (Le Chêne, *Mauthausen,* pp. 169-170).

25. Fritz Kleinmann, en Gärtner y Kleinmann, *Doch der Hund,* p. 171; Langbein, *Against All Hope,* p. 374; Le Chêne, *Mauthausen,* p. 165.

26. Krisztián Ungváry, «The Hungarian Theatre of War», en Karl-Heinz Frieser, *The Eastern Front, 1943-1944,* 2017, pp. 950-954.

27. Le Chêne, *Mauthausen,* pp. 163-164.

28. George Dyer, citado en Le Chêne, *Mauthausen,* p. 165.

29. Haunschmied *et al., St Georgen-Gusen-Mauthausen,* p. 226.

30. Citado en Langbein, *Against All Hope,* p. 82.

31. Gustav se equivoca al identificar este lugar como Osten-

holz, un pueblo al suroeste de Bergen-Belsen, muy alejado de la ruta que él y Josef Berger siguieron.

21. El largo camino hasta casa

1. Samuel Barnet, carta al senador Leverett Saltonstall, 1 de junio de 1945; William O'Dwyer, carta a Samuel Barnet, 9 de junio de 1945, War Refugee Board 0558, carpeta 7: Peticiones de Ayuda Específica, FDR.

2. Fritz no identifica el hospital, pero debió de ser el 107.º Hospital de Evacuación, que se estableció en Ratisbona el 30 de abril de 1945 y permaneció allí hasta el 20 de mayo (<med-dept.com/unit-histories/107th-evacuation-hospital>; recuperado el 16 de julio de 2017). No se ha encontrado que hubiera más cuerpos médicos militares en Ratisbona en aquel periodo de tiempo.

3. Más adelante, Fritz investigó la suerte de cincuenta y cinco niños judíos y no judíos que habían jugado con él en el Karmelitermarkt antes de 1939 (Gärtner y Kleinmann, *Doch der Hund,* p. 179). De los veinticinco judíos, cinco —contando a Fritz— sobrevivieron a los campos y ocho —contando a Kurt y Edith Kleinmann— o bien emigraron o bien se escondieron. Doce fueron asesinados en los campos de concentración. De los treinta niños no judíos, diecinueve se quedaron en Viena o cerca durante la guerra y once lucharon en la Wehrmacht durante el conflicto; de estos, solo sobrevivieron tres.

4. Al parecer, Gustav había empezado a fumar después de irse de Auschwitz.

5. Gustav solo identifica a este hombre como «G.».

Epílogo. Sangre judía

1. Registro de naturalización de Richard y Edith Patten, 14 de mayo de 1954: Índices de Naturalización del Tribunal del Distrito de Connecticut, 1851-1992, publicación en microfilm M2081, NARA.

2. En sus testimonios durante los juicios de Fráncfort en 1963, Gustav dijo que su religión era la «mosaica» (judía) y Fritz que no tenía afiliación religiosa (Abt 461 Nr 37638/84/ 15904-6; Abt 461 Nr 37638/83/15661-3, JFA).

3. Estadísticas publicadas en Gold, *Geschichte der Juden*, pp. 133-134.

4. Devin O. Pendas, *The Frankfurt Auschwitz Trial*, 1963-1965, 2006, pp. 101-102.

5. Juicios de Burger *et al.* y Mulka *et al.*, Fráncfort, 1963; testimonio de Gustav Kleinmann (Abt 461 Nr 37638/84/ 15904-6, JFA) y Fritz Kleinmann (Abt 461 Nr 37638/83/ 15661-3, JFA). A Gustav le preguntaron sobre todo por la Marcha de la Muerte y el encargado del campo Jupp Windeck; la declaración de Fritz trata, particularmente, sobre Windeck y el sargento de las SS Bernhard Rakers.

6. Junto con el diario de su padre y los comentarios de Reinhold Gärtner, en el libro *Doch der Hund will nicht krepieren* (Innsbruck University Press, 1995, 2012) se incluyeron las memorias de Fritz.

ÍNDICE TEMÁTICO Y ONOMÁSTICO

Nota: los números de página seguidos de *n* indican que se trata de una nota al final y van acompañados del número de nota pertinente.